# 维多利亚主义视角下的
## 威廉·萨克雷研究

A STUDY OF WILLIAM MAKEPEACE THACKERAY IN

THE CONTEXT OF

*Victorianism*

黄青青　著

社会科学文献出版社

SOCIAL SCIENCES ACADEMIC PRESS (CHINA)

# 序　言

　　黄青青是我指导过的 2021 届比较文学与世界文学专业博士毕业生。她以博士学位论文为基础修订完成的专著《维多利亚主义视角下的威廉·萨克雷研究》即将由社会科学文献出版社刊行，我感到由衷高兴，希望她这部精心修订的学术成果早日面世，借此抛砖引玉，求教于学界时贤。黄青青先后在福州大学、福建师范大学受过英语专业的本科与研究生教育，作为福建农林大学国际学院英语专业教师，熟练阅读英语专业文献肯定没问题。事实上，一个人的学术道路能够走多远，外语是重要的决定因素之一。但外语院系背景的人来文学院攻读博士学位，也要冒较大风险，承受很大压力。不过，在文学院严谨学术风气的熏陶下，她受益颇多，尤其在学术视野与思维方法上，更重要的是她找到了学术的感觉与信心。

　　她在学校与家庭的支持下来福建师大文学院用四年多时间攻博，潜心向学。记得当初她来考试时，我就说读博士要有"脱胎换骨"的思想准备，不经过炼狱般的博士学位攻读过程，就不会有多大的长进。而且在职读博更不易，会耗费更多精力。她在读博期间虽没办法做到心无旁骛，但能够集中利用有效时间刻苦攻读，接受文学院的学术熏陶，打好学术基础，为今后从事学术研究铺路。总之，相比全脱产学习的博士生而言，她要走一条更为艰辛而同样充满希望的治学之路。

　　黄青青对所研究的问题力求做得深透，有一股治学者所必需的学术钻劲。在知识积累方面，她亦力求补足。另外，她经常与同门以及其他专业的博士生沟通交流学术写作问题，积极提出问题，慎重思考后，集中向我反馈论文写作中的困惑，寻求解决的方法，及时理清思路。博士生跟导师及同学的经常性学术沟通交流有益于论文写作与学术成长。

　　黄青青博士学位论文的研究对象是英国 19 世纪著名小说家威廉·萨克雷。国内学界对萨克雷的研究一直处于不温不火的状态，有分量的研究成果不多。作为比较文学与世界文学专业的博士研究生，她结合 19 世纪维多利亚时代的文化语境对这样一位经典作家进行研究是个不错的选择。我有一个基本认识，即博士学位论文选题的涉及面不要太窄，一定要处于学术前沿，并有研究的后续学术空间。为了达到这种学术预期，我建议她先做两件事情，即在阅读英文原典基础上编撰威廉·萨克雷年谱，以及搜集整理编选涉及萨克雷研究的学术史资料并做书目提要、目录索引等，为将来正式进入专题研究打好基础。

　　对萨克雷这样的文学经典作家，如何进一步阐释呢？10 多年前我在浙江大学召开的"世界文学经典与跨文化沟通国际学术研讨会"上做了题为《思想史语境中的文学经典阐释——问题、路径与窗口》的主题演讲，对这一问题有所思考。对文学经典而言，知其然或许只是一种感觉，知其所以然就进入了文学史的解释范畴，而知其所不然则必然闯进了思想史的领域。思想史是叙述各时期思想、知识、信仰的历史，处理的是较有时代特色或创造力与影响力的思想资源。文学史面对的是那些最能体现时代审美趋向、最有创造精神的作家的作品。我们应该从更广阔的背景了解文学所依恃的思维方式、想象逻辑和情感特质，以及这些文学想象和情感方式如何在特定的历史语境中形成普遍性的社会心理现象。一个时代的哲学思潮如何通过人们的思想作用于或反作用于"文学"？文学是基于反思所肯定的心灵事实。自然现象仅仅是现象，背后没有思想；文学现象不仅是现象，背后还有思想。英国历史哲学家柯林伍德说过，可能成为历史知识的对象的，就只有思想，而不能是任何别的东西。人们必须历史地去思考，必须思考古人做某一件事时是怎么想的。对于各种历史现象和景观，历史学家不是要看着它们，而是要"看透"它们，以便识别其中的思想。由此，柯林伍德强调"一切历史都是思想史"，也就是强调历史之所以成为历史就在于它的思想性，思想史的背后是思想的精华，即历史哲学。联系到文学，文学创作及研究的"哲学贫困"或"思想贫血症"要引起我们关注。没有充分的"思想"风骨，永远不会有对经典解读的突破。从某种意义上说，文学史就是且只能是文学思想史，此处指的是，人们在进行文学活动（创作）时他们头脑中所进行的思考，或他们是怎么想的。过去所遗留给当今世界的，不仅有遗文、遗物，还有思想方式，即人们迄今仍然借此进行思考的那种思想方式。循着这样的思路，文学经典阐释的语境就要拓展到文学思想史的领域。关于这一问题，我的主要思考是：将文学经典置于思想史的场域中考察，或利用思想史理解文学经典。不同于运用单一理论方法讨论文学文本的阐释策略，思想史语境能够帮助我们理解传统的文学价值观念，让其在我们现在的精神生活中凸显，并促使我们反思在不同时代、不同文化中人们对文学经典所做出的一系列选择。从思想史视野切入文学经典阐释，便于揭示经典产生及传播过程中的精神价值，反思文学史上某些作品的"被经典化"问题及其意识形态功能，并感知文学交流进程中那些思想史文本的独到价值。文学文本只有在思想史语境中才能更好地被确认价值与意义。拓展经典阐释的学术思想空间，通过思想史语境式的解读与分析获得有益于当下社会及人生的启示价值，才能称得上是有生命力的学术研究。这是问题的关键，经典阐释的意义正基于此。

以上这些研究思路，被我指导过的博士生通过个案研究尝试实践过，他们陆续出版的著作如《跨文化语境下的乔治·奥威尔研究》（陈勇著，中国社会科学出版社，2018）、《历史的侧面——十九世纪英国民族共同体视角下的乔治·艾略特小说研究》（赵婧著，清华大学出版社，2020）、《乔纳森·斯威夫特研究：秩序的流变与悖反》（历伟著，社会科学文献出版社，2021），都遵循了思想史的解读路径。同样，我也建议黄青青借鉴这样的方法全面深入研究萨克雷。而19世纪英国思想史的最重要特征可以归结为维多利亚主义。黄青青细心认真，勤勉于学，经过几番修改、多方请益，最后拿出来的毕业论文超出了我当初对她的学术预期。这是国内学界首部从思想史语境综合探讨萨克雷的研究专著，重要特质在于注重对初始文献资料的收集，包括萨克雷作品、日记、书信，以及相关历史资料，对于贴在作家身上的标签式关键词进行历史溯源，寻求在社会语境变迁中逐渐固化的概念意义和集体意识。同时，根据"疑问—考察—释疑"的思维模式，系统且明晰地揭示萨克雷的思想特质。该著的主要贡献还在于，指出萨克雷思想的丰富性和复杂性体现在他思想的多元化和无定性上。多元化指其作品折射出来的不仅是文学创作理念，还包含政治、道德、教育、宗教等思想意蕴；无定性则意味着他的思想与时代背景及其社会氛围有着千丝万缕的联系，具有与时偕行、趋时变通的开放特征。萨克雷能够巧妙地揭秘难以捉摸的表面幻象，以睿智而精妙的叙述，为读者捕捉到在风潮涌动的历史转型期隐藏在经济繁荣与国力强盛外表下的那一颗颗悸动、分裂和困顿的心。

本书的刊行，有助于我们更全面深刻地认知与阐释威廉·萨克雷的文学地位及其思想根源，以期为英国文学研究界提供有效的域外学术资源，并试图为中外文学交流和文明互鉴提供历史经验。

福建师范大学教授、外国语学院院长　葛桂录

2025 年 2 月 3 日于仓山校区外语楼

目录
Contents

# 绪 论

威廉·梅克皮斯·萨克雷（William Makepeace Thackeray，1811~1863）是 19 世纪英国维多利亚时代的著名作家。其以《巴黎速写》（*The Paris Sketch Book*，1840）初露峥嵘，在发表《名利场》（*Vanity Fair*，1848）后声名鹊起，享誉海内外。20 世纪为我国人所识，引学界交口称誉。尽管萨克雷从事写作的初衷只是赚钱糊口，但他在写作上坚持了自己的原则，并没有单纯为了销量和盈利而对当时的畅销小说写作模式趋之若鹜。萨克雷犀利的讽刺笔调不仅撕开了权贵的体面，而且也嘲弄了三教九流，他笔端嘲谑的对象既包括对手，也包括朋友、亲属，甚至自己。他拥有自我挑战的创作个性，在吸收亨利·菲尔丁（Henry Fielding，1707~1754）和沃尔特·司各特（Walter Scott，1771~1832）写作技巧的基础上，深入进行小说实验，希图拥有自己的风格。他笔下的人物鲜活灵动，与真实世界中的人物无异。因为抛去理想化色彩，萨克雷塑造的人物正和他本人一样，具有模糊界限感，很难用一个标签清晰概括和界定。如此的矛盾、模糊和难以定性的特征，仅仅通过西方某一流行的"文学批评理论"解锁不了。

人物的塑造和情节的设置与当时的社会思想大环境有着不可分割的联系。维多利亚主义是维多利亚时代英国人推崇并奉行的价值观，是维多利亚时代历史语境的思想表征。维多利亚时代的英国经济持续发展，拥有最广阔的海外殖民地，号称"世界工厂"和"日不落帝国"，英国人因此自信、骄傲、自豪，但国内也同时存在诸多社会问题和争议现象，比如道德腐败、刑罚严酷、种族和性别歧视、政治改革受阻以及阶级矛盾等。在这样一个社会转型期，在万象丛生、千姿百态的社会现象背后，各种社会思潮起伏涌动，社会观念更迭变迁，各种价值观之间碰撞交融，这对萨克雷创作产生的影响不容忽视。附着在作家身上的各种关键词与维多利亚时代的历史语境有着内在的逻辑关联。借助维多利亚主义视角对这些关键词进行爬梳是值得尝试的研究方式。

## 一　西方萨克雷研究综述

西方萨克雷研究可以分为"文献整理"和"专题研究"两大部分，其中，"文献整理"包括3个部分：书信和日记；作品；传记和回忆录。

### （一）文献整理

#### 1. 书信和日记

到目前为止，关于萨克雷的书信、日记整理，最完整的当数戈登·雷在1946年出版的《萨克雷书信及其他私人文件集》（四卷本），它详尽记述了萨克雷的亲人、朋友的生活历程，以及他们和萨克雷的交集。① 而最早的萨克雷书信整理则是1887年版的《萨克雷书信集：1847～1855》，其中很大一部分是关于萨克雷与其密友布鲁克菲尔德夫妇在决裂之前的通信，通信附有详尽的脚注，通信内容多是萨克雷的日常点滴、所思所想、对小说创作的感悟等。② 透过信件内容，可以对19世纪前半叶英国伦敦的社会概况有所了解。同类型的还包括露西·W. 巴克斯特的《萨克雷与美国家庭的通信》（内容聚焦于萨克雷与美国一个家庭的书信往来），③ D. W. 福瑞斯特的《约翰·布朗博士和罗斯金、萨克雷等通信集》，④ 以及萨克雷女儿里奇收录的信件。⑤ 此外，还有埃德加·哈登的《萨克雷书信选集》⑥ 和《萨克雷生平活动年表》⑦。哈登在《萨克雷生平活动年表》中

---

① See Gordon N. Ray, ed., *The Letters and Private Papers of William Makepeace Thackeray*, Cambridge: Harvard University Press, 1946.

② See W. M. Thackeray, *A Collection of Letters of Thackeray: 1847-1855*, New York: Charles Scribner's Sons, 1887.

③ See Lucy W. Baxter, *Thackeray's Letters to an American Family*, New York: The Century Co., 1904.

④ See D. W. Forrest, *Letters of Dr. John Brown: With Letters from Ruskin, Thackeray, and Others*, London: Adam and Charles Black, 1907.

⑤ See Hester Thackeray Ritchie, ed., *Thackeray and His Daughter*, New York: Harper, 1924.

⑥ See Edgar F. Harden, ed., *Selected Letters of William Makepeace Thackeray*, New York: New York University Press, 1996.

⑦ See Edgar F. Harden, ed., *A William Makepeace Thackermy Chronology*, New York: Palgrave Macmillan, 2003.

除了记录萨克雷的日常活动和亲友互动情况，还提供了萨克雷的家族谱系，这为了解萨克雷的社会关系网提供了一个良好的渠道。

2. 作品

关于萨克雷作品的整理，最早可以追溯到 1885 年查尔斯·普仑特·约翰逊的《萨克雷作品存目》[①]。该书对萨克雷的所有作品，包括散文集、短篇小说和长篇小说都做了简要的介绍，并附上作者发表时使用的笔名以及当时的售价，此为萨克雷作品整理的开山之作。1889 年，纽约霍顿·米夫林出版公司编辑出版了《萨克雷作品全集》（总 22 卷），含其所有的小说和杂文等作品。[②] 1898 年，乔治·杜·莫里耶等汇编了萨克雷的一部长篇小说和其所有演讲稿。[③] 翌年，M. H. 斯皮尔曼整理出版了《萨克雷〈笨拙〉匿名稿件（1843~1848）》。[④]

1908 年，19 世纪著名的西方文学评论家乔治·圣兹伯里汇编了萨克雷早期创作的短篇和杂志文章：《凯瑟琳，死要面子的故事，拿破仑的第二次葬礼，以及杂集（1840~1841）》[⑤]、《大霍嘉蒂钻石，费兹·布多·佩帕斯，男人们的妻子，等等》[⑥]、《巴里·林登回忆录，以及 1843~1847 年的杂集》[⑦]、《巴黎速写及文艺评论》[⑧] 和《马夫精粹语录及早期杂集》[⑨]。圣兹伯里还汇编了 1842~1850 年萨克雷出版的歌谣和《笨拙》杂志上的文

① See Charles Plumptre Johnson, *The Works of William Makepeace Thackeray*, London: George Redway, 1885.

② See W. M. Thackeray, *The Complete Works of William Makepeace Thackeray*, New York: Houghton, Mifflin and Company, 1889.

③ See George Du Maurier, F. Barnard, and Frank Dicksee, eds., *The History of Henry Esmond; The English Humourists of the Eighteenth Century; The Four Georges; and Charity and Humour*, London: Harper & Brothers, 1898.

④ See M. H. Spielmann, *The Hitherto Unidentified Contributions of W. M. Thackeray to "Punch": From 1843 to 1848*, New York: Jeffenon Press, 1899.

⑤ See George Saintsbury, ed., *Catherine, A Shabby Genteel Story, the Second Funeral of Napoleon, and Micellanies, 1840-41*, London: Oxford University Press, 1908.

⑥ See George Saintsbury, ed., *The Great Hoggarty Diamond; Fitz-Boodle Papers; Men's Wives, ete.*, London: Oxford University Press, 1908.

⑦ See George Saintsbury, ed., *The Memoirs of Barry Lyndon, and the Miscellaneous Papers Written between 1843 and 1847*, London: Oxford University Press, 1908.

⑧ See George Saintsbury, ed., *The Paris Sketch Book and an Criticisms*, London: Oxford University Press, 1908.

⑨ See George Saintsbury, ed., *The Yellowplush Papers and Early Miscellanies*, London: Oxford University Press, 1908.

章，有《歌谣和〈笨拙〉稿汇编（1842~1850）》，① 以及《〈笨拙〉杂稿汇编（1843~1854）》②。

马奇和希尔斯的《萨克雷词典：以字母顺序展示小说与短篇故事中的人物及场景》简述萨克雷的每一部作品，并列出作品人物与其对应的原型人物，以及作品中的人物关系图、人物简介，这些资料为萨克雷作品研究提供了不小的便利。③

达德利·弗拉姆的《萨克雷评论》对 1910~1936 年的萨克雷批评文章和专著进行了汇集和目录提要介绍。④ 杰弗里·蒂洛森和唐纳德·霍斯联合编辑出版的《萨克雷评论集》收录了萨克雷在各类报纸杂志发表的评论文章共 56 篇，来源包括《观察者》（The Observer）、《周六评论》（The Saturday Review）、《晨间纪事》（The Morning Chronicle）、《爱丁堡评论》（The Edinburgh Review）、《泰晤士报》（The Times）、《康希尔杂志》（The Cornhill Magazine）、《国家评论》（The National Review）等，为研究萨克雷在文学界的接受和影响提供了有力的参考依据。⑤ 理查德·皮尔森整理出版了《萨克雷早期小说和报刊杂文》⑥ 和《萨克雷早期游记》⑦。关于游记的整理，还有刘易斯·梅尔维尔的《萨克雷乡村行》，收编了萨克雷在英国各地乡村游玩时写下的游记。⑧

3. 传记和回忆录

和作品比起来，萨克雷传记不在少数。最早的是西奥多·泰勒在《萨克雷：幽默家和文人》中讲述萨克雷生前的文学创作故事。⑨ 同类型的还

---

① See George Saintsbury, ed., *Ballads and Contributions to "Punch" 1842-1850*, London: Oxford University, 1910.

② See George Saintsbury, ed., *Miscellaneous Contributions to Punch, 1843-1854*, London: Oxford University Press, 1912.

③ See Isadore Gilbert Mudge and M. Earl Sears, *Thackeray Dictionary: The Characters and Scenes of the Novels and Short Stories Alphabetically Arranged*, New York: Humanities Press, 1962.

④ See Dudley Flamm, *Thackeray's Critics*, Chapel Hill: The University of North Carolina Press, 1967.

⑤ See Geoffrey Tillotson and Donald Hawes, eds., *William Thackeray: The Critical Heritage*, London: Routledge & k. Paul, 1968.

⑥ See Richard Pearson, *Early Fiction and Journalism*, London: Routledge, 1996.

⑦ See Richard Pearson, *Early Travel Writings*, London: Routledge, 1996.

⑧ See Lewis Melville, *The Thackeray Country*, London: Adam and Charles Black, 1905.

⑨ See Theodore Taylor, *Thackeray, the Humourist and the Man of Letters*, London: John Camden Hotten, Picadilly, 1864.

有理查德·亨利·斯托达德的《萨克雷和狄更斯轶事》，① 约翰·里德的《狄更斯和萨克雷：惩罚和原谅》，② 以及戈登·雷的《萨克雷：智慧的时代（1847~1863）》。最后这本传记记录了萨克雷生平各个时段的逸闻趣事，有的是通过女儿的记述，各种事实的串联勾勒出萨克雷在不同创作时期的心路历程。③

赫尔曼·梅里韦尔和弗兰克·托马斯·马尔兹尔斯合作的《萨克雷生平》，将萨克雷生平和著作串联，其中包含许多珍贵、翔实的历史材料，被传记研究者奉为圭臬，成为之后萨克雷传记研究必不可缺的参考文献。④

其他多集中在 20 世纪。如美国斯坦福大学学者约翰·多兹的《萨克雷：一个评论家的画像》，该传记通过对萨克雷的作品、人生经历以及所处时代背景等方面的分析，试图展现出一个全面而深刻的萨克雷形象。⑤ 美国伊利诺伊大学戈登·雷的《被埋没的日子：萨克雷小说和他的亲身经历之间》探讨了萨克雷小说中人物的来源与原型，揭示了作者的生活经历、信仰和人际关系如何影响其创作。⑥

刘易斯·梅尔维尔的《威廉·梅克皮斯·萨克雷》和 1996 年补充版《萨克雷的生活》，以及马尔科姆·埃尔温的《名人萨克雷》，还有莱昂内尔·斯蒂文森的《名利场的玩偶师：萨克雷生活实录》，详细揭示出萨克雷的各类朋友圈，从倾盖如故到反目成仇，从萍水相逢到莫逆之交，这些朋友点缀在萨克雷的写作生涯中，其中有部分成为其小说人物的原型。⑦ 这

---

① See Richard Henry Stoddard, ed., *Anecdote Biographies of Thackeray and Dickens*, New York: Scribner, Armstrong , 1874.

② See John R. Reed, *Dickens and Thackeray: Punishment and Forgiveness*, Athens: Ohio University Press, 1995.

③ See Gordon N. Ray, *Thackeray: The Age of Wisdom, 1847-1863*, London: Oxford University Press, 1958.

④ See Herman Merivale and Frank T. Marzials, *The Life of W. M. Thackeray*, London: Walter Scott, 1891.

⑤ See John W. Dodds, *Thackeray: A Critical Portrait*, New York: Oxford University Press, 1941.

⑥ See Gordon N. Ray, *The Buried Life: A Study of the Relation Between Thackeray's Fiction and His Personal History*, Cambridge: Harvard University Press, 1952.

⑦ See Lewis Melville, *William Makepeace Thackeray*, New York: Doubleday, Doron & Company, Inc., 1928; Lewis Melville, *The life of William Makepeace Thackeray*, London: Routledge, 1996; Malcolm Elwin, *Thackeray a Personality*, London: Jonathan Cape, 1932; Lionel Stevenson, *The Showman of Vanity Fair: The Life of William Makepeace Thackeray*, New York: Russell & Russell, 1968.

些传记提供的史料虽然琐碎，但依旧能构建出一个形象丰满、情感真实的萨克雷。还有菲利普·柯林斯的《萨克雷：采访和回忆》，通过对萨克雷后代的采访，力图捕捉萨克雷不为人知的一面。①

凯瑟琳·彼得斯的《萨克雷的世界：游移于想象与现实之间》是一部有特色的传记，它对萨克雷作品中人物与其生活原型进行抽丝剥茧式比对。此外，较之其他传记偏向弘扬萨克雷的种种美德，这部传记则更强调萨克雷叛逆的一面，比如与父母的矛盾、与朋友之间的龃龉、对女性的偏见等，② 这为了解萨克雷的思想开启了一扇新的窗口。维尼弗雷德·热兰的《安妮·萨克雷·里奇传记》③ 以及 P. L. 希林伯格和 J. 麦克西的《两个萨克雷：安妮·萨克雷·里奇对威廉·梅克皮斯·萨克雷作品的百年传记介绍》，从女儿的视角揭开萨克雷在维多利亚时代英国文学圈的地位。④

关于萨克雷的回忆录有两本。1893 年出版的《与萨克雷同行美国》是萨克雷美国之行的随行秘书克罗先生的晚年记述。克罗先生是萨克雷挚友的儿子，陪伴萨克雷两次远去美国，担任其在美国演讲期间的私人秘书。克罗以旁观者的视角，记述萨克雷在美国参与的各项活动，以及克罗自己的所见所闻，虽多铺陈事实，但并非只是混沌印象，⑤ 这为探索萨克雷对美国社会的关注以及其在美国的人际关系网提供了很好的参考。玛格丽特·福斯特的《威廉·梅克皮斯·萨克雷：一个维多利亚绅士的回忆录》披露萨克雷经历的失败、挫折和无奈，对一双女儿的挚爱，对母亲、继父的愧疚，对布鲁克菲尔德夫妇的眷恋及后来的决裂等，还有对美国的评价。⑥

---

① See Philip Collins, ed. , *Thackeray, Interviews and Recollections*, New York：St. Martin's Press, 1983.

② See Catherine Peters, *Thackeray's Universe: Shifting Worlds of Imagination and Reality*, New York：Oxford University Press, 1987.

③ See Winifred Gerin, *Anne Thackeray Ritchie: A Biography*, Oxford：Oxford University Press, 1983.

④ See Peter L. Shillingsburg and Julia Maxey, *The Two Thackerays: Anne Thackeray Ritchie's Centenary Biographical Introductions to the Works of William Makepeace Thackeray*, New York: AMS Press, 1988.

⑤ See Eyre Crowe, *With Thackeray in America*, London：Cassell and Co. , 1893.

⑥ See Margaret Forster, *Memoirs of a Victorian Gentleman: William Makepeace Thackeray*, New York：William Morrow and Company, Inc. , 1979.

总体上说，西方萨克雷传记和回忆录为萨克雷研究提供了许多材料，具有难以估量的学术价值，有助于提高萨克雷思想阐释的准确度，对于明确其思想发展脉络具有深刻的指导意义。但亦有一些遗憾之处。萨克雷传记和回忆录不管是探讨其生平经历的重要事件，还是发掘琐碎的逸事，都老调重弹地再现这样几个关键词："赚钱""慷慨""女性朋友"等。萨克雷因为破产，所以不得不靠写作来赚钱养家，即便生活拮据，要拼命工作赚取生活费用，但对于落难中的朋友依然慷慨相助，甚至养育朋友的遗孤。因为妻子患有精神疾病，萨克雷有一些知心的女性朋友，给予他精神上的鼓励和抚慰。这些个人生活事件，都巧妙地呈现在其作品中。这些确定的元素不断在传记中翻滚腾跃，致使其他一些不确定元素深沉海底，遭受研究者冷遇。比如萨克雷对爱尔兰的描绘是主观怨念的发泄还是客观历史的展示，对女性的态度是男权思想的表现抑或还夹杂些许女权思想的萌动，这些都不得而知。

**（二）专题研究**

萨克雷过世后，相关的研究专著开始零星地出现于 19 世纪后半叶。1895 年，萨克雷的好友安东尼·特罗洛普出版的《萨克雷》兼具传记和作品研究的特点，还掺入了特罗洛普的主观评价，因为萨克雷对特罗洛普有提携栽培之恩，因此书中对萨克雷多有褒扬之词。[①] 同年，阿道夫·阿尔弗雷德·杰克的《萨克雷研究》对其所有小说类作品进行评述，并结合同时代其他作家作品的风格，凸显萨克雷与众不同之处。[②] 这些评述为后续研究提供了宝贵的参考文献。

进入 20 世纪，萨克雷研究日益多样化。W. C. 布劳内尔的《维多利亚时代的散文大师》揭开了 20 世纪萨克雷研究的序幕，揭露了萨克雷散文映射出的难以调和的社会矛盾。[③]

以萨克雷某一部小说或者小说中某一类特定人物为研究对象的研究成果不在少数，前者主要集中在成名后反响不错的《名利场》和《亨利·艾斯芒德的历史》（*The History of Henry Esmond*）。迈克尔·麦克米伦的《萨

---

[①] See Anthony Trollope, *Thackeray*, New York：Arkell Weekly Company, 1895.

[②] See Adolphus Alfred Jack, *Thackeray: A Study*, London：Macmillan and Co. , 1895.

[③] See W. C. Brownell, *Victorian Prose Masters*, New York：C. Scribner's Sons, 1901.

克雷之〈名利场〉》分析了《名利场》中的女性形象。① 同类型的还有
M. R. 贝内特的《〈名利场〉笔记》② 和罗宾·吉尔摩的《萨克雷：名利
场》③。罗伯特·斯坦利·福赛特的《一个贵族流氓：第四代莫亨勋爵查尔
斯的生活实录——萨克雷〈亨利·艾斯芒德的历史〉背景研究》研究小说
《亨利·艾斯芒德的历史》的历史背景。④ 关于人物分析的研究有安德鲁·
蒙德的《萨克雷小说中的维多利亚时代人物》⑤ 和爱丽丝·克洛斯莉的《萨
克雷小说中的维多利亚中期青年男性》⑥。具有借鉴意义的是乔治·圣茨伯
里在《萨克雷评鉴》中将萨克雷的作品及其作品人物进行横向（不同作品
人物的对比）、纵向（与前辈作家的作品及作品人物的对比）研究，分别
展示同一历史语境和不同历史语境下作品人物设置和作者的创作意识之间
的关系。⑦

关于作品的风格研究，具有典型意义的有玛丽安·斯洛尔的《叛逆的弗
雷泽》，其记录了萨克雷为《弗雷泽杂志》撰写文章期间经历的事件，是了
解萨克雷早期作品风格的有益渠道；⑧ 杰克·罗琳斯的《萨克雷小说：真实》
结合时代背景探讨萨克雷小说的真实性。⑨ 从 1935 年开始，出现了对萨克
雷评论的评论，包括柯利·泰勒的《马克·吐温评萨克雷眼中的"斯威夫
特"》、C. E. 埃克斯利的《萨克雷，作家及其作品》和杰弗里·蒂洛森的
《小说家萨克雷》。这些评论以文本细读的方式阐述萨克雷创作的统一性特
点：人物在不同小说中重复出现，小说家的评论、小说叙述者的评论与故
事内容衔接，为了提高读者的期望而采用拖延手法，等等。这些特点几乎

---

① See Michael MacMillan, *Thackeray's Vanity Fair*, London：Macmillan, 1922.

② Mildred R. Bennett, *Vanity Fair: Notes*, Lincoln, Neb.：Cliffs Notes, 1964.

③ Robin Gilmour, *Thackeray: Vanity Fair*, London：Edward Arnold, 1982.

④ See Robert Stanley Forsythe, *A Noble Rake: The Life of Charles, Fourth Lord Mohun: Being a Study in the Historical Background of Thackeray's "Henry Esmond"*, Cambridge：Harvard University Press, 1928.

⑤ Andrew Maunder, *Lives of Victorian Literary Figures, William Thackeray by Their Contemporaries*, London：Pickering & Chatto, 2007.

⑥ Alice Crossley, *Male Adolescence in Mid-Victorian Fiction: W. M. Thackeray*, New York：Routledge Taylor & Francis Group, 2018.

⑦ See George Saintsbury, *A Consideration of Thackeray*, London：Humphrey Milford, 1931.

⑧ See M. H. Miriam Thrall, *Rebellious Fraser's*, New York：Columbia University Press, 1934.

⑨ See Jack P. Rawlins, *Thackeray's Novels: A Fiction That Is True*, Berkeley：University of California Press, 1974.

在萨克雷的每一部作品中都会出现，① 这为开展萨克雷作品的叙述艺术研究提供了重要参考。

　　具有颠覆性意义的研究当数劳伦斯·布兰德的《萨克雷》。此著结合批评家对萨克雷的评述，认为其早期作品优于出名后的作品，出名后的几部小说掺入了太多个人情感因素。萨克雷为了一直处于上流社会交际圈而似乎变得缩手缩脚，讽刺手法已然失去犀利的锋芒，后期作品写作内容冗长，啰里啰唆，散漫芜杂。② 这一观点虽然失之偏颇，但有理有据，极具颠覆性，颇有见地。约翰·萨瑟兰的《维多利亚的种族主义者萨克雷》以文本细读的方式证明萨克雷是一个维护奴隶制的种族主义者，此文在一定程度上削弱了萨克雷作为人文主义作家的形象。③ 同类型的还有芭芭拉·哈代的《萨克雷激进主题研究》④。

　　关于萨克雷小说叙述特点的研究出现于 20 世纪 60 年代末。K. C. 菲利普斯的《萨克雷的语言》探讨萨克雷作品的语言风格，以及作品中的地方俚语、区域方言、人名地名的语法构成、词汇特点。⑤ 同类的还有如下著作：詹姆斯·威特立的《萨克雷小说的表达形式》⑥，J. 希利斯·米勒的《维多利亚时代的小说形式》⑦，约翰·路福波的《萨克雷和小说形式》⑧，埃德加·哈登的《萨克雷连载小说漫谈》⑨，以及 J. A. 萨瑟兰的《创作中的萨克雷》⑩。最后一本专著对萨克雷的 6 部长篇小说进行原创性解读，展现了其独特的理论建构天赋。

---

① See Coley B. Taylor, *Mark Twain's Margins on Thackeray's "Swift"*, New York: Gotham House, 1935; C. E. Eckersley, ed., *William Makepeace Thackeray, the Writer and His Work*, New York: Longmans, Green & Co., 1950; Geoffrey Tillotson, *Thackeray the Novelist*, London: Methuen, 1954.

② See Laurence Brander, *Thackeray*, London: Longmans, Green & Co., 1959.

③ See John Sutherland, "Thackeray as Victorian Racialist," *Essays in Criticism*, Vol. 4, 1970.

④ Barbara Hardy, *The Exposure of Luxury: Radical Themes in Thackeray*, Pittsburgh: University of Pittsburgh Press, 1972.

⑤ See K. C. Phillipps, *The Language of Thackeray*, London: Deutsch, 1978.

⑥ James H. Wheatley, *Patterns in Thackeray's Fiction*, Cambridge: M. I. T. Press, 1969.

⑦ J. Hillis Miller, *The Form of Victorian Fiction*, Notre Dame: University of Notre Dame Press, 1968.

⑧ John Loofbourow, *Thackeray and the Form of Fiction*, New York: Gordian Press, 1976.

⑨ Edgar F. Harden, *The Emergence of Thackeray's Serial Fiction*, Athens: University of Georgia Press, 1979.

⑩ See J. A. Sutherland, *Thackeray at Work*, London: The Athlone Press, 1974.

亚瑟·波拉德的《萨克雷〈名利场〉专题汇编集》汇编了萨克雷同时代作家及之后部分学者对《名利场》的评述 20 篇以及萨克雷的部分信件。①同类型的还包括哈罗德·布鲁姆的《威廉·梅克皮斯·萨克雷的〈名利场〉》②，可惜之后并未再出现萨克雷其他作品的专题汇编。布鲁姆的另一力作《威廉·梅克皮斯·萨克雷》从宗教层面探讨萨克雷作品的艺术价值。③

约安·威廉斯从道德伦理视角探讨萨克雷的中长篇小说，其《萨克雷》开启了萨克雷作品伦理道德研究之门。④ 艾那·费理斯的《威廉·梅克皮斯·萨克雷》对萨克雷进行整体研究，认为不能简单地把萨克雷看作一名道德家，而是要挖掘其隐秘的复杂性。⑤ 类似的还包括罗波特·科比的《萨克雷人性观：作者和他的观众》⑥，迈克尔·伦德的《解读萨克雷》⑦，安·蒙萨拉特的《不安的维多利亚人萨克雷，1811~1863》⑧，以及格雷戈里·塔格的《精神及行为》⑨。

加尼斯·卡莱尔的《观众的感觉：世纪中叶的狄更斯、萨克雷和乔治·艾略特》探讨萨克雷小说叙述者和作者的差距，力图比较不同小说间的差异性，⑩ 为萨克雷作品的叙述和比较研究提供了参考。关于作品比较研究的还有 E. L. 吉尔伯特的《萨克雷〈名利场〉和〈亨利·艾斯芒德〉》⑪和约翰·凯里的《慷慨才子萨克雷》⑫，这两部著作聚焦于萨克雷作品中对光、色的描绘，以及频繁出现的商品、饮食和戏剧等情节，再联系萨克雷

① See Arthur Pollard, ed., *Thackeray: Vanity Fair, a Casebook*, Hampshire: The Macmillan Press Ltd., 1978.

② Harold Bloom, *William Makepeace Thackeray's Vanity Fair*, New York: Chelsea House Publishers, 1987.

③ See Harold Bloom, *William Makepeace Thackeray*, New York: Chelsea House Publishers, 1987.

④ See Ioan M. Williams, *Thackeray*, New York: Arco, 1969.

⑤ See Ina Ferris, *William Makepeace Thackeray*, Boston: Twayne Publishers, 1983.

⑥ Robert A. Colby, *Thackeray's Canvass of Humanity: An Author and His Public*, Columbus: Ohio State University Press, 1979.

⑦ Michael Lund, *Reading Thackeray*, Detroit: Wayne State University Press, 1988.

⑧ Ann Monsarrat, *An Uneasy Victorian: Thackeray the Man, 1811-1863*, London: Cassell, 1980.

⑨ Gregory F. Tague, *Ethos and Behavior*, Bethesda: Academica Press, 2008.

⑩ See Janice Carlisle, *The Sense of an Audience, Dickens, Thackeray, and George Eliot at Mid-Century*, Athens: The University of Georgia Press, 1981.

⑪ E. L. Gilbert, *W. M. Thackeray's Vanity Fair, and Henry Esmond*, New York: Monarch Press, 1965.

⑫ See John Carey, *Thackeray: Prodigal Genius*, London: Faber and Faber, 1977.

真实生活中的相同元素，将虚构的小说和真实的生活经验进行并置，以探求其差异性。

R.D. 麦克马斯特的《萨克雷小说的文化隐喻：以〈钮可谟一家〉为例》从文化层面探究小说《钮可谟一家》涉及的文化隐喻。[①] 这是西方第一次从文化隐喻角度切入，为其后的文化研究铺垫了基石。日本学者高桥田一（Ichihashi Takamichi）的论著《萨克雷小说中的德国元素》探索萨克雷作品中的德国文化痕迹。[②] 1993 年，克里斯托弗·科茨的《萨克雷的编辑和〈名利场〉双重文本》阐释了小说插图和小说文本之间的双重叙事互补，是小说叙事研究的一个亮点。[③]

另外，查尔斯·普伦特·约翰逊写了《萨克雷的早期书写》，但其内容并未跳出之前批评综述和生平评述的框架。[④] 由理查德·皮尔森编辑的《威廉·梅克皮斯·萨克雷图书馆》收录了部分萨克雷的旅行见闻，包括他在法国、德国和美国的见闻，这些见闻是他创作的小说场景及情节的来源。[⑤]

步入 21 世纪，萨克雷研究呈现百花齐放趋势，基于前辈研究的硕果，专题研究日渐步入正轨，大有长江后浪推前浪之势。其典型成果如下：S.S. 柏拉威尔的《萨克雷欧洲记事：基于文本及绘本的诠释》，以小说文本中涉及的异域情节为研究对象，力证作者描写异域风情及事件并非只是吟风弄月的文字娱乐，而是具有在揭露时弊中包孕伦理关怀的精神追求；[⑥] 理查德·皮尔森的《威廉·梅克比斯·萨克雷与媒体文本：19 世纪中期的期刊书写》定位于萨克雷的期刊文章，尤其对萨克雷的法国文化描述予以密切关注，认为萨克雷如此倾心于讲述法国文化用意深刻，并非只是和英国比对，更是希冀以法国为标杆，砥砺英国艺术前行，反映了萨克雷作为

① See R. D. McMaster, *Thackeray's Cultural Frame of Reference: Allusion in the Newcomes*, Buffalo: McGill-Queen's University Press, 1991.

② See Ichihashi Takamichi, *The German Code in Thackeray's Major Works*, Niigata: Niigata University, 2014.

③ See Christopher Coates, "Thackeray's Editors and the Dual Text of *Vanity Fair*," *Word & Image*, Vol. 9, Iss. 1, 1993.

④ See Charles Plumptre Johnson, *The Early Writings of William Makepeace*, London: Routledge, 1996.

⑤ See Richard Pearson, ed., *The William Makepeace Thackeray Library*, London: Routledge, 1996.

⑥ See S. S. Prawer, *W. M. Thackeray's European Sketch Books: A Study of Literary and Graphic Portraiture*, New York: Peter Lang, 2000.

文人墨客的忠愤。①

　　埃德加·哈登在前期研究的基础上继续推进，于 2000 年出版了《萨克雷：从〈潘登尼斯〉到〈丹尼斯·迪万〉》，探析萨克雷的个体经验与其小说创作之间的关联，并分析了将生平与虚构进行结合产生的艺术特点。②彼得·希林斯伯格的《威廉·梅克皮斯·萨克雷的文学生涯》，在回望前人的传记研究基础之上，进行合理的补充，凸显萨克雷的写作策略及成因，从文化层面分析作品中的人物，③ 对后续研究有所启迪。朱迪斯·费舍尔的《萨克雷的怀疑叙事和"冒险写作"》展现了萨克雷小说叙事中的对立转化特点，这一矛盾张力既明显又隐匿，之前从未被学者挖掘，费舍尔可谓见解独到，以独特的审美眼光揭示了萨克雷写作的特点。④ 大卫·佩恩所著《19 世纪小说复魅》展示了萨克雷作品中宗教、商业和意识形态相交织的世界。⑤ 帕里斯·伯纳德的《小说的心理学解读》则从心理学层面研究萨克雷小说的叙事特点。⑥ 理查德·萨蒙和爱丽丝·克罗斯里联合编辑的论文集《萨克雷——历史、记忆和现代性》⑦ 收录了多篇探讨萨克雷及其作品的论文，其中的《数字萨克雷：留住遗产?》将萨克雷研究推向以数据库检索为导向的新领域，⑧ 为萨克雷研究增添了一道新风景。柯斯蒂·米尔恩的《名利场：从班扬到萨克雷》从隐喻角度分析班扬的《天路历程》和萨克雷《名利场》的关联，⑨ 拓展了比较研究的深度和广度。

---

① See Richard Pearson, *W. M. Thackeray and the Mediated Text: Writing for Periodicals in the Mid-nineteenth Century*, London：Routledge, 2018.

② See Edgar F. Harden, *Thackeray the Writer: From Pendennis to Denis Duval*, Hampshire：Macmillan Press Ltd., 2000.

③ See Peter Shillingsburg, *William Makepeace Thackeray: A Literary Life*, New York：Palgrave, 2001.

④ See Judith L. Fisher, *Thackeray's Skeptical Narrative and the "Perilous Trade" of Authorship*, Hants：Ashgate, 2002.

⑤ See David Payne, *The Reenchantment of Nineteenth-Century Fiction*, New York：Palgrave Macmillan, 2005.

⑥ See Bernard J. Paris, *A Psychological Approach to Fiction*, New Brunswick：Transaction Publishers Co., 2010.

⑦ Richard Salmon and Alice Crossley, eds., *Thackeray in Time: History, Memory, and Modernity*, Oxon：Routledge, 2016.

⑧ See Clare Horrocks, "Digital Thackeray：Preserving the Legacy?" in Richard Salmon and Alice Crossley, eds., *Thackeray in Time: History, Memory, and Modernity*, Oxon：Routledge, 2016.

⑨ See Kirsty Milne, *At Vanity Fair: From Bunyan to Thackeray*, Cambridge：Cambridge University Press, 2017.

另外值得注意的是，研究生也是不可小觑的一支科研队伍。2015～2025 年 4 月，关于萨克雷的硕博士学位论文共计 46 篇。其中视角新颖的论文如下。哥伦比亚大学达德利·夫拉姆的《19 世纪美国萨克雷名望考察：以 1901 之前的英国注释文献及美国评论为依据》以萨克雷的"名声"为线索，串联美国对其作品的评论与其他牵涉公众反应的指标，如日记、回忆录和图书销售信息等，还有传记作品，考察萨克雷在英美的声望。①

北卡罗来纳大学教堂山分校尤金·霍拉翰的《萨克雷之〈巴里·林登〉：体裁、结构、背景及意义的研究》考察了萨克雷以隐喻和寓言构建小说意义的过程，做出了令人信服的研究。② 克莱尔·道格拉斯的《再现经典新貌：从小说插画看萨克雷、狄更斯、柯林斯和盖斯凯尔作品的陌生化效果》则采取了跨学科视角，分析意象和文字之间的逻辑关系，透视视觉艺术对探寻小说文本意义的影响。③

加州大学伯克利分校凯瑞·沃克的《整体前的部分：狄更斯、萨克雷和艾略特连载出版的美学价值》从作者—读者关系视角切入，分析三位作家连载出版的叙事技巧，以及和观众的互动状态，从中透视他们不同的文学观。萨克雷以操控且招摇的方式叙述故事，使连载读物展现出能使读者保持长久兴趣的能力，展现了其强大的文学掌控气场。④

纽约州立大学宾汉姆顿分校苏珊·雷的《三重门：萨克雷小说中的种族、帝国和他者》可谓是萨克雷政治主题研究的开山之作，其将作者的身份同当时的大英帝国背景相联系，以此确定作者通过小说展示出来的殖民态度。论文作者认为萨克雷特意采取一种"双重讽刺"的态度揭露具有优越性的英国人先入为主的"他者印象"，实质上，小说中对"他者"（特别指爱尔兰天主教徒、印度人、美国人、黑人和犹太人）看法的摇摆不定，甚至经

① See Dudley Flamm, "Thackeray's American Reputation in the Nineteenth Century with an Annotated Bibliography of British and American Criticism to 1901," Ph. D. diss., Columbia University, 1964.
② See Eugene Hollahan, "Thackeray's *Barry Lindon*: A Study of Genre, Structure, Background and Meaning," Ph. D. diss., University of North Carolina at Chapel Hill, 1969.
③ See Clare Douglass, "A New 'Look' at the Canon: Defamiliarizing the Works of Thackeray, Dickens, Collins, and Gaskell Through a Recovery of Their Illustrations," Ph. D. diss., University of North Carolina at Chapel Hill, 2007.
④ See Kerry Walk, "The Part Before the Whole: The Aesthetics of Serial Publication in Dickens, Thackeray, and Eliot," Ph. D. diss., University of California, Berkeley, 1993.

常对其讥讽挖苦，并非作者本人的态度，而是为了揭示英帝国的政治偏见。①

纵观国外萨克雷研究 100 多年来的发展史，可以看出其走向是从文献整理到专题研究。赫尔曼·梅里韦尔和弗兰克·托马斯·马尔兹尔斯合作的《萨克雷生平》，以及萨克雷的好友安东尼·特罗洛普出版的《萨克雷》可认为是萨克雷研究的发轫，为之后萨克雷研究的发展奠定了坚实的基础。戈登·雷在 1945 年出版的《萨克雷书信及其他私人文件集》（四卷本）则为研究者提供了第一手的珍贵文献，为后续研究者频繁引用。西方萨克雷研究主要集中在文献整理，专题研究的数量并不多，内容多涉及作者和作品的联系研究，以及作品特点研究。期待以后会有更多更具深度和广度的研究。

## 二 中国萨克雷研究综述

西方萨克雷研究发轫于 19 世纪 60 年代，而我国自 1922 年才首译其书。因此，无论从深度还是广度而言，西方萨克雷研究相较于国内更显厚实饱满，国内萨克雷研究还有待进一步扩展和深挖。现对中国萨克雷研究成果做综述如下。

### （一）译介、评述

1. 1922～1962 年：以译介萨克雷小说为主

1922 年，吴宓翻译萨克雷小说《钮可谟一家》（*The Newcomes*）（《学衡》第 1～4、7～8 期），开始了我国对萨克雷作品的译介。吴宓认为西方小说中可与《红楼梦》相媲美的，唯有《钮可谟一家》。②吴宓翻译萨克雷小说《名利场》第一章，译文名为《小说名家：名利场（Vanity Fair）楔子第一回》（《学衡》第 55 期，1926）。译文采用中国传统小说惯用的章回体形式，且将书名译为"名利场"，此译名成为之后的通用译名。③《名利场》后来有伍光建的节译本《浮华世界》（商务印书馆，1931）。顾均正 1930 年翻译《玫瑰与指环》（2012 年再版），虽然这是一本童话书，但能体现萨克雷即兴设计故事的天赋，其中蕴含的鲜活讽刺使它在儿童文学中占有一

① See Susan E. Ray, "Between Worlds: Race, Empire and Otherness in the Writings of W. M. Thackeray," Ph. D. diss., Binghamton University, 2011.

② 葛桂录：《中英文学关系编年史》，上海三联书店，2004，第 165 页。

③ 葛桂录：《中英文学关系编年史》，上海三联书店，2004，第 181～182 页。

席之地。<sup>①</sup> 杨必翻译的《名利场》（人民文学出版社，1957）受到业内高度评价，因为译文成功传递出了原版的神韵。杨绛在为该译本撰写的序言里，对萨克雷的创作给予了肯定，指出其写作融入诸多真实的细节，为读者呈现了一幅幅鲜活生动的社会图景。<sup>②</sup> 1958 年，陈逵、王培德合译的《亨利·艾斯芒德的历史》忠于原著，行文流畅自然，很好地保留了原著语言的地道风格与文学韵味。

2. 1963~1998 年：作品评论崭露头角

1963 年正值萨克雷逝世 100 周年之际，朱虹的文章《论萨克雷的创作——纪念萨克雷逝世一百周年》（《文学评论》1963 年第 5 期），评述了他的民主和社会观念以及创作目的，指出英国现实主义文学的矛盾特征。<sup>③</sup> 张健的文章《论萨克雷的〈亨利·艾斯芒德的历史〉——纪念萨克雷逝世 100 周年》（《文史哲》1963 年第 3 期），通过文本细读，指明萨克雷的历史局限性和政治妥协性。<sup>④</sup> 新中国成立初期，萨克雷研究主要从中国国情出发，借助萨克雷小说来批判资产阶级的腐败。

"文革"期间，萨克雷研究处于停滞状态。"文革"结束后，一直到 20 世纪 70 年代改革开放拉开序幕，也未再出现萨克雷作品的译介和评论，原因是学者把目光投向西方其他作家，萨克雷作品研究处于暂时无人问津的窘境。从 20 世纪 80 年代中期开始，萨克雷研究回暖。项星耀翻译萨克雷自传体小说《潘登尼斯》（上海译文出版社，1985），金绍禹翻译《王妃的悲剧》（上海译文出版社，1988）。胡明华翻译《巴黎速写》，其中收录了萨克雷在不同期刊上发表的评论文章以及部分短篇小说，是作者旅居法国期间所见所感的汇总，有助于了解萨克雷思想。<sup>⑤</sup> 刘荣跃翻译《势利者脸谱》，译者在"译序"中提到翻译此书的原因：其一，势利是人类社会普遍存在的弱点，译者认为作者"揭示势利，惊醒世人"，是一项有意义的工作；其二，译者认为萨克雷作品在中国的译本太少了，对于一个伟大的现实主义作家，中国读者主要通过《名利场》了解萨克雷，这是远远不

① 详见〔英〕威廉·梅克皮斯·萨克雷《玫瑰与指环》，顾均正译，中国青年出版社，2012。
② 详见葛桂录《中英文学关系编年史》，上海三联书店，2004，第 274~275 页。
③ 葛桂录：《中英文学关系编年史》，上海三联书店，2004，第 296~297 页。
④ 葛桂录：《中英文学关系编年史》，上海三联书店，2004，第 296~297 页。
⑤ 详见〔英〕威廉·梅克皮斯·萨克雷《巴黎速写》，胡明华译，江苏教育出版社，2006。

够的；其三，萨克雷在书中刻画的势利者形象生动，笔锋犀利。①

除了中译本，作品评论也陆续出现。焦小晓在《从〈名利场〉看萨克雷的讽刺艺术》中探讨了"不和谐"的矛盾、叙述者边叙边议、丑丑相衬、作者的插画寓意等手法呈现的讽刺效果。② 焦小晓对萨克雷讽刺艺术的总结和评论细致周详，为后续的萨克雷讽刺手法研究提供了诸多参考。

李鸿泉《维多利亚盛世的女性悲歌——狄更斯与萨克雷笔下的女性群象》认为萨克雷笔下的女性很难归入特定类别，因为她们贴近日常生活中的人物。③ 这一观点得到后续研究者的普遍认同。

朱虹在《英国小说的黄金时代（1813—1873）》的《论萨克雷的创作道路》部分，对萨克雷的生平经历进行了介绍，肯定了其作品的批判意识，详述了萨克雷对贵族、绅士以及女性等人物的态度，并指出萨克雷在体现真实性方面表现突出。④ 20 世纪 90 年代末期开始频繁出现关于英文文学的著述，其中对萨克雷及其作品的介绍也开阔了读者的视野。

3. 1999 年至今：评论内容趋向多样化

步入 21 世纪，伴随改革开放的渐进深入，中国与西方的文学交流日益加深，评介英国文学的著述如雨后春笋般出现，出现百花齐放的兴盛局面。侯维瑞主编的《英国文学通史》⑤，高继海编著的《简明英国文学史》⑥，刘意青、刘阳阳编著的《插图本英国文学史》⑦ 都有专节介绍萨克雷生平及其作品。

按照评论内容归类，主要有如下几类。第一，道德教诲。殷企平等在《英国小说批评史》第二篇"成熟时期：19 世纪"的"小说的道德教诲功能"部分，谈及英国 19 世纪的文学评论家威廉·考德威尔·罗斯科（William Cald-

---

① 详见〔英〕威廉·梅克皮斯·萨克雷《势利者脸谱》，刘荣跃译，中国社会科学出版社，2009，"译序"第 1~5 页。
② 详见焦小晓《从〈名利场〉看萨克雷的讽刺艺术》，《上海师范大学学报》（哲学社会科学版）1987 年第 1 期。
③ 详见李鸿泉《维多利亚盛世的女性悲歌——狄更斯与萨克雷笔下的女性群象》，《外国文学研究》1994 年第 3 期。
④ 详见朱虹《英国小说的黄金时代（1813—1873）》，中国社会科学出版社，1997，第 142~162 页。
⑤ 侯维瑞主编《英国文学通史》，上海外语教育出版社，1999。
⑥ 高继海编著《简明英国文学史》，河南大学出版社，2006。
⑦ 刘意青、刘阳阳编著《插图本英国文学史》，北京大学出版社，2011。

well Roscoe，1823~1859）对萨克雷高度赞誉。罗斯科指出萨克雷的伟大之处在于，他并不刻意指明写作的道德教诲功能，而是以小说篇章的设计构思唤起读者的道德意识。罗斯科认为作家写作的目的在于展示一个社会历史时期的真实面貌，特别要能指出社会问题所在，萨克雷正是这方面的典范。①

第二，创作特点。李维屏在《英国小说艺术史》第四章"19 世纪的小说艺术"第三节"萨克雷的艺术风格"中，提到萨克雷小说创作的特点——统一性。统一性表现为小说人物在萨克雷不同小说中重复出现、保持一贯的作者本人的语体特征、给读者留下想象空间的叙述形式。②

第三，萨克雷的资产阶级软弱性。徐葆耕在《西方文学十五讲》中用"妙语连珠"形容《名利场》，指出 19 世纪的英国经济强盛，但道德败坏，人们对传统美德的坚守已然让位于对金钱的执着。作家在嘲讽社会种种弊端之时，又自然地被裹挟其中，对上流社会痛砭之余，依旧还是艳羡。③这是萨克雷资产阶级软弱性的典型表现。

第四，萨克雷小说的叙事特征。申丹等在《英美小说叙事理论研究》第三章"英国 19 世纪中期小说叙事理论"第一节"书信体与第一人称叙述"和第二节"第三人称叙述与介入性评论"中都详细地谈到了萨克雷的叙事特征。在叙事特点方面，萨克雷接近菲尔丁，比如支持"人物性格一致性"的手法。此外，萨克雷亦有自己的叙述特色。在《亨利·艾斯芒德的历史》中，萨克雷特意在小说中呈现有关小说叙述者艾斯芒德及其妻女的文字说明，以此彰显此作品为全家人共创，这一手法在英国小说界实属罕见。值得关注的是，在小说目录部分，每章标题提及艾斯芒德的地方，皆用"我"指代艾斯芒德；而在具体内容叙述部分，则主要采用第三人称"艾斯芒德"，不过，第一人称"我"也会不时穿插出现。④ 这些叙述技巧体现了萨克雷的艺术观。申丹等的分析评论为萨克雷小说的叙述手法研究打开了一扇窗口。

第五，萨克雷的艺术成就及局限性。钱青主编的《英国 19 世纪文学史》的第六章专门评述萨克雷，这章的编写者苏索才归纳总结了萨克雷的艺术成就及局限性。

---

① 详见殷企平等《英国小说批评史》，上海外语教育出版社，2001，第 58~59 页。
② 详见李维屏《英国小说艺术史》，上海外语教育出版社，2003，第 159~163 页。
③ 徐葆耕：《西方文学十五讲》，北京大学出版社，2003，第 210~211 页。
④ 申丹等：《英美小说叙事理论研究》，北京大学出版社，2005，第 60~61 页。

艺术成就体现在三个方面。首先，肯定萨克雷真实地揭露出英国资本主义社会的各种问题。其次，追求历史感，萨克雷成功地实现了特定历史背景下对典型人物的塑造。最后，小说书写方面的突破，萨克雷拒绝称颂英雄，而是聚焦普通人物，描摹日常生活的点滴，自然真实。

萨克雷的局限性表现在他对工人阶级生活状态和政治诉求的漠视，一味注重宣扬中产阶级的道德，在频繁的道德说教背后，又透露出对小说中反面人物的模糊态度，批判不够彻底，表现出软弱性。①

同类型的还包括常耀信的《英国文学简史》，其中第十二章"维多利亚时代·狄更斯·萨克雷"专辟一节"萨克雷"，讲述萨克雷的书写风格并分析其部分作品，还将萨克雷和狄更斯做了比较。狄更斯偏向浪漫主义风格，萨克雷则坚持现实主义路线。②

第六，萨克雷小说人物分析。李维屏主编的《英国小说人物史》第四章"19世纪英国小说人物的演变"第四节"萨克雷社会讽刺小说中的人物：上层市民的真实写照"的编写者冯建明对萨克雷笔下的各色人物进行了中肯、细致的分析，有理有据。特别是对《名利场》中杜宾和《潘登尼斯》中沃林顿的分析和评论精辟透彻，凸显他们的牺牲精神，且这种牺牲精神并未脱离人的社会性和自然性，并无夸大不可信的成分。萨克雷借此表达了他对社会道德滑坡、世风日下的不满，并暗示了改良路径。③

第七，对于前人研究的反拨。常耀信主编的《英国文学通史》第八章"维多利亚时期"第三节"维多利亚小说"部分介绍并分析了萨克雷及其部分作品。其他英国文学史类图书都认为萨克雷敬仰菲尔丁并刻意模仿他的创作风格，但这部《英国文学通识》则持相反观点，认为萨克雷并不推崇亨利·菲尔丁，因为菲尔丁不重视道德。④

第八，探讨萨克雷现实主义创作风格。李维屏等著的《英国文学思想史》第六章"批判现实主义思潮"第二节"萨克雷对上层社会的讽刺和批评"，在英国文学思想背景下，详细探讨了萨克雷现实主义写作风格特征及其产生原因。萨克雷之所以推崇现实主义写作风格，很大一部分原因在于他

① 详见钱青主编《英国19世纪文学史》，外语教学与研究出版社，2006，第286~287页。
② 参见常耀信《英国文学简史》，南开大学出版社，2006，第243页。
③ 详见李维屏主编《英国小说人物史》，上海外语教育出版社，2008，第188~203页。
④ 常耀信主编《英国文学通史》，南开大学出版社，2013，第451页。

不欣赏浪漫主义及"新门派小说"① 的创作风格。他特别崇拜 18 世纪的英国作家亨利·菲尔丁,在写作手法上颇有菲尔丁的特色。力图保持自然和真实、幽默中透着讽刺、全知叙事以及夹叙夹议等手法都源于菲尔丁,但他在表现真实和揭露及批判社会问题方面呈现"青出于蓝而胜于蓝"的一面。②

以上著述从不同视角阐释萨克雷的创作风格和写作技巧,为更进一步的研究提供丰富的参考资源。但遗憾的是,至今为止并未出现萨克雷研究专著。因此,期刊论文成为我国萨克雷研究的主要形态。

**(二) 期刊论文**

截至 2024 年 8 月,在中国知网上搜索萨克雷相关论文,共有 384 篇(去除硕博士学位论文),主要可以分为小说人物分析、讽刺手法、叙事技巧、文本比较、翻译研究、作品主旨、影视改编、作者思想研究,以及对小说评论的分析等主题。研究对象主要集中于小说文本《名利场》。《名利场》研究在期刊论文中占的比例高达 95.7%,然后是《钮可谟一家》和《弗吉尼亚人》。论文以人物分析、叙事技巧和作品主旨研究为主。殷企平在论文《"进步"浪潮中的商品泡沫:〈名利场〉的启示》中敏锐地指出克里斯托弗·林德纳 (Christoph Lindner) 对《名利场》分析的不足之处,强调女主贝基 (又译为蓓基和利蓓加,本书统一用贝基) 映射出的商品文化现象理应得到重视。③ 同年,殷企平在《体面的进步:〈纽克姆一家〉昭示的历史》中对维多利亚时代工业化社会进步和小说中体现的实质性进步缺席之间的反差进行了比对和阐释。④ 这两篇论文有助于更加深刻地理解萨克雷创作的主题意义。张俊萍在《"约翰生博士的字典"——评〈名利场〉中"物"的叙事功能》中阐述小说中各种"物"的叙事和小说主题的关联。⑤

2005 年开始出现对萨克雷作品的翻译研究,如盛一英的《脱胎换骨

---

① "新门派小说" (Newgate Novel) 的主人公原型来自伦敦著名的新门监狱。这类小说的特点是将这些罪犯描述成英雄。在 1830 年到 1840 年间,新门派小说广受大众欢迎,代表作家是托马斯·盖斯佩 (Thomas Gaspey)、爱德华·鲍沃尔-利顿 (Edward Bulwer-Lytton) 和威廉·安斯沃思 (William Ainsworth)。

② 详见李维屏等《英国文学思想史》,上海外语教育出版社,2012,第 364~372 页。

③ 殷企平:《"进步"浪潮中的商品泡沫:〈名利场〉的启示》,《外国文学研究》2005 年第 3 期。

④ 殷企平:《体面的进步:〈纽克姆一家〉昭示的历史》,《外国文学评论》2005 年第 4 期。

⑤ 张俊萍:《"约翰生博士的字典"——评〈名利场〉中"物"的叙事功能》,《国外文学》2005 年第 2 期。

借腹重生 —— 读杨必译萨克雷的〈名利场〉》①，支晓来、曾利沙的《讽刺口吻在修辞格中的体现——兼评〈名利场〉的两个中译本》②，等等。虽翻译研究已经有所起步，但集中于对《名利场》的研究，而且数量寥寥，还远未形成蔚为壮观的局面。

随着国内外学术活动的开展日益频繁，萨克雷研究的主题也呈现多样化色彩。比如在探讨萨克雷思想方面，刘风山在《萨克雷与蓓基·夏泼的道德清白—— 重读〈名利场〉》中探讨贝基是否违背传统的父权社会固有的伦理，以及萨克雷道德观的矛盾表现。③ 宋红英的《〈名利场〉的文体特征分析》在文体学框架下对《名利场》部分内容进行语篇分析，④ 开萨克雷作品文体学研究的先河，但后续却没有再看到同类论文出现。陈后亮、贾彦艳的《论萨克雷与英国新门派犯罪小说》指出萨克雷反对新门派小说的原因，以及试图遏制新门派小说热销所付出的努力。论文以新门派犯罪小说为参照，试图呈现萨克雷作品的特点，颇有新意。⑤ 孙艳萍的《铸造有良心的民族语言与文化——评萨克雷小说〈名利场〉》从贝基·夏泼抛弃《约翰逊词典》这一情节入手，探讨萨克雷对维护民族语言和文化的执着。⑥ 宁艺阳在《穿制服的男仆：〈钮可谟一家〉中的炫耀性消费与家庭体面》中结合英国 18～19 世纪相关税收政策，诸如仆人税、发粉税，以及当时流行的社会荣誉准则，探讨身穿豪华制服、戴着假发、抹着发粉的男仆如何变成富豪并展示体面和财富。⑦ 这篇论文的创意体现在作者能够从很容易被忽略的男仆制服切入并展开研究，主题新鲜，创新性强。

此外，随着西方文学理论在中国学术界的传播，利用某种特定理论解

① 盛一英：《脱胎换骨 借腹重生 —— 读杨必译萨克雷的〈名利场〉》，《长春师范学院学报》2005 年第 8 期。

② 支晓来、曾利沙：《讽刺口吻在修辞格中的体现——兼评〈名利场〉的两个中译本》，《广东外语外贸大学学报》2015 年第 2 期。

③ 刘风山：《萨克雷与蓓基·夏泼的道德清白—— 重读〈名利场〉》，《天津外国语大学学报》2011 年第 4 期。

④ 宋红英：《〈名利场〉的文体特征分析》，《绵阳师范学院学报》2014 年第 1 期。

⑤ 陈后亮、贾彦艳：《论萨克雷与英国新门派犯罪小说》，《外国语文》2017 年第 4 期。

⑥ 孙艳萍：《铸造有良心的民族语言与文化——评萨克雷小说〈名利场〉》，《外国文学研究》2018 年第 4 期。

⑦ 宁艺阳：《穿制服的男仆：〈钮可谟一家〉中的炫耀性消费与家庭体面》，《外国文学动态研究》2024 年第 3 期。

读萨克雷小说渐成常态。比如，奥地利心理学家阿德勒的个体心理学理论、弗莱的神话原型批评理论、荣格的原型心理学理论、伊瑟尔的读者反应理论等在解读萨克雷小说人物及文本分析方面都受到学界青睐。①

总之，萨克雷研究的期刊论文数量不多，且主要集中在《名利场》的研究领域，研究虽然呈多元化倾向，但未见系统研究趋势。萨克雷的其他作品受到忽略和冷遇，因此研究视野还有待拓宽，研究深度和广度还有待拓展。

### （三）学位论文

根据中国知网统计，截至 2024 年 8 月，关于萨克雷研究有硕士学位论文 125 篇，博士学位论文 1 篇。张保仓的博士学位论文《W.M. 萨克雷作品中大英帝国的文化焦虑》用后殖民主义相关理论，研究萨克雷作品中展现的帝国文化焦虑。论文认为萨克雷维护大英帝国秩序及意识形态，对于由非英格兰人、女性和下层阶级组成的附属者对帝国安全造成的威胁表现出焦虑，并希望对这些附属者进行压制，以保障大英帝国的安全。② 这篇博士学位论文在后殖民主义理论的加持下，选题新颖，有创意，在论证过程中能自如地将理论与文本进行有机结合，为萨克雷研究提供了有价值的参考。

硕士学位论文研究方向主要集中在翻译研究。研究对象几乎全部集中于《名利场》。从国内第一篇与萨克雷相关的硕士学位论文出现到目前为止，已有约 20 年历史，几乎每年都有数篇相关硕士学位论文出现。翻译研究几乎占 2/3，分为不同译本的比较研究和单个译本的特点研究，涉及多个翻译理论，诸如功能对等理论、读者接受理论等。近年来又呈现细化研究的趋势，比如聚焦《名利场》译本中的四字结构③、译者主体性④等。

---

① 详见孙宗广《自卑与补偿——对〈名利场〉中两个形象的心理学解读》，《苏州教育学院学报》2004 年第 4 期；解燕《从神话原型批评理论视角解读利蓓加》，《铜陵职业技术学院学报》2014 年第 4 期；杜燕萍《〈名利场〉中利蓓加的母爱缺失心理原型分析》，《长江大学学报》（社会科学版）2015 年第 7 期；王丽《萨克雷和他的读者——从读者反应理论解读〈名利场〉的叙事技巧》，《大众文艺》2016 年第 21 期。

② 详见张保仓《W.M. 萨克雷作品中大英帝国的文化焦虑》，博士学位论文，北京外国语大学，2022。

③ 详见国卉《接受美学视角下杨必〈名利场〉译本四字结构应用探析》，硕士学位论文，济南大学，2015。

④ 详见陈昱霖《从视域融合看杨必译〈名利场〉的译者主体性及其限制》，硕士学位论文，西华大学，2017。

其他研究方向还包括作品主旨、人物形象、话语、叙述技巧、文本比较以及讽刺手法。作品主旨研究覆盖社会阶级[①]、道德[②]、帝国意识[③]、教育[④]、焦虑[⑤]以及女性观[⑥]等。但近年来未再出现主题新颖的论文，只是一再重复之前的主题。人物形象研究则多集中在《名利场》的女主角之一贝基身上，[⑦] 间或还有和其他女主角的比较研究。[⑧] 但综观人物形象研究，并未出现深入拓展的迹象，重复评论较多，进一步的创新研究值得期待。话语研

---

[①] 参见林云雷《萨克雷小说〈名利场〉主题研究——中产阶级的崛起》，硕士学位论文，东北师范大学，2006。论文正面阐释在英国维多利亚时代以及在中产阶级队伍逐渐壮大的过程中贝基表现出的积极一面。

[②] 参见陈亦南 "Moral Dilemma and Literary Innovation"（《道德困境和文学创新》），硕士学位论文，北京外国语大学，2008。论文对于学界对萨克雷的两种看法进行对比分析研究，第一种看法认为萨克雷是批判型道德家，第二种看法认为萨克雷对现世欲望有向往，并探讨其中存在差异的原因。最后认为《名利场》并非英国维多利亚时代的道德说教故事，而是在文学现实主义领域的摸索与试验，由此与现代小说有了承接关系。

[③] 参见牟学麟《萨克雷与帝国的扩张——"对位法"阅读〈名利场〉》，硕士学位论文，四川外国语大学，2011。论文采用萨义德的理论对小说文本中的帝国及殖民叙事进行阐释。

[④] 参见董宁《潘登尼斯的教育与成长——欧洲教育小说与萨克雷的〈潘登尼斯〉》，硕士学位论文，山东师范大学，2012。论文认为《潘登尼斯》是教育小说，并提供依据。

[⑤] 参见史错《〈名利场〉中萨克雷的现实焦虑与排解之道》，硕士学位论文，北京外国语大学，2021。论文认为萨克雷之所以在《名利场》中肯定英国贵族军官在滑铁卢战役中的英雄行为，是因为萨克雷担心当时的英国社会会因为变革而陷入混乱、失去秩序，因此萨克雷故意设置代表秩序的军队和代表统治阶级的贵族在滑铁卢战役中的英勇表现，呼唤秩序的回归，而这样的小说情节正反映出萨克雷对社会现实的焦虑心态。

[⑥] 参见孟丽丽《评价理论视角下〈名利场〉中女性观的态度系统研究》，硕士学位论文，贵州师范大学，2017。这篇论文比较有创意，采用系统功能语言学的评价理论中的态度系统分析《名利场》的女性观。

[⑦] 参见胡雯《"双性气质"的性别魅力与现代困境——女性主义视角下的〈名利场〉女性形象利蓓加探析》，硕士学位论文，浙江大学，2012。论文探讨了女主角利蓓加（贝基）具有的"女性气质"和"男性气质"，前者是为了融入男权社会，后者是为了出人头地。作者在肯定"双性气质"的处世智慧后，表示这也只是一种理想型。参见席旭琳《萨克雷眼中的女人——从女性主义视角解读〈名利场〉》，硕士学位论文，华中师范大学，2005。论文在女性主义视角下，剖析萨克雷对贝基所持的欣赏态度。参见丁静《形象学视角下〈名利场〉杨必中译本中蓓基形象的建构》，硕士学位论文，四川外国语大学，2023。论文从形象学视角，对《名利场》杨必中译本中的贝基形象进行研究。

[⑧] 参见白雪《阴阳镜像中的女性形象——从性属理论解读斯佳丽和丽贝卡》，硕士学位论文，重庆师范大学，2007。论文以性属理论为入口，比较女性作家玛格丽特·米切尔塑造的理想型女性斯佳丽和男性作家萨克雷书写的叛逆女性贝基之间的异同，展现了男权社会对女性生命的钳制。

究也是硕士学位论文研究的主攻方向，不乏推陈出新的佳作，① 其中焦娇的《话语标记语与文学人物身份构建 —— 以〈名利场〉为例》以关联理论和会话策略为理论框架，探析《名利场》中话语标记语和人物身份构建之间的关系。鉴于当时国内外学界主要从语用功能、语篇功能等方面研究话语标记语，而鲜少从人物角色、身份和语境入手研究话语标记语，因此这篇论文极具代表性。②

此外，叙述技巧研究虽然数量不多，但也各有千秋。③ 文本比较研究也是寥寥无几，却也不乏新意。④ 讽刺手法是学界公认的萨克雷写作强项，本应是研究重点，但相关研究论文仅有两篇，⑤ 实属憾事。不过这两篇论文都是精品，尤其是徐萌的硕士学位论文，从语用学视角，应用斯珀伯和威尔逊的关联理论，分析《名利场》中的言语讽刺，诠释其讽刺手法和效果。这篇论文对问题分析透彻，论证路径新颖、有说服力，为讽刺手法研

---

① 参见李娟《〈名利场〉中语言前景化特征的文体研究》，硕士学位论文，山东师范大学，2012。论文运用穆卡洛夫斯基的前景化理论，结合定性研究方法，从词汇、语义、语法等层面对《名利场》中的前景化语言特征进行分析和阐释，以揭示其产生的美学效果。参见杨晚星《〈名利场〉之称呼语的顺应性研究》，硕士学位论文，安徽大学，2013。论文以维索尔伦（Verschueren）的语言顺应论为理论指导，考察《名利场》中的人物对称呼语的选择，这个选择过程正反映出人物在心理世界、社交世界和物理世界的顺应过程。

② 详见焦娇《话语标记语与文学人物身份构建 —— 以〈名利场〉为例》，硕士学位论文，湖北工业大学，2018。

③ 参见杨琳《论〈名利场〉中叙述者的功能》，硕士学位论文，南京师范大学，2005。论文在法国结构主义叙述学家热奈特的叙述者功能理论的指导下，探讨了《名利场》中叙述者的功能、叙述者的叙述对文本结构和读者审美体验的影响。参见戚东辉《萨克雷〈名利场〉的叙述策略》，硕士学位论文，吉林大学，2007。论文展现了萨克雷的四种叙述策略——性格对照叙述、言行矛盾对比、全知叙述和留白之间的切换以及叙述者的介入性评论，四种叙事策略的联合使用有效助力小说讽刺主题的呈现。参见李绍杰《〈名利场〉叙事技巧分析》，硕士学位论文，河北大学，2009。论文在叙事学框架下分析双重叙述、介入式叙述、叙述的平行结构和对比结构等技巧，是叙述技巧探讨中分析较为全面的一篇。参见陈静芳《〈名利场〉话语和思想表达方式之研究》，硕士学位论文，湖南师范大学，2009。论文聚焦直接引语、自由间接引语等叙事手法的分析研究。

④ 参见陈媛媛《伦理批评视野下的〈名利场〉和〈彩色的面纱〉中女主人公道德选择的比较研究》，硕士学位论文，暨南大学，2018。论文从文学伦理批评的角度，对《名利场》中的女主人公贝基和《彩色的面纱》中的女主人公凯蒂的爱情与婚姻选择进行比较研究，揭示女性追求独立之路的漫长和艰辛。

⑤ 参见熊华霞《〈名利场〉中反讽的言语行为分析》，硕士学位论文，中南大学，2009；徐萌《从认知关联论视角解析〈名利场〉中的言语讽刺》，硕士学位论文，山西师范大学，2012。论文在文学语用学框架内研究《名利场》中的反讽语言及其对读者产生的效果，从而构建出小说的主题意义。

究提供了可资借鉴的参考。涉及萨克雷思想研究的硕士学位论文仅有一篇，但颇有新意，不乏借鉴之处。宋瑞的《萨克雷在〈名利场〉中的中产阶级意识》在马克思阶级分析理论指引下，以文本细读的方式，对小说中透露出来的中产阶级意识进行详细解读，并探讨萨克雷中产阶级意识产生的具体根源。[①] 这是唯一一篇探讨萨克雷思想的硕士学位论文，萨克雷思想也是期刊论文未涉及的研究方向。

硕士学位论文作为国内萨克雷研究的主要成果之一，和期刊论文一样，期待在现有研究成果基础上进一步拓展与深化，为国内萨克雷研究添砖加瓦。

综上所述，国内萨克雷研究始于译介和作品评论，经历 20 世纪 60 年代的停滞之后迎来春天，并且以期刊论文为主。尽管在国内百年的研究历程中，萨克雷研究日益呈现多样化态势，产出了值得后辈研究者借鉴的学术成果，但综观国内研究，仍有如下问题亟待解决。第一，《名利场》是国内萨克雷研究的主要对象，并且主要呈现"理论+文本"的解读方式，这一研究模式既脱离了英国社会思想这一重要语境，又忽略了萨克雷本身的个人创作语境。萨克雷有长短篇小说以及杂文合集共 46 部，《名利场》是为其提升声名的代表作。如果仅仅依靠理论套文本的方式解析一部作品，从而判定萨克雷的价值观，则会陷入如井底之蛙"坐井观天"的狭隘之境。第二，已有的国内萨克雷研究存在研究内容重复现象。如对《名利场》中女性形象研究的期刊论文就有 10 多篇内容雷同，此一现象亟待破除。总结前辈的研究成果，了解目前的研究状态，有助于进一步推进萨克雷研究。

### 三  选题意义和研究方法

尽管目前国内外萨克雷研究丰富多彩，具有一定的借鉴价值，但不论是西方还是国内学者，都未使用以维多利亚主义为特征的思想史语境对萨克雷进行系统研究。萨克雷是一名经典作家，他的思想值得不断研究和挖掘。他思想的丰富性和复杂性，只有在思想史语境中才能得以系统化展开。从纵深角度考虑，萨克雷的思想超越了目前国内外学界对其身份的界定。因此，现有的研究还未能反映出萨克雷的真实面目。在吸收中西方学术界现有

---

① 详见宋瑞《萨克雷在〈名利场〉中的中产阶级意识》，硕士学位论文，安徽大学，2012。

研究成果的基础之上，加强对萨克雷的整体研究是必需且必要的。

**（一）选题意义**

第一，萨克雷是经典作家，但目前国内外萨克雷研究主要停留于后人给予他的身份标签所设定的范围，并未见更深入的系统性研究。

作为一名杰出的小说家，萨克雷在文学界享有很高的声誉。查尔斯·约翰·赫芬姆·狄更斯（Charles John Huffam Dickens，1812~1870）认为萨克雷对人性弱点有着透彻的理解。[1] 马克西姆·高尔基（Maxim Gorky，1868~1936）盛赞萨克雷，认为其是西欧最杰出作家之一。[2] 安德鲁·桑德斯（Andrew Sanders）称"萨克雷最早的小说实验表明，它们可与菲尔丁的伟大范例相比"。[3]

萨克雷的经典性表现在三个方面。一是萨克雷的质疑精神。其写作并不是理想主义的，目的不在于塑造某一个完美的英雄，他质疑道德领域所标榜的善与恶。正是他创造的种种"不完美"，折射出人性的真实和世俗的虚伪。二是萨克雷深刻的洞察力。不管是对资产阶级虚伪的道德，还是对人性的阴暗面，抑或对历史事件的描述，他都能够巧妙地透过难以捉摸的表面幻象，以敏锐的洞察力和精妙的叙述为读者捕捉到在风潮涌动的历史转型期，隐藏在经济繁荣、国力强盛的外表下的一颗颗悸动、分裂和困顿的心。三是萨克雷思想的丰富性和复杂性。萨克雷思想的丰富性和复杂性体现在他思想的多元化和无定性上。多元化指的是他的作品折射出来的不仅仅是文学创作理念，还包含政治、道德、教育等思想；无定性则意味着他的思想和时代背景以及社会氛围有着千丝万缕的联系，具有与时偕行、趋时变通的开放特征。

但到目前为止，国内外萨克雷研究并未跳出萨克雷既定身份标签所涉及的范围。尽管萨克雷作为道德家和讽刺家的身份设定在各种西方文学理论的解说下得到了巩固和强化，但仅停留于对其既定身份的证实则只能使萨克雷研究止步不前。萨克雷的思想不仅带有前辈的足迹和时代的印记，更有他自己的特定内涵——萨克雷的思想超越了后人为其标榜的身份标

[1] Charles Dickens, "In Memoriam," *The Cornhill Magazine*, 1864, p.130.
[2] 范存忠：《英国文学史纲》，译林出版社，2015，第155页。
[3] 〔英〕安德鲁·桑德斯：《牛津简明英国文学史》，谷启楠等译，人民文学出版社，2000，第428页。

签。他思想的复杂性只有紧贴以维多利亚主义为特征的思想史语境才能显山露水，现出"庐山真面目"。

第二，通过思想史语境切入萨克雷研究是具有说服力的视角。

通过思想史语境切入萨克雷研究是具有说服力的视角，原因有二。其一，无论是研究萨克雷还是其作品，都无法脱离与其相关联的历史和文化背景。思想史产生于人类漫长的历史和文化长河中，历史的表面是事件的堆叠，历史的实质是思想的延展，因此，"所有历史都是思想史"。① 作家在作品中的人物设置和情节安排皆非偶然，要解开其中的谜团，就有必要追溯其背后的思想动因。如果只停留在文本语境，则如井底之蛙，对文学作品的解读亦流于肤浅。而作家的生活经历正是对一个国家或者民族历史文化经验的反映，没有一个作家是一座孤岛，作家的价值观形成于他所生存的时代语境，时代语境并非断裂或突兀的，而是包含厚重延绵的历史文化。罗宾·乔治·柯林伍德（Robin George Collingwood）曾在其自传中提及一段往事：他在英国期间，每日经过肯辛顿公园（Kensington Gardens）时都能看到阿尔伯特纪念碑（Albert Memorial）。柯林伍德认为阿尔伯特纪念碑是畸形、怪异、肮脏的，甚至有一段时间经过纪念碑时，他会刻意避开，不去看它。他困惑于为何雕塑师会把如此丑陋的作品展现于公共场合，细细思虑之后才发现，阿尔伯特纪念碑的意义并非简单存在于表面，而是植根于庞大的历史思想脉络中。受此启发，柯林伍德提出思想的意义存在于历史脉络中。② 昆廷·斯金纳在此基础上成就了思想史方法论。斯金纳提议要将研究的对象文本放置在思想语境中，方能了解作者写作的意图。③斯金纳政治思想史方法论由五个部分构成：一是作家在建构某一作品和构成意识形态语境的其他文本之间的关系时所起的作用；二是作家在建构某一作品和构成现实语境的政治行为之间的关系时所起的作用；三是如何辨识意识形态，如何细查和解读意识形态的生成、批评和演变；四是意识形态与能最好地解释某些意识形态传播的政治行动之间的关系，以及这

① Robin George Collingwood, *The Idea of History: With Lectures 1926-1928*, New York：Oxford University Press Inc., 1994, p. 215.

② Robin George Collingwood, *An Autobiography*, New York：Oxford University, 2002, pp. 29-31.

③ Quentin Skinner, *Vision of Politics*, Vol. I, Cambridge：Cambridge University Press, 2002, p. VIII.

些关系对政治行为的影响；五是政治思想和政治行动以何形式参与意识形态的流播和俗化过程。[1]斯金纳政治思想史方法论对于分析文学文本起到示范作用。将文学文本置于孕育此文本的社会思想土壤中，把握经济发展、思想更新、政治变迁等动态，才能为研究作家及其作品寻得学理依据。作家及其作品刻着时代的烙印，这些烙印有其社会观念根源，社会观念并非一成不变，对它的生成和发展的分析和考察有助于厘清作家和作品所携带的烙印的来龙去脉。其二，使用西方文学理论进行文学文本阐释的研究路径若脱离社会思想环境，容易落入"自圆其说""自导自演"的窠臼，如此文学研究"缺少原创力"。[2]跳出理论解读文学文本框架的有效方式是以文献为中心，勾勒出作家思想的基本轮廓，而后再将其放入思想史大语境中加以考察和验证。只注重西方文学理论的对号入座，抑或强调社会背景中某一思潮对作家的影响，而忽略对文学文本本身的解读和挖掘，都容易失之偏颇。

萨克雷所处的维多利亚时代，英国正面临急剧的社会变革，社会思想的流变，各种思潮的交叠起伏，在政治、道德、宗教、艺术、教育等方面形成的价值观集合即维多利亚主义，构成了19世纪维多利亚时代英国的历史文化思想语境，对萨克雷的文学创作产生了不可忽视的影响。因此，以对作家及其作品的相关文献研读为基础，借助维多利亚主义视角这一思想史语境来研究萨克雷，可以避免按部就班的"理论方法＋文本批评"解读方式，从而达到对作家及其作品的深层认知。通过以文本为中心、以思想为脉络的分析方法，在思想谱系中考察验证萨克雷的文学、文化、政治和宗教等立场，可以拓展国内萨克雷研究的学术空间。

### （二）拟采用的研究方法和手段

为了总体阐释萨克雷的思想，我们要采取一种比较合适的思想方法。思想史语境中的分析是值得尝试的一种方法。萨克雷思想的复杂性和丰富性，并不是一两个既定的身份标签就能够概括的。只有置于思想史脉络中进行分析，才能正确地解读萨克雷思想。

---

[1]　James H. Tully, "The Pen Is a Mighty Sword: Quentin Skinner's Analysis of Politics," *British Journal of Political Science*, Vol. 13, No. 4, 1983, pp. 489–509.

[2]　葛桂录：《思想史语境中的文学经典阐释——问题、路径与窗口》，《福建师范大学学报》（哲学社会科学版）2012年第3期，第56页。

其一，本书把萨克雷研究放到维多利亚主义这一思想史语境中考察，将文献和思想史大环境进行融汇，在认真把握文献内容、认清社会思想发展的过程中深入理解作家及其作品，突破"文学理论+文学文本"的局限。萨克雷生活的维多利亚时代是英国社会转型期，各路社会思潮涌动碰撞，对作家的写作动机和态度产生不容忽视的影响。在思想沿袭的纵坐标和政治经济态势的横坐标之间记录着作家思想生成的丝丝痕迹。

其二，研究的过程是求真的过程，要挖掘各种相关文献，彼此间进行互证，避免只依凭单一的文献证据，力求多维度关联和互动。因此，自传、评论、信件以及当时的社会背景资料等，都构成论证萨克雷思想发展的有力素材。

其三，注重第一手文献资料的收集，包括萨克雷的作品、日记、书信，以及相关历史资料，充分运用一手文献进行分析及逻辑推理，在尊重史实的基础上，深入观察和分析，构建出认知轮廓。史料考古和文献印证双管并行，防止陷入僵化的简单定性，保持分析问题的动态眼光。

其四，对捆绑在作家身上的标签式关键词进行历史的溯源，寻求在社会语境变迁中逐渐固化的概念意义和集体意识。特定时期的社会活动与当时被频繁提及的概念有密切联系，概念的意义并非完全固化，因人而异地增删原有意义皆有可能。本书秉承"疑问—考察—释疑"的思路模式，系统、明晰地揭示萨克雷思想的框架。

其五，问题意识是学术研究的前提，发现问题和阐释问题是研究的内容，阐释问题不能仅停留在描述问题上，应依据前人研究成果，找出尚存疑惑或者还未触及的问题。问题的解决并不在于寻找确定的唯一的解决方案，而是要在牢牢把握充足文献的基础上，以高度的敏感性推进研究向纵深发展。例如，萨克雷对死刑、穷人等的态度，不是简单的爱或者恨。其中，既有承袭传统思想的结果，又包含当时的经济和政治需求，多元资料相互交织。只有在掌握客观证据的基础上，才能提出可能的解释途径。

其六，对重要的国内外萨克雷研究资料进行编年。通过编年，把萨克雷的生活和创作经历融进历史纵向的维度。以明确的时间观念反映出事件发生及发展的历史大背景，有助于查找事件之间的相互联系，以便构建萨克雷思想的发展图谱。

# 第一章　萨克雷笔下的伦理失范
# 及其道德判断

　　"道德"是维多利亚主义的一个关键词。面对经济发达之后普遍存在的道德沦丧现象，经历过道德改革的英国为了维护高大伟岸的帝国形象，依旧重视道德的规训力量。维多利亚时代严苛的道德风尚影响了萨克雷的道德书写，即便如此，萨克雷的道德意识仍旧展现出不确定的一面。在打击"新门派文学"（Newgate Literature）、批判婚姻道德的书写过程中，萨克雷并未呈现"爱憎分明"的一面，而是出现了妥协性。在小说《凯瑟琳的故事》（*Catherine：A Story*）中，萨克雷对谋害亲夫的女主人公凯瑟琳滋生出的"善意"，以及彼时废除死刑声浪迭起的客观助推，使萨克雷原本力图借此书击垮"新门派文学"的努力前功尽弃。对于理想婚姻，萨克雷将爱情视为第一要义，在男女双方缔结婚约时，特意贬低经济因素的重要性，或者将重视对方经济条件的当事人斥为粗俗不堪，以此彰显爱情婚姻的高尚。然而，维持高质量婚姻生活的经济来源却被萨克雷频繁地设置为贵族恩主的赐赠，这一举措与萨克雷的个人经历，以及彼时贵族阶级的社会影响力有着一定的关联。对于夫妻关系，标榜彼此忠诚的萨克雷实际上被当时社会对女性普遍歧视的风气左右，从而将批判的火力点集中在风流放荡的女性身上。在批判、嘲讽反面人物时，萨克雷往往采取"恶始善终"的设定，这体现了他拒绝善恶分明的折中态度。折中态度是维多利亚时代英国人典型的处事价值观，它的形成得到了怀疑精神和感觉主义这两大思潮的助力。

## 第一节　《凯瑟琳的故事》：失败的伦理批判

1840 年 1 月，萨克雷在其短篇小说《凯瑟琳的故事》结尾处，点明写作此书的目的："在我们看来，公众已经被时下流行的文学创作风格毒害，有必要开些药方整治，以形成良好风气。"① 这里所指的"毒害"，影射当时风行于英国的"新门派文学"，此文学形式聚焦新门监狱罪犯的犯罪活动，为了吸引读者，作者往往特意添加哥特式小说的惊悚和传奇，② 以凸显犯罪主人公的勇猛和智谋。新门派小说也因此在社会上掀起模仿热潮，甚至出现谋杀活动，引发当局高度关注，也引来文学界大张挞伐。③萨克雷是新门派犯罪小说的坚决反对者。

萨克雷早年衣食无忧，过世的父亲留给他一笔遗产，生活富足的萨克雷曾一度沉迷赌博，耽于玩乐，后有所反省。1831 年去伦敦学习法律，④接着经营报纸，⑤ 去巴黎学习画画，⑥ 但始终未能立业。彼时新门派小说正

---

① George Saintsbury, ed., *Catherine*, *a Shabby Genteel Story*, *the Second Funeral of Napoleon*, *and Miscellanies*, *1840-41*, New York：Oxford University Press, 1908, p.184.

② 陈后亮：《犯罪文学发展的重要一环：19 世纪初英国新门派犯罪小说》，《复旦外国语言文学论丛》2017 年第 1 期，第 21~26 页。

③ 威廉·哈里森·安斯沃思的《杰克·谢泼德》被改编为戏剧上演后，小贩特意制作剧中主人公使用的工具袋在剧场兜售，袋里装有各种作案工具。有年轻绅士宣称正是受此剧影响，心中萌生偷盗的念头。真正引起当局关注新门派小说的是 1840 年 5 月 5 日，贵族威廉·罗素先生在睡梦中被贴身男仆本杰明·库瓦西耶谋杀，库瓦西耶正是受安斯沃思新门派犯罪小说改编的戏剧影响而萌生杀意。

④ 萨克雷 1831 年 5 月去伦敦学习法律，但在同年 7 月 18 日写给好友菲茨杰拉德的信中表明，自己不会从事法律工作；同年 12 月，在与继父通信时，抱怨阅读枯燥无味的法律书籍是非常艰难的事情；1832 年 1 月 14 日，在给母亲的信中，再次诉苦，称要成为一名律师所必需的司法学习，绝对是人们不得不承受的一项最冷血偏颇的发明。参见 Edgar F. Harden, *A William Makepeace Thackeray Chronology*, New York：Palgrave Macmillan, 2003, pp.20-21。

⑤ 萨克雷 1833 年 5 月买下《国家标准》周报，但在 1834 年 2 月 1 日刊发最后一期后即停办了。参见 Edgar F. Harden, *A William Makepeace Thackeray Chronology*, New York：Palgrave Macmillan, 2003, pp.24, 28。

⑥ 萨克雷 1833 年 5 月到 8 月在巴黎学习绘画，他对绘画的兴趣远高于法律。1833 年 7 月 6 日在写给母亲的信中，直言打算转行当一名艺术家，萨克雷表示对绘画的兴趣胜过其他任何职业，认为自己从事绘画会比其他任何职业干得更好。萨克雷对此充满信心，尽管需要三年的学徒期，但他相信学成之后的绘画道路是明朗且愉快的，并且强调自己是个独立的人，无须靠画笔谋生。参见 Edgar F. Harden, *A William Makepeace Thackeray Chronology*, New York：Palgrave Macmillan, 2003, p.26。

如火如荼，萨克雷在1832年5月6日的日记中表达了对新门派小说《尤金·阿拉姆》的厌恶之情，认为其作者布尔沃①居然将一个为钱谋杀的罪犯提升为英雄。此种文学审美既做作又荒诞，其创作理念完全是哗众取宠。相比满纸谎言的新门派小说，萨克雷相信如果自己写小说，肯定更优秀。他在1833年9月9日日记中提到雨果的《巴黎圣母院》和布尔沃的《佩勒姆》，将前者奉为天才之作，认为后者则相当无聊且粗鲁。萨克雷在1833年破产之后陷入贫困境地，时常入不敷出，手头拮据，不得不自谋生路。1834年2月1日，经营还不到一年的《国家标准》报纸破产。1835年4月17日，萨克雷写信告知画友，自己陷入绝望之境，讨厌自己，讨厌和绘画相关的一切。整整一个月，自己躺在沙发上读小说，未碰过画笔，如果再过6个月状况未见好转，就去上吊自杀。②

在此情况下，有文学天赋③的萨克雷并未投身于盈利丰厚的新门派小说创作，除了为报纸写稿，同时希冀能够凭借自身的绘画功底谋一条生路。1836年4月20日，狄更斯小说《匹克威克外传》原定的插画师罗伯特·西摩去世，萨克雷携带自己的两三幅画作前往狄更斯所在的佛尔尼沃旅馆毛遂自荐，但被狄更斯拒绝。同年12月19日，萨克雷致信出版商约翰·麦克龙，提议为威廉·哈里森·安斯沃思的《克莱顿》配插画，但也未能如愿。④

在此期间，萨克雷和伊莎贝拉在巴黎成婚，婚后购买家具的费用是由好友菲茨杰拉德慷慨资助的。⑤ 1837年8月3日，萨克雷在朋友马金⑥的引

---

① 爱德华·布尔沃-利顿（Edward Bulwer-Lytton，1803~1873），男爵，新门派小说代表。

② Edgar F. Harden, *A William Makepeace Thackeray Chronology*, New York：Palgrave Macmillan，2003，pp. 22-29.

③ 萨克雷从少年时代起就博观经典，养成了课外阅读的良好习惯，通读司各特、华兹华斯、柯勒律治、兰姆和哈兹里特等名家作品，对当时社会各类杂志也广有涉猎，发表过诗歌杂文，参与校园辩论，有自己独特的见解和看法。参见 Edgar F. Harden, *A William Makepeace Thackeray Chronology*, New York：Palgrave Macmillan，2003，pp. 12-14，16-17。

④ Edgar F. Harden, *A William Makepeace Thackeray Chronology*, New York：Palgrave Macmillan，2003，pp. 32-36.

⑤ Edgar F. Harden, *A William Makepeace Thackeray Chronology*, New York：Palgrave Macmillan，2003，p. 33.

⑥ 威廉·马金（William Miggin，1793~1842），爱尔兰人，是19世纪30~40年代伦敦著名的报刊编辑，学识渊博，言语犀利诙谐，个性豪放不羁，慷慨好施，不畏权贵，心直口快，既有雪中送炭的好友，也有投井下石的宿敌，短暂的一生颇具传奇色彩。

荐下得以接触《弗雷泽杂志》，至此，开启了自由作家的写作生涯。① 马金在萨克雷写作生涯中起到关键性指导作用，他坦诚地将如何书写和刊印高质量好文章的秘诀传授给萨克雷。② 马金早在 1827 年就已成为伦敦著名的报刊主编，他对穷人怀有同情心，对权贵则嬉笑怒骂。面对不良现象，马金惯于直言不讳、针砭时弊，时常语出惊人，他针对社会问题和权威人物所采取的犀利刻薄的批判风格③广为人知。受其影响，萨克雷的文风与马金有类似之处，萨克雷于 1839 年提笔写作的《凯瑟琳的故事》本意即对彼时热销的新门派犯罪小说进行嘲讽和贬斥。

## 一　利益和欲望主宰下的世相人心

萨克雷在青年时代创作的小说《凯瑟琳的故事》并未在伦敦文学圈引起广泛关注。从情节上看，其确实只是一本内容简明扼要的犯罪小说，但如果结合时代语境，便能发现潜藏在文本里充满讽刺意味的批判才是作者写作此书的真正目的。

《凯瑟琳的故事》在 1839 年 5 月到 1840 年 2 月以小说连载的形式在《弗雷泽杂志》上发表。故事发生在 18 世纪初的英国，主人公凯瑟琳是乡村小客栈女主人斯科尔太太的亲戚，在客栈里当女侍。美貌轻佻的凯瑟琳是客栈招徕生意的吸金石，正值妙龄的她也乐在垂涎其美貌的来往旅客之间招蜂引蝶，卖弄风骚。虽然"在村庄里有半打情人"，④ 但在其 17 岁的小小心灵里，早已决定要嫁给有钱有地位的"绅士"。⑤ 在酒店邂逅风流倜傥的盖尔根斯坦伯爵之后，凯瑟琳迅速和伯爵陷入热恋并怀孕，育有一子。但伯爵很快将目光投向一个富有的寡妇，并秘密计划与之结婚，将凯瑟琳抛弃。凯瑟琳无意中得知此计划，愤恨交织中下毒欲害死伯爵，但及

---

① Edgar F. Harden, *A William Makepeace Thackeray Chronology*, New York: Palgrave Macmillan, 2003, p. 39.

② Edgar F. Harden, *A William Makepeace Thackeray Chronology*, New York: Palgrave Macmillan, 2003, p. 21.

③ Miriam M. H. Thrall, *Rebellious Fraser's Nol Yorke's Magazine in the Days of Maginn, Thackeray, and Carlyle*, New York: Columbia University Press, 1934, p. 185.

④ George Saintsbury, ed., *Catherine, a Shabby Genteel Story, the Second Funeral of Napoleon, and Miscellanies, 1840–41*, New York: Oxford University Press, 1908, p. 11.

⑤ George Saintsbury, ed., *Catherine, a Shabby Genteel Story, the Second Funeral of Napoleon, and Miscellanies, 1840–41*, New York: Oxford University Press, 1908, p. 16.

时醒悟坦白，伯爵免于被害。凯瑟琳在畏罪潜逃中为了生存下嫁给爱慕她已久的木匠，但木匠与凯瑟琳的私生子龃龉不断。

在伯爵和凯瑟琳准备重归于好之时，凯瑟琳及其儿子和木匠之间的矛盾激化。为了攀上贵族豪门，凯瑟琳伙同儿子残忍谋杀木匠，后凶案败露，被处以极刑。萨克雷借此讽刺婚姻成为获取金钱和社会地位的筹码，夫妻双方的关系缺乏坚实的爱情根基，凯瑟琳谋杀亲夫便是这种脆弱的夫妻关系在利益诱惑之下的极端案例。萨克雷并未将凯瑟琳妖魔化或者英雄化，作者力图描摹出被欲望钳制的扭曲人性：极度渴望通过婚姻关系改变自己卑微社会地位的凯瑟琳，从一个被伯爵引诱怀孕又惨遭抛弃的受害者变成恶意残杀亲夫的凶手。在这一堕落的过程中，作家展现的不仅仅是一个邪恶的女凶手，更是通过一系列情节讽刺所谓文明进步的维多利亚社会存在行为和道德脱节的弊病。作者通过这一谋杀故事体现社会集体"失范失德"。

其一，婚姻成为获取利益的通道。上至伯爵，下至村姑凯瑟琳，无不把婚姻当作攫取金钱和地位的手段。伯爵玩弄凯瑟琳，根本不想对她负责，即便凯瑟琳为他生育了儿子，也敌不过家财万贯的寡妇遗孀，伯爵时刻想把凯瑟琳赶走。把婚姻当成交易并非 18～19 世纪独有，早在 16 世纪，英国贵族阶级的婚姻目标就是巩固家族的地位和获得财产，婚姻当事人的情感是否和谐并不在考虑范围内。夫妻双方俨然是在寻找经济伙伴。[①]贵族阶层的婚姻观引发上行下效，形成全民集体的联姻原则。资本主义经济盛行的 18～19 世纪，在拜金主义思想裹挟之下，交易模式的婚姻越来越多。攀龙附凤成为改变卑微身份和尴尬经济状况的绝佳捷径，即便无缘攀龙附凤，也要坚持门当户对，以保全现有的地位和资产。丹尼尔·笛福的《摩尔·弗兰德斯》和《罗克珊娜》，以及萨克雷的《名利场》和《亨利·艾斯芒德的历史》中对此类婚姻现象都描绘得很真实。笛福对于此类婚姻的讥讽直击要害：交易性质的婚姻就是一笔争夺利益的生意，婚礼上的爱情誓言只是虚伪的装饰，爱情在婚姻生活中的比重完全可以忽略不计。[②]缺乏

---

① Keith Wrightson, *English Society 1580–1680*, Oxfordshire：Taylor & Francis Group, 2005, p. 67.

② Daniel Defoe, *Conjugal Lewdness or Matrimonial Whoredom: A Treatise Concerning the Use and Abuse of the Marriage Bed*, London：T. Warner, 1727, p. 28.

爱情的婚姻导致夫妻反目,凯瑟琳便是一例。被抛弃的凯瑟琳为了生存和木匠结为夫妻,二者之间毫无感情可言,当再次遇到当年抛弃她的伯爵时,竟然不计前嫌,立刻投怀送抱,急于嫁入豪门。如果说缺乏爱情的婚姻导致夫妻背叛还情有可原的话,那么小说中的伯爵对凯瑟琳始乱终弃则折射出更为不堪的失德。

其二,上层社会私生活混乱。小说中伯爵沉迷凯瑟琳的美色,甜言蜜语追求凯瑟琳,令后者心旌荡漾,以为伯爵会娶她为妻,从此尽享荣华富贵。不承想伯爵根本毫无娶她之意,即便凯瑟琳为他诞下男娃,也丝毫动摇不了伯爵想赶走凯瑟琳另娶富孀的决心。这种典型的调戏玩弄女性的伎俩普遍存在于英国上流阶层男性之中,是这些花花公子耽于纵欲享乐的把戏之一。王公贵族子弟们将婚姻生活之外的性经历当作炫耀的资本,不管是良家妇女,抑或妓女、交际花,都成为其猎艳对象。英国皇家海军部长塞缪尔·佩皮斯染指各种女性,朋友妻女、女仆竟然也成其猎艳对象,①令人咋舌。即使代表世俗最高权力的国王竟也是淫荡之君,诸如爱德华三世、查理二世、爱德华七世等英国国王皆与一众情妇寻欢作乐,其露骨性绯闻常成为坊间茶余饭后的谈资。颠覆传统道德价值体系的性泛滥行为之所以被官方默认,与早已流传的社会风习不无关系。道德清教主义在 17 世纪中期后的崩塌导致了性泛滥。②

性禁忌已然踏上解构之旅,这是自文艺复兴以来,一以贯之地肯定和褒扬人性欲望的一系列思潮流播的结果。文艺复兴运动首先肯定谋求现世幸福的正当性,特别具有煽动性的是文艺复兴期间兴起后便长盛不衰的女性裸体绘画。在约翰·伯格看来,这些展示各种曼妙姿态的裸女画和雕塑,不论是宗教还是神话主题,对于男性观众而言,其世俗诱惑力都不言而喻,充满了性暗示和性挑逗,将毫无疑问地激发男性观众的性诉求,而彼时的王公贵族都很热衷于购买、收藏此类作品。③ 这一具有极大经济效

---

① 详见 Richard Le Gallienne, ed., *The Diary of Samuel Pepys*, London: the Random House Publishing Group, 2003, pp. 18, 47, 91, 100, 161。

② 〔美〕劳伦斯·斯通:《英国的家庭、性与婚姻(1500-1800)》,刁筱华译,商务印书馆,2011,第 337 页。

③ 详见 John Berger, Sven Blomberg, Chris Fox, Michael Dibb, Richard Hollis, *Ways of Seeing*, London: The British Broadcasting Corporation and the Penguin Group, Penguin Books Ltd., 1972, pp. 53-58。

益和煽惑性的裸体油画在 18 世纪洛可可艺术盛行的时代达到高潮，画师们为博取宫廷皇室和贵族们喜爱，倾心于绘画体态丰腴、肤色白皙柔滑的女性胴体，以及以神话爱情故事为主题的男欢女爱场景。充满性感和享乐气息的人体艺术配上和谐的光线，产生令人流连忘返的视觉效果，它所引发的肉欲激情，为贵族圈的淫乱推波助澜。宗教改革运动也从侧面映衬出在罗马天主教教皇及其高级神职人员中演绎的权力、金钱和性泛滥的共生现象，之后启蒙运动对宗教蒙昧的批判更进一步抬高人的尊严和存在的价值。英国从 18 世纪开始，宗教对婚外情的反对逐渐式微，这使得追求肉体欲望日益普遍，思想家如克洛德·阿德里安·爱尔维修（Claude Adrien Helvétius，1715~1771）、查尔斯·傅立叶（Charles Fourier，1772~1837）、克劳德·昂利·圣西门（Claude-Henri de Rouvroy，Comte de Saint-Simon，1760~1825）等也从理论上给予支持，因此，性自由成为人们追求世俗快乐的标志之一。①

　　性行为在脱离婚姻和生育的羁绊之后，便在追求极致的快感中走向泛滥。萨克雷因为所处的时代有极其严苛的道德规诫，并未在小说中大书特书性堕落现象，但引诱凯瑟琳的伯爵，以及和贝基勾搭成奸的勋爵都是贵族放纵私欲的缩影。

　　1839 年，萨克雷阅读完安斯沃思的《杰克·谢泼德》，尽管后者是萨克雷的朋友，也是他的同事，他们都为《弗雷泽杂志》工作，但萨克雷还是开诚布公，表示自己不喜欢"绞刑架"系列文学（此处暗讽新门派犯罪小说）。谢泼德从一个现实生活中粗俗的罪犯变身为小说中夸张的英雄人物，萨克雷不能接受如此荒诞不经和颠倒伦理的写作，②萨克雷写作《凯瑟琳的故事》旨在终止此类小说。③ 因此，不难看出，作者在《凯瑟琳的故事》的人物勾画和情节安排上不失时机地暗讽彼时道德沦丧的社会环境下利欲熏心、淫荡奸邪的男女主人公。为收到一针见血的治本效果，在小说结尾部分的高潮——谋杀环节，萨克雷采用针脚细密、充斥血腥味的谋杀

---

① 详见〔美〕劳伦斯·斯通：《英国的家庭、性与婚姻（1500-1800）》，刁筱华译，商务印书馆，2011，第 335~337 页。

② John W. Dodds, *Thackeray: A Critical Portrait*, New York：Oxford University Press, 1941, p. 30.

③ John W. Dodds, *Thackeray: A Critical Portrait*, New York：Oxford University Press, 1941, p. 28.

叙事手法。

## 二　恐怖谋杀不敌作者对凶手的"善意"

在凯瑟琳实施谋杀计划之前，丈夫海因斯已经猜测到凯瑟琳的出轨行为，在与之激烈争吵之后，暗中决定离家出走，并计划秘密带走所有钱财。在鬼鬼祟祟地实施财物转移过程中，被凯瑟琳密友伍德窥觑到。之后伍德假装友好地邀请海因斯一起喝酒，其间编造谎言，夸其继子比林斯（即凯瑟琳和伯爵的私生子）曾为维护继父海因斯而大打出手。正当伍德为此洋洋得意之时，凯瑟琳和儿子出现。嗜酒如命的海因斯不停豪饮，直至醉倒不省人事，三人将其扶至房间。叙述场景切换至夜幕下的圣玛格丽特教堂墓地，凯瑟琳和伯爵幽会之地。在皎洁的月光照耀下，伯爵猛然发现凯瑟琳背后一根柱子上悬着一颗可怖的人头，顿时吓疯了，从此神智未再恢复。这颗被砍下来的、毁坏严重的人头慢慢显现出真容——凯瑟琳的丈夫海因斯，萨克雷随后开始了血淋淋的谋杀叙述。

在详细描述谋杀的过程中，头部作为标示人体身份的重要意象屡屡出现在文本中，受害人海因斯的头便是重点，被作者多次提及。首先，继子比林斯进入海因斯卧室，后者醉卧于床上，前者操起短柄斧头，朝海因斯后脑勺猛锤，头骨被击裂的海因斯因剧痛产生刺激性反应——悬于床边的双脚猛触地五六次。同伙伍德旋即进来，操起同一把斧头又猛锤海因斯头部两次，尽管比林斯的第一锤早已使其毙命。在锤击受害者头部令其死亡之后，女主凯瑟琳登场，为防死者身份暴露，提议将丈夫的头颅砍下，再将其尸体运走。比林斯用小折刀将继父头颅切断，凯瑟琳拎着桶接涌流而下的鲜血，伍德捧着死者头部，等等。如此巨细无遗的谋杀细节，作者都以第三人称视角予以呈现。以旁观者姿态冷静详述血腥场面增强了现场的恐怖氛围，反衬三个凶手的冷血邪恶，烘托谋杀计划之天衣无缝。凯瑟琳面对和自己生活十几年的丈夫尸首，非但没有丝毫的后悔、伤心、胆怯，反而心机颇深地再次提议：为了防止被认出，她准备将海因斯那颗被切割下来的头颅放置锅中煮沸，直至只剩下头骨，这样谁都无法辨认其身份。凯瑟琳为达目的，手段出奇残忍，并且自始至终态度冷静、心思缜密，如此平静的心态超乎常人所想。比林斯和伍德将海因斯头颅扔进泰晤士河之后，回家已经是午夜时分，发现凯瑟琳还在不停地忙着清洗被鲜血浸染的地面和墙壁。处理尸身时，因箱子无法容纳，凯瑟琳又提议肢解尸体，然后分批次运到野外抛入池塘。①

　　作者以凯瑟琳的三次提议为叙事线索，第一次提议切断丈夫海因斯的头部，第二次提议烹煮海因斯的头颅，第三次提议肢解尸体，层层递进地展现出故事中令人毛骨悚然的情节。实施杀害和切割头部的主犯是年仅17岁的比林斯，凯瑟琳及其儿子的行为完全颠覆了新门派小说中将犯罪分子美化成英雄的书写路径。海因斯虽然不是模范丈夫，既吝啬狭隘又嗜酒如命，甚至还有家暴倾向，但凯瑟琳也绝非完美妻子。凯瑟琳委身于海因斯，是为自己和儿子求一条生路，并非为了爱情。海因斯和凯瑟琳之间因不和睦引发的争吵和互殴属于家庭矛盾，很难认定夫妻双方谁是真正唯一的施暴者或受害者，海因斯也并未在街坊邻里间造成公害。如果凯瑟琳母子没有和伯爵重逢，没有金钱和地位的诱惑，海因斯即可避免被残杀的厄运，因此无论从谋杀动机还是谋杀手段而言，凯瑟琳母子及其同伙伍德绝对跟传统意义上的英雄形象相去甚远。

　　除了强化谋害者的凶残，萨克雷还特意设置了与凶手目的相反的情节，暗示恶有恶报的因果报应关系。比林斯和伍德将海因斯的头颅扔进泰晤士河时，以为万无一失，其实被附近的驳船夫看到了；并且他们认为头颅会很快被河流冲走，便匆匆回家睡觉，可惜正值退潮时分，头颅和带血的水桶最终停留在河堤上，被人发现并报警。为了方便识别受害人的身份，警察将头颅置于酒精中保存。尽管凯瑟琳一再编造谎言向邻居们解释丈夫的去向，但海因斯的朋友们在看过面目全非的头颅之后，认定其主人是海因斯，助力谜案破解。

　　此外，海因斯的头随着谋杀案的告破而逐渐淡出读者视野，取而代之的是刑场上凯瑟琳的头。凯瑟琳行刑过程的恐怖细节描写并不亚于海因斯被谋杀时："燃料放置在她（凯瑟琳）周围，（行刑者）燃起一支火把。她乞求（行刑者），看在上帝的份上先把她勒死。行刑者因此勒紧了绳子，但火焰已蹿到了他手上，他即刻松掉了绳子。她（凯瑟琳）发出三声可怕的尖叫；火焰将她全身包围，再也听不到她尖叫。行刑者往火里投入一根

---

　　① George Saintsbury, ed., *Catherine, a Shabby Genteel Story, the Second Funeral of Napoleon, and Miscellanies, 1840-41*, New York: Oxford University Press, 1908, pp. 176-179.

木头，爆掉了她的头盖骨，脑浆喷涌而出，一小时后，她完全化为灰烬。"①被烹煮到面目全非的海因斯的头颅，脑浆喷流的凯瑟琳的头颅，一个是丈夫，另一个是妻子，一个是受害者，另一个是凶手，象征身份和尊严的头颅被切割、被灼烧，意味着身份被毁灭和尊严被践踏。海因斯的身份和尊严惨遭凯瑟琳及其同伙毁灭和践踏，对于海因斯而言，这是一个被动的过程；作为社会对恶的惩罚，凯瑟琳的身份和尊严被法院判定的火刑所剥夺，这也是一个被动的过程。二者不同点在于，前者是个体对另一个体实施的毁灭，后者是代表社会秩序的权力部门对个体的毁灭。萨克雷煞费苦心地设置惊悚的谋杀情节，刻意展示残酷的火刑，又以血腥残缺的头颅物象示人，目的是要在读者心理层面制造一种负面情绪，以抵制彼时争相追捧新门派犯罪小说的狂热风气。尽管萨克雷曾信誓旦旦："且假定所罗门斯②是无聊之徒，但不要去攻击他的道德观。"③ 此处萨克雷暗示自己是能够明辨是非黑白之人。但事实是，这部集爱情和谋杀于一体，既满足读者的猎奇心理，又伦理正确的小说，却未激起道德训诫的波澜。萨克雷在之后给母亲的信中写道："此小说本能够恐慑读者，让他们放弃阅读此类书（指新门派犯罪小说），但是它的作者（指自己）隐隐地对女主人公怀有善意，并不想让她显得一无是处。"④ 他认为《凯瑟琳的故事》是败笔。⑤ 因此，作者并未将其视为自己满意的作品，拒绝再版。除了萨克雷提到的自身主观原因，其实还有客观存在的社会原因。

萨克雷所谓的对女主人公凯瑟琳怀有善意，体现在两个方面。首先，萨克雷在创作中没有把凯瑟琳塑造成毫无可取之处的恶妇，凯瑟琳的母性贯穿于整个小说文本，特别在比林斯被判处绞刑后，母性之爱在小说中得到淋漓尽致的体现。"关押在监狱中，无论是审判前还是审判后，凯瑟琳

---

① See George Saintsbury, ed., *Catherine, a Shabby Genteel Story, the Second Funeral of Napoleon, and Miscellanies, 1840-41*, New York: Oxford University Press, 1908, pp. 181-182.

② 所罗门斯是萨克雷发表《凯瑟琳的故事》时用的笔名。

③ 详见 George Saintsbury, ed., *Catherine, a Shabby Genteel Story, the Second Funeral of Napoleon, and Miscellanies, 1840-41*, New York: Oxford University Press, 1908, p. 187。

④ John W. Dodds, *Thackeray: A Critical Portrait*, New York: Oxford University Press, 1941, p. 32.

⑤ George Saintsbury, ed., *The Oxford Thackeray*, Vol. 3, "Introduction," New York: Oxford University Press, 1908, p. xi.

总是不断地给比林斯传送消息，也不停地询问比林斯的消息；好心人给她的钱，她总是把大部分给比林斯……凯瑟琳对于临近的死刑毫不在乎；她对比林斯的关心远胜于对自己；当一起在小教堂里时，她总是把她的手放在他手里，头靠着他的肩膀……受刑之前，她最后询问行刑者，是否他已经绞死了她亲爱的孩子。"[1] 凯瑟琳在谋杀丈夫时表现出的残忍无情和她与儿子一起时展现的万千柔情形成鲜明对比，浓郁的亲情已然否定了她毫无人性的恶魔形象，促使人们对女凶手心生同情，从而弱化了对她的责难，并设身处地从凯瑟琳孤儿寡母的角度出发，为其谋杀行为寻找可接受的理由。

其次，萨克雷为凯瑟琳设置了一个心甘情愿为其效犬马之劳的男性密友伍德。伍德和凯瑟琳都处于社会底层。伍德起先是伯爵的下士，后伯爵准备成立新的军团，计划将伍德逐出军队，被伍德获悉，从而埋下仇恨。凯瑟琳作为伯爵的情妇，因为伯爵要迎娶富婆而惨遭抛弃。因此，凯瑟琳和伍德有同病相怜之苦、惺惺相惜之情，他们被属于贵族阶层的伯爵或玩弄或欺骗，自然能激起读者的同情和共鸣，他们各自采取行动报复伯爵也能为读者接受。随着情节的发展，伍德和凯瑟琳则由开始的受害者转向欺骗者和谋杀者，作者本意是将他们引入被批判、被控诉、被歼灭的境地，从而达成写作此书的初衷——读者自行放弃对新门派犯罪小说的阅读，使此类小说从文学界消遁。萨克雷用生动的笔墨描写凯瑟琳和伍德的行为，海因斯只作为陪衬。时不时故意离间凯瑟琳和海因斯夫妻关系的伍德，在作者笔下展示出浓重的痞子气息，他玩世不恭，但重感情；他虽然一生沉湎于"饮酒、女人、玩乐"，但始终暗恋凯瑟琳，承诺将自己的 100 镑年金留给比林斯。[2] 伍德冷静、细致和敏锐的个性促使他第一个觉察到海因斯偷偷搜罗钱财准备秘密出逃的计划，并告知凯瑟琳，这也是触发谋杀案的导火索。随着故事情节的层层推进，伍德对凯瑟琳重情重义的一面得到进一步强化和渲染。而本为受害者的海因斯，被作者赋予种种消极的性格特征——小气、心胸狭隘、仇视继子、打老婆等，海因斯作为弱者

---

[1] George Saintsbury, ed., *Catherine, a Shabby Genteel Story, the Second Funeral of Napoleon, and Miscellanies, 1840-41*, New York：Oxford University Press, 1908, p.181.

[2] George Saintsbury, ed., *Catherine, a Shabby Genteel Story, the Second Funeral of Napoleon, and Miscellanies, 1840-41*, New York：Oxford University Press, 1908, p.119.

的形象被严重削弱。萨克雷本来计划以邪压正（凯瑟琳团伙谋杀海因斯）的叙述模式全然颠倒过来，似有以正攻邪（凯瑟琳不堪忍受海因斯欺辱，故设计除害）的气势，尽管海因斯的过失行为并不足以被戕害。

彼时，萨克雷作为中产阶级的一员，他坚定地支持下议院朋友投票废除死刑的行动。在结束《凯瑟琳的故事》后不久，他即去参观死刑执行，并写下《绞刑见闻录》（*Going to See a Man Hanged*），其内容充满了对死刑犯的怜悯和同情。由于受到废除死刑思想的影响，① 萨克雷不由自主地流露出对谋杀者的"偏爱"，这也是他讨伐新门派小说的努力折戟沉沙的原因之一。

萨克雷对凯瑟琳怀有的"善意"使这部意在对抗新门派犯罪小说的作品最终落入此类犯罪小说设置的窠臼，失去了颠覆力。在萨克雷的《绞刑见闻录》中，记载了当时轰动朝野的一桩案件：一名男仆深受新门派小说《杰克·谢泼德》影响，不仅沉迷其中，还模仿小说内容残忍地杀害了自己的贵族主人。这一恶劣的犯罪事件，不仅使张伯伦勋爵拒绝为《杰克·谢泼德》的戏剧颁发演出许可证，② 而且还进一步引起了关于新门派小说是否会对社会造成不良影响的激烈辩论。③ 新门派犯罪小说在 19 世纪 40 年代后逐渐走向式微，但并未从此绝迹，而是演变为 19 世纪末兴起的侦探小说。④

## 第二节　从塞壬的原型置换看萨克雷的道德观

萨克雷笔下的贝基⑤和碧爱崔丽克斯⑥，是违背传统道德的典型，其原

---

① 本章第三节谈萨克雷为何支持废除死刑。

② Keith Hollingsworth, *The Newgate Novel: 1830—1847, Bulwer, Ainsworth, Dickens, & Thackeray*, Detroit: Wayne State University Press, 1963, p. 147.

③ Martin Priestman, *The Cambridge Companion to Crime Fiction*, Cambridge: Cambridge University Press, 2003, pp. 31-32.

④ 〔英〕安德鲁·桑德斯：《牛津简明英国文学史》，谷启楠等译，人民文学出版社，2000，第 487 页。

⑤ 贝基是萨克雷小说《名利场》的女主角，来自社会底层，漂亮有才华，但为人刻薄尖酸，为了上位不择手段，自私自利且忘恩负义，最后身败名裂，远走他乡。

⑥ 碧爱崔丽克斯是萨克雷小说《亨利·艾斯芒德的历史》中的一个女性角色，一个娇气且爱慕虚荣的贵族小姐。她发誓非要嫁给公爵不可，是一个善于玩弄贵族男子的感情，水性杨花、作风轻浮的女子。

型是古希腊神话故事中魅惑且无情的海妖塞壬。萨克雷通过塞壬的置换变形，揭露了资本主义上升时期金钱至上、唯利是图和攀附贵族的丑恶现象。萨克雷承袭了英国前辈作家"道德说教"的文风，在传统的道德体系面临崩溃之时，怀着深切的社会责任感，呼吁伦理道德的回归。本节拟通过分析古希腊神话中海妖塞壬在萨克雷笔下的置换变形展示萨克雷的道德观，并结合时代背景、文学的道德传统和作家的个人体验，探讨其道德观的文化成因。

## 一　塞壬变形之一：嗜钱冷血的贝基

古希腊神话中的女海妖塞壬用"让人神魂颠倒的歌声"[1] 引诱路人，受其诱惑之人皆命丧黄泉。塞壬居住的美丽岛屿鲜花盛开，却布满了受害者的累累白骨。这个神话故事在荷马史诗《奥德赛》中得到经典再现：奥德修斯在返乡途中经过塞壬居住的岛屿，为了免受其害，吩咐手下将他绑在桅杆上，船上兵士也将耳朵封堵，从而躲过一劫。女海妖塞壬的形象后来又在诗歌、戏剧和小说中反复出现，已然成为邪恶女性的象征。

萨克雷的《名利场》中贝基的行为及其造成的后果和塞壬的邪恶有相似之处，贝基诸多才艺中的一项就是善于唱歌。在宴会上大展歌喉的贝基总能吸引众多钦慕者，乔斯、奥斯本这些花花公子都争相和她调情。克劳利男爵父子三人先后坠入贝基编织的情网。克劳利男爵的小儿子罗顿后来毫无悬念地陷落于贝基的温柔乡，受其操纵多年才恍然大悟，后悔不及。斯特恩勋爵也被贝基诱惑，和她保持多年暧昧关系，致使罗顿蒙羞。此外，贝基流连之处，皆有商贾名流、军政要人惊叹于她的魅力，殷勤备至。除了男人被她迷惑而失魂落魄，女人也情不自禁待她为闺中挚友，对其爱护有加。阿米莉亚视她为亲姐妹，慷慨送衣服、首饰、零钱等援助孤苦无依的贝基。塞德利夫人更待她如亲生女儿，乐意接纳她为儿媳。克劳利女士病重期间，特意指名要贝基当贴身护理陪侍左右，原因是贝基聪明伶俐、善解人意又多才多艺，给予克劳利女士许多精神乐趣，[2] 总能把傲慢乖张的克劳利女士哄逗得笑逐颜开。

---

① 〔古希腊〕荷马：《奥德赛》，刘静译，长江文艺出版社，2006，第155页。

② See W. M. Thackeray, *The Vanity Fair*, New York：Knopf Publishing Group, 2006, pp. 103-107.

弗莱认为，神话原型与文学作品中衍生出来的人物形象并非完全保持一致，在不同的文学作品中，会根据不同的文化语境出现适当的变形置换。[①] 希腊神话中的海妖塞壬，出现在荷马的《奥德赛》卷十二中，其中除了提到歌声优美之外，塞壬并无其他优点可言；而《名利场》中的贝基不仅拥有美妙的歌喉，而且精通语言、计算、绘画、手工等。《奥德赛》中也并未提及海妖塞壬的相貌如何，从未强调其貌美，而贝基则是个实实在在的美人。从塞壬到贝基的置换变形中，保持了原型的最本质特征，即诱惑和冷酷。因此，这样一位人见人爱、魅力十足的姑娘被作者安上了一副蛇蝎心肠，她的理想不是要成为"贤妻良母"，而是要不择手段地沿着社会阶梯不断向上攀登，追求物质财富和社会地位。

萨克雷通过精心编织的故事情节展示贝基"塞壬式"的诱惑和冷酷。当贝基看到阿米莉亚的哥哥乔斯愚钝却富有时，便打定主意要拿下乔斯，但遭到阿米莉亚未婚夫奥斯本的阻挠。去克劳利男爵家担任家庭女教师期间，老克劳利男爵被她迷得神魂颠倒，甚至下跪求婚，但狡猾的贝基却另有打算。男爵的财产比不上他妹妹克劳利女士，而男爵的小儿子青年军官罗顿是克劳利女士的唯一宠儿和指定遗产继承人，贝基轻而易举就钓到了罗顿这条大鱼。实际上她瞄准的是克劳利女士的巨额财产，而非罗顿的爱情。在嫁给了罗顿但争财产的计谋不幸落空后，生活拮据的贝基一边指使罗顿以赌钱的方式搜罗钱财，一边偷偷献媚于集财富和地位于一身的斯特恩勋爵。在后者源源不断的经济援助下，贝基一家过着贵族般的豪奢生活，还荣幸地被宣召入宫面圣，成为上流社会竞相邀请的贵客。之后奸情败露，斯特恩勋爵与贝基决裂，后者失去了经济来源，蒙羞受辱的罗顿也弃她而去。贝基四处流浪，招摇撞骗，帮助过她但之后看出她邪恶用心的人纷纷对其避而远之。最后她又碰到愚钝憨傻的乔斯，成功俘获乔斯的贝基又迅速回归纸醉金迷的生活，而可怜的乔斯则像上了塞壬的海岛一样，最终一命呜呼。

这一系列的情节设置无不坚守神话原型塞壬的本质特征——诱惑。从第一步诱惑乔斯失败到最后成功，并将乔斯神秘置于死地，淋漓尽致地再现了海妖塞壬传说"诱惑→死亡"的经典情节。这一经典情节不但体现在

---

① 夏秀：《原型理论与文学活动》，中国社会科学出版社，2012，第169~172页。

乔斯身上，而且还在老克劳利男爵、奥斯本和罗顿身上间接地实现了。这一系列男性人物的死亡和他们没禁住贝基的诱惑呈因果关系，对应了塞壬传说的"诱惑→死亡"情节。萨克雷凭借其丰富的想象力，在维多利亚时期的特殊文化语境中填充延展了这一情节，使之衍生出新的社会意义。

除了"诱惑"的本质特征，"冷酷"也是塞壬的标签，但凡经过塞壬居住的海岛又禁不住歌声吸引而上岛者，皆难逃一死。鲜花丛生的海岛已经白骨累累，但塞壬毫无人类的温情，依旧对着经过海岛的芸芸众生大展歌喉，诱其堕入死亡深渊。冷酷的特征在贝基身上也得到了淋漓尽致的体现。塞壬是海妖，非人类，毕竟不通人类的感情，但贝基是人，纵然蛇蝎心肠，也总该有伦理底线。然而从神话原型的"非人类"到小说文本的"人类"变迁中，虽然身份进行了置换，但其冷酷本质反而变本加厉。贝基来自一个贫困的家庭，母亲是一名舞女，早逝，父亲是画匠，酗酒。为了她的前途，父亲费尽心思才把她弄进平克顿女子学校接受教育。虽然从小到大饱受冷嘲热讽，但在阿米莉亚的家庭中，她却感受到了人间温暖。对于阿米莉亚一家给予她的关怀和爱，贝基从未放在心上。在阿米莉亚父亲破产之后，一家沦为穷人，贝基不但没有来看望和安慰昔日恩人，反而幸灾乐祸地参加阿米莉亚家的家具拍卖会，并在舞会上把自己打扮得花枝招展，出尽风头，以达到羞辱阿米莉亚的目的，并且竭尽所能诱惑奥斯本，以报复当初其对她和乔斯结合的阻挠。如果说因为奥斯本得罪过贝基，所以贝基才抹杀了对阿米莉亚一家的好感，那么贝基对自己的亲生儿子也不闻不问，甚至还因为孩子听她唱歌，"狠狠打了他几个耳光"，[①] 这种冷酷已经超越了人伦底线。萨克雷为何将一个貌美如花、才艺双全的年轻女子描写得如此残酷无情？贝基的母性已经荡然无存，甚至毫无人性可言，她具有和塞壬一致的"妖性"，这样的情节设置匪夷所思。如果说塞壬的诱惑是为了展示英雄奥德修斯回乡途中的种种艰辛，凸显其智慧勇敢的一面，那么贝基的诱惑和冷酷又体现了什么？

19 世纪，经历了工业革命的英国社会，出现了两大经济力量：一个是日益壮大的资产阶级暴发户，比如狡猾奸诈的老奥斯本先生，早年穷困潦倒，在阿米莉亚的父亲塞德利先生的帮助下在商海打拼多年，终于出人头

---

①　W. M. Thackeray, *The Vanity Fair*, New York：Knopf Publishing Group, 2006, p. 474.

地；另一个是占据大量土地资产和拥有显赫社会地位的贵族，后者在 19 世纪前半叶仍旧处于英国社会的主导地位，无论是在经济、政治还是文化领域。① 与此同时，随着经济的发展、传统社会结构的变更，贫富差距加大，拜金主义盛行。商业投机和婚姻是积累财富的两大主要手段，老奥斯本极力怂恿儿子奥斯本放弃阿米莉亚，选择富有的贵族斯沃茨小姐，就是因为阿米莉亚的父亲塞德利先生破产了。而如果奥斯本和贵族小姐结婚，不仅能获得财富，而且还能获得贵族名号，老奥斯本也能因此沾光，提升社会地位。

　　萨克雷在这样的历史文化语境中设计了贝基这个角色，她的美貌和才艺得到维多利亚社会的肯定，也顺利找到如意郎君。如果她甘愿像阿米莉亚一样做个贤妻良母，成为维多利亚时代标准的"家中的天使"②，则无可挑剔，但贝基叛逆刁猾的个性注定了她的不幸。同时代另一部作品《简·爱》中的女主角简·爱也是一个家庭教师，不同的是，小说作者夏洛蒂·勃朗特赋予她坚强善良的美好品格，在遵守社会伦理道德的自我约束下，简·爱很幸运地找到了幸福的归宿。贝基完全是简·爱的对立面，她坚定但邪恶，她不是追求爱情和理想婚姻，而是为自己争名逐利。在整部小说中，她唯一表现善良的一次是在小说结尾部分。为了阿米莉亚能和多宾结合，贝基拿出深藏多年的小纸条——阿米莉亚的丈夫奥斯本偷偷约贝基私奔——给了一直痴爱奥斯本的阿米莉亚，使其终于看清已故丈夫的风流浪子本色。但是，这一情节的设置并不能抹杀贝基的邪恶形象。简·爱的行为从未违反社会对女性道德的规约，而贝基的行为屡次触碰道德底线，偏离维多利亚时代的道德轨道。在婚姻关系中，萨克雷不赞同女性太强势，认为丈夫理应是一家之主，要有养活全家的经济能力，妻子应该服从丈夫，而不是指挥丈夫。③ 之所以有这样的感受，是因为萨克雷的母亲就是这样一个家长：继父一直被母亲管控，也没有赚钱的能力。母亲对萨克雷期望甚高，但望子成龙的凤愿未能实现，母子关系一度紧张。萨克雷因此远走他国以避开父母的责难，并写信给母亲，表示要走自己的路，不想再

---

① 参见刘成等《英国通史：光辉岁月》（第五卷），江苏人民出版社，2016，第 201~202 页。

② 朱立元主编《当代西方文艺理论》，华东师范大学出版社，2005，第 347 页。

③ Catherine Peters, *Thackeray's Universe, Shifting Worlds of Imagination and Reality*, New York: Oxford University Press, 1987, p. 20.

被家庭约束。①

从萨克雷的个人经历可以看出，作家本人反对强势女性。贝基不甘于做个平凡的家庭主妇，处处争名夺利，出尽风头。其丈夫罗顿听任贝基摆布，后因欠债被关押在监狱，其间贝基却百般推辞不去保释丈夫。如果不是嫂子皮特爵士夫人昼夜兼程赶去相救，罗顿恐怕就要长期待在监狱里了。罗顿被关押刚好为贝基和斯特恩勋爵约会提供了良机，可见贝基居心之歹毒，手段之卑鄙。在这样一个女性逐渐走向自我解放、寻求自我价值的时代，萨克雷塑造的贝基，并不像同时代的简·爱那样在社会道德框架内寻求理想生活，而是触碰道德底线，坑害他人，泯灭良知，以此为自己铺就一条通往荣华富贵的康庄大道。这正是萨克雷要着力批判的社会问题，他把海妖塞壬的属性移植到贝基身上，使其具有诱惑、冷酷的本性特征，又利用特殊的时代环境，让贝基凭借其个人魅力一步步往上爬，越来越偏离社会道德的轨道，最终丑事败露，身败名裂。相反，萨克雷在《名利场》中把阿米莉亚描摹成近乎完美的道德淑女，对丈夫忠贞，对父母孝顺，对儿子疼爱，这就是一个恪守道德规范的女人全部的生活内容。除此之外，阿米莉亚才能平庸，绘画、唱歌均不过尔尔，不善于结朋交友，对政治时事、时髦话题一概表现得心不在焉，在社交场合总是一副意兴阑珊、无精打采的茫然模样。阿米莉亚完全是贝基的对立面，是一个彻头彻尾遵守道德规范的贤德淑女，令多宾——小说中唯一正直勇敢的男人——一见钟情，她的结局是完美无憾的。

萨克雷在把海妖塞壬置换变形成贝基的过程中，掺入了作家个人的道德关怀，体现了作家对维多利亚时代道德规范的认同。同时，贝基的行为客观地映射出彼时的社会问题，即英国传统的道德体系在资本主义经济迅猛发展的强势冲击下开始出现崩溃的迹象。萨克雷作为一名具有深刻洞察力的讽刺作家，已然看到了社会进步隐藏着道德滑坡的危机。萨克雷通过对比贝基和阿米莉亚——贝基最终身败名裂，阿米莉亚收获美满家庭——完成了一个 19 世纪的道德寓言，即通过古希腊神话的塞壬"诱惑→死亡"模式到向世人昭示"玩火必自焚"的道理，强调遵守社会道德规约的必要

---

① Catherine Peters, *Thackeray's Universe, Shifting Worlds of Imagination and Reality*, New York：Oxford University Press, 1987, p. 39.

性。至此，作者的道德教化意图已通过小说实现。

## 二 塞壬变形之二：轻浮虚荣的碧爱崔丽克斯

《亨利·艾斯芒德的历史》是萨克雷继《名利场》之后的又一力作，其中的碧爱崔丽克斯是海妖塞壬的另一个置换变形形象。跟贝基一样，这一角色自带"诱惑"特性，碧爱崔丽克斯被萨克雷描绘成一个绝世美人，不管走到哪里都是"万人迷"。在任何有男士的场合，她都眼波流转，顾盼生辉，嫣然浅笑，风情百生。但她同时又是毫无感情的冷血动物，抛完了绣球以后，却不肯嫁给任何一个被她迷得神魂颠倒的青年男子，只因为他们没有高级爵位。艾斯芒德也是众多追求者之一，看着碧爱崔丽克斯长大，深知这位"美神"① 不学无术、专好名利、蛮横无理，是个肤浅的女人，但无奈沉迷其诱人美貌，无法抗拒。艾斯芒德为了能够顺利抱得美人归，不惜违背信仰，参与詹姆士党人组织的复辟阴谋，他只希望能功成名就，赢得美人芳心。但阴谋落败，计划扑空。碧爱崔丽克斯欲嫁给一个鳏夫公爵，不想公爵因私事与人决斗而亡。她后又与回来争夺王位的亲王调情，致使艾斯芒德最终心灰意冷，选择善良贤德的卡斯乌德夫人。

小说的时代背景是17世纪末18世纪初，处在社会顶层的是贵族集团，他们既拥有土地，又占据财富，享有最高的社会地位。嫁入贵族豪门是碧爱崔丽克斯的梦想，她幻想自己有朝一日能够成为公爵夫人，高高在上，俯视众生。为了达到目的，她在贵族亲戚的引荐下得以进入宫廷服侍女王，因此可以接触到各层贵族公子，接连跟几位追求她的贵族青年订婚，但之后又嫌弃贵族头衔低选择退婚。眼看着同辈的姑娘们个个都嫁人生子，她还在左顾右盼。显然，碧爱崔丽克斯不是在追求爱情，而是在寻求合适的猎物，可以与之进行有利的交易——以美貌换取爵位。因此，在碧爱崔丽克斯眼中，美貌是换取利益婚姻的资本，而婚姻就是为了相互利用，为了各取所需，爱情和婚姻是根本没有关系的。她频频诱惑青年男子，也只是为了满足虚荣心，检验自己的魅力值。把陷入情网的各色男子弄得失魂落魄、憔悴不堪，她却暗自得意，又偷偷转向新的目标，继续眉目传情。虽然不至于把这些痴情的男子弄死，但玩弄感情的手法违背道德

---

① W. M. Thackeray, *The Works of William Makepeace Thackeray*, Vol. Ⅶ, *The History of Henry Esmond, Esq.*, London: Smith, Elder & Co., 1896, p. 208.

伦理，体现了碧爱崔丽克斯薄弱的道德意识，自私自利。萨克雷将其描绘为"绝世美人"是为了突出其诱惑的资本，因为她除了惊人的美貌，其他均一无是处。

和碧爱崔丽克斯形成鲜明对比的是她的母亲卡斯乌德子爵夫人——美丽、善良、优雅，[①] 怜悯小艾斯芒德孤苦无依，将其收养，疼爱有加，还把积蓄拿出来供他上学，对其视如己出。萨克雷描写了子爵夫人善良无私和正义的一面，她经常周济乡村的穷苦人家，又倾囊培养艾斯芒德，认为他正直诚实、孺子可教。面对只顾攀富结贵、爱慕虚荣、轻浮狂妄的女儿，她内心忧愁不已。而碧爱崔丽克斯面对母亲的谆谆教导，不但不以为然，反而恼羞成怒，怒斥母亲。女儿目无尊长、狂妄无礼，母亲知书达理、温良贤德，前者只为利益而活，毫无道德观念，后者有情有义，坚守道德立场。如同萨克雷在《名利场》中塑造了贝基和阿米莉亚一样，碧爱崔丽克斯和子爵夫人也分别代表了道德缺失和在场两种状态。她们的结局也是惊人地相似：贝基最终身败名裂，遭人唾弃，阿米莉亚重建美满家庭；碧爱崔丽克斯的未婚夫死于决斗，她嫁入贵族豪门的梦想破碎，只好远走他乡。艾斯芒德也看穿了碧爱崔丽克斯的虚伪、冷酷和自私，终于明白子爵夫人才是他最心爱的人，有情人终成眷属。

在英国漫长的历史中，直到 19 世纪末期，贵族阶级始终是国家政治、经济和文化领域的中坚力量。在故事发生的 18 世纪初，虽然资本主义经济发展已具有一定规模，但贵族势力依旧处于支配地位，是国家的统治阶级。豪门贵族成为财富、地位和权力的象征，而中产阶级暴发户只占有财富，却没有高高在上的社会地位。因此在缔结婚姻时，家族观念很强的英国贵族往往选择门当户对的婚姻来维护贵族尊严。[②] 碧爱崔丽克斯的父亲早逝，母亲性情柔和，并不要求女儿非要嫁入名门望族。本来能够继承爵位的艾斯芒德，为了报答卡斯乌德夫妇的养育栽培之恩，宁愿舍弃爵位，将之赠予碧爱崔丽克斯的弟弟，因此，碧爱崔丽克斯也是一名贵族小姐。但她发誓要攀附公爵才肯罢休，因此在众多贵族青年当中挑来选去，爵位越高的男子越受她青睐。当挑定了一个鳏夫公爵，期待着宝马香车的快活日

---

① W. M. Thackeray, *The Works of William Makepeace Thackeray*, Vol. Ⅶ, *The History of Henry Esmond*, *Esq.*, London：Smith, Elder & Co., 1896, p. 62.

② 阎照祥：《英国近代贵族体制研究》，人民出版社，2006，第 77 页。

子时，萨克雷给了她致命一击，公爵在决斗中意外身亡，美梦戛然而止。

和贝基相比，碧爱崔丽克斯除了惯于玩弄贵族青年的感情外，没有其他恶劣事迹。但也可能因为她还没有嫁作人妇，所以作者无法再给她添加婚外恋等不伦情节。且她的经济地位要比一穷二白的贝基高很多，用不着像贝基那样施展各种骗钱的鬼蜮伎俩。从各方面来看，碧爱崔丽克斯没有贝基"狠毒"，充其量只是一个耽于诱惑男人的塞壬，但作者还是无情地撕碎她的美梦，以作为对她亵渎爱情、玩弄男人的责罚。萨克雷笔下不缺乏虚伪卑劣的女性——女性通过利用男人、对抗男人，为自己扩展生存空间——萨克雷对此深有体会。萨克雷母亲的专横、妻子的疯癫、岳母的恶劣等，使他有意识地从道德层面评判女性。碧爱崔丽克斯虽然美貌绝伦，但萨克雷描绘她容貌的手法如同在描绘一个小丑，给读者以怪诞感。① 萨克雷显然对碧爱崔丽克斯玩弄男人感情的做法持否定和批判的态度，因此给这位充满诱惑力的塞壬上了一次道德课：只有蕙质兰心的卡斯乌德夫人才配拥有理想的爱情和婚姻。

### 三　萨克雷道德判断的文化成因

14 世纪，欧洲文艺复兴浪潮中人本主义思想涌动，人逐渐取代神成为文人学者关注的新宠。关于人性、尊严和道德等问题的讨论，伴随着资本主义经济的萌芽——物质生活丰富、货币及商品流通，在文学空间中占据愈加重要的地位。纷繁复杂的历史现实促使西方文人学者从未在道德领域停止探索的脚步：16 世纪，托马斯·莫尔以构建乌托邦理想社会来表达对彼时英格兰社会道德堕落行为的不满；17 世纪，弥尔顿塑造顽强不屈的撒旦形象抗击封建道德秩序；18 世纪，菲尔丁用全知叙事方式展示文本的道德功能。可以说，英国文学的传统"不仅是文学的传统，也是道德意义上的传统"。② 世纪更迭，时代变迁，社会结构变化和商业经济繁荣导致拜金主义盛行，世风日下，人心不古。在这样一个人心惟危的社会环境中，只有金钱才能维持自我存在感，传统的道德观念处于崩溃边缘。小说家们

---

①　Catherine Peters, *Thackeray's Universe: Shifting Worlds of Imagination and Reality*, New York: Oxford University Press, 1987, pp.46-56.

②　〔英〕F. R. 利维斯：《伟大的传统》，袁伟译，生活·读书·新知三联书店，2009，"序"（陆建德）第 13 页。

借助小说文本进行道德教诲，不仅揭露彼时社会的种种丑恶现象，而且展示了在复杂多变的社会关系中人物角色在道德困境中的苦苦挣扎和求索。作家进行道德叙事的宗旨正如理查德·斯蒂尔（Richard Steele，1672～1729）和约瑟夫·艾迪生（Joseph Addison，1672～1719）创办《闲谈者》（The Tatler）和《旁观者》（The Spectator）的初衷，"揭露生活中的虚伪装饰，剥去狡猾虚荣和矫揉造作的伪装"，① "以文思激发道德，以道德调剂文思"。②

　　萨克雷在创作上吸收了前辈作家尤其是菲尔丁的创作特点，比如在展示人物道德堕落时，并未把人物完全恶魔化，在肯定人物道德高尚的同时，也未将之神化至完美无缺的地位。所以贝基最终还是展示出其善良的一面，碧爱崔丽克斯虽然虚荣和肤浅，但也有其可爱之处。这正体现了菲尔丁的人性"善恶杂糅"③ 的思想。为奥斯本辛苦守寡多年的阿米莉亚，最终明白了真相，和多宾幸福地结合，贤良纯真的卡斯乌德夫人在经历人生劫难之后，也终于收获理想的爱情，这样圆满的美好结局亦体现了菲尔丁的"美德有报"④ 的观念。

　　关于道德拷问的话题在萨克雷的作品中得到了细致的体现。这也和萨克雷所处的时代有着密切的关联。维多利亚时代是英国发展史上的"黄金期"，社会转型迅速，经济蓬勃发展，国家步步逼近世界工业霸主地位，海外拓殖一帆风顺，势力之强大，非他国所能抗衡。但经济发展和社会进步并未带来道德和谐，反而衍生诸多社会问题：社会分化加剧，利益纷争激烈，贫富差距拉大，社会两极分化严重。迪斯累利曾说，英国是"两个民族"的国家，一边是穷人，一边是富人。⑤ 因此，"许多人为聚敛财富而不择手段……19 世纪上半叶是英国犯罪率极高的时代"，儿童为了生存偷窃，妇女为了生活卖淫。⑥ 一边贫困现象比比皆是，另一边有产阶级则热衷于追求各种标准化的生活状态，以展示高雅品位，这需要强大的经济实力做后盾。这就导致金钱至上价值观的普遍流行，传统的道德规约渐渐远

---

① William J. Long, *English Literature*, London：Ginn & Co．, 1919, p. 285.
② 侯维瑞主编《英国文学通史》，上海外语教育出版社，1999，第 273 页。
③ 杜娟：《亨利·菲尔丁小说的伦理叙事》，华中师范大学出版社，2010，第 50 页。
④ 杜娟：《亨利·菲尔丁小说的伦理叙事》，华中师范大学出版社，2010，第 143 页。
⑤ 钱乘旦：《第一个工业化社会》，四川人民出版社，1988，第 253 页。
⑥ 刘成等：《英国通史：光辉岁月》（第五卷），江苏人民出版社，2016，第 230～231 页。

离工业社会。尤其是那些没有财产继承权的女性，要想过上体面的中产阶级生活，唯一的办法就是通过婚姻嫁给一个经济状况不错的男子。贝基起先的想法便是如此，碧爱崔丽克斯则是想通过攀附更高级的贵族来满足自己的虚荣心。

萨克雷在破产之后经历了艰难困苦的日子，为了生存和养活家人，他放下之前贵公子的体面，干过各种被上流社会嗤之以鼻的、不体面的工作。画画和充当雇佣文人在 19 世纪初的英国都是低贱的职业，毫无高尚可言。有了社会底层生活的真实体验，萨克雷看清了社会各层的险恶、虚伪和狡诈。萨克雷甚至观察到当时社会的一个奇异现象：在英国，人们喜欢被贵族侮辱，这表明贵族认识他们。人们宁愿被贵族踢一脚，也不愿被贵族忽视。①

对于攀附贵族的现象，萨克雷在作品中进行了细腻的描绘和辛辣的讽刺，碧爱崔丽克斯就是一个经典例子。面对当时社会流行的婚姻关系——金钱铺垫的婚姻——萨克雷以贝基为典型，无情抨击了金钱致使道德沦丧的丑恶现象。萨克雷延续了英国作家"道德说教"的传统，以塞壬为原型塑造了贝基和碧爱崔丽克斯这两个为了谋求私利违背传统道德规范的女性。她们的魅惑和无情，暗示了传统道德体系被资本主义快速发展时期的金钱化社会所破坏。萨克雷和其前辈一样，呼唤传统道德的回归。

### （一）利益婚姻和纯爱婚姻的矛盾

细究之，萨克雷道德批判的重心落在男女婚姻关系上。在萨克雷的小说里，基于利益的婚姻关系必定走向决裂，只有基于两情相悦的真爱，婚姻关系才能牢固。萨克雷对纯真爱情的颂扬在其小说中已是普遍的主题，爱情作为求偶的标准之一在维多利亚时代也并非鲜见，但以逐利为目的的婚姻从未退出历史舞台。18 世纪前的婚姻主要是利益婚姻，婚姻成为承载家族荣誉和获取利益的工具，双方当事人是否有情感基础和共同语言根本不构成婚姻的前提。② 决定是否成婚的并非待嫁备娶的少男少女，而是他们的父母或其他长辈。这些手握家族权力的人在充分衡量"家庭的经济利

---

① J. W. Dodds, *Thackeray: A Critical Portrait*, New York: Oxford University Press, 1941, p. 38.
② 参见〔美〕劳伦斯·斯通《英国的家庭、性与婚姻（1500~1800）》，刁筱华译，商务印书馆，2011，第 183~193 页。

益和社会利益"① 后，才决定是否男婚女嫁。

资产阶级革命以及工业革命使英国中下层阶级的经济生活得到一定程度改善，18 世纪的择偶观已经不再完全遵循"父母之命"，拥有婚姻自主权的年轻人在择偶时往往以爱情为首选，而非经济或物质利益。② 但为了确保生活质量，经济利益实际上仍然是缔结婚约不可忽视的因素：贵族为了扩大和巩固家族势力，依旧考虑门当户对；资产阶级暴发户则要么追求强强联合——两个暴发户家庭联姻，要么企图高攀贵族门第，以抬高身价；劳动阶层则尽量精打细算——合并劳动力和收入，勤俭持家。③

萨克雷不是贵族出身，无须考虑门第和血统；也非唯利是图的暴发户，无须寻找资本家女儿联姻；亦不是劳动群众，不必为合并劳动力费心。破产之前的萨克雷是名副其实的富二代，他在剑桥求学期间，就以富家公子的身份流连于欧洲交际场寻找他的爱情。而他自身散发的文艺气息也使他在恋爱和婚姻关系中更注重两情相悦，而非经济利益。这种爱情至上的婚恋观深刻地反映在他笔下的绅士婚姻中，如深陷爱情泥淖的艾斯芒德、潘登尼斯、多宾以及钮可谟上校和克莱武等。他们身上都或多或少带着萨克雷当年的求爱心情，以及那种为爱情而无法自拔的焦灼，为爱情可以抛弃一切的勇气。如果不是萨克雷亲身经历，这些很难精准地再现于他笔下的绅士爱情故事中。与此形成鲜明对比的，正是那些为了经济利益而结婚的男主。萨克雷对这些男主附加了其他不道德的成分，比如，巴恩斯对女工的始乱终弃，林登对贵族遗孀的巧取豪夺。这些为经济利益缔结婚约的男主，基本没有爱情意识。奸猾狡诈的巴恩斯，少年时代的爱情意识即已经被无休止的物质和金钱欲望消磨殆尽，还有为了获取金钱和地位而不择手段的林登。

如果说，他们对异性还保持兴趣的话，那肯定不是萨克雷所描摹的那种纯真的爱情，而仅仅是为了满足生理上的需要。因此，在萨克雷的小说中，理想的婚姻模式基于爱情，而将以下情况屏蔽：在缔结婚姻时，双方家庭都普遍倾向于保持或提高目前的社会或经济地位。因此，在当时的背

①　许洁明：《十七世纪的英国社会》，中国社会科学出版社，2004，第 114 页。
②　刘金源等：《英国通史：转型时期——18 世纪英国》（第四卷），江苏人民出版社，2016，第 198 页。
③　〔德〕傅克斯：《欧洲风化史：风流世纪》，侯焕闳译，辽宁教育出版社，2000，第 266 页。

景下财力相当或社会地位平等是人们考虑婚约的普遍选择。① 而以爱情为幌子，企图通过婚姻关系提升自身社会及经济地位则是萨克雷着力批判的道德污点之一，贝基和林登即为典型。以爱情为幌子始乱终弃则是批判的另一个道德污点。对于保持家族势力的贵族婚姻，萨克雷以巴恩斯为例进行攻击。毫无感情的巴恩斯和他的贵族太太柯乐拉同床异梦、貌合神离，最后，不堪家暴的柯乐拉被迫投奔旧爱。这样的情节设置恰恰呼应了笛福对利益婚姻的评价：为利益而结成的婚姻与强奸无异，② 与幸福无关。由此可见，萨克雷有意在婚姻缔结这一阶段将爱情和利益割裂开来，把爱情设置为幸福婚姻中的道德制高点，而将利益视为导致婚姻破裂的罪魁祸首。

萨克雷小说中的理想婚姻关系，有意避开了彼时普遍存在的、出于实用目的的、合乎情理的经济考虑，而刻意拔高了爱情在理想婚姻中的比重，甚至将爱情看作影响婚姻幸福的唯一因素。这样的创作思路并非萨克雷心血来潮标新立异的产物，而是有事实参考。萨克雷最向往的18世纪有过真实的例子：昌德公爵迎娶小酒店女仆；安卡斯特公爵、拉特兰德公爵分别与他们的家庭女教师结婚；萨利兹波利伯爵和管家的侄女结婚，他的岳父仅仅只是理发师兼守墓人；布里斯托伯爵和过世妻子的女仆结婚；唐克威乐勋爵在18岁的时候和一个屠夫的女儿私奔。③

虽然出于爱情的婚姻被视为纯洁高尚、符合道德，毫不沾染世俗的铜臭，但其理想主义色彩并不能抵消日常生活的琐碎。爱情并不意味着可以从此不食人间烟火，逍遥自在地生活一生一世。萨克雷显然也考虑到这点，因此，完全剔除经济条件的完美婚姻是不合常理的。既然符合高尚道德的婚姻理应是基于爱情而不考虑经济利益的，那么如果毫无经济来源，则如何保证婚姻的长久呢？一度陷入贫困的萨克雷不会不知道金钱对于维持一个家庭生存的重要性，他也坦然地描摹过，失去经济来源的一对原本幸福和谐的小夫妻是如何在生活日益困顿、举步维艰的情况下互相埋怨、

---

① 　William J. Goode, *The Family*, Englewood Cliffs: Prentice-Hall, Inc., 1982, p. 50.

② 　〔英〕戴维·罗伯兹：《英国史：1688年至今》，鲁光桓译，中山大学出版社，1990，第27页。

③ 　John Cannon, *Aristocratic Century: The Peerage of Eighteen-Century England*, Cambridge: Cambridge University Press, 1984, pp. 73-77.

打架冷战，幸福的家庭濒临破碎。① 因此，为了确保爱情婚姻的长久，萨克雷巧妙地给予绅士和淑女一份体面的收入——按照当时的社会条件，接受贵族亲属的遗产馈赠，或者事业有成——足以确保夫妻过上悠闲无忧的好日子。

**（二）社会对女性的偏见导致夫妻关系的不平等**

对于婚后的夫妻关系，从萨克雷的小说中可窥见他的观点，即各就其位、各司其职、各尽其责。萨克雷强调夫妻双方对彼此的责任，男主外，女主内，男人要负责养家，关爱家人，女人要相夫教子，要有家庭主妇的德行，彼此忠诚，互敬互爱，这也是维多利亚主义关于夫妻和睦相处的价值观。英国维多利亚时代的诗人考文垂·帕特摩尔（Conventry Patmore，1823~1896）在其代表诗歌《家里的天使》中塑造了符合这种价值观的妻子形象——妻子犹如温柔体贴又聪慧的天使，为辛苦工作养家的丈夫提供情绪价值，帮丈夫排解工作和交际中积累的不良情绪。这种模范夫妻的典型是潘登尼斯和露拉夫妇，贯穿在萨克雷的多部小说中。他们不仅是理想的夫妻，而且还是乐于助人、心地善良、热忱友好的困难排解者。关于夫妻相处之道，18 世纪的《闲谈者》有诸多精辟论述。萨克雷对其创办者斯蒂尔和艾迪生颇为欣赏，还特意把他们写进小说《亨利·艾斯芒德的历史》中，萨克雷关于理想夫妻的描摹亦可在《闲谈者》中找到母版。

彼此忠诚是家庭美德存在的最重要条件。对于那些已有妻室却还热衷于嫖娼的男子，萨克雷予以道德谴责，因为这些堕落自私的男人将妓女身上的传染病传播给了忠于自己的妻子。② 萨克雷在《潘登尼斯》中塑造的酗酒编辑沙东上尉，原型就是他的早年好友马金。萨克雷曾在日记中提到，他本来对马金敬重有加，但一次偶然机会看到马金急匆匆地进入污秽

---

① 参见 William Makepeace Thackeray，"The Painter's Bargain," *The Complete Works of William Makepeace Thackeray*，Vol. 11，*The Paris Sketch Book*，New York：Houghton，Mifflin and Company，1889，pp. 61-75。

② 参见 "Antimoixeia：Or，the Honeft and Joynt-Defign of the Tower-Hamblets for the General Suppreffion of Bawdy-Houses，as Incouraged thereto by the Publick Magiftrates," June 1691，Guildhall Library Broadsides（注：Honeft，Defign，Suppreffion，Incouraged，Publick Magiftrates 等同于现代英语单词 Honest，Design，Suppression，Encouraged，Public Magistrates）。

不堪的妓院，那一幕令他顿感恶心，从此马金在他心目中的印象大打折扣。① 卖淫在彼时的伦敦非常猖獗，即便是在性道德极为严苛的维多利亚时代。②

　　综观萨克雷的小说，没有对男女不洁关系的"过分"描述，即便是浪荡的女冒险家贝基和斯特恩勋爵的苟合，萨克雷也只是含蓄地"点到为止"。对卖淫嫖娼现象的描述在萨克雷小说中根本无迹可寻，为了迎合彼时道德规范的要求，萨克雷尽力以"体面"的方式展现故事情节。对此，他抱怨道，自《汤姆·琼斯》（*The History of Tom Jones, a Foundling*）的作者过世之后，再也没有哪个作家能淋漓尽致地描写一个男人。③ 尽管萨克雷努力塑造符合道德规范的模范夫妻，也曾大胆批评风流浪荡的歌德和拜伦，④ 但也不能掩盖他本人曾有的风流往事。早年在巴黎的吃喝嫖赌，⑤ 以及与疯妻分居后与好友妻子的暧昧，⑥ 都印证了他言行不一和非理性的一面。这和当时社会对男性的宽容度高于女性有关，女性在道德方面必须无可挑剔、完美纯洁，婚后必须绝对忠诚于丈夫。因此，贝基的行为突破了夫妻道德的底线，引起读者的反感和讨伐。而男人则相反，如果一名男子被人看到去伦敦俱乐部里赌博、赛马，或者带着他的情人出现在海德公园或阿斯科特赛马会上，会被认为再正常不过，没人对此表示异议。⑦

　　萨克雷在小说中对女性不良行为的批判也更甚于男性，他的夫权意识致使他在现实以及小说中都在某种程度上忽视对妻子这个角色的关爱。尽管萨克雷尽心尽力地赚钱请医生救治疯妻，又在后面漫长的岁月里坚

---

① Gordon Ray, ed., *Letters and Private Papers of William Makepeace Thackeray*, Vol. I, Cambridge: Harvard University Press, 1946, p. 209.

② 刘成等：《英国通史：光辉岁月》（第五卷），江苏人民出版社，2016，第 231 页。

③ 参见〔英〕安德鲁·桑德斯《牛津简明英国文学史》，谷启楠等译，人民文学出版社，2000，第 411 页。

④ Peter Lang, *W. M. Thackeray's European Sketch Books: A Study of Literary and Graphic Portraiture*, Bern: European Academic Publishers, 2000, p. 160.

⑤ John Carey, *Thackeray: Prodigal Genius*, London: Faber and Faber Ltd., 1977, p. 14.

⑥ See Gordon N. Ray, *Thackeray: The Age of Wisdom*, London: Oxford University Press, 1958, pp. 65-75.

⑦ Gordon N. Ray, *Thackeray: The Age of Wisdom*, London: Oxford University Press, 1958, p. 33.

持雇请保姆悉心照顾病妻，并经常写信给妻子倾诉心事，以此来迎合维多利亚主义对家庭和亲情关系的强调,①但也难掩萨克雷早年对妻子的忽视。

他在婚后连续让妻子怀孕生产,② 小说中的克莱武——以他自己为原型——也是如此，不停地让妻子绿绥怀孕。他们将妻子当作附属品，肆意驱遣，对于产后妻子虚弱的身体及糟糕的心境，萨克雷和他笔下的克莱武都未及时给予关爱。因此，萨克雷的妻子肖从产后抑郁到最后完全疯癫，萨克雷是负有一定责任的。③ 萨克雷惯于站在夫权视域下的道德制高点点评女性，将妻子无怨无悔地服务于丈夫当作理所当然的义务。

力求女性完美，并将此完美无条件奉献于男性，这是萨克雷心中女性道德的特征。论才能，贝基是完美的，但她不顾传统伦理背叛丈夫，未尽人母义务；论美貌，碧爱崔丽克斯和麦肯济太太也是无可挑剔的，但前者拒绝男性抛出的爱情橄榄枝，后者侮辱男性尊严，所以都遭到批判。由此可见，萨克雷对女性的批判是以夫权视角为立足点的。但他对不同女性批判的程度也因人而异，其中以麦肯济太太为最，因为她的原型就是萨克雷的岳母肖太太，他将在现实生活中不可调和的对立化为尖锐无情的嘲讽和批判贯穿在小说中。然而，除了麦肯济太太，萨克雷对其他女性的批判是不彻底的，字里行间流露出些许同情，甚至欣赏。这种矛盾甚至也体现在他本人身上。

### （三）萨克雷的道德态度呈现不确定性的思想文化探源

萨克雷曾经嘲笑歌德以及他的《少年维特之烦恼》，而之后自己也同样恋上有夫之妇且无法自拔。④ 此外，在他宣扬道德教条时，态度上出现了稍许的动摇，他在作品中借故事叙述者的身份自言自语地为堕落的贝基和邪恶的林登寻找情有可原的理由，还为他们分别设置了善良宽容的朋友

---

① Sophie Gilmartin, "Transition and Tradition: The Preoccupation with Ancestry in Victorian Writing", in J. B. Bullen, ed. , *Writing and Victorianism*, New York: Routledge, Taylor & Francis Group, 1997, p. 20.

② Peter Shillingsburg, *William Makepeace Thackeray: A Literary Life*, New York: Palgrave, 2001, p. 118.

③ John Carey, *Thackeray: Prodigal Genius*, London: Faber and Faber Ltd. , 1977, p. 17.

④ Catherine Peters, *Thackeray's Universe, Shifting Worlds of Imagination and Reality*, New York: Oxford University Press, 1987, pp. 35-36.

阿米莉亚和无微不至贴心照顾林登直至他死亡的母亲。贝基和林登也没有被描写成十恶不赦的坏蛋，前者最终善心大发，主动拯救阿米莉亚和多宾的爱情，余年频频参与慈善活动，生活热情依旧如昔；后者虽对任何人都无情无义、唯利是图，却给予了儿子深沉的父爱。

　　如此模棱两可的矛盾特征也出现在萨克雷早年的杂志稿件中，他作为巴黎文化的写手，获得读者的好评。因为他的文章并未遵循传统的旅游指南风格，而是另辟蹊径，以期刊内容的复杂特征为掩护展示另类的情色巴黎，以此隐藏了自己的声音，成功地避免了可能来自伦敦读者的道德批判。① 对此，狄更斯认为萨克雷轻浮，不真诚。②

　　萨克雷在努力迎合外部严格的道德规范的同时，又表现出不自觉的反叛。这种不确定态度背后是怀疑主义的助攻。

　　怀疑主义思想在西方思想史上占有重要地位，它是促进认识论不断翻新的永动机，有效地避免了任何一种思想流派的独断专行，及时地促进人类对既定的思想和行为进行反思和改进。古希腊后期，战乱频仍，哲学家的思想呈现"一种普遍的悲观和不安感"。③ 面对外界的混乱，古希腊哲学家试图通过思考达到内心的平静，他们凭借自身的感觉来定义善恶、区分真假，希图以此来获得心灵的宁静，但结果却事与愿违，非但达不到预期目标，反而陷入无休止的矛盾中。④ 由此可见，面对错综复杂、纷纷扰扰的现实世界，凭借感觉做出的判断往往相互矛盾、彼此抵触，无法达到一致认同的状态。感觉经验因人而异，如此的不稳定性成为怀疑主义发端的滥觞。皮浪被后世学者视为古希腊晚期持怀疑主义思想的典型。他将所有确定之物统统消解。⑤ 这就使得所谓的参考标准失去了权威的光环和绝对正确性。在怀疑精神的点拨下，历代学者有意识地在认识论路径上对已有

① Richard Pearson, *W. M. Thackeray and the Mediated Text, Writing for Periodicals in the Mid-nineteenth Century*, Hants：Ashgate Publishing Ltd. , 2000, p. 101.

② Gordon Ray, ed. , *Letters and Private Papers of William Makepeace Thackeray*, Vol. Ⅰ, Cambridge：Harvard University Press, 1946, p. cxxi.

③ Bertrand Russell, *Wisdom of the West*, in Paul Foulkes, ed. , London：Macdonald & Co. , Ltd. , 1959, p. 106.

④ 〔古希腊〕塞克斯都·恩披里克：《悬搁判断与心灵宁静》，包利民等译，中国社会科学出版社，2004，第 9 页。

⑤ 〔德〕黑格尔：《哲学史讲演录》（第三卷），贺麟、王太庆译，商务印书馆，1997，第 106 页。

的学说进行批判性接受，并适时提出"修正"意见。尽管这些修正意见的提出依旧依凭自身的感觉经验，但能在一定程度上防止已有学说走向教条化。

意大利文艺复兴时期就是一个充满怀疑精神的时代，它宣扬的人文主义精神质疑了天主教神权及其禁欲主义。文艺复兴晚期，伴随着人性欲望的无限膨胀，人的理性又遭遇质疑。面对文艺复兴晚期战火纷飞、人欲横流的法国，米歇尔·德·蒙田（Michel de Montaigne，1533~1592）① 质疑人的理性力量，转而相信宗教的凝聚力，认为"天主教会是能够保证法国国家统一的最重要的意识形态力量"。② 从文艺复兴早期宣扬人的理性和蔑视神权，到文艺复兴晚期质疑人的理性和信仰神权，如此的转向，正显现出在怀疑精神指导下的审慎态度。同样的，沙夫茨伯里（Shaftesbury，1671~1713）既不完全信任感性经验，也不全盘依赖理性认识，而是开辟出一块新处女地——情感体验。沙夫茨伯里认为人天生具有道德感知力，能够依据自身或他人的道德情感体验形成道德判断标准。③ 沙夫茨伯里的道德情感思想影响了菲尔丁的写作，④ 同时菲尔丁也受到怀疑主义影响，⑤ 这两股思潮在菲尔丁的文学创作中都有所体现，而菲尔丁的写作风格又影响了萨克雷。⑥ 此外，当时法国风靡一时的哲学家库赞（Victor Cousin）有关怀疑主义的演讲也给了萨克雷一些启发。⑦

在维多利亚时代的英国，面对严苛的社会道德规范，即理性道德的约

① 萨克雷很欣赏蒙田，参见 Robert A. Colby, *Thackeray's Canvass of Humanity: An Author and His Public*, Columbus：Ohio State University Press, 1979, pp. 8, 24–26, 428; Donald M. Frame, *Montaigne: A Biography*, New York：Harcourt, Brace & World, Inc., 1965, p. 317。
② 〔苏联〕B. B. 索科洛夫：《文艺复兴时期哲学概论》，汤侠生译，北京大学出版社，1983，第 28 页。
③ 黄伟合：《欧洲传统伦理思想史》，华东师范大学出版社，1991，第 182 页。
④ 杜娟：《亨利·菲尔丁小说的伦理叙事》，华中师范大学出版社，2010，第 61~62 页。
⑤ See Leo Braudy, *Narrative Form in History and Fiction: Hume, Fielding, and Gibbon*, Princeton：Princeton University Press, 1970, pp. 91–93.
⑥ 杜娟：《亨利·菲尔丁小说的伦理叙事》，华中师范大学出版社，2010，"序"第 1 页；韩加明：《菲尔丁研究》，北京大学出版社，2010，第 365 页；古典文艺理论译丛编辑委员会编《古典文艺理论译丛》（第二册），人民文学出版社，1961，第 177~187 页；George Saintsbury, ed., *Catherine, a Shabby Genteel Story, the Second Funeral of Napoleon, and Miscellanies, 1840–41*, London：Oxford University Press, 1908, pp. 383–393。
⑦ Robert A. Colby, *Thackeray's Canvass of Humanity: An Author and His Public*, Columbus：Ohio State University Press, 1979, p. 29.

束，萨克雷出于声誉的考虑，在小说的道德话题上，表面上遵循了社会道德，赢得了社会共识；但内心保留了质疑的态度，[①] 只能以隐晦的方式表达自己的道德观点，[②] 以微妙的、模棱两可的方式，向明晰的社会道德训诫发出质疑之声。一方面，萨克雷的小说框架设定完全契合高尚的道德标准，从而引发读者共鸣。比如，幸福婚姻的前提是肯定爱情而否定经济因素，夫妻之间理应彼此忠诚。另一方面，萨克雷内心的道德情感是接纳现实生活，尊重世俗需求和人性本相。因此，在细节处，萨克雷又情不自禁地为小说中幸福婚姻的延续提供了理想化的经济来源，以及偏袒男性的风流，却挑剔女性的水性杨花。对于前者，萨克雷已然默认经济条件在婚姻生活中的必不可少性；至于后者，萨克雷则默认彼时社会对男性性欲的包容。

萨克雷的小说走向迎合了彼时严苛的社会道德训诫，基本遵从"善有善报，恶有恶报"的伦理模式，但又以一种隐晦的怜悯，设身处地地为小说中的坏人寻找值得谅解的理由。他虽然不像费尔巴哈那样明目张胆地为穷人的堕落辩解，[③] 但这种隐晦的怜悯和同情是对彼时存在的道德秩序，甚至对社会分配体制的抗议和不满，也是对既定社会秩序的质疑。但质疑归质疑，不满归不满，萨克雷和蒙田及费尔巴哈一样，最终还是将解决方案交给了融合道德教诲的宗教信仰。

对于男性道德，萨克雷虽然公开对歌德、拜伦等的风流行为表示不齿，但他自己在巴黎的放荡生活，以及在小说中的立场却是与此相矛盾的：他把批判的矛头指向金钱欲满满的女性人物贝基，而淫荡的斯特恩勋爵似乎是陷入贝基阴谋的男性受害者；另外，萨克雷重点批判林登强盗式的作恶行为，但并未批评他婚内出轨的恶劣行为——林登在和妻子婚姻存续期间，还同时和家庭女教师等多名女子保持暧昧关系。另外，克莱武不停地让心情抑郁的

---

① 萨克雷在写作中表现出来的怀疑主义，参见 Gordon N. Ray, *Thackeray: The Age of Wisdom*, London: Oxford University Press, 1958, pp. 40, 120, 123, 367; John Carey, *Thackeray: Prodigal Genius*, London: Faber and Faber Ltd., 1977, pp. 101, 195。

② 沙夫茨伯里的道德情感思想同时也强调公众情感，这很符合维多利亚主义的道德观，本书第四章"萨克雷的小说人物创作"中会提及。

③ 费尔巴哈认为，降低犯罪率的方法，就是让普通百姓摆脱贫困和经济困境，过上幸福生活。这里的幸福生活，不是指消费的豪奢生活，而是饱食暖衣、安居乐业的生活。这样的幸福生活有利于引导人们弃邪从正，弃恶从善，崇尚道德。参见《费尔巴哈哲学著作选集》（上卷），荣震华等译，商务印书馆，1984，第 567~577 页。

妻子绿绥怀孕，而全然不顾她的苦闷情绪。这个行为不仅对于克莱武、小说中的老好人潘登尼斯夫妇，以及善解人意的钮可谟上校，而且对于作者萨克雷本人来说，都是无可厚非、天经地义的。对于妻子来说，怀孕生产就是她的义务。

这一行为也是萨克雷本身经历的写照——他在结婚后的三年内，连续让妻子肖怀孕三次，生下三个女儿，却又没有给予妻子足够的关爱和抚慰，以至于肖患上产后抑郁症，后诱发永久性疯癫症。克莱武在一定意义上就是萨克雷早年的化身，绿绥身上带有肖的影子，绿绥的母亲麦肯济太太的原型就是萨克雷的岳母肖太太。萨克雷在小说中丝毫没有让克莱武对绿绥的连续怀孕表达过歉意和悔意，相反，时不时在评论中表达对年少无知时结下的错误婚姻感到后悔和遗憾——表明了他只是在表面上迎合维多利亚时代的道德训诫，实际上，他的道德情感是认同另一条偏向男权的潜规则：在婚姻关系中，要求女性保持道德完美，忠诚于丈夫，但丈夫却可以跟妻子以外的女性，包括情人和妓女发生关系。①

萨克雷产生这一隐秘道德情感，除了源于文艺复兴时期以来人文主义思想家视男性情欲为合理现象，还与维多利亚时代民众公认的一个道理有关，即"男人天生性欲强烈"，而女人则被认为"性冷淡"。② 因此，男人的放纵和女人的纯洁成为萨克雷默认的道德规则，也是萨克雷本身的道德情感和明面上的社会道德训诫相左的地方，可视为萨克雷含蓄的道德质疑。

## 第三节 《绞刑见闻录》：道德缺席的狂欢

英国在 1969 年废除死刑。在此前的 19 世纪，关于是否废除死刑的讨论已然如火如荼地展开，讨论的焦点是量刑过重案例和重罪案例的死刑存废问题。彼时英国死刑适用范围广、名目繁多，出现死刑泛滥的怪象。英国在经历圈地运动和工业革命之后，大量农民失去土地，被迫涌入城市谋生，失业的城市居民数量激增，导致犯罪率上升。在英格兰和威尔

---

① Gordon N. Ray, *Thackeray: The Age of Wisdom*, London：Oxford University Press, 1958, p. 33.

② Ruth Goodman, *How to Be a Victorian*, New York：Liveright Publishing Corporation, 2015, pp. 406-414.

士，从 1805 年至 1842 年的 37 年中，犯罪数量猛增了近 6 倍：1805 年 4605 起，1815 年 7898 起，1825 年 14437 起，1835 年 20731 起，1842 年 31309 起。① 犯罪猖獗导致社会治安混乱，乱世重典、沉疴猛药，刑事处罚的严酷性得到相应强化，部分轻微犯罪也被纳入死刑量刑。

根据 19 世纪英国"血腥法典"（Bloody Code），在将近 230 种死刑罪名当中，就包括诸如偷萝卜、砍伐一棵树、以购物的名义进入店铺偷窃货品、同吉卜赛人来往、伪造印章等非重罪违法。② 早在 1810 年，下议院议员塞缪尔·罗米利（Samuel Romilly）爵士在针对一个关于偷窃财物价值达到 5 先令及以上时即处以死刑的法案时，曾抱怨或许很难找出一个国家如英格兰一般把死刑加诸海量且繁杂的各类行为之上。③ 19 世纪的英国，即便是孩童也难逃死刑。1814 年，三个儿童，年龄分别为 8 岁、9 岁和 11 岁，仅仅因为偷一只鞋而被判处死刑。1833 年，伦敦一个 9 岁的孩子打碎一家商店橱窗玻璃后入室偷窃，也被判处死刑。④ 面对英国"血腥法典"的严苛性，废止死刑的呼声此起彼伏。

第一个以理论形式系统阐述死刑不合理性的法理学家是意大利人切萨雷·贝卡利亚，他在《论犯罪与刑罚》中为废止死刑而慷慨陈词。贝卡利亚认为刑罚的目的唯有两点：其一是防止罪犯再度对公民实施侵害，其二是训诫其他人切勿步其后尘。所以，必须根据所需的威慑程度来选择刑罚以及行刑方式，使其能更有效地、更持久地在人们心中留下印象，而非着重于折磨罪犯的身体。⑤ 贝卡利亚在阐释法律法规被误用、滥用的同时，也拷问司法制度的荒谬及人性的虚伪，质疑死刑的用途和公正。⑥ 英国功利主义哲学家和法理学家杰里米·边沁在吸收贝卡利亚思想的基础上，从功

① 〔德〕恩格斯：《英国工人阶级状况》，人民出版社，1956，第 175 页。

② 〔美〕大卫·E. 杜菲：《美国矫正政策与实践》，吴宗宪等译，中国人民公安大学出版社，1992，第 217 页。

③ Quoted from Leon Radzinowicz, *The Movement for Reform, a History of English Criminal Law and Its Administration from 1750*, Vol. 1, London: Stevens & Sons Limited, 1948, p. 3, Britain Parliament Debate, Vol. 15, Column 366, 1810.

④ 参见甘雨沛主编《刑法学专论》，北京大学出版社，1989，第 337 页。

⑤ Cesare Beccaria, *On Crimes and Punishments*, trans. by Graeme R. Newman and Pietro Marongiu, New Brunswick: Transaction Publishers, 2009, p. 33.

⑥ Cesare Beccaria, *On Crimes and Punishments*, trans. by Graeme R. Newman and Pietro Marongiu, New Brunswick: Transaction Publishers, 2009, p. 71.

利视角对死刑提出异议。边沁指出，"我们理应期望找到犯罪与刑罚之间最精确的比例；但实际上，这一比例不断地遭到践踏或被遗忘，死刑被滥用在最轻微的罪行之中"。① 罪与罚的失衡导致"死刑的实际范围往往是死刑条款所显示范围的三倍到四倍之多"。②如此繁密的死刑判决在边沁看来是徒劳的，死刑在绝大多数情况下都是一种既多余又起不到作用的惩治方式。对一部分人来讲，施以较轻的刑罚或是监禁就能威慑他们，使其不敢犯罪，那么死刑对这类人来说就没有存在的必要；还有些人，可以说是主动寻求死刑，死刑能助其从绝望中解脱出来，面对这样的犯罪群体，死刑亦毫无效力。③ 因此，拥护司法改革的有识之士努力寻求刑罚公正，主张刑罚的轻重应以仅足以威慑人们不去犯罪为限。④

萨克雷在 1840 年 7 月和友人一起前去刑场观看了一个谋杀犯的绞刑实施过程。这个谋杀犯弗朗西斯·本杰明·库瓦西耶于 1840 年 5 月 5 日趁其主人贵族威廉·罗素先生熟睡之时将其杀害，这个具有谋杀事实的凶手在同年 7 月被处以绞刑，之后萨克雷便写下《绞刑见闻录》（"Going to See a Man Hanged"），对于废除死刑表达了自己的观点。

## 一　刑场上的狂欢

萨克雷的《绞刑见闻录》发表在 1840 年 8 月 22 日的《弗雷泽杂志》上。⑤萨克雷的朋友，英国诗人理查德·蒙克顿·米尔尼斯（Richard Monckton Milnes，1809~1885）在下议院投票支持废除死刑，米尔尼斯急于了解死刑执行对大众的影响，于是邀约萨克雷一同围观死刑执行。⑥ 死刑执行后的第二天，即 1840 年 7 月 7 日，萨克雷在给友人普罗克特夫人（Mrs. Procter）

① Jeremy Bentham, *Theory of Legislation*, trans. by R. Hildreth, London: Trübner & Co. Ludgate Hill, 1882, p. 354.

② Leon Radzinowicz, *The Movement for Reform, a History of English Criminal Law and Its Administration from 1750*, Vol. 1, London: Stevens & Sons Limited, 1948, p. 5; Britain Parliament Debate, Vol. 15, Column 366, 1810.

③ Jeremy Bentham, *Theory of Legislation*, trans. by R. Hildreth, London: Trübner & Co. Ludgate Hill, 1882, p. 469.

④ Cesare Beccaria, *On Crimes and Punishments*, trans. by Graeme R. Newman and Pietro Marongiu, New Brunswick: Transaction Publishers, 2009, p. 73.

⑤ Edgar F. Harden, *A William Makepeace Thackeray Chronology*, New York: Palgrave Macmillan, 2003, p. 57.

⑥ Malcolm Elwin, *Thackeray a Personality*, London: Jonathan Cape, 1932, p. 93.

的信中提及："下议院最伟大的诗人昨日凌晨三点半约我一同驱车前往新门，旁观库瓦西耶的绞刑。那行刑场面着实令人恐惧，我忍不住提及，因为那可怜人的脸总在我眼前晃荡，那场景侵占了我所有思绪。"[①] 7月18日，萨克雷在写给母亲的信中又提到此事："我去看了库瓦西耶被绞杀的经过，此后我便一直痛苦不堪，没办法工作，但为了可怜的孩子们我又不得不干活儿。他的死对我产生的影响是最不寻常的，我正尽力就这一主题写一篇相关的文章。此事压在我心上，犹如冰冷的梅子布丁堵在胃里，一旦我开始写作，就变得忧郁悲伤。"[②]

关于《绞刑见闻录》，萨克雷一改惯常采用的冰冷戏谑的"弗雷泽风格"，未去嘲笑死刑犯，相反对犯人表现出人情味和恻隐之心，[③] 透出一股浓浓的"人道主义"气息。萨克雷生动展现出围堵在刑场外的乌合之众的心态，其中就有受人尊敬的市民，在他们端庄妻子的陪伴下，在凌晨时分便蜂拥进刑场，以便能目睹凶手被绞死的细节，萨克雷对此现象做出的评论体现了他深刻的洞察力。[④]《绞刑见闻录》以外部的狂欢化场景描写和内部的反思性心理描写形成的反差勾勒出萨克雷对废除死刑的态度。

刑场是血腥和暴力的场所，是执行司法判决的权威处所。死刑犯在刑场被执行死刑的恐怖过程不仅带有"替天行道"的意味，而且暗含"杀一儆百"的警示作用，它潜在的法律威慑力具有强大的规范市民行为的力量，即人为制造的死亡所烘托出的悲戚氛围能使人静穆地反思生命的价值。但与此相反，萨克雷所见到的刑场却是欢呼雀跃的，充满了喧嚣和骚动，宛如过节时的广场街市，摩肩接踵，水泄不通。这些市民不辞辛劳地在尴尬的凌晨时分纷至沓来，围堵在充斥着杀伐之气的刑场周围，只图能目睹凶犯受刑而死，体会"刑人于市，与众弃之"的快感。

---

① Edgar F. Harden, *A William Makepeace Thackeray Chronology*, New York: Palgrave Macmillan, 2003, p. 55; Gordon Ray, ed., *Letters and Private Papers of William Makepeace Thackeray*, Vol. 1, Cambridge: Harvard University Press, 1946, p. 454.

② Edgar F. Harden, *A William Makepeace Thackeray Chronology*, New York: Palgrave Macmillan, 2003, p. 55.

③ Miriam M. H. Thrall, *Rebellious Fraser's Nol Yorke's Magazine in the Days of Maginn, Thackeray, and Carlyle*, New York: Columbia University Press, 1934, p. 78.

④ Malcolm Elwin, *Thackeray A Personality*, London: Jonathan Cape, 1932, p. 92.

刑场的狂欢盛景在萨克雷笔下呈现三种类型。一种是看客的无赖作态，一种是愚妄之徒的自娱自乐，还有一种是泼皮的寻衅泄愤。

在死刑犯出现前，围拢在刑场周围的看客们百无聊赖，伺机寻找视野最佳的位置，地面上早已人山人海，只有爬上高处视野才能开阔无阻。"有些人企图攀爬一所房子墙壁上的铅管，房东出来使劲把他们拉下来。于是几千双眼睛即刻转向这场上爬下扯的角力赛，人群中传来各种声音，其中还夹杂些许俚语。当其中一人的腿被拉扯下来时，便收获了底下黑压压乱民中无数的笑声；一个家伙溜了上去，手脚并用往上攀爬，之后便舒服地待在架子上，我们因此而兴奋，纷纷大声赞美鼓励他。"① 看客们在真正的高潮到来之前已经在酝酿兴奋情绪，无论是攀爬铅管者，还是底下的哄笑者，都在等待刺激神经的时刻，看客的状态与鲁迅笔下的看客有相仿之处。在《阿Q正传》中，阿Q临刑时周围挤满了"蚂蚁似的人"，人们还发牢骚"枪毙并无杀头这般好看"。② 鲁迅提到早年留学日本期间，一次课间看幻灯片的经历令他刻骨铭心。幻灯片讲述了为俄国人做侦探的中国人被日本人抓获后被枪决时，围观的那群中国人鼓掌欢呼。鲁迅在回到中国之后，又目睹了围观死刑的看客，他们也无不醉酒似的喝彩。③ 萨克雷在《观绞刑记》中写道：

> 目击库瓦西耶死刑的看客有四万之众，来自社会各行各界，有修理工、绅士、扒手、两会议员、娼妓、新闻记者。他们在凌晨时分便早早聚集在新门，他们中的大部分人放弃了自然安宁的睡眠，目的是来参加这场堕落的狂欢。它比睡眠，或者酒精，或者最近一次的芭蕾舞会，或者他们参与的任何一次娱乐活动，都更加刺激。无论是扒手还是贵族，都同样从死刑场景中获取乐趣和快感，并滋生出隐藏于内心的嗜血欲望，这影响了我们的种族。④

---

① George Saintsbury, ed., *Catherine, a Shabby Genteel Story, the Second Funeral of Napoleon, and Miscellanies, 1840-41*, New York: Oxford University Press, 1908, p. 197.

② 鲁迅：《阿Q正传》，《鲁迅全集》（第一卷），人民文学出版社，2005，第552页。

③ 鲁迅、许广平：《横眉·俯首》，商务印书馆，2018，第57页。

④ W. M. Thackeray, "Going to See a Man Hanged", George Saintsbury, ed., Catherine, *a Shabby Genteel Story, the Second Funerl of Napoleon, and Miscellanies, 1840-41*, New York: Oxford University Press, 1908, p. 202.

　　看客的狂欢表现从外部渗入内心，从视觉神经的刺激到潜意识的嗜血欲望，在一次又一次的死刑围观中被激化，这种传染性强的大众狂欢场景产生的具有社会性的全民施暴倾向，已经颠覆了萨克雷的道德观念。如果说看客们的起哄欢腾令萨克雷震惊，那么另一种小众狂欢模式——愚妄之徒的自娱自乐，则让萨克雷等良知之士不胜愤慨："堕落放荡的行为远未结束，女人们笑得花枝乱颤，饮酒作乐，她们惯于此道；在人群里不停流窜，一不小心，就摔倒在男人们的脚边。她们的披肩从肩膀滑落，阳光照耀着她们裸露着的雪白肩膀和胸脯，肩部像凸透镜一样闪闪发光。我们周围的人对这些放荡女人的行径表示极其愤慨，最后终于提高嗓门呵斥，把她们吓住，这些女人便羞愧不已，此后行为规矩了许多。"①

　　与男性看客们不同，观看死刑不是她们远道而来的核心目的，社交狂欢才是这些妇女的乐趣所在。她们并不关注死刑何时到来，也无心反思死刑的意义，她们只把它看作一场热闹非凡的集会，像逢年过节般喜气洋洋，全然忽视刑场所特有的悲戚、血腥和暴力的氛围。她们乐意在此集会上偷偷观察各种男子，无须矜持害臊。她们花枝招展地媚笑，衣着上袒胸露乳，嬉闹地穿梭于一众男子中间，只为博绅士们一笑，在男人堆里展示女性的十八般魅力。她们摔倒在男人们脚边，又搔首弄姿地爬起来，酥胸袒露的性感装束，在骚动的看客中间引起无数流连忘返的垂涎目光，自我愉悦感和满足感在这些风情万种、媚态万千的女人心中荡漾开来。女人小众的自我狂欢成为看客们整体狂欢的催化剂，同时，也是品味死刑犯被绞杀这道大餐之前的开胃甜品，燃起看客们蠢蠢欲动的激情。这些女性犹如狂欢节上的玩偶，为强化看客们的兴奋情绪推波助澜。

　　监狱外围空间的公共特征决定了它的去道德化和去等级化，这是狂欢现象产生的温床。萨克雷所描述的以上三种刑场狂欢场面，在表象上与巴赫金的"狂欢"有相似之处：三教九流、五行八作皆聚合一处，不分身份、地位，无所谓权威和上流，人与人之间高低贵贱的差异被消解，包容

---

① George Saintsbury, ed., *Catherine, a Shabby Genteel Story, the Second Funeral of Napoleon, and Miscellanies, 1840-41*, New York：Oxford University Press, 1908, p. 196. 另外，大卫·佩恩指出萨克雷所提及的这些女人是妓女，参见 David Payne, *The Reenchantment of Nineteenth-Century Fiction: Dickens, Thackeray, George Eliot, and Serialization*, New York：Palgrave Macmillan, 2005, p. 53。

性和无节制性造就了嬉笑怒骂、形色各异的驳杂氛围。相异之处在于，刑场狂欢的背后并不是对官方死刑——这一权威指令的颠覆和消解，而是对官方杀戮行为要么表现出兴趣，要么另有所图：是对死刑犯的娱乐性消费。对抗官方权威的唯一举动体现在最后一种小众狂欢模式里，它具体体现在一群发育不良、满面怒容的少年泼皮身上。但他们的迁怒对象并非死刑，而是出现在刑场上维持秩序的那队体格健壮、面色健康红润、衣冠楚楚的警察。这些少年对警察评头论足，满口脏话，极尽戏谑谩骂嘲讽之能事。不良少年多无家可归、四处流浪，以偷盗为生，维护社会治安的警察是他们的天敌和痛恨的对象。平日里在街头巷尾遇到巡逻警察，流浪少年只能恐惧地躲避，但在等待集体围观死刑的骚动时刻，反抗警察权威的意念迅速蹿升为狂怒情绪，一发而不可收。在刑场内执行任务的警察，面对如此挑衅侮辱亦无可奈何。因此，萨克雷所述的三种狂欢场景在本质上是分裂的、异质的、错位的，虽然不同狂欢的声音共存于刑场这个空间，但没有一种声音是指向废除死刑的。这正是萨克雷所忧虑的。为何会如此？

## 二　萨克雷力主废除死刑的根据

6 世纪末，在分别来自罗马教会、爱尔兰以及法兰克的几代传教士努力之下，[①] 基督教在英国的影响力逐渐攀升，《圣经》思想日渐融进民众的思想意识，成为社会生活的精神指导。《圣经·出埃及记》中有关于惩罚的规定："以命偿命，以眼还眼，以牙还牙，以手还手，以脚还脚，以烙还烙，以伤还伤，以打还打。"[②] 这条戒律是基督教教会法的重要惩戒条例。基督教教会法是西方法律的重要渊源。基督教会将《圣经》看作神的启示，是不可更改的，《圣经》在教会法中具有最高的法律效力，教会从《圣经》的精神和原则出发制定教会法的具体条款。[③]

基于此，萨克雷一针见血地指出死刑长盛不衰的缘由："政府，一个基督教的政府，时不时让我们享受一番视觉盛宴：政府支持，换言之，两院的大部分议员赞成，对于某些犯罪，有必要将罪犯处以绞刑。政府将罪

---

① 宋立宏等：《英国通史：文明初起——远古至 11 世纪》（第一卷），江苏人民出版社，2016，第 211 页。
② 《圣经》，中国基督教三自爱国运动委员会、中国基督教协会，2007，第 116 页。
③ 何勤华、夏菲：《西方刑法史》，北京大学出版社，2006，第 129 页。

犯的灵魂呈于上帝，听凭上帝处置，并宣称在世间绝不可饶恕此罪犯……周一早上 8 点钟，这个男人（罪犯——笔者注）被一根绳子套住，悬在横梁下，他脚下的木板被抽掉，那些坐在付费的上好位置上的人可以看到，政府绞刑吏从（抽掉了木板的——笔者注）黑洞里冒出来，抓住那罪犯的双腿，使劲拉，直到确定罪犯死亡——被活活绞死了。"萨克雷意识到，以眼还眼、以牙还牙的摩西律法如此深入人心，以至于杀人偿命的刑罚规则已然成为天经地义的法治常态。"杀人偿命是天经地义的。你可以跟任何人谈论这个话题，即便谈论一年，他也照样回答你，杀人偿命是天经地义的不移至理。血债必血还。"① 既然如此，萨克雷为何敢于将此法则视为刑罚的弊端呢？ 这与他所处的时代背景有密切关系。

### （一）反对酷刑的人道化反思

萨克雷所处的 19 世纪是英国充满变革的时代，挑战传统观念的勇气传承自高扬理性精神的启蒙运动。启蒙即意味着人类能够运用自身的悟性进行理性的判断，形成以宽容和人道为导向的批判自由，"天赋人权""自由、平等、博爱"这些关爱人性的口号促使刑罚人道化被提上了议事日程。② 此外，托马斯·阿奎那思想体系中的自然法理论，包含以人类理性为背景孕育出的人性之善，其所激发的良知善念经过文艺复兴、宗教改革和启蒙运动的洗礼，在国家刑罚的缝隙中窥见了违反人性的暴力痕迹。道德情感因此失衡的思想家群体，以安提戈涅（Antigone）挑战克瑞翁（Creon）的勇气重新审视犯罪的量刑公平以及法律的价值和功能。经过理性反思之后，不再选择隐忍和盲从彼时亟待改善的报复性律法，拥护自然法的思想家们坚持以人性而非神性为制定法律的出发点："法不是来源于神的意志，而是来源于自然，来源于人的理性，亦即人性是自然法之母，自然法是正当的理性法则，即使神也不能改变它。"③

自然法学派代表人物托马斯·霍布斯（Thomas Hobbes，1588~1679）、查理-路易·孟德斯鸠（Charles-Louis de Secondat，1689~1755）和约翰·洛克（John Locke，1632~1704）等都反对酷刑，主张刑罚的人道化和宽大

---

① George Saintsbury, ed., *Catherine, a Shabby Genteel Story, the Second Funeral of Napoleon, and Miscellanies, 1840-41*, New York: Oxford University Press, 1908, pp. 202, 204.

② 何勤华、夏菲：《西方刑法史》，北京大学出版社，2006，第 230~231 页。

③ 马克昌：《近代西方刑法学说史略》，中国检察出版社，2004，第 8 页。

化。对于刑罚的目的，胡果·格劳秀斯（Hugo Grotius，1583~1645）认为在于预防和改善犯罪。霍布斯以社会契约论为出发点，主张刑罚的目的不是报应，而是对罪犯的改善和对第三方的威吓。弗朗索瓦-马利·阿鲁埃（François-Marie Arouet，1694~1778）（笔名为伏尔泰）则提出预防犯罪的必要性。[①] 这一思想背景是萨克雷在文章结尾处进行自我忏悔的注脚，作者脑海里挥之不去的是凶手被绞杀的画面："我竟然恬不知耻地怀着好奇之心去观看那残忍的（绞杀——笔者注）画面，我感到羞愧和堕落；我祈求万能的上帝把这可耻的罪恶从我们身边带走，以洁净我们血腥的土地。"萨克雷使用"残忍""血腥"等字眼表达对死刑这一官方暴力的不满，并含蓄地认同了上述霍布斯等学者的观点："为什么因为你失去眼睛，也要挖掉你仇敌的双眼？这样做的理由何在？复仇不仅邪恶，而且毫无用处。"[②] 彼时，工作、家庭和贫困的压力使萨克雷深感忧伤，他在目睹绞刑后，内心愈发忧郁，遂成就这篇言辞犀利、鞭辟入里的战斗檄文，[③] 并且真诚地署上自己的真名缩写 W. M. T,[④] 而不是用笔名，旗帜鲜明地反对复仇性的官方刑罚。20 世纪，提议废除死刑的理由与此文在精神上颇有共通之处："我们作为社会成员，没有一个人愿意去绞死另一个人，甚至连看都不会去看，那么，绞杀的行刑方式对吗？答案是'不，在文明社会中不应该这样做'。"[⑤]

**（二）酷刑遏制犯罪率的效果甚微**

萨克雷用"毫无用处"暗示复仇性刑罚并未能有效遏制犯罪。数据显示，在对罪犯进行逮捕的情况下，19 世纪上半叶，英国的犯罪率持续快速上升。以苏格兰为例：1819 年刑事犯罪案件只有 89 例，到 1842 年已上升至 4189 例，[⑥] 猛增 46 倍。虽然犯罪率飙升有其客观存在的社会、经济等原因，但"严酷的刑罚制度不仅不能遏制犯罪，甚至某种程度上进一步激

---

① 参见〔日〕大塚仁《刑法概说》（总论），冯军译，中国人民大学出版社，2003，第 32~33 页。

② George Saintsbury, ed., *Catherine, a Shabby Genteel Story, the Second Funeral of Napoleon, and Miscellanies, 1840-41*, New York：Oxford University Press, 1908, pp. 204-205.

③ Catherine Peters, *Thackeray's Universe, Shifting Worlds of Imagination and Reality*, New York：Oxford University Press, 1987, p. 89.

④ Richard Pearson, *W. M. Thackeray and the Mediated Text, Writing for Periodicals in the Mid-nineteenth Century*, Hants：Ashgate Publishing Ltd. , 2000, p. 126.

⑤ The Rt Hon Lord Denning, *Landmarks in the Law*, London：Butterworth & Co. , Ltd. , 1984, p. 27.

⑥ 〔德〕恩格斯：《英国工人阶级状况》，人民出版社，1956，第 176 页。

化和诱发了犯罪的发生"。①

　　萨克雷在文章开头提到尤尔特②曾指出，其他国家的死刑数量比英国少。同样在 1834 年，法国和俄国的死刑数量与总人口的比，要远低于英国的死刑数量和总人口的比。根据实际情况可知，死刑减少会产生好的社会效果，那就是犯罪事件也随之减少。查理斯·保林·勒欣顿（Charles Bowring Lushington）建议彻底废除死刑，他认为，观看死刑对一个人心灵的腐蚀能力远甚于阻止其犯罪的能力，严苛的惩罚只会激发复仇的欲望，只有最人性化的法律才能最有效地消减犯罪。意大利和荷兰很好地践行了以上原则，可谓是英国效仿的榜样。③

　　1840 年，尤尔特又向议会提交要求彻底废除死刑的提案，萨克雷的诗人朋友投票支持尤尔特，并邀请萨克雷陪同自己一起去观看绞刑过程，目睹围观者的反应。萨克雷写作此文，也是为应和尤尔特的提案，同时亦表达内心对死刑的反感，④ 为废除死刑提案能够在议会顺利通过而助力。

### （三）观看死刑助长了国民暴力娱乐化倾向

　　最令萨克雷不安的是刑场上的狂欢乱象。萨克雷浓墨重彩地描述各种狂欢场景，这些场景并非只在萨克雷所描摹的那次行刑中独有，而是在不同时间、不同地点的死刑执行现场重复。⑤ 更有甚者，还出现暴力事件及

---

① 王晓辉：《死刑的终结——英国废除死刑问题的历史考察》，中央民族大学出版社，2016，第 65 页。

② 威廉·尤尔特·格莱斯顿（William Ewart Gladstone, 1809~1898），从 19 世纪 60 年代起曾四次任英国首相。

③ House of Commons Hansard, Third Series, Vol. 38, Page Column：908－916, Collection：19th Century House of Commons Hansard Sessional Papers, Parliament：Commons Sitting of Friday, May 19, 1837.

④ 萨克雷在 1840 年写作此文时对死刑持坚决反对态度，后期对死刑态度虽有所转变，但终其一生，对死刑公开执行都深恶痛绝，参见 John W. Dodds, Thackeray: A Critical Portrait, New York：Oxford University Press, 1941, p. 46。

⑤ 关于刑场狂欢乱象及娱乐化的描写并不鲜见，参见 David Paroissie, ed., Selected Letters of Charles Dickens, London：The Macmillan Press, 1985, pp. 211-259；〔德〕布鲁诺·赖德尔《死刑的文化史》，郭二民编译，生活·读书·新知三联书店，1992，第 81 页；Michael Ignatieff, A Just Measure of Pain: the Penitentiary in the Industrial Revolution 1750-1850, New York：Pantheon Books, 1978, pp. 88-89；〔美〕马克·P. 唐纳利、丹尼尔·迪尔《人类酷刑史：解密文明面具下的可怖人性》，张恒杰译，经济科学出版社，2012，第 22~23 页；Michael Macilwee, The Liverpool Underworld: Crime in the City, 1750-1900, Liverpool：Liverpool University Press, 2011, p. 27。

严重的伤亡事故。① 萨克雷已然觉察到死刑这一官方暴力所产生的不良社会效应。群众在观赏死刑执行过程中呈现的狂欢心态正在潜移默化中腐蚀由文艺复兴开启，继而在启蒙运动中得到强化的理性思维，隐藏在人性深处的暴力倾向②在彼时英国政府以维护社会正义的名义施行的官方杀戮中得到释放，在媒体的通力报道中得到涵化③。萨克雷特意举出当时报纸《观察者》对绞刑犯的评价："库瓦西耶死了，无论他是死是活，他都是恶棍，满口谎言，愿他的骨灰安息，我们不再与死人对着干。""纵使天塌下，也要伸张正义。"④ 媒体堂而皇之地对库瓦西耶进行批判和嘲讽，从侧面认同国家司法体系对死刑的操作，间接承认官方暴力的正当性。

媒体在宣扬法律为受害者伸张正义、除暴安良的同时，在无形中制造了蝴蝶效应，即被视为司法正常程序的死刑执行，在国民的围观中逐渐娱乐化，并成为常态，久而久之助长了国民心中的暴力情结。萨克雷对此现象评论道，"（死刑）对于改善人性毫无助益，围观者将对死刑犯行刑的时刻变成了过节"，"公开处决犯人根本不能防止犯罪再发生。除了带给围观群众半小时的娱乐，再无其他益处"。⑤ 可以说，萨克雷一语道破消费暴力的荒谬性和死刑改革的迫切性。

尤尔特的提案最终还是以 90 票赞成、160 票反对的悬殊差距未能获得通过。⑥ 反对意见依旧强调死刑的强大威慑力及其适用于蓄意谋杀犯的恰

---

① 对刑场混乱场面、暴力事件及伤亡事故的描写，参见 David Taylor, *Crime, Policing and Punishment in England*, *1750-1914*, London: Macmillan Press Ltd., 1998, p. 136；〔澳大利亚〕罗伯特·休斯《致命的海滩：澳大利亚流犯流放史（1787—1868）》，欧阳昱译，南京大学出版社，2014，第 35～36 页；〔英〕凯伦·法林顿《刑罚的历史》，陈丽红、李臻译，希望出版社，2003，第 170～171 页；〔法〕让-克劳德·谢斯奈《暴力的历史：各个时代的杀人和自杀》，仕琦译，《国际社会科学》1993 年第 2 期，第 64～65 页。

② John Peck, "Racism in the Mid-Victorian Novel: Thackeray's *Philip*," in Gary Day, ed., *Varieties of Victorianism: The Uses of a Past*, London: Macmillan Press Ltd., 1998, p. 136.

③ 涵化是指"受众在媒介的长期影响下形成的社会认知模式"，详见王玲宁《社会学视野下的媒介暴力效果研究》，学林出版社，2009，第 2 页。

④ George Saintsbury, ed., *Catherine, a Shabby Genteel Story, the Second Funeral of Napoleon, and Miscellanies, 1840-41*, New York: Oxford University Press, 1908, p. 203.

⑤ William Makepeace Thackeray, "The Case of Peytel," *The Complete Works of William Makepeace Thackeray*, Vol. 5, New York: Harper and Bros., 1898, p. 233.

⑥ House of Commons Hansard, Third Series, Vol. 52, Page Column: 946, Collection: 19th Century House of Commons Hansard Sessional Papers, Parliament: Commons Sitting of Friday, March 5, 1840.

当性，废除死刑的客观条件尚未完全具备。① 之后又历经百余年的议会抗辩和各界人士的多方努力，英国终于在 1969 年通过彻底废除死刑的法案。② 从中可以窥见，英国刑罚制度改革并非激变式一步到位，而是循序渐进的协商式转型，经历了从把罪犯视为威胁社会安全的仇敌转向把罪犯视为亟须社会进行心灵矫治的病人的过程。这标志着人道主义思想和人权保护观念最终进入刑罚领域，开启了对罪犯予以人性关怀和人格救助的司法进程。③

萨克雷通过对刑场的狂欢描写透露出对暴力娱乐化的隐忧，无论是风度翩翩的贵族，还是衣衫褴褛的流浪汉，抑或带绅士派头的中产阶级人士，都以饕餮之态、玩赏之姿围观死刑，并随意评头论足，犹如幸灾乐祸地欣赏一出闹剧。目光敏锐的萨克雷对此怪象震撼不已，在深感司法体系不完善、缺乏人道关怀的同时，也深信人性的善恶并非因社会地位的贵贱而泾渭分明。人性的弱点在充斥暴力娱乐的刑场被无限放大，在不健全的司法实践程序中得以凸显，在官方生死予夺的权力游戏中得到彰显。这一人性弱点不仅存在于他人身上，萨克雷发现在自己内心深处也暗藏着如此粗鄙肮脏的暴力情愫，已被现代心理学证实的人性弱点在萨克雷所有作品中普遍存在。④ 即便人道主义思想、人权观念在历次的思潮起伏中逐渐进入人类思维，但要成为指导具体行动的纲领，在萨克雷看来，还只是乌托邦式理想。

## 小　结

本章聚焦萨克雷的道德意识，通过对历史语境和社会思潮的考察，加上文本细读，分析萨克雷对"新门文学"、死刑以及婚姻等的态度。

---

① House of Commons Hansard, Third Series, Vol. 52, Page Column: 927 - 928, Collection: 19th Century House of Commons Hansard Sessional Papers, Parliament: Commons Sitting of Friday, March 5, 1840.

② 英国废除死刑的操作其实在 1965 年就已实现，虽然废除死刑的法案 1969 年才得以通过。详见王晓辉《死刑的终结——英国废除死刑问题的历史考察》，中央民族大学出版社，2016，第 114~115 页。

③ 程汉大、李培锋：《英国司法制度史》，清华大学出版社，2007，第 477 页。

④ Miriam M. H. Thrall, *Rebellious Fraser's Nol Yorke's Magazine in the Days of Maginn, Thackeray, and Carlyle*, New York: Columbia University Press, 1934, p. 79.

　　萨克雷坚持文学有道德教育功能，他反对"新门文学"将罪犯英雄化的书写模式。他创作《凯瑟琳的故事》，企图以戏仿的手法消解"新门文学"的意义。但出于自己对女谋杀犯凯瑟琳的善意，以及在彼时废除英国死刑浪潮的加持下，这篇对抗"新门文学"的"战斗檄文"最终亦落入此类犯罪小说设置的窠臼，失去了颠覆力。

　　萨克雷批判贝基和碧爱崔丽克斯的关键点在于，这两位女性选择配偶的标准不是爱情，而是利益。萨克雷将她们视为古希腊神话故事中魅惑且无情的海妖塞壬。萨克雷以此来揭露资本主义上升时期，女性在金钱至上、唯利是图的社会环境中脱离传统道德的堕落一面。萨克雷小说中的婚姻关系呈现两极分化的趋势。婚姻的结局亦呈现二元对立局面，基于利益的婚姻走向破裂，只有基于真爱的婚姻关系才能牢固。如此二元对立脱离了生活，带有理想化色彩，这种将爱情和经济考虑完全割裂开来，并将前者置于道德制高点，而将后者贬为脏俗之物的安排，正如墙上的芦苇、水中的浮萍一般，缺乏现实的根基。萨克雷为了提升理想婚姻的现实度，摆脱不食人间烟火的虚幻，总是在小说临近结尾处适时地"雪中送炭"——因为爱情结合但无经济保障的夫妻，总能幸运地从贵族亲属或朋友那里获得馈赠，从此过上毫无经济忧虑的悠闲生活。

　　对于夫妻关系，萨克雷强调夫妻双方对彼此的责任和忠诚。尽管面对维多利亚时代严苛的道德训诫，萨克雷努力塑造符合道德规范的模范夫妻，也批评过歌德、拜伦的风流韵事，但仔细比较可以发现，他对两性关系的道德宽容度并不一致。萨克雷对女性的道德期待更甚于男性。这和彼时的社会偏见有密切关系——当时社会对男性的宽容度高于女性，女性被要求婚后对丈夫保持绝对的贞洁和忠诚，但男性婚后的出轨则不会引发谴责和异议。此种社会氛围也造就了萨克雷的夫权意识。此外，萨克雷在批判人物的道德污点时呈现了不彻底性。他在批判人物堕落的同时，又设身处地地为其开脱罪责，坚持善恶相杂、明暗交错的人性观，并有时给予书中恶人以善终。萨克雷这种道德批判的不彻底性和矛盾性，与彼时流行的折中思想有关，其背后是怀疑精神和感觉主义这两大社会思潮的助攻。萨克雷在小说创作中自觉地通过感觉书写传达对彼时社会道德训诫的怀疑，并将提升个人道德素养的希望寄托于宗教信仰。

　　19世纪的英国是允满变革的时代，文艺复兴、宗教改革和启蒙运动引导人类理性趋向宽容和人道，自然法学派代表人物霍布斯、孟德斯鸠和洛克等都反对酷刑，主张刑罚的宽容和人道，认为刑罚的目的在于预防和遏制犯罪，而不是残忍地报复罪犯。萨克雷认为死刑是一种官方暴力，它会产生不良社会影响，看客们由此产生的对暴力的娱乐化欣赏心态，正在渐渐地摧毁人的理性。这正是萨克雷书写《绞刑见闻录》的意义之所在。此文展现了刑场上的另类狂欢——看客们的娱乐性狂欢，他们为娱乐而娱乐，对死刑缺少基于良知的理性反思。萨克雷指出，将死刑犯行刑的时刻变成围观者的节日娱乐，对于改善人性和遏制犯罪毫无益处。萨克雷一语道破消费暴力的荒谬性和死刑改革的迫切性，尽管彻底废除死刑对于 19 世纪的改革志士而言只是乌托邦式理想。

# 第二章　行于萨克雷笔端的权治之殇

英国历史悠久的、旨在防范权威倾轧的法治精神是维多利亚主义的重要特征，也是英国君主立宪制的基础，这使得原本遭遇不公的弱势群体有希望获得公正，[①] 避免陷入权治的泥淖，这也是萨克雷引以为荣的地方。法国之所以成为萨克雷的抨击目标，是因为在萨克雷看来法国缺乏法治精神。"法律必须被信仰，否则它将形同虚设"[②] 这句话用来形容萨克雷对当时法国政治制度的评判再合适不过。在萨克雷看来，历经法国大革命洗礼、拿破仑帝国的铁腕统治，以及七月王朝所谓的君主立宪制后，法国依旧没能用法律来保障社会正义，法国的整个社会意识形态仍旧由权治思维主导。法国大革命后，法国当权者披着法治的外衣为自己争权夺利。萨克雷以《名利场》中的女主角贝基暗讽野心勃勃的拿破仑。七月王朝路易·菲利浦（Louis Philippe，1773~1850）国王假装仁厚亲民，实行君主立宪制，实际上只为大金融资产阶级服务。法国长期以来的权治传统与以欧洲理性主义思想为基础生成的法式自由主义不无关系。萨克雷认为，与法国形成鲜明对比的是英国，在经历美国独立战争后，汉诺威王朝乔治三世放弃干政，将权力还给议会，英国又恢复了君主立宪制。相较于当时的法国而言，法治观念在英国得到了较好的贯彻。这与以英国经验主义思想为基础发展出来的英式自由主义有因果相承关系。失去政治实权的英王成为国家的精神标杆，国王人设的好坏决定了其能否成为

---

①　Asa Briggs, *The Age of Improvement*, 1783 - 1867, New York: Routledge, Taylor & France Group, 2014, p. 351.

②　〔美〕哈罗德·J. 伯尔曼：《法律与宗教》，梁治平译，中国政法大学出版社，2003，"代译序"第 12 页。

民族凝聚力的象征。

## 第一节　权治之痛

　　青年时代的萨克雷在法国待过 5 年，被誉为"法国专家"①。1840 年出版的《巴黎速写》集结了萨克雷之前在报纸和杂志上发表的评论文章和短篇故事。这些文章代表了萨克雷对法国的态度，②透视出沉溺于欲望阴暗面的人性之殇。③其中有两篇文章和法国大革命相关，一篇是《玛丽·安塞尔的故事》（"The Story of Mary Ancel"），另一篇是《七月的纪念日》（"The Fetes of July"）。萨克雷在这两篇文章中巧妙地讽刺了个人权力滥用的现象。

　　《玛丽·安塞尔的故事》取材自法国历史上的真实事件，④它最初名为《厄洛热·施耐德》（"Euloge Schneider"），是巴黎杂志上的一篇文章，后经朋友查尔斯·那迪耶（Charles de Nodier）推荐，萨克雷据此情节写成《玛丽·安塞尔的故事》，发表在 1838 年 10 月的《新月刊》（New Monthly Magazine）上。⑤《玛丽·安塞尔的故事》讲述的是雅各宾派专政期间，法国"斯特拉斯堡革命特工的主要成员""公共安全委员会的一个成员"施耐德企图利用手中职权图谋不轨的卑鄙故事。⑥萨克雷借此故事揭示政治投机分子的贪婪无耻，批判雅各宾派的铁腕统治造成社会阴霾。

　　老神父雅各布将侄儿皮埃尔托付给自己的昔日同学施耐德，一个博学

---

①　Richard Pearson, *W. M. Thackeray and the Mediated Text: Writing for Periodicals in the Mid-Nineteenth Century*, Hants：Ashgate Publishing Ltd.，2000，p. 98.

②　John W. Dodds, *Thackeray: A Critical Portrait*, New York：Oxford University Press, 1941, p. 48.

③　Richard Pearson, *W. M. Thackeray and the Mediated Text: Writing for Periodicals in the Mid-Nineteenth Century*, Hants：Ashgate Publishing Ltd.，2000，p. 98.

④　William Makepeace Thackeray, "The Story of Mary Ancel," *The Complete Works of William Makepeace Thackeray*, Vol. 11, *The Paris Sketch Book*, New York：Houghton, Mifflin and Company, 1889, p. 155.

⑤　Isadore Gilbert Mudge, M. Earl Sears, *A Thackeray Dictionary: The Characters and Scenes of the Novels and Short Stories Alphabetically Arranged*, London：George Routledge And Sons, Ltd.，1910，p. xxx.

⑥　William Makepeace Thackeray, "The Story of Mary Ancel," *The Complete Works of William Makepeace Thackeray*, Vol. 11, *The Paris Sketch Book*, New York：Houghton, Mifflin and Company, 1889, p. 142.

的修道士，殊不知施耐德早已抛弃神学信仰，转而投入罗伯斯庇尔治下的革命阵营，成为斯特拉斯堡"宪兵司令"，"他会毫不犹豫地下令砍掉你的头，就像喝这杯啤酒一样随意"。① 思想单纯的青年皮埃尔因向堂姐玛丽求婚，遭叔父爱德华拒绝，在叔父雅各布提议下向施耐德寻求帮助，他将叔父爱德华有丰厚家产及心中爱慕的堂姐玛丽貌美如花等信息透露给施耐德，却惨遭施耐德阴谋算计，险些丧命。幸好聪慧勇敢的玛丽不惧暴力，巧思妙计，不仅让全家安全脱险，还揭发了施耐德以权谋私的罪恶行径，施耐德终因其无耻行径把自己送上断头台，一命呜呼。

　　故事主角之一也是反角的施耐德，作为斯特拉斯堡雅各宾派阵营的中坚人物，是一个不折不扣的政治投机分子。他曾"学识渊博，是个天才的布道者，声名远播"，还"曾经是科隆大学的希腊语教授"。② 皮埃尔的叔叔雅各布老神父用"优秀""博学"③ 来赞誉施耐德。如此德高望重的神父兼学者在革命风暴来临之际立马改头换面，变成一个拥护圣·鞠斯特（Louis Antoine de Saint-Just）④ 的宪兵司令，他常常带人"在乡间游窜，搜捕罪犯"。凭此权力优势，施耐德冒用革命的名义、带着"便携式断头台"⑤ 逼迫玛丽就范，为达此邪恶目的，提前将皮埃尔支去巴黎送信。阴谋完美无缺，但最终在特派员圣·鞠斯特面前被玛丽揭发。玛丽对施耐德的阴谋予以控诉，辅以雅各布叔叔、跟随施耐德的断头台行刑手格瑞奥，以及半路被打劫只好返回的皮埃尔的联合证词，成功将施耐德这个"为了私人利益

---

① William Makepeace Thackeray, "The Story of Mary Ancel," *The Complete Works of William Makepeace Thackeray*, Vol. 11, *The Paris Sketch Book*, New York: Houghton, Mifflin and Company, 1889, pp. 142-144.

② William Makepeace Thackeray, "The Story of Mary Ancel," *The Complete Works of William Makepeace Thackeray*, Vol. 11, *The Paris Sketch Book*, New York: Houghton, Mifflin and Company, 1889, p. 142.

③ William Makepeace Thackeray, "The Story of Mary Ancel," *The Complete Works of William Makepeace Thackeray*, Vol. 11, *The Paris Sketch Book*, New York: Houghton, Mifflin and Company, 1889, p. 137.

④ 圣·鞠斯特是雅各宾派专政时期追随罗伯斯庇尔的领导人物。热月政变前夕与罗伯斯庇尔产生分歧，力图缓和罗伯斯庇尔和反对派之间的矛盾、扭转局势，未果，于1794年7月28日死于断头台。中文名还译为"圣茹斯特"，这里统一用"圣·鞠斯特"。

⑤ William Makepeace Thackeray, "The Story of Mary Ancel," *The Complete Works of William Makepeace Thackeray*, Vol. 11, *The Paris Sketch Book*, New York: Houghton, Mifflin and Company, 1889, pp. 144-146.

蓄意谋杀无辜公民"的"共和国叛徒"① 绳之以法。

《七月的纪念日》是萨克雷于 1839 年 7 月 30 日写给《邦吉灯塔》(*Bungay Beacon*)编辑的一篇关于法国 1830 年 7 月革命感想的文章，其中提到"在报纸上热传的"一篇新闻报道：巴贝斯因 1839 年领导反对国王路易·菲利浦的起义被捕，本已被判死刑，但国王路易·菲利浦在法国著名作家雨果寄给他的一首诗的感召之下赦免了巴贝斯的死刑。②

这两个事件有一个共同点，即纾难解困的是权治而非法治，这是被萨克雷嗤之以鼻的社会现象。且权治凌驾于法治并非法国大革命后的个案，而是呈普遍态势。

## 一 大革命后的法国：权治碾压法治

萨克雷的故事指向权治，故事情节由悲转喜的关键点是遇到一个能解救他们于危难的当权者。这一雪中送炭式的剧情急转本是一桩释人心怀的幸事，但在萨克雷眼里却是悲哀的事情。玛丽如果没有遇到圣·鞠斯特为她主持公道，那么她就只能自己复仇——用匕首刺死施耐德。③ 假若没有雨果的那首"救命诗"，巴贝斯也早已命赴黄泉。如此幸运，堪称奇迹，只能不期而遇，绝非唾手可得。即便圣·鞠斯特是一个一身正气的执法者，雨果是一个凭借自身威望足以说服国王改变判决的正直作家，但如果没有能够维护正义且行之有效的法律保障，则依旧"政为刀俎，民为鱼肉"。零星的恩泽终究未能泽被天下、福及苍生。慈悲的执法者可以赐予免死牌，如果是暴君或恐怖制造者，则难免生灵涂炭，遍地哀鸿。为了更加深刻地了解萨克雷提及的雅各宾派恐怖统治时期的权治泛滥，有必要再评述一下这段时间的暴力现象。

① William Makepeace Thackeray, "The Story of Mary Ancel," *The Complete Works of William Makepeace Thackeray*, Vol. 11, *The Paris Sketch Book*, New York: Houghton, Mifflin and Company, 1889, p. 154.

② William Makepeace Thackeray, "The Fetes of July," *The Complete Works of William Makepeace Thackeray*, Vol. 11, *The Paris Sketch Book*, New York: Houghton, Mifflin and Company, 1889, p. 36.

③ William Makepeace Thackeray, "The Story of Mary Ancel," *The Complete Works of William Makepeace Thackeray*, Vol. 11, *The Paris Sketch Book*, New York: Houghton, Mifflin and Company, 1889, p. 155.

### （一）暴力杀戮呈常态化

革命爆发后，无套裤汉的怒火在历次讨伐王室贵族等特权阶层的暴力行动中得到充分宣泄，国王、王后和贵族遭到残忍杀戮。在雅各宾派恐怖统治时期，暴徒凭借手中的权力制造频繁的血腥屠杀，非但未受到当权者阻拦，反而得到默许和纵容。杀戮很快延伸至无辜的百姓，杀戮者从被戕害者的痛苦中获得极大乐趣，屠杀得到当时掌权的救国委员会的鼓励和支持，并被记入公告。①

雅各宾派专政时期的领导人诸如罗伯斯庇尔、马拉等，正如勒庞在《乌合之众：大众心理研究》中阐释的，这些领袖人物更多是行动派而非思想家，缺乏敏锐的远见。虽然他们追求的目标极其荒谬，甚至自私，但他们的态度如此坚定，以至于理性根本无法约束他们。② 群众被他们顽强的意志所吸引，趋之若鹜，心甘情愿将自己置于这些行动派的权威之下。这些行动派善于煽情和操控舆论，群众则奴性十足，对他们言听计从。结果，这些行动派的权威超过了政府，群众在他们煽动之下开始质疑并反对政府。③ 勒庞以法国大革命中的"九月惨案"为例，认为群众在领袖鼓动怂恿下实施暴力虐杀之后，非但不认为自己在犯罪，反而深信自己做了一件功德无量的事情，为国家立下汗马功劳，还要向当局邀功请赏，甚至还要求政府授予勋章。在这一暴力群体中，只有少数是无赖，大部分是手工艺人和店主。这个群体在勒庞看来呈现所有群体的共有特征，比如易被挑唆、轻信、善变、情绪表现夸张等。在接到屠杀监狱犯人的命令后，他们不管罪犯的身份，也不在意这些罪犯到底有没有犯罪，一律予以屠杀，其中包括无辜的儿童、老人以及乞讨者。为了纪念这一"正义"的时刻，这些自诩为"爱国者"的屠杀者，以一颗爱憎分明的"良心"邀请女士们观赏屠杀罪犯，并在尸体边欢快唱歌。屠杀罪犯的方式千奇百怪，无一不令人胆战心惊，毛骨悚然。④ 从

---

① 参见 Gustave Le Bon, *The Psychology of Revolution*, trans. by Bernard Miall, New York：G. P. Putnam's Sons, 1913, pp. 218-222。

② Gustave Le Bon, *The Crowd: A Study of the Popular Mind*, New York：The Viking Press, Inc., 1960, pp. 118-119.

③ 参见 Gustave Le Bon, *The Crowd: A Study of the Popular Mind*, New York：The Viking Press, Inc., 1960, pp. 117-121。

④ 详见 Gustave Le Bon, *The Crowd: A Study of the Popular Mind*, New York：The Viking Press, Inc., 1960, pp. 161-165。

勒庞的分析中可以看出，善于煽动群众情绪的头目、思想幼稚和道德意识简单化的群众是制造暴力的两大元凶，雅各宾派领袖正是利用了群众头脑简单、情绪和行为容易极端化的弱点，为达到自己的政治目的策动一次次屠杀，呼风唤雨，玩弄权术于股掌之间。

雅各宾派专政时期领导人之一的马拉，在革命之前从事科学研究，写过一篇支持燃素说的论文提交给法国科学院，遭到知名化学家拉瓦锡的驳斥,[①] 马拉的科学家梦想也因此中断，马拉怀恨在心。从政后的马拉公报私仇，以拉瓦锡担任包税官为由，在群众中间煽动复仇情绪，导致拉瓦锡被送上断头台。[②]

### （二）恐怖统治违背宪法基本原则

马拉被刺死后，他推崇的暴力屠杀路线并未终止，雅各宾派继续恐怖统治，甚至愈演愈烈，到了滥用暴力的地步，萨克雷笔下的玛丽·安塞尔及其家人就是雅各宾派滥用权力的受害者。公共安全委员会通过的《嫌疑犯法》（Law of Suspects）大大扩展了嫌疑犯范围，一切支持联邦主义者、敌视自由者[③]均被投入监狱。这个法令无疑将和特权阶层有关联的人都视为打击对象，并且"该法案允许地方政府任意逮捕人，即使被判无罪后仍可被关押在监狱里",[④] 个人安全毫无保障可言。

起初，审判还"遵循一些司法程序，但其很快就被废除；质询、辩护、证据最终全部被取消，凭道德证据即纯粹的猜疑就足以定罪，法官通常只需向被告提一个模棱两可的问题便可定罪。为了提高效率，富基埃·丹维尔甚至还建议直接在法庭内设置断头台"。[⑤] 此项法令实施期间，大约有80万人被抓进监狱等待审判。[⑥]《牧月法令》颁布以后，死刑审判程序极简

---

① 拉瓦锡的燃烧试验证明了燃烧现象是氧化反应，并不存在燃素。

② 详见凌永乐《拉瓦锡》，中国社会科学出版社，2007，第216~235页。

③ 参见 Albert Mathiez, *La Revolution Francaise*, Tome III, in La Terreur, ed., Paris：Librairie Armand Colin. , 1928, p.51。

④ John Emerich Edward Dalberg-Acton, *Lectures on the French Revolution*, in John Neville Figgis, C. R. and Reginald Vere Laurence, M. A., eds., London：Macmillan and Co., Limited, 1910, p.275.

⑤ Gustave Le Bon, *The Psychology of Revolution*, trans. by Bernard Miall, New York：G. P. Putnam's Sons, 1913, p.216.

⑥ S. F. Scott, *Historical Dictionary of the French Revolution*, *1789-1799*, Westport：Greenwood Press, 1985, p.221.

化，取消被告的辩护权，原来人满为患的监狱瞬间被清空。① 雅各宾派专政制造的合法暴力行为已然严重偏离了 1789 年《人权和公民权宣言》（简称《人权宣言》）所确认的"所有人生来自由且平等，并享有同等的权利"，"所有政治组织的目的在于保护人的天赋的和不可剥夺的权利，这些权利是自由、财产、安全和反抗压迫"。② 并非彼时没有司法制约，1789 的《人权宣言》、1791 年和 1793 年的宪法都有保障人身安全的明确规定。③ 但立法不等同于执法，对于雅各宾派专政后制定的 1793 年宪法，代表底层穷苦群众利益的愤激派领导雅克·卢面对当时物价飙升、穷人食不果腹的普遍状态，批评宪法第一条"社会的目的是公共的幸福"与现实相悖，宪法也没有体现具体如何实现这一目标。并且，之前吉伦特派统治时期通过的限价法令，雅各宾派上台后未执行，如此等等。雅克·卢在国民公会宣读请愿书，表达对山岳派（即后来专政的雅各宾派）宪法的不满，却被罗伯斯庇尔等当权者斥责为居心险恶，恶意挑拨国民公会和劳苦群众的关系。④ 1793 年 9 月 6 日，雅克·卢被捕入狱，他并不畏惧雅各宾派的恐怖统治，敢于说真话，反对雅各宾派恐怖专政，希望当权派能依照他们自己制定的 1793 年宪法行事，而不是把所有权力集中在自己身上。⑤ 雅克·卢在监狱中自杀身亡，他的那句"人民不会爱也不会珍惜一个用恐怖来统治人民的政府"⑥ 已经明确道出雅各宾派专政期间权治凌驾于法治的混乱局面。

　　吉伦特派宪法草案负责人孔多塞在其公开信《就宪法致法兰西公民们》中谴责山岳派宪法将行政权置于立法权之下，阻断了所有观点和方针协调的可能性，导致专制的出现，孔多塞因此被雅各宾派控制的国民公会

---

① 参见 M. Mignet, *Histoire De La Revolution Francaise: Depuis 1789 Jusqu'en 1814*, Tome II, Paris: Librairie Academique Didier Perrin Et Cie, 1905, pp. 56, 66-67。

② Lynn Hunt, "Appendix," *Inventing Human Rights: A History*, New York: W. W. Norton & Company, Inc., 2007, p. 221.

③ 法国 1791 年宪法和 1789 年《人权宣言》在精神上是共通的，为人的自然权和公民权提供宪法保障。1793 年山岳派通过的宪法同样认可人的平等、自由、安全和财产权利。参见王养冲、王令愉《法国大革命史（1789~1794）》，东方出版中心，2007，第 134、137、397~398 页。

④ 王养冲、王令愉：《法国大革命史（1789~1794）》，东方出版中心，2007，第 402 页。

⑤ 王养冲、王令愉：《法国大革命史（1789~1794）》，东方出版中心，2007，第 453 页。

⑥ Albert Mathiez, *La vie chère et le movement social sous la Terreur*, Paris: Biblioth è que Historique des É ditions Payot, 1973, p. 337.

逮捕，自杀于狱中。① 正如孔多塞所言，雅各宾派专制的倾向日益凸显。吉伦特派执政时曾计划颁布宪法，试图以法治挽救国王路易十六的性命。② 雅各宾派上台后，罗伯斯庇尔以共和国内外交困、处境危险为由搁置宪法，并着手推出一系列恐怖措施，将恐怖统治提上日程。③ 雅各宾派制造的并非"极端的民主"，④ 而是"最严酷的独裁"。⑤ 他们以有预谋的残忍方式杀害了几乎所有的反对派，其中包括法国王后玛丽·安托瓦内特、吉伦特党成员 22 人，还有立宪派人士巴伊等。吉伦特派代表拉苏斯对审判的法官说："我死在人民失去理智的时刻；而你，你会死在人民恢复理智的那一天。"⑥

### （三）良法的必要性

孔多塞死前曾写信给国民公会："当国民公约里不再有关于自由的内容时，法律便不再对公民产生约束力。"⑦ 这和雅克·卢的警示彼此呼应，权治弊端显而易见。因为缺乏监督、问责和自我纠错机制，执政者的个人私欲和情感导致恶法当道，毫无道德理性可言。需要明确的是，权治有好坏，法律有善恶，萨克雷所呼吁的"令人敬畏的司法"⑧ 并非指类似雅各宾派专政统治下《嫌疑犯法》之类毫无人性可言的"恶法"，而是指以亚里士多德的良法理念为参照制定出的体现人本主义精神的良法。

亚里士多德在其著作《尼各马可伦理学》中提到，良好的法律成就良

---

① 王养冲、王令愉：《法国大革命史（1789~1794）》，东方出版中心，2007，第 401~402 页。

② M. Mignet, *Histoire De La Revolution Francaise: Depuis 1789 Jusqu'en 1814*, Tome II, Paris: Librairie Academique Didier Perrin Et Cie, 1905, p. 10.

③ 王养冲、王令愉：《法国大革命史（1789~1794）》，东方出版中心，2007，第 463 页。

④ M. Mignet, *Histoire De La Revolution Francaise: Depuis 1789 Jusqu'en 1814*, Tome II, Paris: Librairie Academique Didier Perrin Et Cie, 1905, p. 12.

⑤ M. Mignet, *Histoire De La Revolution Francaise: Depuis 1789 Jusqu'en 1814*, Tome II, Paris: Librairie Academique Didier Perrin Et Cie, 1905, p. 12.

⑥ M. Mignet, *Histoire De La Revolution Francaise: Depuis 1789 Jusqu'en 1814*, Tome II, Paris: Librairie Academique Didier Perrin Et Cie, 1905, pp. 24-25.

⑦ Aulard, François-Alphonse, *Histoire politique de la Révolution française, origines et développement de la démocratie et de la République（1789-1804）*, Paris: Librairie Armand Colinp, 1901, pp. 412-413.

⑧ William Makepeace Thackeray, "The Fetes of July," *The Complete Works of William Makepeace Thackeray*, Vol. 11, *The Paris Sketch Book*, New York: Houghton, Mifflin and Company, 1889, p. 37.

好的制度。① 反之，恶政之下无善法。受冤的玛丽如果依凭雅各宾派专政时期的恶法只能家破人亡，巴贝斯以他可怖的印度背景企图刺杀国王被判死刑，② 而圣·鞠斯特和雨果的善念拯救了受难者。萨克雷对此哀呼，维克多·雨果先生用两便士邮寄出的诗歌碾压司法的理性，这一荒谬的举动居然立马得到国王荒谬的应承，这不是正当的司法操作，司法的理性和权威不应受到任何外来的人为力量的干扰。"司法是俗世的上帝，是我们伟大的无所不在的守护者。"司法如同上帝般客观冷静，如果要改变司法裁定，那也要通过庄严的、令人敬畏的、不可抗拒的、不受任何情绪左右的司法程序来做出改变。③

受难者本应寄希望于代表正义的法律，通过司法渠道为自己申冤并获得昭雪，但实际情况并不允许，只能通过人为干预才能防止悲剧发生。表面上看，这正好反映出权治的优势，其实不然，这恰恰折射出雅各宾派专政时期及其之后奥尔良王朝时期恶法的非正义性。正如阿奎那所言，"暴虐的法律缺乏正当的理由，因此根本不是真正的、严格意义上的法律，而是对法律的歪曲"。④ 手握重权之人若能随意干预司法，则执法者既能救人于水火，亦能害人于无形，完全取决于其秉性的正邪。执政者的自律性并非恒久弥坚，一旦私欲遮蔽良知，便无法克制心性，纵情于复仇、争权和夺利，终使自己陷入万劫不复之境。这是雅各宾派专政时期的写照，即权治凌驾于法治，导致宪法搁置，恶法肆虐，滥杀无辜。

## 二 重权轻法的心态导致法治失效

下面借用学者史彤彪的观点解释为何权治走向泛滥。其一，缺乏独立的违宪机构导致革命不可逆转地走向暴力，法律一旦违宪，既无权拒绝，又无处申诉，人身安全毫无保障。其二，当个人的权利受到集体暴政的侵

---

① 〔古希腊〕亚里士多德：《尼各马可伦理学》，廖申白译注，商务印书馆，2003，第315页。

② William Makepeace Thackeray, "The Fetes of July," *The Complete Works of William Makepeace Thackeray*, Vol. 11, *The Paris Sketch Book*, New York：Houghton, Mifflin and Company, 1889, p. 36.

③ William Makepeace Thackeray, "The Fetes of July," *The Complete Works of William Makepeace Thackeray*, Vol. 11, *The Paris Sketch Book*, New York：Houghton, Mifflin and Company, 1889, p. 37.

④ Thomas Aquinas, *Selected Political Writings*, in A. P. D'entreves, ed., trans. by J. G. Dawson, Oxford：Basil Blackwell, 1954, p. 119.

犯和剥夺时，没有足以平衡立法权的司法权威来对抗议会通过的法律。如法国宪法关于司法权的规定从 1791 年的 27 条减到 1793 年的 15 条，这种有意弱化司法权的行为导致法官丧失其应有的司法审查权，面对《嫌疑犯法》和《牧月法令》等恶法，司法机关根本无法保护公民的人身安全。①

学者高毅在其著作《法兰西风格：大革命的政治文化》中提到"法兰西民族所固有的'重权轻法'的性格倾向"②，可视为法国人权治意识强于法治意识的根本原因。依据为法国作家尼古拉斯·尚福尔的说法——"英国人尊重法律，无惧权威，法国人恰恰相反，尊重权威，无视法律"，③ 并举例为证："1763 年，英国有一位名叫约翰·威尔克斯④ 的新闻记者（此人本是个不讲原则的冒险家），因在报纸上指责国王乔治二世⑤ 撒谎而被捕。但他毫无惧色地在法庭上同下令逮捕他的国务秘书展开辩论，终于被宣布无罪开释。随后的两年里，由这件事又引发了一系列反王权的案件。差不多与此同时，法国最杰出的法理学家之一、雷恩高等法院大法官拉沙洛泰却在 1765 年锒铛入狱，未经审判地被监禁了九年，原因仅仅是怀疑他写过两封谩骂国王路易十五的匿名信。"⑥

这两个事件形成鲜明的对比。约翰·威尔克斯（John Wilkes）和路易-勒内·卡拉迪克·拉沙洛泰（Louis-Rene de Caeadeuc de La Chalotais）都深谙法律，前者借助法律手段捍卫自己的人身安全，并成功得到法官支持，后者即便身居高位，也因冒犯国王而惨遭监禁，仅仅是被怀疑且无证据，根本无须经司法审判。巴黎高等法院虽享有勇于与王权对抗的美誉，并负责对国王谏诤，但国王依旧可以通过御临法院会议强行立法。"（巴黎高等法院）法官在立法问题上时常与国王产生分歧，于是国王想出了用由君主、显贵、重臣和法官共同出席的御临法院会议的形式强迫高等法院注

---

①　史彤彪：《试析法国大革命时期宪政建设的教训》，《中国人民大学学报》2004 年第 2 期，第 145 页。

②　高毅：《法兰西风格：大革命的政治文化》，北京师范大学出版社，2013，第 35 页。

③　Sebastien-Roch Nicolas De Chamfort, *Maximes Et Pensees de Chamfort: Suivies de Dialogues Philosophiques*, Paris: Les Editions G. Cres & C$^{io}$, 1923, p. 177; W. Doyle, "The High Court," in Keith Michael Baker, ed., *The French Revolution and the Creation of Modern Political Culture*, Vol. 1, *The Political Culture of the Old Regime*, New York: Pergamon Press, 1987, p. 157.

④　关于威尔克斯事件，详见王觉非《近代英国史》，南京大学出版社，1997，第 285～295 页。

⑤　应为乔治三世。

⑥　高毅：《法兰西风格：大革命的政治文化》，北京师范大学出版社，2013，第 35 页。

册新法令，这成了御临法院的一项新功能。对此王室的理由是：国王是法律的源泉，他代表活的法律，当国王亲临法院时，法官必须立即注册。路易十三在位期间共举行过 20 次御临法院会议，其中 15 次要求注册新法令。"① 因此，权大于法的思想自国王而下渗透进各利益群体，这从对司法案件的审理中便可窥见一斑。

萨克雷的《玛丽·安塞尔的故事》和《七月的纪念日》暗示了法国从大革命到七月王朝的更新换代，始终逃不开权治的枷锁，呼应了法国革命时期作家尚福尔提及的法国重权轻法的传统。

阿历克西·德·托克维尔（Alexis-Charles-Henri Clérel de Tocqueville）在《旧制度与大革命》中记载了两个案例。其一，但凡跟政府有关联的人都有门路为自己的罪过洗脱罪名，免于责罚。无权无势的底层农民向普通法庭控告受到桥梁公路工程局监工的虐待，而工程局总工程师致信总督说情，监工得以免罪。免罪的理由是：如果监工因虐待农民工受到责罚，那类似的控告会多如牛毛，势必影响工程进展。所以考虑到大局，御临法院会议将此案件调回，不允许普通法庭听取和受理此案。其二，一位国家承包商从邻近的别人的地里私自拿走了他需要的材料，并使用了它们。总督亲自写信给财务总监，声称如果国家承包商任由普通法院处置，政府将遭受巨大损失，因为普通法院的原则完全与政府管理的原则背道而驰。政府官员是统治阶级的组成部分，他们打着国家利益至上、个人利益必须让位于国家利益的幌子维护自身权利，借着案件中的特权为自己谋取私利。御临法院会议不仅可以调回普通法庭中涉及损害政府利益的案件自行判案，甚至可以颠倒黑白、不辨是非地将普通法官判为违法的案件出于某种利益或目的推翻。② 总督和御临法院会议甚至经常将与政府毫无关联的案件调回来亲自审理。如有位绅士与邻居发生争执，不服法官的判决，要求御临法院会议调回案件。总督对此的解释是：尽管此案仅涉及私人利益问题，但只要国王陛下愿意，可以随时审理所有类型的诉讼，而无须向任何人说明其动机。③ 政

---

①　庞冠群：《法国旧制度下的御临高等法院》，《中国社会科学报》2013 年 12 月 11 日。

②　Alexis De Tocqueville, *The Old Regime and the Revolution*, trans. by John Bonner, New York: Harper & Brothers, Publishers, 1856, pp. 74-78.

③　Alexis De Tocqueville, *The Old Regime and the Revolution*, trans. by John Bonner, New York: Harper & Brothers, Publishers, 1856, p. 75.

府官员和贵族通过国王开辟的"调回案件"这一绿色通道，以国王特权之名践踏道德和法律底线，为权治张目，降低法治威信。以国王为首的权势集团建立以权治为核心的审判机制，暗许不平等社会关系造成的权力失衡，默认社会身份的高低贵贱与其占有有利资源的多寡成正比。

权力扩张僭越了司法的权限，呼应了孟德斯鸠的言论：一个拥有绝对权力的人会减小法律的威力，漠视公民的自由。[①] 这在英国司法发展史上有迹可循。盎格鲁－撒克逊时代的贤人会议对涉及国王和贵族利益的案件拥有司法管辖权，即便是国王也不能违背其判决，[②] 此观念正是立宪思想的雏形。13 世纪初的《大宪章》在英国司法发展史上具有重要的历史意义，因为"大家所呼求的并不是改变法律本身，而是守法，尤其是国王要遵守法律，一切事务不能再以含混模糊、模棱两可的言辞以示承诺，而必须以明文规定国王的权力及其限制"。[③]

都铎王朝的建立标志着专制王权的崛起，国王强化了司法控制权，法律的独立性受到王权挑战。议会在和国王"相爱相杀"中逐渐成长，且在一定程度上制约王权。1688 年"光荣革命"确立了君主立宪制，并于 1689 年 10 月颁布《权利法案》，以法律的形式规定议会权力高于国王。至此，国王在与议会漫长的政治博弈中终于退出权力的舞台，实现了由权治到法治的演变。但在法国，始终未发生限制权力的事件。按照学者高毅的分析，"法国人在 1789 年宣布要同旧传统决裂，要制定宪法来限制王权，似乎是痛下决心要革除这种'重权轻法'的国民性了"。[④] 这一决心，是冉森派与高等法院合力助推立宪运动的结果。冉森派因信仰加尔文新教精神，从而遭遇宗教专制的迫害，因此他们支持"一致同意"原则，并将此原则视为消除专制的合法的必要前提。"一致同意"原则在当时的法国已深入人心，此原则在卢梭的公意理论中得到了极致的运用。卢梭强调法律只有得到全体民众的一致同意才能认定为有效，更进一步说，如果得不到全体人民的

---

① 〔法〕孟德斯鸠：《论法的精神》，许家星译，中国社会科学出版社，2007，第 171 页。

② See J. E. A. Jolliffe, *The Constitutional History of Medieval England*, London: Adam and Charles Black, 1961, pp. 26-29.

③ F. W. Maitland, *The Constitutional History of England: A Course of Lectures Delivered*, Cambridge: Cambridge University Press, 1913, p. 15.

④ 高毅：《法兰西风格：大革命的政治文化》，北京师范大学出版社，2013，第 35 页。

同意，任何法律法规，包括根本法和社会公约，都可以被宣布无效。①

此处的矛盾清晰可见，一边是对一部足以约束专制权威的宪法的期待，另一边却追捧高于宪法之上的"一致同意"或"公意"，由此可见，法国人对宪法并不信任，他们更看重由"一致同意"或者"公意"所形成的另类的专制权威。② 矛盾的一方最终向另一方倾斜，宪法的制约被强制性的"一致同意"消解，"有悖于当今秘密投票的民主表决程序"的唱名、鼓掌和站立表决，无形中给投票者施加压力。并且选举的时候周围有"尽可能多的公民围观"，此举被认为是对"揭露阴谋和迫使选举人不滥用职权"的有效监督。③ 但在众目睽睽之下，群众围观往往造成强大的精神压力，致使投票者背叛自我，做出违心的选择。

在投票决定是否判处法国国王路易十六死刑时，围观群众发出的怒吼和谩骂，使参与投票的议员们产生了巨大的压力，导致部分议员违心地投了处死国王的票。④ 在这一人为制造的牵强"公意"背后，宪法守护秩序的威力被消解殆尽，法国大革命沦为执政者权力意志释放的舞台，成为罗伯斯庇尔口中的"自由的专制"。⑤ 王朝复辟时，"路易十八始终割舍不下神授王权的观念，查理十世甚至扬言'宁可去锯树也不能按英王那种方式进行统治'"。⑥ 七月王朝时期，尽管王权受宪法制约，但三权分立的模式尚未成熟。1831 年，参议院议员继承权被取消后，上院无法有效牵制众议院及国王，国王因能够自由行使解散议会的权力而使王权得到强化，国王路易·菲利浦的儿子茹安维尔亲王承认其父亲的权力已经超出了正常王权的范围。⑦ 国王菲利浦从 1831 年开始频繁地解散议会，导致议会无法正常行使权力。⑧ "部长们的职责都被剥夺了，所有权力都归国王。国内形势不

---

① 高毅：《法兰西风格：大革命的政治文化》，北京师范大学出版社，2013，第 36 页。
② 高毅：《法兰西风格：大革命的政治文化》，北京师范大学出版社，2013，第 37 页。
③ 史彤彪：《法国大革命时期的宪政理论与实践研究（1789-1814）》，中国人民大学出版社，2004，第 302 页。
④ 史彤彪：《试析法国大革命时期宪政建设的教训》，《中国人民大学学报》2004 年第 2 期，第 146 页。
⑤ 高毅：《法兰西风格：大革命的政治文化》，北京师范大学出版社，2013，第 67 页。
⑥ 许金华：《论法国七月王朝君主立宪制的建立》，《史学月刊》2001 年第 4 期，第 88 页。
⑦ 许金华：《论法国七月王朝君主立宪制的建立》，《史学月刊》2001 年第 4 期，第 90 页。
⑧ Paul Bastid, *Les institutions politiques de La monarchie parlementaire francaise（1814-1848）*, Paris：Editions de Recueil Screy, 1954, p. 203.

妙，在国外也没有令人自豪的事情。这都是国王咎由自取，国王破坏了我们的立宪制度。"①

无论雅各宾派还是七月王朝都不是宪政制度的真正拥护者，因而从未真正建立契约政府，更谈不上司法独立，这正是萨克雷嗤之以鼻的法国政治的弊端。萨克雷对拿破仑政府的嘲讽，部分原因也是基于他对法国重权轻法这一民族心态的批判。只有将个体意识和法治精神熔于一炉，才能自觉地走出一条尚法之路，制定依宪执政的治国方略。美国"首创1787年宪法，200年不变，一以贯之"，英国也"没有一部成文宪法，却能保持200年宪政体制稳定不变"。② 而法国在"短短26年（1789~1815）中制定了8部宪法，平均每3年多就有一部宪法出台"。③ 在频繁制宪的背后，是任性的权力倾轧，宪法只是权力争夺场的体面装饰，绝非指导行动的纲领。

萨克雷着力批判雅各宾派、拿破仑帝国和七月王朝的权治，认为政治制度屡屡改弦易辙，新朝虽立意革故鼎新，但从未实质性实现法治。相对而言，英国在输掉美国第二次独立战争后，国王乔治三世贵有自知之明，重新将政治权力交给议会，从而在民间又重拾威望。在萨克雷看来，退出国家政治舞台的国王并非一无可取。这样一来，不但成全了国家的法治，而且退居幕后的国王也重获新生——国王成为国家文化精神的引领者。

## 第二节　《名利场》：女版拿破仑上位史

萨克雷在《名利场》中配上自己绘制的插图，多张插图中贝基的形象及其画面背景神似拿破仑在被囚的圣赫勒拿岛上凭海远眺、凝神思索，好似在预谋东山再起。萨克雷将贝基作为拿破仑的喻体，二者间的共性不言自明——野心和虚伪。

---

①　Paul Bastid, *Les institutions politiques de La monarchie parlementaire francaise* (1814-1848), Paris: Editions de Recueil Screy, 1954, p.182.

②　参见朱学勤《道德理想国的覆灭》，上海三联书店，1994，第183页。

③　史彤彪：《法国大革命时期的宪政理论与实践研究（1789—1814）》，中国人民大学出版社，2004，第319页。

## 一　拿破仑：一个虚伪的野心家

孩提时代，萨克雷在从印度加尔各答返回英国途中看到在圣赫勒拿岛上散步的拿破仑，[①] 这位法国人的英雄在萨克雷眼里却是一个虚伪的野心家。拿破仑尊贵显赫的领袖形象在萨克雷的《拿破仑的第二次葬礼》中被无情击碎。[②] 萨克雷与托马斯·卡莱尔（Thomas Carlyle）也曾是莫逆之交，但他们的思想却属于不同轨道，只是偶尔交集。他们对拿破仑的评价大异其趣，卡莱尔将拿破仑奉为帝国英雄，但在萨克雷看来，拿破仑就是一个政治骗子。以讽刺著称的萨克雷，自然不忘在其作品中对拿破仑大张挞伐。萨克雷并未充当英法纷争中英国社会之喉舌而展开粗暴骂战，他的讽刺远不是廉价的挖苦，而是极具穿透力的冷冽批判。[③]

萨克雷对拿破仑的批判集中于两点：一是野心，二为虚伪矫饰。

其一，野心。法国大革命后，督政府无力结束战争，无法达成和平，这为拿破仑发动"雾月政变"铺平了道路。[④] 拿破仑凭借军事才干，成功发动了"雾月政变"，接替督政府。[⑤] 但拿破仑并不甘心分享权力，他想独揽大权的意图展露无遗。[⑥] 拿破仑一上台就排除异己，在制定法律、任免官员，以及是否对外宣战、缔结和约等外交策略方面独断专行。拿破仑即等于宪法，又一次验证了法国"铁打的权治，流水的宪法"这一执政特色。在肃清屡屡反对他且毫无妥协之意的自由派，挫败保皇党的种种阴谋之后，拿破仑·波拿巴为自己披上了华丽的皇袍。[⑦]

---

① 参见 Richard Pearson, *W. M. Thackeray and the Mediated Text, Writing for Periodicals in the Mid-Nineteenth Century*, Hants：Ashgate Publishing Ltd. , 2000, p. 109。

② Richard Pearson, *W. M. Thackeray and the Mediated Text, Writing for Periodicals in the Mid-Nineteenth Century*, Hants：Ashgate Publishing Ltd. , 2000, p. 109.

③ John W. Dodds, *Thackeray: A Critical Portrait*, New York：Oxford University Press, 1941, pp. 52–54.

④ Georges Duby, ed., *Histoire de la France: Des Origines a nos jours*, Paris：Larousse, 2011, p. 724.

⑤ Pierre Miquel, *Histoire De La France: De Vercingetorix a Charles De Gaulle*, Paris：Librairie Artheme Fayard, 1976, p. 290.

⑥ Pierre Miquel, *Histoire De La France: De Vercingetorix a Charles De Gaulle*, Paris：Librairie Artheme Fayard, 1976, p. 290.

⑦ 参见 Pierre Miquel, *Histoire De La France: De Vercingetorix a Charles De Gaulle*, Paris：Librairie Artheme Fayard, 1976, pp. 291–294。

　　英法两国在历史上素来龃龉不断，从诺曼征服开始，为争夺领地、殖民地和霸权，两国成为兵戎相见的宿敌。历经百年战争、西班牙王位继承战争、奥地利王位继承战争、七年战争等，两国均视对方为自己称霸世界的主要障碍。大革命时期，英国充当反法同盟的组织者和财力支持者。拿破仑上台后，对英国实施强硬政策，两国关系急剧恶化。拿破仑自诩为皇帝，开启专制君主统治模式，同时对欧洲大陆展开猛烈的军事征服。在约 20 年时间里，拿破仑指挥过将近 60 次战役，意在管制欧洲，封锁英国。1793 年至1809 年，英国与欧洲各国五次组成反法同盟，但皆不敌拿破仑军队。拿破仑乘着军事胜利在大陆海岸对英国进行封锁，企图在经济领域钳制英国。①

　　拿破仑之所以采取大陆封锁策略，是因为他心里早有侵占英国的计划。1805 年，发生特拉加尔法海战，英军在纳尔逊将军率领下击溃法西联合舰队。此战不仅巩固了英国的海洋霸权，而且彻底粉碎了拿破仑拟通过一次登陆一劳永逸地击败英国的企图。② 拿破仑遂转而采取欧洲大陆经济封锁战略。自由贸易是英国维持经济命脉的重要渠道，彼时英国刚刚完成工业革命，大量工业制品亟须销往世界市场，工业原料和生活资料亦需从海外进口。拿破仑企图以此扼杀英国，逼其臣服。但此时拿破仑走这一步棋，是落入"有胆无智，有勇无谋"的莽夫窠臼，更从侧面印证了斯塔尔夫人对拿破仑的论断："拿破仑有超于常人和低于常人的地方。"③

　　法国的大陆封锁策略只能在短期内压制英国经济，随后英国通过一系列措施自救，比如开垦荒地和公共用地，鼓励技术创新，对外尽力开拓进口渠道，从美国和加拿大进口小麦，北欧平原的小麦也进入英国。④ 同时，英国抢夺了法国和荷兰的殖民地，得以利用澳大利亚和南非的内陆资源。英国还利用制造技能、热带地区的霸主地位和对海洋的完全控制来补充被拿破仑的大陆封锁政策夺走的工业资源。⑤ 此外，英国制定了海洋法，规定捕获中立

---

① Georges Duby, ed., *Histoire de la France: Des Origines a nos jours*, Paris：Larousse, 2011, p. 729.

② 参见 Georges Duby, ed., *Histoire de la France: Des Origines a nos jours*, Paris：Larousse, 2011, p. 728。

③ 〔英〕乔治·皮博迪·古奇：《十九世纪历史学与历史学家》（上册），耿淡如译，商务印书馆，1989，第 432 页。

④ 李元明：《拿破仑评传》，中国社会科学出版社，1984，第 194 页。

⑤ John Holland Rose, *The Life of Napoleon I*, Vol. Ⅱ, London：G. Bell and Sons, Ltd., 1913, pp. 106-107.

国船只运载的法国货物此一行为合法。① 拿破仑下令实施完全关闭大陆的政策后，英国依旧能通过走私将本国产品推销进欧洲大陆市场。② 如此一来，拿破仑的大陆封锁政策并未真正收到重创英国经济的效果，英国在封锁期间对外贸易总量呈现持续攀升的可喜态势：总收入从 1805 年的 1.03 亿英镑递增到 1814 年的 1.63 亿英镑。③ 而法国在实施大陆封锁后，则出现了财政赤字问题。④ 法国的大陆封锁政策为发展本国工业做出了一定贡献，但这并非源于法国工业产品制造者的创业实干，而是逼迫他国消费者对法国产品进行强制性消费的结果，是法国操纵欧洲市场为其服务的结果。⑤

　　拿破仑热衷于通过穷兵黩武维护其大陆封锁政策，以期拖垮英国、繁荣法国。但实践证明，此策略不适合国家经济发展的长远利益，拿破仑急功近利的求胜心态充分暴露了其一味冒进、蛮横浮躁的野心。"他自始至终被一种压倒一切的唯我主义所支配。"⑥ 拿破仑希望通过蛮武之力保障的大陆封锁政策能够帮助法国大力发展工业，但即便到 19 世纪末，法国的工业水准仍旧落后于英国。法国工厂的生产组织方式并未能迎来创新性变革，因为大陆封锁政策阻断了法国引进英国先进技术设备的可能性，古老陈旧的传统生产方式导致法国始终"处于工场手工业阶段"，⑦ 根本无力与英国抗衡。拿破仑连年不断的征战导致国内财政频频陷入危机，政府亦无力在资金上全方位扶持工业发展。拿破仑的内政大臣夏普塔尔抱怨道，政府投入兴建工厂的资金丝毫未得到回报，同样的制造业，在法国赚不到利润，在英国则相反，并且在亏损之时英国工厂主能获得政府的经济支持，而法国工厂主则只能自力更生。⑧

---

① Georges Lefebvre, *Napoleon*, trans. by Henry F. Stockhold and J. E. Anderson, London: Routledge, 2011, p. 37.

② Pierre Miquel, *Histoire De La France: De Vercingetorix a Charles De Gaulle*, Paris: Librairie Artheme Fayard, 1976, pp. 305-306; Emil Ludwig, *Napoleon*, New York: Liveright Publishing Corporation, 1954, pp. 361-362.

③ 参见李元明《拿破仑评传》，中国社会科学出版社，1984，第 194 页。

④ Emil Ludwig, *Napoleon*, New York: Liveright Publishing Corporation, 1954, p. 379.

⑤ W. O. Henderson, *The Industrial of Revolution on the Continent: German, France, Russia, 1800-1914*, London: Frank Cass & Co., Ltd., 1961, pp. 88-89.

⑥ 〔英〕乔治·皮博迪·古奇：《十九世纪历史学与历史学家》（上册），耿淡如译，商务印书馆，1989，第 432 页。

⑦ 樊亢、宋则行：《外国经济史》（第一册），人民出版社，1965，第 125 页。

⑧ Jean-Antoine Chaptal, *Mes Souvenirs Sur Napoleon*, Paris: Librairie Plon, 1893, pp. 282-283.

　　因此，大陆封锁政策在满足拿破仑控制欲的同时，并没能给法国带来长久的繁荣，反而使其陷入了作茧自缚的窘境。法国工商业完全停滞，众多工厂倒闭，成千上万的工人被迫失业。① 尽管拿破仑强制要求欧洲各国和法国进行贸易，但实际情况不容乐观。频繁的对外战争致使法国国库虚空，拿破仑政府以对内提高税收、对外掠夺财富的方式筹集军费。拿破仑承认在对外作战中使用了暴力掠夺。在攻占意大利时，他在信中为自己的士兵开脱罪责，认为可怜的士兵在阿尔卑斯山行军，艰苦熬过三年，饥寒交迫，贫病交加，到了富饶的意大利难免要烧杀掠夺一番，也是情有可原。② 1806 年 3 月 6 日，拿破仑给哥哥约瑟夫写信，要求约瑟夫务必要毫不留情地射杀意大利平民，用恐惧来镇压意大利，并强制向意大利征收 3000 万法郎战费。拿破仑在信中指出约瑟夫的意大利政策太过游移不定。③ 拿破仑的侵略野心及霸权统治将其军队铁蹄所踏之处的人民推入水深火热之中，其幼弟热罗姆对他所统治的威斯特伐利亚王国境内的惨况做了如实描述："……每个阶层都面临着被毁灭的命运：苛捐杂税、征战征兵、驻军安置、不断来往的军队，这些对当地人民造成持续性骚扰。人们有充分的理由担心会发生暴动，因为那些陷入绝望的人民已经被剥夺得一无所有，不用担心会再失去什么……"④

　　西班牙、德国和俄国等先后奋起反抗拿破仑的暴虐统治，1813 年至 1814 年第六次反法同盟击溃法军，拿破仑被迫退位，但野心不减。1815 年，拿破仑从意大利厄尔巴岛逃回巴黎，重新掌权。由英国、俄国、普鲁士、奥地利等组成的第七次反法同盟再次攻法，拿破仑于 1815 年 6 月 18 日兵败滑铁卢，后被囚于圣赫勒拿岛，拿破仑成为"亚历山大大帝"式人物⑤的梦想彻底破灭。

　　其二，虚伪矫饰。历史学家张芝联指出，拿破仑之所以能够顺利登上法国的政治舞台，并稳坐一把手的交椅，很大一部分原因在于拿破仑彼时

① Jean-Antoine Chaptal, *Mes Souvenirs Sur Napoleon*, Paris: Librairie Plon, 1893, p. 284.
② Emil Ludwig, *Napoleon*, trans. by Eden and Cedar Paul, New York: Boni & Liveright, 1926, pp. 62-63.
③ Napoléon Bonaparte, *The Corsican: A Diary of Napoleon's Life in His Own Words*, Boston: Houghton Mifflin Company, 1910, pp. 227-228.
④ Georges Lefebvre, *Napoleon*, trans. by Henry F. Stockhold and J. E. Anderson, London: Routledge, 2011, p. 481.
⑤ Emil Ludwig, *Napoleon*, trans. by Eden and Cedar Paul, New York: Boni & Liveright, 1926, p. 238.

深得人心。① 后来极力抵制拿破仑的斯塔尔夫人在 1799 年写过题为《论法国当前结束革命的环境与建立共和国的原则》的书稿，其中赞誉拿破仑为"勇敢的斗士，史上最有洞察力的思想家，最卓越的才子"。② 很显然，拿破仑执政后的所作所为并未如斯塔尔夫人所愿，他很快就显露出虚伪狡黠的一面，一方面向群众宣称坚持革命基本原则，一方面又向资产阶级承诺不再继续革命，③ 实则是为自己的独裁统治做铺垫。

实际上，拿破仑在海外战场取得节节胜利后逐渐倒行逆施，这在《拿破仑法典》中可见端倪。一直被拿破仑引以为傲的《拿破仑法典》虽然被"人们给予极高的评价"，④ 但"革命资产阶级的纯粹而彻底的法的概念，在许多方面已经在《拿破仑法典》中被歪曲了"。⑤ 法典中的某些条款已然违背《人权宣言》的宪法精神，比如《人权宣言》规定人人平等，但拿破仑却公然在《拿破仑法典》中明示：父亲、丈夫以及雇主分别对子女、妻子以及雇工具有权威；在遗产继承上，合法子女比私生子女具有优先权；在司法领域，法官不再由选举产生，并试图废除陪审制度。⑥ 这与拿破仑在其自述中提倡的自由和平等原则明显相悖。⑦

最初所有人都以为拿破仑尊崇自由，于是将之视为英雄，义无反顾地将其推上第一执政的宝座。⑧ 但当他飞黄腾达后，权势大张，性格也随之发生变化。⑨ 拿破仑时期的内政大臣夏普塔尔认为，拿破仑年轻时也曾渴望自由，支持法国革命，但手握重权之后则转向奴役人民，因此，自由，仅仅是拿破仑的自由。地位的上升带来人生观的改变，在处于劣势之时人往往会奋起反抗权威，而一旦登至权势之巅，则会残酷压迫抵抗者。⑩

---

① Jean-Antoine Chaptal, *Mes Souvenirs Sur Napoleon*, Paris: Librairie Plon, 1893, p. 213.

② J. Christopher Herold, *Mistress to an Age: A Life of Madame de Stael*, The New York: The Bobbs-Merrill Co., Inc., 1958, p. 183.

③ 张芝联：《法国史论集》，生活·读书·新知三联书店，2007，第 62 页。

④ 张芝联：《法国史论集》，生活·读书·新知三联书店，2007，第 63 页。

⑤ 《马克思恩格斯选集》（第 4 卷），人民出版社，1995，第 702 页。

⑥ 张芝联：《法国史论集》，生活·读书·新知三联书店，2007，第 64 页。

⑦ 〔法〕夏尔·拿破仑编《拿破仑随想录》，吕长吟译，中国友谊出版公司，2017，第 217 页。

⑧ Jean-Antoine Chaptal, *Mes Souvenirs Sur Napoleon*, Paris: Librairie Plon, 1893, pp. 209–210.

⑨ 〔法〕托克维尔：《论革命：从革命伊始到帝国崩溃》，曹胜超、崇明译，上海三联书店，2016，第 215 页。

⑩ Jean-Antoine Chaptal, *Mes Souvenirs Sur Napoleon*, Paris: Librairie Plon, 1893, p. 223.

因此，拿破仑所推崇的自由，并非大众的自由，而是自身的自由，这份虚伪的自由早被斯塔尔夫人识破。斯塔尔夫人因与拿破仑政见不同而遭流放，她说："拿破仑皇帝对我最大的抱怨，是我一直深深热爱并尊重真正的自由。"① 尽管斯塔尔夫人的父亲，路易十六时期的财政大臣内克尔在其书中"把波拿巴夺取帝位的所有计划都提前披露出来了"，② 但也没能阻止拿破仑一意孤行、倒行逆施地走向专制和独裁。

拿破仑的自由建立在对他人强制奴役的基础之上。为了巩固专制政权，他不惜放弃政教分离原则，重新实行政教合一制度，承认天主教在法国的权威，并借此要求庇护七世在巴黎圣母院教堂为其加冕。拿破仑在加冕时为自己戴上了皇冠。革命时期已经放弃了侵略权，肯定了各民族的自决权，还禁止黑人奴隶的买卖，废除了法国殖民地的奴隶制和贵族等级特权，承认人人平等。但拿破仑上台后，公然违反革命时期制宪会议及国民公会的规定，侵略并奴役他国人民，恢复黑奴贸易、法国殖民地的奴隶制、旧贵族的特权，并组建新的贵族，使之与旧贵族联合，成为拿破仑帝国的统治阶层，拿破仑又将法国带回了不平等的旧制度时代。③ 而拿破仑对自己所作所为的解释是为国为民谋福利，并宣称反对军事统治，④ 立意创建体现民主宪政的最好的法律以保障人民的幸福和欧洲的自由。⑤

实际情况与他的标榜背道而驰，拿破仑显然代替法律成为法国及其附庸国的真正主宰。民法典草案的拟定本应在参政院、保民院、立法院以及元老院的共同参与、商议和监督下进行，但拿破仑对这一过程中产生的违背自己意志的异议毫不客气地予以坚决打击，以至于解散议会，剔除持异议者。⑥拿破仑的哥哥约瑟夫、弟弟吕西安和热罗姆皆有妻室，拿破仑亦有皇后约瑟芬，但为了巩固其帝国统治，拿破仑费尽心机，策划终止兄弟姐妹甚至自

---

① Germaine de Stael', *Ten Years of Exile*, trans. by Avriel H. Goldberger, Illinois：Northern Illinois University Press, 2000, pp. 3-4.

② Germaine de Stael', *Ten Years of Exile*, trans. by Avriel H. Goldberger, Illinois：Northern Illinois University Press, 2000, p. 61.

③ 张芝联：《法国史论集》，生活·读书·新知三联书店，2007，第64~65页。

④ Napoléon Bonaparte, *The Corsican: A Diary of Napoleon's Life in His Own Words*, Boston：Houghton Mifflin Company, 1910, pp. 70-71.

⑤ Emil Ludwig, *Napoleon*, trans. by Eden and Cedar Paul, New York：Boni & Liveright, 1926, pp. 108-109.

⑥ Jean-Antoine Chaptal, *Mes Souvenirs Sur Napoleon*, Paris：Librairie Plon, 1893, p. 212.

己的婚姻，企图和欧洲皇室缔结政治婚姻。①

革命的目的本是要清除腐败和不平等，但极具嘲讽意味的是，拿破仑不但纵容兄弟们贪污，而且还持续给他们加官晋爵，并任命他们为驻外使节，甚至任命他们为被侵占国国王，代表他行使涉外事务。②拿破仑的虚伪善变不可避免地遭遇抵制和批判，拿破仑政府毫不留情地给予坚决镇压。③ 拿破仑的专制独裁导致众多为自由而奋斗的英雄都离他而去，如拜伦曾经对拿破仑深表敬意，贝多芬更是取消了将自己创作的《英雄交响曲》献给拿破仑的计划。④

## 二　贝基：拿破仑的喻体

民国学者冯品兰将拿破仑失败的原因归结为三点："（一）大帝国系用人力造成，缺乏历史的背景。（二）以力服人，决不能使列强心悦诚服，被克服各国，无不乘机图独立。（三）大陆封锁政策，妨害大陆诸国通商，人民多抱怨之故。"⑤ 这里所说的"人力"系武力，而非实力。法国的实力有待增强，拿破仑以强权之势逼迫邻国牺牲主权利益给予法国各种优惠，此种"捷径"不但不能增强国力、改善民生，助其实现亚历山大大帝式的千秋霸业，反而把整个欧洲搅和得"永无安宁"，⑥ 战火连天，生灵涂炭。

彼时欧洲的作家们对拿破仑的声讨也是此起彼伏，不绝于耳。普希金谓之"野心家"和"战争狂人"，⑦ 莱蒙托夫嘲笑拿破仑为"狂夫"，⑧ 拜伦鄙视拿破仑，斥之为"世界的暴君""高卢之秃鹰"，⑨ 司汤达痛贬拿破仑为

---

① 参见 Emil Ludwig, *Napoleon*, trans. by Eden and Cedar Paul, New York：Boni & Liveright, 1926, pp. 201 - 202；Jean-Antoine Chaptal, *Mes Souvenirs Sur Napoleon*, Paris：Librairie Plon, 1893, pp. 256-259。

② Emil Ludwig, *Napoleon*, trans. by Eden and Cedar Paul, New York：Boni & Liveright, 1926, p. 200.

③ 参见 Georges Lefebvre, *Napoleon*, trans. by Henry F. Stockhold and J. E. Anderson, London：Routledge, 2011, pp. 378-381.

④ Emil Ludwig, *Napoleon*, trans. by Eden and Cedar Paul, New York：Boni & Liveright, 1926, p. 231.

⑤ 冯品兰：《法兰西史》，岳麓书社，2011，第 53 页。

⑥ Emil Ludwig, *Napoleon*, trans. by Eden and Cedar Paul, New York：Boni & Liveright, 1926, p. 238.

⑦ 宋德发：《19 世纪欧洲作家笔下的拿破仑》，湘潭大学出版社，2014，第 2 页。

⑧ 宋德发：《19 世纪欧洲作家笔下的拿破仑》，湘潭大学出版社，2014，第 21 页。

⑨ 宋德发：《19 世纪欧洲作家笔下的拿破仑》，湘潭大学出版社，2014，第 146 页。

"独裁者"和"骗子"。① 萨克雷对拿破仑的讽刺丝毫不逊色于上述作家。早在1840年，萨克雷在给母亲的家书中就称拿破仑为"暴君"。② 1848年出版的《名利场》，故事背景就是滑铁卢之战，这场击溃拿破仑的战役也是小说故事发展的一个重要转折点。男主人公之一的奥斯本殁于此役，两位女主人公贝基和阿米莉亚因此改变命运。萨克雷的高明之处在于他并不是以露骨直白的攻讦表达厌恶之情，而是另辟蹊径，以小说插画为辅助，此处无声胜有声，插图和小说文字相得益彰，恰到好处地传达了作者的心声。

　　维多利亚时代英国资本主义经济的发展促进了小说业的繁荣，为了提高小说销量，出版商和作家对小说的装帧和插图等设计颇费心思。萨克雷早年在法国学习绘画，小说的大部分插图都出自他本人之手，如《名利场》的插图。贝基和丈夫罗顿因欠债被困在海外无法回英国时，萨克雷配了一幅情景插图，画面上的贝基像拿破仑一样，伫立于圣赫勒拿岛上，凝视着茫茫大西洋（见图1、图2）。③

图1　贝基如同拿破仑一般，在流放中凝望着远方（《名利场》第64章小插图）

图2　拿破仑从厄尔巴岛眺望远方（1846年9月12日《笨拙》杂志为《欧洲大陆的势利鬼》一文所配的小插图）

---

① 宋德发：《19世纪欧洲作家笔下的拿破仑》，湘潭大学出版社，2014，第238页。
② Gordon Ray, ed., *Letters and Private Papers of William Makepeace Thackeray*, Vol. I, Cambridge：Harvard University Press, 1946, p. 425.
③ Peter Shillingsburg, *William Makepeace Thackeray: A Literary Life*, New York：Palgrave, 2001, p. 143.

萨克雷将对拿破仑的印象投射到贝基身上，[①] 萨克雷认为贝基对金钱和地位的渴望类似于拿破仑对权力和征服的向往。萨克雷之所以塑造女版拿破仑，是因为"拿破仑在 19 世纪的想象中俨然成为个人主义崇拜的典范"。[②] 萨克雷在其《名利场》中毫不隐讳地将贝基和拿破仑进行类比，他将贝基称为"暴发户"，[③] 将拿破仑称为"科西嘉暴发户"。[④] 在小说第 34 章，出现"他（罗顿）信任他的妻子犹如法国士兵信赖拿破仑"的话语。二者之间最明显的比较是在第 64 章"流浪生活"开头的插图中，贝基戴着与拿破仑类似的三角帽，构成了对拿破仑的戏仿，贝基的生活映照出拿破仑的虚荣。[⑤]

## （一）能力、虚伪与野心并置

萨克雷笔下的贝基和拿破仑之间有相似点，二者皆有能力、有理想，但野心勃勃，始终不满足于现状，企图凭借自身优势不停地征服和控制对手，使自己处于权力秩序的顶端。贝基年轻貌美，才华出众，她不甘心做穷困潦倒的罗顿太太，频繁地使用社会道德所不容的手段勾引上流社会男士为其效力，又同时以虚伪的矜持和善良维持与上流社会女士的友好情谊。小说第 2 章，贝基将平克顿小姐赠予她的《约翰逊词典》狠狠地抛出窗外，这一行为表现出她对现有社会礼仪和权威的亵渎。几乎同时，她喊出了："皇帝万岁！波拿巴万岁！"约翰逊博士消失了，拿破仑粉墨登场。[⑥]

萨克雷此处巧妙地暗示贝基决意抛弃约翰逊博士推崇的保守主义思想，而毅然决然地走上拿破仑所代表的个人主义道路。她颠覆特权，利用世袭贵族的弱点和愚昧，在社会体制间游刃有余、求胜心切。同时，像拿破仑一样，贝基最终也成为荒芜的圣赫勒拿岛上可笑的囚徒，[⑦] 因为她的

① Harold Bloom, *William Makepeace Thackeray's Vanity Fair*, New York：Chelsea House Publishers，1987，p. 108.

② Harold Bloom, *William Makepeace Thackeray's Vanity Fair*, New York：Chelsea House Publishers，1987，p. 108.

③ W. M. Thackeray, *The Vanity Fair*, New York：Knopf Publishing Group，2006，p. 59.

④ W. M. Thackeray, *The Vanity Fair*, New York：Knopf Publishing Group，2006，p. 173.

⑤ Harold Bloom, *William Makepeace Thackeray's Vanity Fair*, New York：Chelsea House Publishers，1987，p. 108.

⑥ Harold Bloom, *William Makepeace Thackeray's Vanity Fair*, New York：Chelsea House Publishers，1987，p. 108.

⑦ Harold Bloom, *William Makepeace Thackeray's Vanity Fair*, New York：Chelsea House Publishers，1987，p. 108.

斑斑劣迹在欧洲四处流传散布，世人对她的嘲笑、唾弃和疏离宛如一座无形的圣赫勒拿岛，将她与世隔绝。学者埃德加·F. 哈登指出，贝基实质上就是女版拿破仑，一个聪明机灵的领袖，能激起周围男性的兴趣，甚至使这些男人对她产生疯狂的爱恋。贝基遭放逐之时，在作者搭配的木版插画里，穿着拿破仑服饰的贝基依旧手握小望远镜。[①] 此意象暗示贝基虽然遭遇她人生中的"滑铁卢"，但她像雄心勃勃的拿破仑一样，依旧执念于东山再起，一任野心驾驭非理性的缰绳，驰骋于欲望的名利场。

　　萨克雷虽然没有正面抨击拿破仑，但以形象的插画和含蓄的文字隐射拿破仑欲壑难填的狼子野心。萨克雷将披着自由外衣为自己争权夺利的拿破仑的特征投射到狡黠的贝基身上，拿破仑虚伪的一面通过贝基的言行展现出来。不可否认，和拿破仑一样，贝基绝不是普通人物，她具备非凡的才能，天生丽质、能歌善舞、口齿伶俐、善于交际，会说一口流利标准的法语，是个人见人爱、楚楚动人的魅力女性。试想如果在现代社会，贝基这样出身平民的女性，完全能够凭借自身优势获得发展空间。但萨克雷并没有仅仅凸显她的才能和魅力，而是特意让她和拿破仑有所勾连，他们的共同特征是：有才能，野心不断膨胀，为达目的不择手段，虚伪至极。贝基的虚伪表现与拿破仑如出一辙，她以表面的淑贤乖巧给周围人留下完美的传统女性形象。阿米莉亚给予她深情厚谊，视她为闺蜜；老克劳利小姐视她如知己；阿米莉亚的哥哥乔斯、未婚夫奥斯本、克劳利爵士父子三人，以及斯特恩勋爵等贵族男子，无一不拜倒在贝基的石榴裙下。贝基若能安分守己，满足于中产阶级的宁静生活，正如拿破仑若能遵照宪法，不称帝，不走专制独裁道路，不侵略他国，便无可厚非，但二者都在精美的伪装之下另有他谋，前者追逐金钱和地位，后者热衷于权力和荣誉。

　　贝基假装替夫谋职，实际是支开丈夫，以便与斯特恩勋爵幽会、畅享荣华。再者，贝基善于利用表面中规中矩的伪装掩盖其颠覆人伦的出轨丑行，无论是在闺蜜阿米莉亚还是在嫂子简面前，都表现出秀外慧中、淑娴端庄的得体模样，在背地里却以千娇百媚之姿勾引她们蠢蠢欲动的丈夫，企图引诱他们为其效劳。拿破仑借维护和平之名入侵他国领土，践踏奴役人民，掠夺财富；贝基假充慈母，在朋友面前哭哭啼啼装作思念儿子小罗

---

① Harold Bloom, *William Makepeace Thackeray's Vanity Fair*, New York: Chelsea House Publishers, 1987, p. 142.

顿，以博取大家的同情和关爱，其实对亲生儿子毫无感情，甚至家暴小罗顿。拿破仑假借爱国之名称帝独裁，推行自己的强力意志，强奸民意，扼杀民主；贝基虽然口口声声宣称阿米莉亚是最好的朋友，但对于阿米莉亚一家的恩遇，她非但没有知恩图报，反而在塞德利先生破产后冷嘲热讽、落井下石，最后引诱乔斯，导致后者死亡，夺其遗产，尽显恶妇阴险本色。拿破仑一心只为实现他的霸王伟业，以和平使者和胜利者的正面形象获得民众拥戴，掌权后转变风格，恢复奴隶贸易、政教合一以及与欧洲皇室联姻等都体现了拿破仑倒行逆施、与自由为敌的狡诈作风。贝基和拿破仑的虚伪表现有一个共通之处，即尽管他们都对现有的社会状态表达不满，但他们并未真正去改变社会，相反，都企图利用社会制度满足自己的野心。拿破仑鄙视欧洲皇室并威慑他们，后者因畏惧而瑟瑟发抖，但后来拿破仑自己也称帝了；贝基亦是如此，她虽然对贵妇们心怀怨恨，但她骨子里却想成为其中一员。①

### （二）违背世俗伦理的身份构建之路

为何拿破仑不能成为那个时代真正自由和民主的代言人，而是执意以旧制度帝王的身份大施淫威？贝基作为拿破仑的喻体，萨克雷已然让她露出蛛丝马迹。贝基的言行道出了谜底：拿破仑和贝基一样，尽管生存在时代转型期，但他们的思想并未能突破旧时代封建思想的藩篱，二人都渴望在自身所处的社会中获得身份认同。而这一期待被认同的身份是旧制度下的社会身份，绝非高扬自由、民主旗帜，誓与旧制度决裂的改革先锋者身份。

学者多米尼克·施那佩尔认为，现代社会是建立在人员流动性、人际忠诚和背叛呈现多元化以及身份多重化的基础上的，因为现代社会不是由彼此对立、边界明确的群体构成的，而是由拥有多重角色和多个参照标准的个体构成的。在具体的社会情境中，人们参照自己和集体的过往经历来选择特定形式的身份认同。② 拿破仑或贝基所处的 18 世纪末 19 世纪初是新旧社会体制交替的时代，代表"专制王权"和"贵族寡头"的"旧制度"③ 在法国

---

① Harold Bloom, *William Makepeace Thackeray's Vanity Fair*, New York：Chelsea House Publishers, 1987, p.112.

② Dominique Schnapper, *La compréhension sociologique: Démarche de l'analyse typologique*, Paris：Presses Universitaires de France, 2012, p.95.

③ 刘金源等：《英国通史：转型时期——18 世纪英国》（第四卷），江苏人民出版社，2016，第 78~79 页。

大革命的狂飙浪潮中受到沉重打击，在这样的时代转型期个体身份已初具多元特征。拿破仑所处的特殊时代背景给予他不确定的身份特征以及对身份归属的渴求。

青年时代的拿破仑在求学期间曾兴奋地阅读卢梭的《社会契约论》，他的故乡科西嘉岛，在他出生之时就已被法国奴役，虽然他内心渴望独立及共和民主，但包括他父亲在内的军官们在蓬蒂诺乌战役失败后都投靠了法国，并因此被法国国王授予贵族头衔，成为科西嘉国会议员，得到其他可资炫耀的荣誉和实惠。拿破仑也因此得以享受皇家奖学金，在巴黎军校学习，成为一名法国皇家军官。① 但即便享受法国国王给予的种种恩惠，拿破仑依旧藐视父亲的选择，不想跟法国贵族有任何关系。法国贵族头衔是古老的封建阶层的头衔，在拿破仑看来，这是他父亲牺牲科西嘉的自由换取来的。②

此时的拿破仑正直、忧郁，他并不认为自己是法国人，甚至嘲笑他哥哥，因为他哥哥迷恋那些老旧"羊皮纸"，而羊皮纸是佛罗伦萨贵族身份的象征。他戏称哥哥为"家谱代言人"。③ 由此可见，拿破仑虽然身着法国军装，为法国效劳，但心里毫无身份归属感，认为自己只是一个可悲的"亡国奴"。为了改变自身状态，一种更加远大及牢固的价值观在他心中升腾，点燃了他的政治激情。④

同样的，贝基在平克顿女子学校学习时，就深刻感到自己和校内的其他女同学并不在一个社会阶层，颇受排挤冷遇。离开学校时，将平克顿小姐送她的《约翰逊词典》狠狠抛出车窗，高呼拿破仑万岁、法兰西万岁，以此宣誓与旧生活决裂，积极投入新生活，寻找在学校丧失的身份归属感。这一行为与拿破仑企图通过赫赫战功立足法国以获得身份认同有着异曲同工之妙。

无论是拿破仑抑或贝基都以积极进取的姿态融进新的生活环境，他们凭借出众的才能博得众人好感，很快就被所处的社会群体接纳。但他们并不满足于此，而是以更加主动的态度试图确立足以给予自己安全感的身

---

① 参见 Pascale Fautrier, *Napoléon Bonaparte*, Paris：Gallimard Editions, 2011, pp. 30–31。
② Pascale Fautrier, *Napoléon Bonaparte*, Paris：Gallimard Editions, 2011, p. 38.
③ Pascale Fautrier, *Napoléon Bonaparte*, Paris：Gallimard Editions, 2011, p. 38.
④ 参见 Pascale Fautrier, *Napoléon Bonaparte*, Paris：Gallimard Editions, 2011, pp. 38–39。

份。伏尔泰在其《哲学词典》中提到，个体只有依赖记忆才能助其建立身份，个体的身份源于其以往的经历，以及此经历在个体身体及意识中留下的痕迹。① 拿破仑想成为法国的真正统治者，源自他少年时代热衷于阅读关于古代帝王励精图治的精彩故事，他崇敬成吉思汗和亚历山大大帝等这些在马背上开疆拓土的帝王。拿破仑所经历的兵荒马乱的时代以及故乡科西嘉遭遇法国奴役的历史记忆强化了他立志成为统治者的欲望，也成为他立意为自己设立身份的动因。《名利场》中作为拿破仑载体的贝基有着类似的记忆催化。在女子学校里，出身贫困的她无法和贵族女同学们攀比，既没有昂贵的珠宝首饰，也没有华丽的丝绸裙子，吃的是粗茶淡饭，穿着朴素寒酸。除了阿米莉亚，无论是老师、工作人员还是同学都冷落轻视她，这种落差造成她内心对贵妇奢华生活的向往日益强烈。贝基总把珍贵的珠宝藏在柜子中隐秘的地方，视珠宝比亲儿子还重要，在和斯特恩勋爵幽会时，把自己打扮得珠光宝气，并恳求斯特恩勋爵带她去皇宫觐见国王，参加宫廷舞会，俨然一副宫廷贵妇的派头。贝基想获得贵妇身份、步入上流社会的愿望跟拿破仑想成为独裁者、统治世界的欲望一样强烈。

　　但他们构建身份的过程并非一路平坦，尽管客观因素已是天时地利兼备，但人和这一主观因素则稍欠，造成了身份认同障碍。法国国内的政治环境总体上支持拿破仑上台。督政府的行政和政策受到民主派和保王派激烈抨击，② 拿破仑对督政府的统治也极为不满，"拿破仑把自己当做未来的领袖，而把巴黎的督政官当做空谈家"。③ 尽管法国民众认为他们需要拿破仑这样一个能干的人重振法国，④ 但如果让全体法国人心甘情愿地接受他为法国的永久统治者则非易事。1802 年 5 月，在全国投票选举执政时，保民院提议继续选举拿破仑为第一执政，任期 10 年。拿破仑勃然大怒，要求全民投票表决其是否终身执政。结果 3653000 人投票赞成拿破仑终身执政，

---

① 〔法〕阿尔弗雷德·格罗塞：《身份认同的困境》，王鲲译，社会科学文献出版社，2010，第 33 页。

② M. Mignet, *Histoire De La Revolution Francaise: Depuis 1789 Jusqu'en 1814*, Tome Ⅱ, Paris: Librairie Academique Didier Perrin Et Cie, 1905, p. 208.

③ 李元明：《拿破仑评传》，中国社会科学出版社，1984，第 85 页。

④ 参见 M. Mignet, *Histoire De La Revolution Francaise: Depuis 1789 Jusqu'en 1814*, Tome Ⅱ, Paris: Librairie Academique Didier Perrin Et Cie, 1905, p. 262。

8272 人投票反对。1804 年，3572329 票支持建立法兰西帝国，2568 票反对，还有 400000 张弃权票。① 拿破仑的反对者们总是给他起一些轻蔑的绰号，如"科西嘉人""科西嘉冒险家""科西嘉怪物""科西嘉吃人魔王""头发弄得土里土气的科西嘉岛人"。② 反对者的言行对于拿破仑建立伟大的帝王身份无疑构成了一道障碍。好斗争胜、喜报复又顽强不屈的性格③导致拿破仑走上穷兵黩武的强权之路。

拿破仑自述，自己并无帝王的血统，所以欧洲各皇室均鄙视他科西嘉人出身，他只有依靠武力，才能镇服这些皇室贵族，并获得他们的认可，保住自己的帝位。因此，对于拿破仑而言，每一场战争都关乎他和他统治下的帝国的生死存亡。对于蔑视他的欧洲各国君主，拿破仑诉诸武力。在国内，拿破仑深知自己毫无皇统根基，许多跟他并肩作战的将军对于他独揽大权极为不满，想要分权，对此，拿破仑同样使用武力威慑。拿破仑认识到自己和正统国王的不同之处，后者可以名正言顺地沉湎于奢侈淫逸的王宫生活，且不会遭受责难，而和拿破仑并肩作战的将军们则都有争夺王位或者平分权势和财富的野心。拿破仑认为这些将军以及那些有权势的人敌视他，但又畏惧他的威力，而这正中了拿破仑下怀。④

拿破仑因此认定，只有令人恐惧的统治方式才能攘外安内，如果放弃这种统治方式，将很快被废黜。这一思路成为拿破仑选择立场和行动的动机。⑤欧洲皇室的鄙视，同僚将军们的不服，反对和不满的声音，如此等等，使拿破仑陷入"名不正，言不顺"的尴尬境地。基于此，拿破仑加强专制统治，且不停地对外征战，以此来制造"令人畏惧"的震慑效果，为自己构建帝王身份正名。辉煌战绩为他自己赢得了威望和荣誉，这也是拿破仑认为成为一名伟大帝王必备的能力，只有不断凯旋才能塑造百战不殆的王者形象。

---

① 〔法〕让-安托万·夏普塔尔：《亲历拿破仑》，潘巧英译，华中科技大学出版社，2014，第 185~186 页。

② 李元明：《拿破仑评传》，中国社会科学出版社，1984，第 2~3 页。

③ 拿破仑的性格在一定程度上受到科西嘉人的影响。科西嘉屡遭外族入侵，但始终保持顽强的斗争精神。在科西嘉，武器比法律更有力量，这导致种族仇杀横行，如果一个科西嘉人遭遇了蔑视，或荣誉被触犯，就会实施报复，进而扩展到互相仇杀，甚至因此延续几代人。暴躁、多疑、孤僻、苛刻、敏感、顽强、好斗，这些科西嘉人的性格特质也反映在拿破仑身上。参见李元明《拿破仑评传》，中国社会科学出版社，1984，第 2~3 页。

④ Jean-Antoine Chaptal, *Mes Souvenirs Sur Napoleon*, Paris: Librairie Plon, 1893, pp. 217-219.

⑤ Jean-Antoine Chaptal, *Mes Souvenirs Sur Napoleon*, Paris: Librairie Plon, 1893, p. 219.

法国牺牲了无数人的生命，损失了巨大财富，赢得了战争的胜利，法国人因此深受鼓舞。人们沉浸在胜利的民族自豪感和喜悦中，迷醉于胜利带给法国的荣誉，忘记了所付出的巨大代价，拿破仑也得到公众舆论支持。[①] 但"成也萧何，败也萧何"，常胜将军拿破仑因所向披靡的赫赫战绩登上帝王宝座，最终亦因兵败滑铁卢而从王座跌落。拿破仑为维护其帝王尊严，稳固其帝王身份，不惜强行对外发动一次又一次战争，劳民伤财，耗尽法国的人力、物力、财力，最终落得身败名裂的下场。

贝基精彩地演绎了与拿破仑身份构建相似的轨迹。为了进入贵妇圈，她首先计划嫁入豪门。贝基的第一个目标是阿米莉亚的哥哥乔斯，乔斯迅速坠入爱河，在生米即将煮成熟饭的当口，半路杀出阿米莉亚的未婚夫奥斯本，奥斯本警示乔斯不应该娶一个门不当户不对的平民女子，从而斩断了二者的姻缘线。之后贝基进入克劳利家里当家庭教师，邂逅了罗顿。得知老克劳利小姐有意将巨额遗产留给罗顿后，她瞒着老克劳利小姐偷偷和罗顿相爱、结婚，却惹怒了老克劳利小姐。满口民主自由的老克劳利小姐其实等级意识浓厚，和奥斯本一样强调门当户对的婚姻，因此出身贵族家庭的罗顿绝不能和平民出身的贝基成婚。老克劳利小姐愤然取消了罗顿的遗产继承权，军官罗顿变得一贫如洗，贝基的美梦再次被击碎。贝基又和斯特恩勋爵偷情幽会，希图以情妇身份跻身贵妇圈，却不幸被丈夫撞见，奸情败露，不得不惨淡收场。老克劳利小姐病逝后，巨额遗产留给罗顿的哥哥小皮特爵士，贝基后来又企图勾搭小皮特爵士，被嫂嫂简及时阻止。身败名裂的贝基远走他乡，又多次以慈母、淑女的形象混迹于贵妇社交圈，但总被认识她的人或知悉她糗事的人揭穿。由此可见，贝基在构建自己身份的过程中遇到重重障碍，但她依旧本性难移，只要有机会，就会老调重弹、故态复萌。正如被囚于意大利厄尔巴岛上的拿破仑，总是伺机重返大陆东山再起。

### 三　与时代不合拍的"堂·吉诃德"

法国学者帕斯卡尔·富迪埃（Pascale Fautrier）将拿破仑身上展现出来的这份执着顽固的激情称为"堂·吉诃德主义"。[②] 堂·吉诃德对中古时

---

① Jean-Antoine Chaptal, *Mes Souvenirs Sur Napoleon*, Paris: Librairie Plon, 1893, p. 220.

② Pascale Fautrier, *Napoléon Bonaparte*, Paris: Gallimard Editions, 2011, p. 248.

代骑士的崇拜到了无以复加的程度，以至于幻想自己就是英勇神武的骑士，立志在妖魔横行的世界里大显身手、行侠仗义，结果却弄巧成拙，令人啼笑皆非。拿破仑希冀自己能像亚历山大大帝那样纵横天下，所向披靡；贝基醉心于奢靡的贵妇生活，她所有的行为无一例外地服务于跻身上流社会的动机。即便阻力重重，也无法阻挡他们勇往直前，努力构建自己梦寐以求的理想身份。

拿破仑和贝基是 19 世纪版的"堂·吉诃德"，① 与堂·吉诃德一样，他们的行为与他们所处的时代相悖。在《堂·吉诃德》的作者塞万提斯生活的时代，骑士制度早已退出历史舞台。确切地说，骑士制度及其文化"建立在小王国封建割据的社会基础上"，而塞万提斯生活的年代，西班牙已完成光复大业，成为横跨四大洲的庞大帝国，② 所以骑士制度所代表的封建割据政治形态显然与统一、强大的西班牙帝国意识形态相悖。拿破仑在成为法国甚至几乎全欧洲的绝对主宰者时，他总以自我为中心，"目光短浅，只考虑当前利益，想把整个世界收入囊中，供其独享"，"蔑视所有以尊重人类为基础的法律、研究、机构和选举"。1810 年 7 月的《箴言报》公然刊登了拿破仑对弟弟路易的第二个儿子，即后来的拿破仑三世的训话："永远别忘了，无论我的政治和我的帝国的利益将你置于何种境地，你首先要对我尽义务，其次才是对法兰西；至于你其他的责任，甚至包括对我托付你关照的那些人的责任，都是其次的了。"③ 拿破仑类似于"十四世纪和十五世纪的意大利暴君"④，其专制统治与彼时民智逐渐开启的社会思想相左。⑤ 因此，拿破仑的独裁统治最终必然垮台，"就像人们发现了自

---

① Gordon Ray, ed., *Letters and Private Papers of William Makepeace Thackeray*, Vol. I, Cambridge: Harvard University Press, 1946, p. 511.

② 陈众议：《西班牙文学：黄金世纪研究》，译林出版社，2007，第 213 页。

③ Madame de Stael, Aurelian Craiutu, ed., *Considerations on the Principal Events of the French Revolution*, Indianapolis: Liberty Fund, Inc., 2008, pp. 515–518.

④ Madame de Stael, Aurelian Craiutu, ed., *Considerations on the Principal Events of the French Revolution*, Indianapolis: Liberty Fund, Inc., 2008, pp. 517.

⑤ 斯塔尔夫人认为统治阶级应该用法律保护公民权利，包括个人财产、自由、安全和尊严等不受侵犯，鼓励个人培养自身专长，实现自我价值，这样国家才会富强兴旺。斯塔尔夫人认为英国在这方面做得更好，并借此批判拿破仑的统治是倒行逆施。详见 Madame de Stael, Aurelian Craiutu, eds., *Considerations on the Principal Events of the French Revolution*, Indianapolis: Liberty Fund, Inc., 2008, pp. 650–657。

然的真正法则之后巫术就不再存在了一样"。① 贝基执念于心中的贵妇梦，
企图以平民身份跻身上流社会，于是不择手段地僭越社会等级，却为彼时
浓厚的社会道德及门第观念所拒斥，终为千夫所指。萨克雷缩写过《堂·
吉诃德》，凸显出主人公未能辨明社会形势及是非曲直，一味沉浸于幻想，
具有顽固不化的迂腐个性。萨克雷设置贝基这一角色，巧妙地将堂·吉诃
德、贝基、拿破仑相勾连，暗讽拿破仑如堂·吉诃德，逆社会潮流而动，
作茧自缚，陷入衰败之境，成为时代弃儿。

## 第三节 《七月的纪念日》：萨克雷眼中的权诈和矫饰

学者冯品兰是如此描述七月王朝的国王路易·菲利浦的："七月革命
的结果，只换一君主，政府专制如故。路易·腓力普虽以'国民'二字冠
于称号之上，欲以调和君主主义与民主主义，但此属于外表，人民依然不
能参政。路易·腓力普即位之始，虽迎合民意，扩大选举权，选民年龄由
四十减至三十，财产限制减去三分之一，尊重言论自由，但此政策仍不能
永续，路易·腓力普既无波蓬族的历史背景，又无波那帕脱族的功勋，纯
由革命的机缘，得上政治舞台；且其资性仅属稳健与中庸，实则名分与实
力两缺。其弱点先暴露者，则为纲纪废弛。于是人心离贰，路易·腓力普
终难安于位。"② 这段表述指出菲利浦的三大缺陷：其一，耽于形式的政治
作秀；其二，无正统王位继承的名分；其三，无可与拿破仑曾立下汗马功
劳相匹敌的卓越功勋。此三条即萨克雷在《七月的纪念日》等文章中批判
菲利浦的依据。

### 一 街垒国王路易·菲利浦：善于作秀的政治骗子

拿破仑垮台后，波旁王朝复辟，继路易十八之后的法国国王查理十世
是一个痛恨君主立宪制的极端分子，他的所作所为目的是要恢复 1789 年大
革命之前的旧制度。为了对抗资产阶级议会制度，查理十世最终决定采取
强硬手段。1830 年 7 月 25 日，查理十世签署了几条敕令，限制新闻自由，

① 参见刘成等《英国通史：光辉岁月》（第五卷），江苏人民出版社，2016，第 447 页。
② 冯品兰：《法兰西史》，岳麓书社，2011，第 56 页。

解散议会，还修改了选举法，规定只有土地所有者才有选举权，商人的许可证不再作为参选的财产资格证明。敕令一发布，旋即引发起义，街道上筑起街垒，革命者和士兵在街垒上互相对峙、厮杀。7月29日，革命者占据了优势，但此次运动是自发的，因为没有领导人，起义的胜利果实很快落入金融资产阶级手里。正当工人们在市政厅商讨建立共和政权时，以大资产阶级银行家拉菲特为首的自由派议员们已经委任奥尔良公爵为摄政王。① 从此开启七月王朝。

关于纪念日，萨克雷用"搞笑"一词来形容。节日场面热闹非凡，放礼炮、举行游行活动、燃放烟花爆竹、喷泉里喷洒出葡萄酒，国王进行演讲，市民爬杆夺取悬挂在杆顶的奖励品，悼念七月革命遇难者的建筑物均披上黑纱，上面写有"1830年7月27日、1830年7月28日、1830年7月29日"字样，黑纱周围是橡树叶子编织的花环。② 对于此类革命纪念活动，按照学者高毅的解释，"从来就是资产阶级革命精英极为重视的新人教化手段。大革命时期的节庆活动，许多都是精英人物制定、规划和组织的。尤其是在共和二年，雅各宾派专政使自发性的群众节庆活动渐渐销声匿迹，节日的官方教化色彩空前突出"。③ 显然，奥尔良王朝的七月纪念日活动也是由官方组织的，庆典的诸事安排须先得到国民议会批准，而后官方经费支付各项纪念活动的开支。④

显而易见，官方组织纪念日活动是为了让民众悼念在革命中牺牲的英雄。萨克雷在看了一篇关于纪念日活动的报道后，发现报道未提及七月革命中遇难者人数。参加纪念活动的群众第一天脸上展示的悲痛和活动结束那天显露的喜悦显得那么荒谬和虚伪。⑤ 组织纪念活动的权威代表国王菲

---

① Pierre Miquel, *Histoire De La France: De Vercingetorix a Charles De Gaulle*, Paris: Librairie Artheme Fayard, 1976, pp. 330-334.

② William Makepeace Thackeray, "The Fetes of July," *The Complete Works of William Makepeace Thackeray*, Vol. 11, *The Paris Sketch Book*, New York: Houghton, Mifflin and Company, 1889, pp. 32-34.

③ 高毅：《法兰西风格：大革命的政治文化》，北京师范大学出版社，2013，第152页。

④ William Makepeace Thackeray, "The Fetes of July," *The Complete Works of William Makepeace Thackeray*, Vol. 11, *The Paris Sketch Book*, New York: Houghton, Mifflin and Company, 1889, p. 32.

⑤ William Makepeace Thackeray, "The Fetes of July," *The Complete Works of William Makepeace Thackeray*, Vol. 11, *The Paris Sketch Book*, New York: Houghton, Mifflin and Company, 1889, pp. 33-35.

利浦在萨克雷眼里是一个不折不扣的政治骗子，假装亲近底层百姓，实则只为大贵族、大资产阶级服务，专制蛮横如尼古拉皇帝①。

萨克雷怒斥菲利浦为骗子，痛砭其善于政治作秀。奥尔良王朝相较于复辟王朝，与英国的君主立宪政体更为贴近。有所区别的是，英国国王是仅保留名号而并无实际统治权的虚位君主，而法国国王则是手握实权，既掌握国家统治大权，又负责具体治理事务的君主。② 这个区别足以为受过英国自由主义思想熏陶的萨克雷无情诟病。菲利浦政权是"纯粹的资产阶级君主立宪政体"，但是，在法国，并非所有属于资产阶级范畴的群体都能掌权，③ 掌权的只有那些银行家、交易所巨擘、铁路大亨，垄断矿产、森林等自然资源的大资产阶级，以及和他们利益相关的土地所有者，也就是人们通常所说的金融贵族。④ 菲利浦虽然表面上与旧制度划清界限，"就如假发、套裤、佩剑象征着旧制度一样，新国王的穿着举止俨然是新制度的象征：身穿便服，喜欢手持雨伞在街上溜达，并不时与途中碰到的平民握手。好一个'平民国王'"，但其对专制的渴望并不亚于查理十世，"国王外表的平民化并无法掩盖其内心的专制嗜权。尽管这位因领取了巨额流亡者赔偿金而成为全国最富有者之一的资产阶级国王时常仔细阅读《泰晤士报》，并不时借鉴英国资产阶级的生财之道来扩大自己的财富，但他内心里对英国式的君主立宪制却颇不以为然。也就是说，他并不愿像英王那样'统而不治'。他不仅要'统'，而且也要'治'"。⑤

保持亲民形象的"街垒国王"⑥ 实际上是嗜钱嗜权的贪欲之徒，他领导的政治集团代表大资产阶级的利益，将中小资产阶级以及平民拒于门外。受到经济危机影响，革命之后平民百姓的生活并未有起色，反而更加

①　尼古拉一世（Nicholas I，1796~1855）是俄国沙皇，他在 1825 年至 1855 年统治沙皇俄国。他是一位保守派君主，惯于采取强硬的政治立场，出台专制主义政策。参见 William Makepeace Thackeray, "The Fetes of July," *The Complete Works of William Makepeace Thackeray*, Vol. 11, *The Paris Sketch Book*, New York：Houghton, Mifflin and Company, 1889, p. 32。

②　洪波：《法国政治制度变迁：从大革命到第五共和国》，中国社会科学出版社，1993，第 176 页。

③　洪波：《法国政治制度变迁：从大革命到第五共和国》，中国社会科学出版社，1993，第 175~176 页。

④　《马克思恩格斯选集》（第一卷），人民出版社，2012，第 446 页。

⑤　吕一民：《法国通史》，上海社会科学院出版社，2012，第 178 页。

⑥　因路易·菲利浦的王位来自七月革命中人民群众打赢街垒战，故得此绰号。

凄惨。菲利浦政权未能及时妥善处理经济危机，大面积失业及通货膨胀导致破产和贫困，由此引发各地暴动和骚乱。当局并未采取有效措施缓和社会矛盾、安抚民众情绪，反而采取铁腕手段进行血腥镇压。工厂主的残酷剥削和压榨，以及非人的工作条件，[①] 导致里昂丝织工人起义。工人们愤怒吼出"要么劳动求生存，要么战斗到死"[②] 的口号，但当局对工人的悲惨处境并未给予任何援助，反而派遣几万名士兵前去镇压起义。[③] 此外，对于正统派和共和派[④] 组织的起义，菲利浦政权更是倾力打击，毫不留情。

## 二　法式自由主义的垄断式利己思想

萨克雷对菲利浦的嘲讽，究其实质，是对法国自由主义的批判。哈耶克区分了英式自由主义和法式自由主义[⑤]：英式自由主义的核心是经验主义，否认理性的绝对正确性，认为实际经验的价值高于理性推论，指导国家伦理生活及政治秩序的自由主义思想源自感性经验而非抽象推理；法式自由主义则遵循理性主义原则，认为社会必须依据某些先行设置好的人为法则运行，因此，法式自由主义往往忽视经验的修正作用，更加依赖理性推理的力量，相信通过理性思考建构出来的社会模式能够解决社会问题，排斥经验的警示作用。以经验为旗帜的英式自由主义，在英国转型时期社会问题丛生的涡流中更易于以务实的姿态引导社会朝着健康的方向行进。而以理论为导向的法式自由主义，因过分依赖思辨的力量，极易使自身陷入自圆其说的虚幻乌托邦，在理论阐释上合乎逻辑，但在匡正时弊的社会实效方面则不及英式自由主义。

### （一）法式自由主义中的"利己"

摒弃实践经验的参照，法式自由主义比英式自由主义更容易滑向利己

---

① 参见 Pierre Miquel, *Histoire De La France: De Vercingetorix a Charles De Gaulle*, Paris：Librairie Artheme Fayard, 1976, pp. 343-344。
② Georges Duby, ed., *Histoire de la France: Des Origines a nos jours*, Paris：Larousse, 2011, p. 760.
③ 参见 Pierre Miquel, *Histoire De La France: De Vercingetorix a Charles De Gaulle*, Paris：Librairie Artheme Fayard, 1976, pp. 338-339。
④ 正统派是指拥护波旁王朝的人，他们因被菲利浦政权排斥而怀恨在心，策划了许多反对菲利浦政权的活动；共和派存在于工人阶级以及少量知识分子、军人等群体中。详见陈文海《法国史》，人民出版社，2014，第280页。
⑤ 英式自由主义也被称为不列颠古典自由主义，法式自由主义也被称为大陆自由主义。

主义的渊薮。在萨克雷眼里，表面亲和、内心暴虐的菲利浦即是一个精于表演、世俗圆滑、善于利用体制为自己谋利的精致利己主义骗子。托克维尔在其回忆录中提到菲利浦及其政治集团在取得胜利之后，将所有权力收入囊中，包括政治权力、种种特权以及政府的全部管理职权。菲利浦统治集团不仅霸占了全部官位，还大量增设官职，国库犹如自家私产一般，几乎全员依靠国库维持生计。菲利浦政府虚伪、自私、莽撞，能力平平，唯热衷于追逐金钱和物质财富。同时他们把国家当成私家企业运营，政府里的每个成员都把国务当作自己的私事操办，即便涉及民众切身小利的事情，照样只顾自己的收益，将普罗大众抛到九霄云外。①

　　关于人性中利己的一面，17 世纪英国思想家霍布斯已予以肯定。霍布斯认为，人的本性即自我保护，在自然状态下，由于利己的本能，人们往往陷入互相争斗的状态，而争斗的状态反过来又威胁到人自身的生命安全，因此，"只有放弃相互之间的战争状态，签订社会契约，走向和平状态，才是自保的最好办法"。② 斯宾诺莎在认同人的利己本质的基础上更进一步提出，"为了实现自我利益，最好的途径是把个人利益与他人利益、社会利益结合起来，在利他的同时达到利己"。③ 斯宾诺莎肯定了人不能孤立地存在于社会，为了维护自身利益必须和外界和谐共处，共同追求全体的公共福利。④ 斯宾诺莎认为人们行动的出发点和动机是为了维护个人利益，但客观效果应该是利群的，这一观点为爱尔维修和穆勒所承袭。⑤ 爱尔维修提出公共的福利就是最高的法律，这一原则应以一种最普遍、最明确的方式应用到一切公民身上，指导所有的具体规则和协议。⑥ 为了确保个人利益和公共利益的和谐统一，爱尔维修提出设立法律的必要性，"谁能为公众谋福利，就把权力交给谁"。⑦ 边沁将爱尔维修的"公共福利"概念转化为"最大幸福"。边沁认为社会利益是个人利益的总和，个人利益

① 〔法〕托克维尔：《托克维尔回忆录》，董果良译，商务印书馆，2004，第 29~30 页。
② 黄伟合：《欧洲传统伦理思想史》，华东师范大学出版社，1991，第 170 页。
③ 黄伟合：《欧洲传统伦理思想史》，华东师范大学出版社，1991，第 196 页。
④ 〔荷〕斯宾诺莎：《伦理学》，贺麟译，商务印书馆，2017，第 184 页。
⑤ 黄伟合：《欧洲传统伦理思想史》，华东师范大学出版社，1991，第 197 页。
⑥ 北京大学哲学系外国哲学史教研室编译《十八世纪法国哲学》，商务印书馆，1963，第 550 页。
⑦ 黄伟合：《欧洲传统伦理思想史》，华东师范大学出版社，1991，第 232 页。

越得到充分满足，社会利益总量就越大，就越能更大限度地实现"最大多数人的最大幸福"。① 穆勒认同边沁的最大幸福原则，但与边沁不同的是，穆勒认为实现此原则的最佳途径是"遵循道德规范"。边沁则无视道德规则。对于违反此原则的制裁力量，除了支持边沁提出的外部制裁，比如法律，穆勒还强调内部制裁，即良心。对于良心，穆勒认为，良心虽然是人性中固有的元素，但"只是一种很低微的能力，它的发展要靠后天的因素"。穆勒对"后天因素"持乐观态度，他的理由是"社会产生合作，合作产生共同利益，共同利益产生共同的目标，于是，就有社会感情和良心的形成"，因此，穆勒相信，"资本主义社会尽管还没达到尽善尽美，但它已文明到足以使人们产生出利他主义的道德感情了"。②

在英国经验主义传统滋润下，边沁和穆勒进一步发展了英式自由主义，其对"利他"的强调和重视比法式自由主义突出，而法式自由主义则深陷"利己"泥淖无法自拔，屡屡引发革命冲突。哈耶克认为法式自由主义并未能真正阐释自由之真义，基于唯理主义人为创建的社会秩序看似合乎逻辑，实际脱离社会现实，沦为当权派实行权治和专制的体面幌子。但法式自由主义发家于催生了法国启蒙运动的两大幕后推手，即笛卡尔和卢梭，此二人作为弘扬理性力量的光辉代表，在边缘化群体身上所激发出来的对自尊和抱负的极大诉求成为排山倒海式引发社会秩序剧变的原动力。但这群怀揣着尊严和梦想的、受压迫的、无辜的法国人很快发现自己又陷入另一种被宰割的无助境地，他们所汲汲追求的自由在历经了法国大革命、拿破仑帝国、王朝复辟以及奥尔良王朝后，竟只是误入沙漠的行者眼中的海市蜃楼。

关于自由主义的分化，早在文艺复兴时期即可见端倪。文艺复兴时期的人文主义者强调个人至上，表现为两个方面。其一，注重"自我实现"。这一趋向最先出现在文艺复兴时代的意大利，商业的发展、经济的繁荣以及生活水平的提高，促使人们越来越关注自身的生活质量和世俗欲望，反抗教会神权对人们精神和思想的控制。但丁是那个时代的自由先锋，尽管他"承认君主制，但在他看来，国家也好，君主也好，都仅仅是为了达到

---

① 周辅成编《从文艺复兴到十九世纪资产阶级哲学家政治思想家有关人道主义人性论言论选辑》，商务印书馆，1966，第 582~583 页。
② 黄伟合：《欧洲传统伦理思想史》，华东师范大学出版社，1991，第 249~257 页。

每个公民自由的手段，其本身并不是目的"。但丁甚至认为国王、执政官和君主都是人民的奴仆。① 其二，这种追求个性解放、力求实现自我价值的自由观在文艺复兴后期呈现越来越浓厚的利己倾向，表现为耽于物质享受，追求奢靡腐败的生活，个人私欲无限制膨胀，拒斥"利他主义、自我牺牲"。② 文艺复兴时期的客观历史环境强化了利己意识，彼时意大利尽管经济繁荣、商业发达，但国家并未统一，小诸侯国间争权夺利，战争不断，政局不稳。诸侯国的统治者为了保存自己的实力，经常寻求外国军事援助，这一行为犹如引狼入室。别国垂涎意大利的财富，继而发动侵略战争，企图瓜分意大利。意大利人文主义学者洛伦佐·瓦拉（Lorenzo Valla）道出了彼时意大利的世相人心："对我来说，我的生命要比整个宇宙的生命有更大的幸福。"③ 个人利益与国家利益的对立，统治者利益与个人、国家利益的割裂，导致垄断式利己思想蔓延。无论在雅各宾派专政、拿破仑帝国时期，还是奥尔良王朝时期，都能窥见这种垄断式利己思想的幽灵在作祟。

学者王加丰指出，19 世纪前半叶法国政局动荡的重要原因是大贵族和大资产阶级互不妥协。④ 贵族和资产阶级彼此敌对和讨伐，互相苛责和打压，拒绝对方提出的条件，拒绝合作，拒绝接纳对方，前者自视甚高，后者嫉恨难消，此二者皆陷入利己主义旋涡难以自拔。⑤

此外，大资产阶级对底层群众更是采取排斥态度。彼时工人工作和生活的条件极其恶劣，平均寿命未达 30 岁，雇用廉价女工和童工的现象极为普遍。即便 1841 年法国通过《童工法》，规定工厂不得雇用 8 岁以下儿童，以及 8~12 岁儿童的劳动时间不得超过 8 小时，但此法律有名无实，⑥ 根本起不到监督矫正作用。起义工人被官方称为"威胁社会的野蛮人"，承认这是"资产阶级和无产阶级之间的斗争"。1832 年的霍乱则加剧了双方之间的矛盾，处于统治地位的大资产阶级将霍乱肆虐归咎于工人，工人罢工和暴动导

① 黄伟合：《欧洲传统伦理思想史》，华东师范大学出版社，1991，第 138~140 页。
② 黄伟合：《欧洲传统伦理思想史》，华东师范大学出版社，1991，第 257 页。
③ 黄伟合：《欧洲传统伦理思想史》，华东师范大学出版社，1991，第 140 页。
④ 王加丰：《1800—1870 年间法国社会思潮的冲突与整合》，《中国社会科学》2011 年第 5 期，第 182~223 页。
⑤ 〔法〕基佐：《法国文明史：自罗马帝国败落起》（第一卷），沅芷、伊信译，商务印书馆，1993，"前言"第 2~3 页。
⑥ 陈文海：《法国史》，人民出版社，2014，第 285~286 页。

致商业萧条，霍乱在因经济不景气而营养不良的人群中蔓延。面对如此灾难，资产阶级选择仓皇逃离，这一行为更加剧了彼此之间的不信任和敌意。[①] 同工人一样，法国农民的状况也不容乐观。农具及耕作方式依旧停留在中世纪水平，小土地所有制导致农耕技术革新的希望微乎其微，农民贫困的生活状况始终未得到改善，出门常赤脚，饭菜粗劣，鲜有肉食，饥荒频仍。[②] 根据学者巴林顿·摩尔的分析，法国农民长期以来被拒于资本主义发展体系之外，持续发展的资本主义工业损害并削弱了小农的财产权，小农在市场中处于劣势。[③] 统治阶层与不同利益群体之间的割裂和排斥成为法国垄断式利己思想的外在表征。在整个七月王朝，菲利浦政权的垄断式利己思想始终操控其政治行为，这和基佐所持的"秩序"路线不无关系。

**（二）基佐的"秩序"路线强化了垄断式利己政治行为**

基佐自诩英式自由主义者，推崇英国的代议制和君主立宪制，但在实践中却背离英式自由主义路线，[④] 表现出排斥、疏离其他利益群体的敌视姿态，陷入法式自由主义的唯理幻境中，使七月王朝政局动荡。[⑤] 七月王朝的君主立宪派阵营分裂为"运动派"和"抗拒派"两大派别。"运动派"要求不断改革，为适应新时代的要求，必须尽快降低选举人和被选举人的纳税资格线，最大限度地吸收国人参与公共事务；"抗拒派"则抵制改革，力主维持现状，认为法国大革命已经走得够远，1830 年的七月革命理应是一个终点，法国应该在现有基础上全力促进国内外和平，努力维持国内的法律和秩序，决不能鼓动群众。基佐即"抗拒派"主要代表。"他（基佐——笔者注）的父亲在 1793 年被雅各宾政权送上了断头台，这一惨痛的回忆使得基佐对于民众一哄而上的'人民政权'一直心有余悸，正是在这种心态下，基佐对于'运动派'要求不断扩大选民范围的做法深为忧虑并全力抵制，因为选民资格的不断放宽有可能最终导致普选制，而普选制

---

① Georges Duby, ed., *Histoire de la France: Des Origines a nos jours*, Paris: Larousse, 2011, pp. 760-761.

② 陈文海：《法国史》，人民出版社，2014，第 284 页。

③ 王加丰：《1800—1870 年间法国社会思潮的冲突与整合》，《中国社会科学》2011 年第 5 期，第 182~223 页。

④ 陈文海：《法国史》，人民出版社，2014，第 284 页。

⑤ S. S. Prawer, ed., *W. M. Thackeray's European Sketch Books: A Study of Literary and Graphic Portraiture*, New York: Peter Lang, 2000, p. 355.

的实行又将送来一个'人民政权'。"①

基佐以及信任他的菲利浦一以贯之地执行"秩序"政策，认定维持社会秩序不乱就能确保王朝长治久安，这一带有强烈唯理色彩的政治构想已悄然向垄断式利己主义靠拢。为了阻止共和思想的传播，1833年6月，公共教育大臣基佐颁布了《公共教育和教学自由法》（简称《基佐法》），规定法国有义务对所有儿童普及初等教育，菲利浦政府获得教育垄断权。②此外，选举权范围并未有实质性扩大，1830年，只有0.3%的法国人拥有选举投票权，中小资产阶级被排除在外。即便有改革举措，也只是稍微扩大了选举范围。③对于中下阶层而言，并无实质性改变。即便如此，基佐为了尽可能最大化地排除异己，"经常以贿买的手段操纵议会选举，而且还千方百计地为自己的支持者安排政府肥职。对于那些要求扩大选举权的呼吁，基佐则用一句流传后世的'名言'作答：'致富去吧！'"。④七月王朝的对外政策表现出了一副阴阳面孔，在欧洲地区维持"欧洲和谐"⑤ 的局面，拒绝援助波兰反俄起义和意大利反抗奥地利的革命运动，故意以"谦让"、"以和为贵"以及"不干预他国内政"的姿态示人。但在远离欧洲地区，则活脱脱一副如狼似虎的侵略者模样，比如对阿尔及利亚的残酷征服，对印度洋上的马达加斯加以及对南太平洋上塔希提的占领等。⑥ 如此极端的正反两面无怪乎萨克雷怒斥菲利浦为"骗子"，是"除了沙皇尼古拉之外欧洲最专制的君主"。⑦

基佐早年拥护宪政精神，强调理性和经验结合的政治路线，反对专

---

① 陈文海：《法国史》，人民出版社，2014，第278~279页。

② H. A. C. Collingham, *The July Monarchy: A Political History of France 1830 - 1848*, London：Longman Group UK Limited, 1998, pp. 146, 309-310.

③ Pierre Miquel, *Histoire De La France: De Vercingetorix a Charles De Gaulle*, Paris：Librairie Artheme Fayard, 1976, pp. 334-335.

④ H. A. C. Collingham, *The July Monarchy: A Political History of France 1830 - 1848*, London：Longman Group UK Limited, 1998, p. 291.

⑤ 陈文海：《法国史》，人民出版社，2014，第279页。

⑥ 参见 H. A. C. Collingham, *The July Monarchy: A Political History of France 1830 - 1848*, London：Longman Group UK Limited, 1998, pp. 189 - 190, 325, 329, 49, 320, 321, 291；陈文海《法国史》，人民出版社，2014，第279~280页。

⑦ William Makepeace Thackeray, "The Fetes of July," *The Complete Works of William Makepeace Thackeray*, Vol. 11, *The Paris Sketch Book*, New York：Houghton, Mifflin and Company, 1889, p. 32.

制，追求正义而非利益。但在辅佐菲利浦期间，基佐的权势日益扩大，他将对人民主权的畏惧和对守护现有社会秩序的渴念糅合到一起，打造出大资产阶级一家独大的权治舞台，此路径暗合国王菲利浦"既统又治"的政治野心。菲利浦政权以强制排他性权力设计、构建"秩序理想国"，最终走向垄断式利己的专制暴政。

## 三 法治是保障自由的基础

在萨克雷看来，法式自由主义走向专制暴政的主要原因是法治的缺席。萨克雷不止一次批评法国存在的权治乱象。从萨克雷对柏伊特尔案件、巴贝斯被赦免死刑、画家菲利庞①被传唤等事件②的评论中，足见他对菲利浦政权的厌恶。从菲利浦在上述事件中扮演的角色便可窥探彼时法治在法国形同虚设。如在缺乏充分证据的情况下，律师和法官凭猜测就能轻而易举地判处柏伊特尔死刑，萨克雷愤然慨叹司法的公正在荒谬的裁判中已然消遁无踪，一桩本应严肃谨慎对待的刑事案件，蜕变为一场夸张虚饰、博取同情和充满怒火的、二元对立式的情感拉锯战。起诉柏伊特尔的法国律师用一种"浮夸高调"的口吻写就起诉条例，"以夸张的方式煽动公众情绪、激起公愤",③ 成功地将仇恨植入群众心中。作者塑造了一个"杀妻嫁祸无

---

① 查尔斯·菲利庞（Charles Philipon, 1800～1862）是法国的漫画家、新闻编辑及出版商，创办过《讽刺漫画报》（La Caricature）与《喧嚣报》（Le Charivari）。菲利庞以其卓越的社会与政治讽刺漫画闻名，这些作品针砭时弊，对当时的法国政府进行了批判。菲利庞因此屡遭审查与迫害。

② 柏伊特尔案件是指，法国的一个公证人柏伊特尔和妻子阿尔卡萨尔在 1838 年 10 月底坐马车离开贝莱去玛孔数日，仆人路易·雷随同。在坐马车返回玛孔途中发生枪击案，柏伊特尔的妻子中枪惨死，柏伊特尔开枪打死奔跑的仆人雷。因为没有目击证人，未知真凶何人，但法国律师及法官在没有任何证据的情况下仅凭主观臆断就判处柏伊特尔死刑。巴贝斯被赦免死刑事件指，巴贝斯在 1839 年因领导反对国王路易·菲利浦的起义而被捕，并被判处死刑。雨果获悉此事，写了一首怒责菲利浦的诗歌并将其邮寄给国王。菲利浦预料到雨果会谴责，便在收到雨果诗歌之前就签署了对巴贝斯的减刑令。画家菲利庞被传唤事件是指，法国著名政治讽刺漫画家菲利庞因将国王菲利浦的脸画成梨形加以嘲讽而遭到法庭传唤，之后菲利浦政府颁布法律，封杀政治讽刺漫画。详见 William Makepeace Thackeray, "The Case of Peytel," "The Fetes of July," "Caricatures and Lithography in Paris," *The Complete Works of William Makepeace Thackeray*, Vol. 11, *The Paris Sketch Book*, New York: Houghton, Mifflin and Company, 1889, pp. 245-273, 32-41, 165-193。

③ William Makepeace Thackeray, "The Case of Peytel," *The Complete Works of William Makepeace Thackeray*, Vol. 11, *The Paris Sketch Book*, New York: Houghton, Mifflin and Company, 1889, pp. 246-248.

辜仆人"的狡黠恶男形象。

而在英国，情形则完全不同。在起诉一名犯有死罪的囚犯时，英国律师会用最合适的措辞提出控诉，并特别警告陪审团要充分考虑所提供的证据中可能遗留的每一处有利于被告人的疑点。相较而言，英国的司法操作秉持了法律的公平公正原则，并体现了人道主义关怀，这也是英式自由主义思想以保障个人自由为旨归的实际表现之一。在萨克雷眼里，法国的柏伊特尔案件的处理方式则跟英国的司法操作相左，当舆论不利于柏伊特尔，法官仅凭推测就草率判处他死刑时，柏伊特尔向最高法院上诉，但最高法院依旧坚持死刑判决，他恳求法庭宽恕，却遭拒绝。柏伊特尔伤心欲绝的姐姐从镇上赶来要见国王，但国王拒绝见她。[①]

这里的国王即菲利浦，他拒绝的原因并不是他认为自己无权参与此案，而是对于柏伊特尔这样一个小公证员的案件根本不屑干预。反对菲利浦统治的巴贝斯，同样是死刑，但由于预料到雨果会出面干涉，菲利浦竟然主动赦免了巴贝斯的死刑。菲利浦这样做的原因并非他认识到自己的统治有问题，更不是意识到巴贝斯的死刑判决有何不妥，而是迫于雨果的威望和名声。画家菲利庞在巴黎的所有墙壁上用粉笔画出荒唐可笑的梨，看起来和国王路易·菲利浦非常相似。梨的漫画成了菲利庞被传唤的罪证，因为他以荒谬的方式丑化了国王的面容，煽动群众对国王的蔑视情绪。随之，"法国的讽刺漫画家们不再被允许去嘲笑和谴责国王和议员们"。听不见法国民众的怨念，缺乏自省意识的菲利浦政府在腐化的道路上越走越远。菲利浦政府没有为普通百姓着想，在民主的伪装下为金融大资产阶级服务，腐败无处不在：合同欺诈、挪用公款，或者在不当特权和垄断庇护下暗中牟利。菲利浦政府欺骗百姓，小商贩也学着欺诈顾客，整个财政体系沆瀣一气，腐败破坏了商业的完整性。[②]

法治意识淡薄引发一系列连锁腐败现象：法庭上草菅人命，国王可随心所欲地干预司法审判，政府对群众的不满情绪不屑一顾，法国统治高层

① William Makepeace Thackeray, "The Case of Peytel," *The Complete Works of William Makepeace Thackeray*, Vol. 11, *The Paris Sketch Book*, New York: Houghton, Mifflin and Company, 1889, pp. 245-248.

② William Makepeace Thackeray, "Caricatures and Lithography in Paris," *The Complete Works of William Makepeace Thackeray*, Vol. 11, *The Paris Sketch Book*, New York: Houghton, Mifflin and Company, 1889, pp. 174-176.

徇私舞弊、贪赃枉法，结果上行下效，导致诈骗横行。萨克雷在其评论文章及小说中不止一次谈及彼时法国蔚为壮观的诈骗现象。这是法式自由主义走向极端个人化的外在表现，官风不正、民风不纯的现象何以泛滥成灾？法治在彼时的法国何以沦为摆设？法国大革命的初衷是引入法治，扩大个人权利，保障个人自由，但实践表明权力犹如脱缰之野马，根本不受法律掌控。① 法国人真正关心的是权力的归属和运作，而非如何"确保个人自由"，② 这一价值旨归使法国 19 世纪前半叶的历任统治者专注于如何能够使自己的权力"万寿无疆"和"无孔不入"。"王在法下"的法治口号成为一张空头支票，无处兑现。而在构建"权力王国"的过程中，法国大革命后的统治者逐渐摒弃英式自由主义所推崇的经验原则，落入哈耶克所说的"建构论理性主义"③ 的窠臼，由此陷入短命政权频繁更迭的死循环中。

萨克雷有着强烈的法治意识，这和英国古已有之的法治传统密不可分。盎格鲁-撒克逊时代的习惯法即源自民间习俗，威廉征服之后产生的普通法，以及为了弥补普通法之不足应运而生的衡平法，都有依据既有先例做出判决的惯例。参照具体实践渐趋稳定的司法操作体现了英国特有的经验主义传统。盎格鲁-撒克逊习惯法已然包含法律至上的思想。④ 亨利一世于登基之时颁布的《自由宪章》，将国王需服从法律、依法律施政的原则连同国王的加冕誓词公之于众，就此开了后续新王登基时颁布《自由宪章》的先河，此举措打下了王权服从法律的理念根基。⑤ 根据 13 世纪英国法学家布拉克顿的观点，"法律造就了国王的权力，国王因此可以代替上帝行使权力。国王必须遵守法律，正如国王必须遵循上帝的意志"。⑥法律规约国王的权力，使国王有望成为明君。⑦ 国王只有遵守法律，才能被称

---

① 参见 F. A. Hayek, *The Constitution of Liberty*, Chicago: The University of Chicago Press, 1960, pp. 194-195。

② F. A. Hayek, *The Constitution of Liberty*, Chicago: The University of Chicago Press, 1960, p. 195.

③ 张世明：《自发秩序的理据：哈耶克理性观研究》，人民出版社，2014，第 19 页。

④ Roscoe Pound, *The Spirit of the Common Law*, New York: Routledge, 2017, pp. 64-65.

⑤ 程汉大主编《英国法制史》，齐鲁书社，2001，第 13 页。

⑥ Henry de Bracton, *Braction on the Laws and Customs of England*, Vol. 2, George E. Woodbine, ed., Cambridge: The Belknap Press of Harvard University Press and the Selden Society, 1968, p. 33.

⑦ 参见 Henry de Bracton, *Braction on the Laws and Customs of England*, Vol. 2, George E. Woodbine, ed., Cambridge: The Belknap Press of Harvard University Press and the Selden Society, 1968, p. 305。

为国王，若无视法律，则随即丧失国王资格，因为正是法律赋予国王存在的意义。①

17世纪前半叶，英国著名的法学家爱德华·柯克不畏王权，坚决反对国王詹姆士一世干预司法审判。柯克在与詹姆士一世辩论王权是否高于法权问题时，巧妙地援引了布拉克顿的名言："国王不应听命于任何人，但必须听命于上帝和法律。"② 柯克不仅勇敢地捍卫了法律至上的尊严，而且针对普通法的理性特质问题提出了自己的见解。詹姆士一世在和柯克的经典辩论中提到，既然法律以理性为基础，而国王和法官一样具有理性，那么这就意味着国王完全有资格进行司法审判。柯克反驳国王的理由是，国王所谓的理性与法律所需的理性是非同质的，并由此引发柯克对理性的区分：国王的理性是每个人都具有的自然理性，而法律所需的理性是经过长期学习和实践的技术理性。国王并不精通英格兰法律，因此不能对有关臣民的生命、继承、财产或财富等事项做出正确判断，只有法律是用来审判臣民案件的黄金标准和准则。③

法律的技术理性并不是人类生而有之且完整的，它是基于渊博的学识的逻辑生成。它不是纯理论，而是一种基于经验的实践能力，一种经过训练的思维方式。④

柏克承袭了柯克的思想，在柯克自然理性和技术理性区分的基础上发展出自己的理性观。柏克的理性观以英国的法治思想为轴心，深刻地体现了柯克所推崇的普通法精神：以先例为鉴，强调传统经验的必要性和重要性；承认法律权威的不可侵犯性，只有承认法律至上才能避免法律原则落入被强权亵玩的窘境。柏克对欧洲理性主义批判的焦点在于，它摒弃了经验，否定了传统的历史作用，企图以激进的、彻底颠覆旧秩序的、未经实

---

① Henry de Bracton, *Braction on the Laws and Customs of England*, Vol. 2, George E. Woodbine, ed., Cambridge: The Belknap Press of Harvard University Press and the Selden Society, 1968, p. 306.

② Henry de Bracton, *Braction on the Laws and Customs of England*, Vol. 2, George E. Woodbine, ed., Cambridge: The Belknap Press of Harvard University Press and the Selden Society, 1968, p. 33.

③ James R. Stoner, Jr., *Common Law and Liberal Theory: Coke, Hobbes, and the Origins of American Constitutionalism*, Lawrence: The University Press of Kansas, 1992, p. 30.

④ James R. Stoner, Jr., *Common Law and Liberal Theory: Coke, Hobbes, and the Origins of American Constitutionalism*, Lawrence: The University Press of Kansas, 1992, p. 23.

践检验的纯思辨理性建构一个与历史断裂的新型国家。法国大革命后的种种社会乱象表明柏克的担忧不无道理。柏克关于法治对于保障国家政治稳定以及人身自由来说是非常重要的这一观点，在萨克雷的笔下得到了呼应。柏克在其政论文中强调法治是维护国家和平、维持安定和繁荣的必要手段，而法国则权治当道，法治衰微，表面的秩序中孕育再次革命的暗流，最终进入政局混乱、政权频繁更迭的怪圈。

如同柏克在批判法国政治状况时表现出的激浊扬清、彰善瘅恶的治国理政情怀，萨克雷在历数菲利浦国王的种种不是和七月王朝的司法怪象时，难掩其笔尖流溢而出的不列颠民族优越感，这份优越感即源于英国以经验论哲学为基础的法治传统，以及英国一代又一代勇于捍卫法律权威的仁人志士所付出的艰辛努力。在萨克雷看来，正是由于法国长期以来漠视法律的权威，才出现寡头政治和独裁统治。这一充满压迫的权治模式由上而下蔓延开来，以至于法国的司法审判也忽视了正义公平原则，严重偏离了英式自由主义所推崇的自然法传统中的正义和道德原则，堕入将当权者的指令当作"法律"的误区。萨克雷认为，柏伊特尔和菲利庞如果在英国，结局必定迥然不同，前者会因证据不足而无罪释放，后者不会遭到政府封杀。因为在法律框架内，二者均未触及法律底线，无所谓犯法之说。柏伊特尔缺少一个雨果式的大人物出面拯救，菲利庞不懂讨好、迎合国王菲利浦，两人因此难逃厄运，成为暴政权威下的牺牲品，整个事件的性质和过程显得莫名其妙，毫无道理可言。不管是小说抑或社会评论文章，萨克雷擅长从笔下人物的视角出发阐述问题，即便是对柏伊特尔和菲利庞这样的真实人物亦不例外。萨克雷从受害者视角分析问题，并与之产生共鸣，鞭辟入里地指出法国社会问题的症结之所在：在丧失法律尊严的国度，人身自由亦毫无保障。

在保障人身自由方面，萨克雷认同布莱克斯通和柏克的观点，认为英国在这方面要比法国完善。在英国，权力并不是集中于国王或皇帝，而是集中于议会。议会则由国王、贵族和平民组成，而立法权也因此归属于相应的互相独立的三方，即国王、上院和下院。在宪法框架内，此三方彼此制约、审查，因此能最大限度地保障人身自由，并能防范国家遭遇毁灭性的暴力灾难。[1] 法国的弊端即在于，它始终未能实现此三方的平衡合作，

---

① 刘金源等：《英国通史：转型时期——18世纪英国》（第四卷），江苏人民出版社，2016，第414页。

亦未能接受宪法的约束，总是不惜牺牲一切代价谋求一家独大，统治者以权倾朝野为傲，完全摒弃经验教训，否认社会是由许多代人共同努力才达成的"契约"① 关系。

## 第四节　关于英王乔治的演讲：从垂示典范到众矢之的

从萨克雷对英国国王的评论可知，其秉承老辉格党人柏克的宪政思想，承认王权的合法性，但国王必须在宪法框架内行事，同时也强调王位承袭的正统性以及国王应尽的责任和义务。

### 一　乔治三世：从王权旁落到道德楷模

王权的合法性在英国具有深厚的历史根基，依靠武力称王称霸是自中古时期以来就在历史舞台上不断上演的政治剧目。为了稳固民心，构建王权的合法性极为必要。1066 年诺曼底公爵威廉凭借天时地利武力征服英格兰。为了抹去外来征服者的形象，以树立起合法的国王权威，威廉"让约克大主教埃塞尔雷德在西敏寺教堂为他按旧制涂油加冕"，此"王权神授"的典礼"有力地树立了新兴诺曼王权的神圣地位"。此外，"威廉也强调他作为旧英王爱德华的继承者的'血缘权利'，为其王位找到符合王室血统世袭的合法证据"。② 可见，"王权神授"和"王室血统"是王权合法的两大基石。

萨克雷之所以贬斥拿破仑为政治骗子，部分原因即是拿破仑没有纯正的王室血统。而君主制是欧洲各国长期以来占主导地位的政体形式，柏拉图在其《理想国》中构建了一种"哲人王"的理想化君主制模式，想象这位完美贤王如同一位高尚睿智的哲人，所治的国度拥有无懈可击的社会制度，人民生活幸福安康。柏拉图这一理念带有强烈的乌托邦色彩，尽管柏拉图也承认，在现实世界难觅如此完美无瑕的国君，但在理论上提出了对君主素质的要求。柏拉图所定义的贤王，需具有诸如过人的智慧、勇敢的心，以及自律节制等美德。但在现实社会难觅如此完美的明君，尤其在"王

---

① 　参见 Edmund Burke, *Reflections on the Revolution in France*, Frank M. Turner, ed., New Haven: Yale University Press, 2003, pp. 82-83。

② 　孟广林等:《英国通史：封建时代——从诺曼征服到玫瑰战争》（第二卷），江苏人民出版社，2016，第 26~27 页。

权神授”的旗帜庇护下，国王并不甘心王权受到任何限制。

13 世纪英国法学家布拉克顿规定了国王的权力范围，尽管布拉克顿承认除了上帝之外国王是一国之主，具有无上的权威，但这并不意味着国王就可以借此为所欲为，国王的行为必须受到法律约束。[①] 布拉克顿的这一思想在柏拉图那里有迹可循。柏拉图意识到君主在施加权力的时候要受到外界的约束，此约束力量即指其《法律篇》中提到的良好的法律。但英国在 1688 年“光荣革命”之后才真正确立起君主立宪制度，此前尽管有《大宪章》《论英格兰王国的法律和习惯》，以及柯克等法学家坚持从法律角度限制君主专权，但效果甚微，王权并未受到实质性削弱，此时议会在制约王权方面起到一定作用。实质性变化出现在斯图亚特王朝的詹姆士二世时期。詹姆士二世倒行逆施，公然支持天主教，允许天主教徒在国家军队、政府及教会中担任要职，同时还发布《信仰自由宣言》，导致本来支持王权的主教们联名抗议，“七主教案”严重削弱了詹姆士二世的威望。而“光荣革命”的导火索则是詹姆士二世儿子的出生，由于其“母亲是意大利人，他自己将在天主教的环境中长大”，“对天主教和专制制度的恐惧”促使信仰新教的詹姆士二世的女儿玛丽及丈夫威廉受邀回国执政。“光荣革命”后，威廉和玛丽在登上王位之前签署了《权利法案》，此法案旨在防止国王专权及藐视法律，规定国王“必须受制于议会和法律”，“君主不再享有传统特权”。[②] 至此，英国确立了君主立宪政体。

萨克雷 1855 年去美国进行巡回演讲，题目是《四个乔治》（The Four Georges）。四个乔治指国王乔治一世、乔治二世、乔治三世和乔治四世，他们所统治的汉诺威王朝的政治背景正是君主立宪政体。萨克雷在美国的演讲大获成功，美国人最喜欢萨克雷关于乔治三世的演讲，因为萨克雷对乔治三世令人感伤的描述深深吸引了美国听众。[③] 19 世纪初的美国人口中，英国移民占据了相当部分，尽管美国独立战争使美国脱离英国的殖民统治成为

---

① Henry de Bracton, *Braction on the Laws and Customs of England*, Vol. 2, George E. Woodbine, ed., Cambridge: The Belknap Press of Harvard University Press and the Selden Society, 1968, pp. 33, 305, 306.

② 姜守明等:《英国通史:铸造国家——16—17 世纪英国》（第三卷），江苏人民出版社，2016，第 141～145 页。

③ Edgar F. Harden, *A William Makepeace Thackeray Chronology*, New York: Palgrave Macmillan, 2003, p. 297.

独立的国家，但是对于之前自发移民至美国的英国人及其后代而言，英国依旧是他们的根。即便当年是由于政治迫害或者生计问题而远离英国，在情感上也依旧亲近英国，因为他们共享盎格鲁-撒克逊血统和文化。在美国演讲期间，萨克雷多次写信告知家人美国听众的热情和友好，以及在美国友人家里被亲切接待。萨克雷作为彼时英国的著名作家，带给美国民众关于英国国王的演讲，在一定程度上强化了英裔美国人对母国英国的文化身份认同，同时，也从政治层面对王权进行了一次反思。美国之所以能够摆脱英国在经济和政治上的控制走向独立，和国王乔治三世的错误决策不无关系。从此意义上说，获得独立自由的美国人应该感激乔治三世当年的错误决定，或许这也是美国听众最喜欢萨克雷关于乔治三世演讲的部分原因。

君主立宪制确立后，在汉诺威王朝的乔治一世和乔治二世时代，由于两位国王对德国汉诺威利益的关注甚于英国，因此英国政务基本由内阁处理，这在萨克雷看来并非坏事。萨克雷甚至认为，前两任乔治国王疏于英国朝政，对于英国人而言是幸运的，这样英国人就可以按照自己的方式管理英国，[①] 即君主立宪制下国王"统而不治"的模式。萨克雷的评价应和了柏克当年的演讲。在美国独立战争之前，柏克为了和平解决英国和其美国殖民地之间的矛盾冲突，在《论与美洲和解的演讲》中指出乔治三世"随意中止臣民之权利"。因国王颁布的《波士顿港口法案》"有失法律的一视同仁、不偏不倚之原则"，[②] 柏克建议撤销此法案。柏克演讲中的乔治三世，不甘"王权的旁落"，立志恢复"君主的个人统治"，"不像前两个乔治国王，乔治三世认为自己是英国人而不是德意志人"，决意"强化王权"，"以英国本土利益为重"。[③] 乔治三世立志要恢复衰微的王权，树立王权如父权般的威望，但令他失望的是，英军在美国独立战争中大败而归，这也导致"乔治三世的个人统治宣告结束"。[④] 国王失去了对国家政治的领导权，但依然拥有文化领导权，成为民族凝聚力的象征力量，在精神领域的

---

① William Makepeace Thackeray, *The Four Georges*, Boston：Houghton, Mifflin, 1889, p.29.

② 〔英〕埃德蒙·柏克：《美洲三书》，缪哲译，商务印书馆，2012，第166页。

③ 刘金源等：《英国通史：转型时期——18世纪英国》（第四卷），江苏人民出版社，2016，第37~38页。

④ 刘金源等：《英国通史：转型时期——18世纪英国》（第四卷），江苏人民出版社，2016，第55页。

影响力和号召力不容小觑。萨克雷在演讲中有意避开乔治三世在美国独立战争中扮演的不光彩角色，而浓墨重彩地描述国王模范家长式温良亲民的一面。

## 二 乔治四世：从私德有失到千夫所指

乔治四世的斑斑劣迹成为英国市民街头巷尾的谈资。首先是他的不孝。乔治三世给后人留下"疯子国王"的名号，其儿子乔治四世负有不可推卸的责任。乔治四世因为对父亲心怀不满，四处造谣夸大乔治三世的精神紊乱症，并模仿父亲发病的样子。[1]

乔治四世生活奢靡，奢侈常常使他陷入困境。"早在1783年，乔治三世就谴责增加他儿子津贴的计划是'可耻地浪费公共资金来满足一个不明智年轻人的欲望'。"[2] 父亲的勤俭朴实和儿子的奢华无度形成鲜明对比，前者对后者的责难导致儿子对父亲的诽谤污蔑。比较二人的德行，民众自然倾向乔治三世。

其次，乔治四世疏离结发妻子，风流韵事缠身。乔治四世和妻子卡罗琳因不睦而长年分居两地，国王流连于多名情妇之间。乔治四世于1820年登基之时，卡罗琳回到英国要求成为王后，遭到乔治四世拒绝，此事件迅速引发民众抗议，表达对乔治四世及其政府的不满。同时，伦敦各地出现了支持卡罗琳当王后的标语，乔治四世迫使政府出台剥夺卡罗琳王后头衔的法案，并要求永久解除和卡罗琳的婚姻。但因提供的证据缺乏可信度，该法案最终未获得通过。[3] 乔治四世对待情感轻佻放荡的态度与其父乔治三世和王后鸾凤和鸣的恩爱形成鲜明对比，在高扬道德训诫的维多利亚时代，乔治四世的用情不专极易沦为道德批判的反面教材。

再次，乔治四世一副纨绔子弟派头。英国纨绔子的典型乔治·布莱恩·布鲁梅尔（George Bryan Brummell，1778~1840）曾是乔治四世的密友，纨绔子对外表精致的过分追求在乔治四世身上得到极为夸张的体现。从他的

---

[1] Antonia Fraser, *The Lives of the Kings and Queens of England*, London: University of California Press, 1998, p. 288.

[2] Antonia Fraser, *The Lives of the Kings and Queens of England*, London: University of California Press, 1998, p. 288.

[3] Antonia Fraser, *The Lives of the Kings and Queens of England*, London: University of California Press, 1998, p. 290.

加冕典礼中便可窥见一斑，"他的加冕典礼可能是有史以来最为华丽的一次，极尽王室之荣耀，典礼上的新国王看起来像'天堂里的一只绚丽的鸟'"。乔治四世纨绔派的精致打扮为自己赢得了"容貌俊美的阿多尼斯"的名号。① 不乏财力支持的乔治四世不仅关注对自身的装扮，而且还把这份热情延伸到建筑领域，国王痴迷于设计建造美轮美奂、冠绝欧洲的皇家宫殿。这一耗资巨大的爱好，以及乔治四世所热衷的其他奢靡活动，使得他所代表的摄政时代贵族推崇的享乐主义在盛行道德批判的维多利亚时代不可避免地遭到抨击。

乔治四世所代表的纨绔派风气在萨克雷所处的维多利亚时代遭受冷遇，原因有二。其一，维多利亚时代的社会"被基督教的道德说教凝聚着，被清教徒的性主张死死地控制着"，这个时代"特别强调一夫一妻制和家庭生活的好处"，"秩序井然的家庭生活带来的所谓幸福被普遍认为是至高无上的"。② 显而易见，乔治四世糜烂的私生活不符合维多利亚时代的道德标准。其二，慵懒、追求精致豪奢生活的纨绔作风违背了维多利亚时代务实的拓殖精神。学者程巍指出，德国和美国的崛起使得英帝国的竞争力减弱。维多利亚女王登基后，决意要重振帝国雄风，女王"有意恢复英国18世纪那种体现在航海家和殖民者鲁宾逊·克鲁索身上的有侵略性和扩张性的'男子汉气'"，③ 而不能如乔治四世那种自命不凡、慵懒矫揉、沉迷享乐、不负责任的纨绔子一般。

### 三　家长式责任感与殖民统治

萨克雷在他的不少文章中提及在18~19世纪风靡欧洲包括英伦的奢靡之风，在乔治系列的演讲中也不例外。④ 萨克雷在演讲中突出乔治四世挥金如土的奢侈本性。⑤ 华丽的服饰、一掷千金的豪赌、奢华通宵的宴会、

---

① Antonia Fraser, *The Lives of the Kings and Queens of England*, London: University of California Press, 1998, p. 293.
② 〔英〕安德鲁·桑德斯:《牛津简明英国文学史》，谷启楠等译，人民文学出版社，2000。
③ 程巍:《文学的政治底稿：英美文学史论集》，复旦大学出版社，2014，第58页。
④ 彼时英国贵族、绅士以及王室成员都热衷于赌博、赛马、舞宴等奢靡活动，详见 William Makepeace Thackeray, *The Four Georges*, Boston: Houghton, Mifflin, 1889, pp. 57-58。
⑤ See William Makepeace Thackeray, *The Four Georges*, Boston: Houghton, Mifflin, 1889, pp. 84, 97.

价格高昂的奢侈品，还有美酒和红粉佳人，这些充斥着乔治四世的日常。与之形成鲜明对比的是乔治三世，他在私生活及社交活动中的模范家长式表现堪称时代楷模。

萨克雷将乔治三世的美德归结为四点。其一，作为一国之君，乔治三世并未像其爷爷（乔治二世）、祖爷爷（乔治一世），以及他的儿子乔治四世那样风花雪月、流连情场，乔治三世一生钟情夏洛特皇后，二人成为王室伉俪典范。其二，乔治三世的亲民行为深入人心。他经常探访乡间农舍，平易近人，嘘寒问暖，关怀备至，在英国广为传颂。① 其三，乔治三世深沉凝重的父爱催人泪下，触动心弦。萨克雷以细腻感伤的笔调描述了乔治三世对其小女儿阿米莉亚的宠爱，以及痛失阿米莉亚之后的悲恸。② 其四，乔治三世生活节俭朴素且富有爱心。乔治三世夫妇住的行宫朴实无华，家庭生活简单乏味，国王禁止赌博，也不组织奢华通宵的舞宴，但对高雅艺术则给予慷慨资助，对儿童慈善组织倾注一片爱心。③

萨克雷用拉家常似的方式，推心置腹地和美国观众交流。尤其是在乔治三世部分的最后一段，是情感升华的表达："噢，兄弟们，噢，兄弟们！我们说着同样亲的母语—— 噢，伙伴们！我们不再是敌人，让我们一起向逝去的乔治三世致哀吧，终止我们之间的战争！"④ 美国独立之后和英国之间依旧龃龉不断，尤其在边界问题上，美国与加拿大、英属新不伦瑞克等的分界都存在争议。基于英美之间的历史渊源，以及英国在美国的投资，英国政府秉持克制及合作的态度，保持和美国的和平关系。⑤ 萨克雷正是在这样的政治风向下前往美国，自然是以拉近英美关系为己任，同时这也是对柏克当年亲美思想的继承。但也不可否认，美国之行亦是萨克雷赚钱养家的务实之举。

萨克雷弱化乔治三世在美国独立战争中对北美殖民地人民犯下的罪

---

① William Makepeace Thackeray, *The Four Georges*, Boston: Houghton, Mifflin, 1889, pp. 72-73.

② See William Makepeace Thackeray, *The Four Georges*, Boston: Houghton, Mifflin, 1889, pp. 76-78.

③ William Makepeace Thackeray, *The Four Georges*, Boston: Houghton, Mifflin, 1889, pp. 67-72.

④ William Makepeace Thackeray, *The Four Georges*, Boston: Houghton, Mifflin, 1889, p. 79.

⑤ 刘成等：《英国通史：光辉岁月》（第五卷），江苏人民出版社，2016，第329~330页。

恶，刻意彰显其在社会和家庭生活中的美德，说他具备某些与美国清教徒相类似的精神，比如，勤劳务实、节约克制、热心公益等。这样不仅强化了英美之间的情感纽带，也引发美国观众对昔日仇敌的敬意，通过强调同根同祖来化解宿怨，增强美国人民与母国英国的情感共鸣，而且传递出那个时代的政治信仰。

萨克雷去美国的时间是 19 世纪 50 年代，英国正值维多利亚女王统治时期。这个时代英国的政治特征之一便是殖民扩张和经济掠夺，争取世界的每个角落都成为英国的属地，清教主义在殖民扩张过程中起到精神驱动的作用。当年受到政治迫害的英国清教徒在远赴北美之时将清教精神应用在北美拓殖垦荒的实践中，认为这是上帝的旨意。正如清教徒笛福在其名著《鲁滨孙漂流记》中体现的，通过征服异域及其土著获得经济利益，这是上帝赋予的"天职"，也是服务于上帝的荣耀。学者程巍指出，勃朗特的"《简·爱》弥漫着海外气息，它多数人物来自殖民地（西印度群岛，如罗切斯特、疯女人、梅森；马德拉群岛，如简·爱的叔叔），要么将去殖民地（印度或"东方"，如圣约翰）"。[1] 与勃朗特同时代的萨克雷的作品中亦有异曲同工之处。萨克雷多部作品的人物都带有印度殖民地背景，例如《名利场》中的乔斯和多宾，《钮可谟一家》中的钮可谟上校，这些人物因在印度殖民地工作或作战而拥有财富或荣誉。除了乔斯由于慵懒怯懦的个性具有消极色彩外，其他两位男主人公——多宾和钮可谟上校都是具有家长式风格的荣誉军人，他们身上所具有的积极的、助人为乐的精神一直为人称道。

萨克雷塑造具有印度殖民地作战背景的多宾和钮可谟上校是有其政治用意的。多宾和钮可谟上校与萨克雷所称颂的乔治三世之间有着某种共性，即他们都具有家长式的主人翁态度。正如"乔治三世是其臣民的家长"，[2] 多宾俨然将自己看作其心爱的女人阿米莉亚的实际监护人，奥斯本向阿米莉亚求婚、他们举办婚礼，以及奥斯本战死后他继续接济阿米莉亚，等等，皆出自多宾一厢情愿的策划和安排。钮可谟上校的家长式管控与多宾相比有过之而无不及，他极力撮合儿子克莱武和侄女艾雪儿的姻

---

[1] 程巍：《伦敦蝴蝶与帝国鹰：从达西到罗切斯特》，《外国文学评论》2001 年第 1 期，第 19 页。

[2] William Makepeace Thackeray, *The Four Georges*, Boston: Houghton, Mifflin, 1889, p. 71.

缘，遭拒后大感家长权威受到侵犯，遂私下与侄女艾雪儿反目。又竭力促成克莱武和绿绥的婚姻，婚后又自作主张，将儿媳绿绥及亲家母麦肯济太太的私房钱投放到印度银行理财，结果弄得倾家荡产。这一系列变故，皆是由钮可谟上校一手造成的。

正如学者程巍所点明的，"《简·爱》就几乎是清教徒作家班扬《天路历程》的维多利亚时代翻版"。《简·爱》中的人物圣约翰受天职感召，不远万里冒死奔赴酷热难耐的印度履行传教使命。[1] 同样的，多宾和钮可谟为了大英帝国的荣光远赴印度，立下战功，获得财富，载誉而归，被视作为大英帝国拓殖做出贡献的功臣，受人爱戴敬仰。他们身上所展示的家长式的管理欲正是彼时大英帝国在世界范围内进行殖民化侵略的缩影。而对殖民地的侵犯在萨克雷的作品中被美化成正义之举，由此，多宾和钮可谟也相应地被赋予正面色彩，成为具有责任感、勇于担当、乐于助人、具有自我牺牲精神的完美绅士。

萨克雷的亲生父亲生前在东印度公司任职，[2] 在印度赚得盆满钵满，将大笔遗产留给萨克雷，若不是遗产所存放的印度银行宣告破产，萨克雷就是一个名副其实的资产阶级富二代。萨克雷从未对父亲的敛财方式提出疑问，这是当时英国人去殖民地敛财的普遍方式，是受到英国政府鼓励的致富途径。彼时，英国政府特意开设海莱伯里学校，专门为远去殖民地的英国人提供两年的职业培训，传授地理学、博物学等实用性的知识。[3] 萨克雷在其小说中以自然自信的口吻，将英国军人在印度殖民地取得的胜利安在两个正直且富有爱心和责任感的家长式男性人物身上，暗示他已然认同大英帝国的全球殖民霸权主义，以及英国成为世界霸主的道德合法性，萨克雷的政治意识已与英国的家长式强权意识并轨。

无论是国王还是内阁、议会，其政策中心都是扩大大英帝国的利益，巩固英国的世界霸主地位，国王乔治三世在这一点上所起的楷模作用相较于其他三个乔治国王都更合格。尽管北美独立他负有不可推卸的责任，但

[1] 程巍：《伦敦蝴蝶与帝国鹰：从达西到罗切斯特》，《外国文学评论》2001年第1期，第21页。
[2] Edgar F. Harden, *A William Makepeace Thackeray Chronology*, New York: Palgrave Macmillan, 2003, p.1.
[3] 程巍：《伦敦蝴蝶与帝国鹰：从达西到罗切斯特》，《外国文学评论》2001年第1期，第20页。

他的初衷确是扩大英国的本土利益，虽然其中也包含了他立意复兴王权的私欲。乔治三世虽然曾经破坏了君主立宪制的规则，但终因符合美德规范的人格魅力而赢得人们包括美国人的尊敬和爱戴。而不曾破坏君主立宪制的乔治四世，甚至还积极拥护国教（安立甘宗），反对在英国解放天主教，却依旧遭人诟病，原因在于这位国王私德有失。

## 四　乔治四世成为具有政治讽喻意义的道德反面典型

1830 年，乔治四世驾崩，《弗雷泽杂志》创刊，开启了讨伐鞭挞声名狼藉的纨绔子的书写模式，马金、卡莱尔和萨克雷即为反纨绔派的中坚分子。①卡莱尔在《拼凑的裁缝》中对纨绔子的服饰进行了无情的讽刺："花花公子（纨绔子——笔者注）即为穿衣之人，其职业、职位以及生存都在穿衣服。他的灵魂、精神、钱袋以及为人的每一个机会都英勇地奉献给这一目标：衣服要穿得聪明、得体，于是别人穿衣服是为了生存，而他生活是为了穿衣服。"②萨克雷则将卡莱尔对纨绔子的定义形象地编织进小说《名利场》中，阿米莉亚的哥哥乔斯身上有着乔治四世的影子，他跟乔治四世一样，讲究装扮和饮食，为人浮夸，对父母不孝、不负责任。此外，萨克雷还特意将乔治四世晚年的一则尴尬轶事移植到乔斯身上。乔治四世晚年总"自诩他在滑铁卢战役中的卓绝功绩"，③乔斯总是逢人便吹嘘自己在击败拿破仑的滑铁卢战役中起到关键作用，而其实无论是乔治四世还是乔斯都没有亲临过战场。

萨克雷为何有如此胆量暗讽乔治四世？一个不争的事实是，国王作为神圣不可侵犯的、至高无上的权力主体，在社会日益走向世俗化的过程中，正渐渐失去身上环绕着的威仪的光环。萨克雷无论是描写四个乔治，还是安妮女王，都是以描写普通人的手法直白地展示君主的瑕瑜。国王们逐渐走下圣坛，成为人们评头论足的对象，甚至进入讽刺漫画家的画板。这一过程背后潜藏着思想观念的转变。首先是教会权威受到削弱。哥白尼

---

① Ellen Moers, *The Dandy: Brummell to Beerbohm*, London: Secker & Warburg, 1960, p. 167.

② 〔英〕托马斯·卡莱尔：《拼凑的裁缝》，马秋武等译，广西师范大学出版社，2004，第254 页。

③ Antonia Fraser, *The Lives of the Kings and Queens of England*, London: University of California Press, 1998, p. 293.

"日心说"的提出和后世科学家的证实，以及哈维的血液循环理论，动摇了教会解释上帝精神的绝对权威。相应的，缺乏政治远见的国王为一己之私而固执地将个人意志凌驾于国家意志之上，倒行逆施，致使"王权神授"这一为君主专制统治提供合理化解释的神学依据在洛克的笔下失去了存在的理由。其次是王权的受限。英国 13 世纪的《大宪章》和 17 世纪的《权利法案》背后都有一个我行我素、不识时务的国王，分别是金雀花王朝的国王约翰王和斯图亚特王朝的国王詹姆士二世，尽管约翰王及其之后的国王拒绝遵守《大宪章》，但《大宪章》已然在理论上限制了王权，否定了国王至高无上的权势。《大宪章》有监督王权滥用的象征意义，1689年的《权利法案》解除了君主集权，确立了议会主权和司法独立原则，也从侧面强调了国王对国家应尽的义务和责任。

国王从政治神坛跌落并不意味着国王的形象失去了政治意义。国王依旧在国家政治生活中扮演着重要角色，并且这一角色必须符合彼时的政治意识形态。萨克雷锁定乔治四世并予以讽刺，迎合了维多利亚王朝弃浮华倡务实的作风。国王存在的意义已经突破他的自然之躯成为政治符号，国王在享受一国之主的荣耀时，在政治和情感上有效忠祖国的义务。[①] 出于维护维多利亚王朝对外侵略扩张"正当性"的政治需要，萨克雷不失时机地将乔治四世的纨绔作风作为反面典型予以嘲讽，以间接方式赞颂多宾和钮可谟上校孔武有力、朴素踏实、战无不克的雄心和担当，为大英帝国的海外拓殖政策正名。

## 小　结

对于法国轻法治重权治的现象，萨克雷在《巴黎速写》中多次提及，并作为嘲讽邻国政治的主要攻击点。萨克雷在《巴黎速写》中的两篇文章《玛丽·安塞尔的故事》和《七月的纪念日》巧妙地讽刺了个人权力滥用的现象。这两个短篇故事的历史背景是法国大革命及之后的七月王朝。法国大革命后，法国社会并未实行法治，暴力打击报复贵族和皇室以及不同

---

① 参见 Ernst H. Kantorowicz, *The King's Two Bodies: A Study in Mediaeval Political Theology*, New Jersey: Princeton University Press, 1957, pp. 406-409。

政见者成为常态。血腥屠戮现象频仍，国王、王后及王公贵族，抒发不同意见的学者、政客，还有当权派内部异己分子，陆续被砍头或杀戮。没有恰当的司法程序，只有权力的肆虐和狂暴的屠杀。

在雅各宾派专政的恐怖时期，虐杀的现象在平民百姓间蔓延，《玛丽·安塞尔的故事》正是在这样的背景下发生。如果说在法国大革命时代，政局未定的混乱和权力的滥用导致群众的安全难以保障，那么在《七月的纪念日》的背景下，国王路易·菲利浦治下的法国资产阶级当权者依旧未逃脱噬权弄权的魔咒。没有权势背景的小人物，无法通过法律保障自身安全；刺杀国王的平民，在雨果一封信的作用下神奇地被无罪释放。权治碾压法治，在本能和欲望驱使下，权治成为法国政坛长期以来挥之不去的幽灵，法国人传统意识中的轻法重权的心态导致法治徒有其表、空有虚名，权大于法的思想自国王而下渗透进各利益群体。尽管冉森派企图以立宪主义消解权治，但终究难敌卢梭的公意理论，宪法的约束力很容易被人为制造的牵强"公意"所消解。王朝复辟后，国王要么拒绝接受英国式的君主立宪制，要么名义上接受宪法约束，实际上依旧实行权治。大革命后的法国依旧未建立英国式的君主立宪制，更无从谈起契约政府和司法独立，即便是拿破仑政府依然奉行权治路线。

萨克雷对拿破仑的批判集中于两点。其一，野心。拿破仑凭借军事才干成功发动了"雾月政变"，成为第一执政官，他的目标是扫除种种障碍，登上法兰西皇帝的宝座，称霸世界。为了搞垮对手英国，拿破仑从军事和经济两方面对英国进行打压和封锁，但拿破仑缺乏眼光的鲁莽策略并未击垮英国，反而使法国陷入重重危机。拿破仑政府采取对内提高税收、对外掠夺财富的方式筹集军费，结果激起被压迫人民奋起反抗，最终兵败滑铁卢。其二，虚伪矫饰。拿破仑在登上政治舞台前的所作所为深得人心，但执政后便显露出其虚伪的一面。拿破仑表面上拥护自由和平等，但手握重权之后便走向独裁和奴役。拿破仑代替法律成为法国及其附庸国的真正主宰，对于异议者，给予毫不留情的镇压。

萨克雷的成名作《名利场》中的贝基即为拿破仑的喻体，他巧妙地以小说插画为辅助，恰到好处地表达了贝基和拿破仑之间的共性：野心和虚伪矫饰。尽管他们都对社会不满，却从未真正去改变社会，相反，他们都企图利用社会制度满足自己的野心。拿破仑起先鄙视欧洲皇室，但后来自己却称帝了，贝基亦是如此，她虽然仇恨贵妇，但心底里却渴望成为其中一员。拿破仑和贝基都生活在时代转型期，但他们始终未能摆脱旧秩序的羁绊，都希图利用旧制度成为人上人。拿破仑、贝基与堂·吉诃德一样，他们未能认清时代发展的趋势，一味沉浸于旧制度的幻想中，最终作茧自缚、自取其咎。

七月王朝的路易·菲利浦国王，在萨克雷眼里是个政治投机分子。机缘巧合下，菲利浦戴上王冠。但无论从正统性还是实力考察，菲利浦均无国王的资质。如果只是平庸，倒也无可厚非，但菲利浦表面的作秀、骨子里的专制令萨克雷愤慨。菲利浦政府形式上模仿英国的君主立宪制，但实际上国王依旧牢牢掌控实权，议会形同虚设。表面上的亲民和蔼、平易近人，无法掩盖其内心的贪欲和虚荣。只代表大金融资产阶级利益的菲利浦政权，既无法解决国内的经济危机，也无法改善平民的生活条件。对于工人起义，则一律予以血腥镇压，民心尽失。菲利浦所谓的君主立宪制，实质是法式自由主义思想下的怪胎，这种拒斥实际经验教训、以纯理性思维构建出来的君主立宪制，终究滑向了利己主义的深渊。法式自由主义受到理性主义哲学家笛卡尔和卢梭的影响，是颠覆旧秩序的理论动力。但在屡次革命后，改朝换代的法国依旧深陷垄断式利己主义牢笼，法式自由主义成为无法摆脱的标签。这就意味着法国各大利益集团之间，以及底层社会和上流社会之间永无宁日的斗争和对抗。菲利浦国王的得力干将基佐，是抗拒革命的中坚代表。基佐的"秩序"社会就是构筑在他的理性幻想上的乌托邦王国。为了维护他所谓的"秩序"、防止变革，基佐陆续采取了垄断教育、操控议会选举、扶持自己的势力等策略，以确保菲利浦政府的权治。萨克雷通过菲利浦执政时期的几个司法案件，以及种种社会怪象，指出法国的腐败在于法治的缺席，法国的统治者没有真正吸纳英式自由主义的法治精神。而萨克雷之所以具有浓厚的法治意识，在于英国古已有之并保存下来的法治传统。

英王乔治三世立意要扩大王权，插手美国殖民地事务。美国发动独立战争，英军败北，乔治三世企图恢复王权的美梦破灭。乔治三世虽然失去了政治舞台，但其本人凭温和贤良的个性赢得国民爱戴。萨克雷称颂乔治三世的美德，这种美德呈现为一种家长式的责任感。萨克雷将这种家长式的责任感看作大英帝国的民族凝聚力，并将其投射到小说人物多宾和钮可谟身上，巧妙地将其与印度殖民地进行关联，暗示英国对弱国实行家长式殖民统治的道德合法性。与乔治三世形成鲜明对比的是乔治四世，他在个人道德上有污点，毫无疑问成为维多利亚时代道德训诫的反面典型。萨克雷小说《名利场》中的乔斯，其愚蠢和贪婪的个性，活脱脱是乔治四世的化身。萨克雷及其同时代的作家马金和卡莱尔，都在不同程度上讽刺、批判过乔治四世所代表的纨绔子作风。他们之所以敢如此肆无忌惮地嘲讽国王乔治四世，这和彼时君权式微、高扬道德旗帜的时代特点有关。

# 第三章　萨克雷自传体小说中的兴趣教育和绅士素养

　　教育是维多利亚主义这一词条不可或缺的关键词。英国维多利亚时代的教育较此前的世纪有了一定程度的进步，尤其是中产阶级更加注重对孩子的培养。这可以从萨克雷的亲身经历，以及他投射在小说中的教育体验中窥见一斑。但这并不意味着当时学校教育制度的先进和完善，相反，即使是高不可攀的贵族学校也存在诸多弊端，萨克雷因此有感而发，结合自身的教育实践，形成对教育的看法。

　　萨克雷因其早年富二代的身份得以接受贵族学校的教育。但当时的贵族教育还未进行改革，主要是古典教育，课程枯燥，加上教育资金匮乏，贵族教育的质量下滑严重。萨克雷对学校体罚学生，以及学生间互相欺凌殴斗等现象记忆深刻。而对于正规科目的学习，则鲜有提及。贵族学校里，迂腐老学究的授课方式呆板，并未能激起萨克雷的学习兴趣。萨克雷因此更倾向于自学感兴趣的内容，包括一些非高雅读物，从而荒废了正经学业。但正是这些非主流读物给予了萨克雷文学创作的养分，为他日后的成功奠定了基础。

　　萨克雷也重视儿童教育，传统儿童教育理念在萨克雷对其女儿们的家庭教育中得到了充分体现。对合适的家庭教师的选择、对女儿们兴趣的培养、交心地聊天、陪伴旅行等，都体现了萨克雷对儿童教育的关注。此外，萨克雷强调绅士教育的重要性，认为其不仅仅体现在外表的温文尔雅，萨克雷以小说的形式传达出自己的绅士观——善良、有爱心、具有社会责任感和自我牺牲精神。

　　此外，萨克雷在承袭传统绅士教育思想的过程中，还融入了自己的观点：其一，在彼时资本主义发展上升期，萨克雷承认个人经济主义行为在社会道德规约下的合理性；其二，对暴力决斗行为的摒弃；其三，具有前瞻性的判断力；其四，掌握法语和拉丁语；其五，海外游历。

在所有的绅士素养中，萨克雷视道德素质为绅士养成的必要前提。

## 第一节　萨克雷对贵族学校枯燥学业的批评

校园欺凌现象是现代社会关注的问题，在萨克雷生活的时代，也是普遍存在的教育问题，即便是萨克雷所在的贵族学校，也时有发生。萨克雷小说中经常有诸如体罚学生、高年级学生欺凌低年级学生，以及学生之间互殴等情节，这些都取自萨克雷自身的受教育经历。此外，萨克雷对贵族学校那些枯燥无味的古典课程、迂腐老学究的浅陋授课实在没有兴趣。萨克雷的兴趣读物是当时不被官方主流所看好的"不雅文学"，但正是如此不入流的文学资料滋养了萨克雷的文学细胞，激发了他的文学潜能。

### 一　贵族校园的欺凌现象

19世纪前半叶，英国教育主要面向贵族和富裕中产阶级。萨克雷虽然不是贵族出身，但由于父亲早年在东印度公司任职，积累了一笔可观财富，足以供他先进入查特豪斯这样的公学，后又稳妥升入剑桥大学学习。学校教育显然并没有给萨克雷留下非常美好的回忆。这和彼时糟糕的教育环境不无关系。当时的公学和文法学校还未迎来改革，课程内容依旧重古典轻科学，学生必须学习拉丁语及希腊语的基本语法和句法知识，所有课程的内容都不能僭越英国国教规定的范围。① 呆板枯燥的学习并未经常出现在萨克雷的小说中，他对校园生活着墨较多的是打架、逃学、受罚和玩乐。

这是学校疏于管理的表现，和彼时学校经费不足有关。法国大革命使英国通货膨胀日趋严重，公学收益大大锐减，60%的学校捐款收入不到

---

① 参见 John Lawson and Harold Silver, *A Social History of Education in England*, Vol. 18, London: Routledge, 2007, pp. 4, 176-177, 251。

100 英镑。[1] 因为经费不足，管理人员缺乏，学校沾染上社会丑恶风气，倚强凌弱的校园霸凌现象已成常态化，教师体罚学生、高年级学生欺辱使唤低年级学生、学生之间因为琐事殴斗流血事件屡见不鲜，富二代及贵族学生吃喝玩乐、嬉闹惹事已司空见惯。这些"堕落"[2] 现象在萨克雷的小说中得到生动再现，构成了萨克雷少年学习时代的回忆录。

此外，萨克雷在剑桥大学三一学院的学习经历，也和自传体小说《潘登尼斯》的描写类似。萨克雷（潘登尼斯）几乎没有把心思放在枯燥的学业上，而是热衷于学校的论辩，以及各种有趣的聚会。在校期间，萨克雷（潘登尼斯）挥霍无度，恣意享乐，甚至被不法之徒引诱迷上赌博，并因此欠下巨资，挥霍和玩乐的结果导致其无法毕业。这样一个吊儿郎当的坏学生，是不是一个不学无术、胸无点墨之徒？后来的事实表明并非如此，萨克雷（潘登尼斯）是一个饱读诗书的文人。那么，其中的落差投射出什么样的问题呢？萨克雷在小说中不厌其烦地描述校园暴力现象，而他自己本身也是校园暴力的受害者——萨克雷少年时代在查特豪斯公学的一次同学殴斗中鼻梁被打断，从此变成塌鼻梁。萨克雷笔下对校园暴力尽管是用轻松诙谐的语气书写，但也足以从中窥见萨克雷对学校的看法：他把学校看作社交的平台，而不是学习佳地，学生应该通过自学的方式获取知识。

萨克雷为何会产生这样的想法？自传体小说《潘登尼斯》给出了答案。潘登尼斯在灰衣修士学校上中学的时候，校长曾经用拉丁文法书打过他许多耳光，潘登尼斯升入牛桥大学后，竟然发现老师的学识仅和小学五年级学生相当。牛桥大学的课程枯燥、无趣、肤浅，这使潘登尼斯意识到自学的重要性。[3]

如此不良的教育现象早在中世纪就已出现。伊拉斯谟在《愚人颂》中嘲讽过萨克雷描述的体罚和劣质教风，将学校称为"拘留所"，[4] 教员们威

---

① 参见徐辉、郑继伟编著《英国教育史》，吉林人民出版社，1993，第 152~153 页。

② David Wardle, *English Popular Education 1780-1975*, Cambridge：Cambridge University Press, 1976, p. 117.

③ W. M. Thackeray, *The History of Pendennis*, John Sutherland, ed., New York：Oxford University Press, 1994, pp. 202-212.

④ Desiderius Erasmus, *The Praise of Folly*, trans. by John Wilson, New York：Barnes & Noble Publishing, Inc., 2004, p. 57.

风凛凛地板着脸，从用棍棒、教鞭和校尺敲打颤抖的顽童中获取乐趣。这些教员相当自负，认为自己学识渊博，比最有经验的哲学家更有智慧，而实际上，他们只是对着孩子们不断重复那些愚蠢的故事。①

## 二 潘登尼斯：热衷于"不雅读物"

大学教育与其说给予了萨克雷一个学习空间，倒不如说为他提供了一个社交进阶的平台，为日后的身份显耀积累了资本。英国大学教育注重古典文化和语言学习，但青年时代的萨克雷跟潘登尼斯一样并不是学究型，他对自己没有兴趣深入学习的科目往往浅尝辄止。对拉丁语和希腊神话的了解，也只是为了日后能够在公开场合或者文章中适时来上几句。尽管这偶尔冒出的拉丁语和神话故事并不能解决什么实际问题，但也足可以显耀自己博古通今的学识。② 在文章中引用拉丁语和古希腊神话人物是当时英国小说的一大特点，因此，也可以说，萨克雷为了保持时髦文风才对拉丁语和希腊神话有意了解。在《潘登尼斯》中，面对经院式的枯燥教学和教鞭的惩罚，潘登尼斯选择凭兴趣自学。他在暑期回庄园休假期间带回去许多"通俗小说"，③ 都是当时流行的各流派小说，其中也包括不雅读物。这些消遣娱乐畅销书对其母亲海伦而言犹如洪水猛兽，不是正经求学孩子努力的方向，潘登尼斯也严禁让露拉看到这些轻松读物，认为其内容不适合青年女性看。潘登尼斯认为自己是在欺骗母亲，制造刻苦努力的假象取悦她，但在文坛略有成就后，他又承认正是这些被人认为是伤风败俗的消遣读物使他积累了一定的文学创作技巧，开始迈向成功的第一步。潘登尼斯在摒弃枯燥乏味的正规课程的同时，不忘拓展自己的文学兴趣，这也是萨克雷青年时代的真实写照。萨克雷非常重视自身的兴趣培养，从中学时代起就不间断地写诗发表，并热衷于画画。当时他家境富裕，并未考虑过将来要以写作或画画谋生。正是因为萨克雷坚持自己的文艺爱好，他才能在人生逆境中实现文学家的梦想。

---

① Desiderius Erasmus, *The Praise of Folly*, trans. By John Wilson, New York: Barnes & Noble Publishing, Inc., 2004, p. 57.

② Herbert Spencer, *Essays on Education*, London: J. M. Dent & Sons, Ltd., 1919, p. 2.

③ W. M. Thackeray, *The History of Pendennis*, John Sutherland, ed., New York: Oxford University Press, 1994, p. 214.

结合自身的教育经验，萨克雷特别重视对女儿们的家庭教育。针对儿童教育，萨克雷提倡一种寓教于乐的和谐愉悦的教学方式，萨克雷唯一的一部童话小说《玫瑰与指环》就是专门为小朋友创作的。[①]《玫瑰与指环》里既没有枯燥乏味的说教，也没有将人性恶化或善化到极致的绝对二元对立，尽管故事情节魔幻、离奇，但人物刻画真实细腻，符合现实的人性，贪婪、虚荣、怜悯、勇敢等人之常情跃然纸上。这部童话小说深深吸引了挑剔的孩子们，苏格兰文学家安德鲁·朗格（Andrew Lang，1844～1912）将其列为儿童成长必读书目。[②]萨克雷对两个女儿的教育也从未松懈。那时女性还不能进入学校学习，萨克雷的两个女儿小时候被寄养在其母亲贝切太太家里，贝切太太一贯的强势作风令萨克雷担忧女儿们的教育。萨克雷经济能力稍微好转，在伦敦安定下来后，立即将两个女儿接到自己身边生活，并聘请了家庭教师辅导女儿们学习。萨克雷非常重视女儿们对学习的反馈，而不是一味地信任家庭教师。因为对教学质量不满意，萨克雷更换了好几个家庭教师，直到满意为止。在和孩子们沟通方面，萨克雷尽力抽出时间陪伴孩子，带她们旅游，和她们谈心，即便出差在外也不忘时常写信跟女儿交流思想，浓浓父爱溢于言表。

萨克雷小说中塑造的正面人物都是他眼里的绅士。除了英国绅士公认的外在特征，如温文尔雅、真诚礼貌、幽默风趣，萨克雷特别强调作为一名绅士理应具有的内在德行——一视同仁的善良、责任感和自我牺牲精神。这也是萨克雷所认定的教育的最终目的。

## 第二节　萨克雷中产阶级教育意识的文化寻踪

萨克雷对教育的态度正反映出英国社会教育思想对中产阶级的普遍影响。中产阶级是英国资本主义经济兴起后在受教育方面受益者之一。伴随着中产阶级队伍的壮大，中产阶级分子越来越多地参与到对社会教育的探讨中，希图通过教育打开通往上流社会的通道。

---

① William Makepeace Thackeray, "Introduction," *The Works of William Makepeace Thackeray*, Vol. XXIV, *The Rose and the Ring*, New York: Charles Scribner's Sons, 1904, p. v.

② Andrew Lang, ed., "Preface," *The Yellow Fairy Book*, London: Longmans, Green, and Co., 1906, p. xi.

## 一 克莱武的绘画：儿童兴趣教育的重要性

欧洲文艺复兴时代，伊拉斯谟具有人文情怀的教育思想对后世有深远影响。伊拉斯谟根据自身的教育经验提出反对枯燥的经院式说教，认为这种无聊的教育方式并不能真正起到开启心智的作用，反而培养出蒙昧无知的下一代。伊拉斯谟提倡释放天性、自由的世俗教育。其对儿童教育的提议在萨克雷的育儿实践中得到应用。伊拉斯谟提倡优秀的君主应该从子女孩童时期就要培养其心智，[①] 引申出"教育要从娃娃抓起"的理念，这在萨克雷身上得到了极好的贯彻和执行。伊拉斯谟认为优秀的家庭教师必须品行高尚，习惯良好，精神饱满，值得信赖。[②]

萨克雷在为女儿选择合适的家庭教师时也是费尽周折，力求完美。在小说创作中，塑造了两个对立的家庭女教师形象，一个是行为诡谲、品行不端的贝基，另一个是温和善良、品行高洁的普莱尔。为物质欲望驱遣的贝基枉费心机，聪明反被聪明误，错过了主人克劳利男爵送上门的贵族姻缘。反观普莱尔，一个心地纯良的女性，曾经为了供养家庭无奈当过舞女。因为如此不堪的经历，普莱尔惨遭主人洛威尔先生的岳母贝克太太无情驱逐，而妻子已故的洛威尔先生也长期受到岳母贝克太太的欺辱，最终勇敢反抗，将岳母逐出家门，迎娶普莱尔为妻。萨克雷以"善有善报，恶有恶报"的情节设置，呼应了伊拉斯谟提出的家庭教师必须具备高尚的品德。

依据孩子的性情，可以对其进一步培养。[③] 伊拉斯谟和洛克注重儿童的天性并培养其兴趣的思想[④]，也在萨克雷本人及他笔下人物的身上得到回应。萨克雷小时候喜爱画画和文学，他的父母并未阻挠，鼓励他发展自己的爱好。这些兴趣萨克雷一直保持终身，并成了他的谋生手段。在小说《钮可谟一家》中，克莱武小时候沉迷于绘画，父亲钮可谟上校尽力栽培

---

① Desiderius Erasmus, *The Education of a Christian Prince*, trans. by Lester K. Born, New York: W. W. Norton & Company, Inc., 1968, p. 191.

② William Harrison Woodward, *Desiderius Erasmus Concerning the Aim and Method of Education*, Cambridge: Cambridge University Press, 1904, p. 93.

③ 参见 Desiderius Erasmus, *The Education of a Christian Prince*, trans. by Lester K. Born, New York: W. W. Norton & Company, Inc., 1968, p. 14。

④ 参见吴式颖、任钟印主编《外国教育思想通史》（第四卷），湖南教育出版社，2002，第306~309页；徐辉、郑继伟编著《英国教育史》，吉林人民出版社，1993，第131页。

他。尽管克莱武长大后并未像绘画班的同学们一样成为画界名家，但其父亲钮可谟上校仍旧支持他的兴趣。这一情节正说明，像萨克雷、钮可谟这样的中产阶级分子，对伊拉斯谟和洛克的观点是认同的。伊拉斯谟对礼貌的重视也体现在英国之后的绅士教育中。男孩被教导在各种场合需遵守礼仪，诸如在教堂、聚会时等。① 这些基本的礼貌素养也是萨克雷本人及其笔下的绅士们所拥有的。

## 二 中产阶级的绅士素养

托马斯·埃利奥特（1490~1546）所著的《统治者之书》为贵族和国王提升自身素养提供了诸多参考。书中内容强调责任心、与人为善以及关注对自身形象的维护。② 这些本来适合统治者的培养建议越来越为中产阶级所青睐，从侧面反映出中产阶级渴望上位至统治阶层参与管理国家事务的心态。埃利奥特认为，即将步入国家管理层的上流人士必须具备论辩的才能，且在处理政治事务中要表现出睿智和审慎的一面。③ 萨克雷尽管无意参政，但他在剑桥期间热衷于辩论，或多或少参照统治阶层的精英教育打造自身形象。他在小说中对贵族的讽刺，基本围绕贵族的道德问题，以此暗示贵族并非都能胜任参政议政的职责。埃利奥特认为，国家管理者应兼具智慧和美德，唯有如此，才能造就无可挑剔的政体。④ 在1857年竞选议员演讲之时，萨克雷在具有反战情绪的中产民众中间拉选票，提出反对英国发动对中国的鸦片战争，以及支持扩大选举权范围，⑤ 这些举措皆说明了萨克雷努力将自己塑造成一个深得人心的完美政治形象。

埃利奥特为统治者规定的素质渐渐渗入中产阶级的意识中，成为绅士的标配。绅士最初也被框定在贵族男子这一身份上，但这一狭隘的界

---

① 吴式颖、任钟印主编《外国教育思想通史》（第四卷），湖南教育出版社，2002，第315页。
② 参见 Sir Thomas Elyot, *The Book Named the Governor*, S. E. Lehmberg, ed., London: J. M. Dent & Sons Ltd., 1962, pp. 12, 37, 115-120, 129-151。
③ 参见 Sir Thomas Elyot, *The Book Named the Governor*, S. E. Lehmberg, ed., London: J. M. Dent & Sons Ltd., 1962, pp. 34-35, 83-84, 218。
④ John M. Major, *Sir Thomas Elyot and Renaissance Humanism*, Lincoln: University of Nebraska, 1964, p. 7.
⑤ Gordon Ray, ed., *Letters and Private Papers of William Makepeace Thackeray*, Vol. VI, Cambridge: Harvard University Press, 1946, pp. 383-385.

定受到了挑战，乔叟、埃利奥特和莎士比亚都认为绅士不应和贵族身份挂钩，还应该包括那些出身低贱但品德高尚的男子。① 随着中产阶级队伍的壮大，经济实力的提升，中产分子越发需要为自己打造出绅士派头，以期提升自己的社会身价，像贵族一样跻身社会管理层。中产分子普遍信奉如此的人生箴言——即便没有贵族的出身，通过努力奋斗也可以实现成为绅士的梦想。正直、诚实、向上、节俭、自制、勇敢、自强、自信，这些帮助中产分子通过卓绝奋斗获得成功的美好品质，② 已经融进了中产阶级版的绅士理念中。萨克雷笔下的多宾、钮可谟、潘登尼斯等人物都是中产阶级中的典型绅士，他们身上的美德不亚于甚至远超过斯特恩、巴恩斯等贵族。

中产阶级版的绅士不同于贵族绅士的一个明显特征是，前者身上带有鲜明的甚至张扬的个人经济主义特征。这是因为贵族绅士依靠土地资产和丰厚年金可以保证衣食无忧，而中产分子即便在品德方面再完美，也要不断为生活谋财路。航海业的发达，有力地促进了海外贸易市场的拓展，也加快了海外殖民活动，这不但可以强国，亦可以富民，是迅速增加个人财富的便捷渠道。航海冒险家吉尔伯特生动且令人信服地诠释了在已有绅士教育的基础上，让海外拓殖者增强军事斗争能力的必要性。③多宾和钮可谟就是典型，他们虽然并不像吉尔伯特那样探险拓殖，但他们以英帝国军人的身份、以为帝国争光的军人职责弹压印度殖民地人民起义，这一行为符合英国利益，所以被萨克雷等英国人定义为英勇且正义的，多宾和钮可谟也被认为是具有民族正义感的绅士。

16 世纪，体现战斗能力的决斗水平被用来衡量社会生活成功与否。④但萨克雷并不认可决斗的绅士教育内容，他在小说中大多以戏谑的方式讲述

---

① Geoffrey Chaucer, *The Canterbury Tales*, Michael Murphy, ed., Lanham: University Press of America, Inc., 1991, pp.179, 277; Sir Thomas Elyot, *The Book Named the Governor*, S. E. Lehmberg, ed., London: J. M. Dent & Sons Ltd., 1962, p.104; 丽月塔:《绅士道与武士道——日英比较文化论》, 王晓霞等译, 浙江人民出版社, 1990, 第 111~112 页。

② 钱乘旦、陈晓律:《英国文化模式溯源》, 上海社会科学院出版社, 2003, 第 307 页。

③ See R. Freeman Butts, *A Cultural History of Western Education: Its Social and Intellectual Foundations*, New York: McGraw-Hill Book Company, Inc., 1955, pp.231-232.

④ R. Freeman Butts, *A Cultural History of Western Education: Its Social and Intellectual Foundations*, New York: McGraw-Hill Book Company, Inc., 1955, p.244.

决斗。萨克雷对决斗①的排斥态度跟英国人对决斗的抵制态度有关。意大利关于决斗维系着个人荣辱的观念被英国人反驳。因为个人受辱，以决斗复仇或发泄私愤并非正人君子之行，而是充满暴力的兽行。受到侮辱的个人，理应在理性指导下，运用法律手段维护自身荣誉。② 萨克雷在美国黑奴解放问题上持类似态度，他主张通过国家司法手段改变黑奴的受统治地位，而不支持通过个人的意气用事解决黑奴问题。通过残酷的决斗来解决私人仇怨，在萨克雷的小说中往往以轻喜剧的手法加以呈现。

在文艺复兴中，日渐抬头的人本主义思想引发人们普遍关注人自身，强调实现人的价值。人本主义思想鼓励人人把自己当成"新皇帝"，立意在"智识和政治上都独立自持"。③ 不少有识之士，例如培根，看到了决斗——这样一种私下解决荣誉受损问题的个人行为——所带来的社会负面效应：决斗虽然被认为是很好的解决个人荣辱问题的方式，但这种行为的流行会导致社会骚乱。如果不进行有效的干预和阻止，整个国家将百弊丛生。④ 正是法治和人本主义思想的发展使萨克雷将决斗排除出绅士素养的基本要求。

跟伊拉斯谟一样，蒙田对经院式教学并无好感，调侃其犹如鸟儿喂食，母鸟只知把谷粒塞进小鸟嘴里，而不知谷粒好坏。⑤ 潘登尼斯对牛桥老师拙劣授课的评价，与蒙田如出一辙。这些老师只知道把记忆中的东西塞给学生，其实他们自己还没有消化吸收这些知识，因此往往不知所云，对别人的言论也不甚了解，糊里糊涂，毫无判断力可言。对于学问和判断力的重要性，蒙田认定"判断力要比学问更宝贵"。⑥ 这就是萨克雷及其笔下的潘登尼斯如此热衷于论辩活动，以及积极参与讨论社会问题的缘由，因为这些活动彰显了绅士们的判断力。萨克雷的早期好友卡莱尔曾被誉为时代预言家，他与萨克雷努力宣扬的绅士形象一样，与其说在尽力地扮演

---

① 英国决斗经历了司法决斗、骑士决斗和荣誉决斗等阶段。伴随着历史发展，司法决斗和骑士决斗退出了历史舞台。萨克雷在小说中讽刺的是荣誉决斗，即在意大利荣誉理论指导下的、关系个人荣辱和声誉的私人决斗方式。

② George Silver, *Paradoxes of Defence*, London: Edvvard Blount, 1599, pp. 64-65, 66-67.

③ 〔奥地利〕弗里德里希·希尔：《欧洲思想史》，赵复三译，广西师范大学出版社，2007，第207页。

④ Francis Bacon, *The Charge of Sir Francis Bacon Knight, His Majesties Attourney Generall, Touching Duels*, London: George Eld, 1614, p.9.

⑤ 参见〔法〕蒙田：《蒙田随笔全集》（上），潘丽珍等译，译林出版社，1996，第151页。

⑥ 〔法〕蒙田：《蒙田随笔全集》（上），潘丽珍等译，译林出版社，1996，第155页。

社会病症诊断者的角色，倒不如说在向社会展示自己敏锐的判断力。相对而言，潘登尼斯的绅士培养计划和蒙田的教育规划比较接近，潘登尼斯不想成为学究，他自认为绅士应从事社会实践型的事业，对法律、历史、文学、哲学等科目的涉猎是为了更好地培养自己的判断力，对舞蹈、音乐、驭马、游戏等活动的参与，是为了达到灵与肉的一致。① 但不同的是，蒙田认为绅士理应"效忠君王，披肝沥胆"，② 而潘登尼斯和萨克雷则倾向于自我发展和改良社会。这和不同的政治环境有密切关系：蒙田所处的是君主专制的法国，为君王效劳是走上仕途的捷径；萨克雷所处的是资产阶级革命胜利后实行君主立宪制的英国，君主的权力大大被削弱，个人谋求发展和监督社会的空间扩大，因此萨克雷定义的绅士有着更广阔的自我发挥的平台。

　　除了拉丁语，法语也被认为是绅士教育的必备语言技能。法语和英国的渊源很深，在征服者威廉坐稳英国江山之时，法语便成为英国统治阶级的专用语言，尽管后来英国人重新抬高了本民族语言——英语，但法语的高贵地位及重要性从未衰退。法语被认为是"令人愉悦的，通用的，普及全世界的语言"，③ 从而受到上流社会的青睐。萨克雷早年在法国生活多年，熟悉法语及法国文化，他的《巴黎速写》以精彩的文笔介绍巴黎的生活状况，引起不少读者关注，给他带来了不少声望。萨克雷几乎所有的作品中都穿插了法语表达，如同拉丁语一样，这也是那个时代作家写作的特点。除了追逐时髦的潮流，还有这样的暗示——作家本人及使用法语的小说人物接受过绅士教育，具有体面的身份。此外，旅游也是绅士必须经历的教育项目，因为旅游被认为能够充实知识，④ "提高判断力"。⑤ 无论是萨克雷笔下的绅士，还是他本人，都曾游历欧洲或美洲，欣赏和记录沿途的风土人情，结交名流雅士，不仅能陶冶情操，还能增长见识，积累社交资本。

　　萨克雷的绅士教育只包含中上阶层，排除了底层群众。这并非因为他

① 〔法〕蒙田：《蒙田随笔全集》（上），潘丽珍等译，译林出版社，1996，第184~189页。
② 〔法〕蒙田：《蒙田随笔全集》（上），潘丽珍等译，译林出版社，1996，第171页。
③ William Harrison Woodward, *Studies in Education: During the Age of the Renaissance 1400 - 1600*, New York: Russell & Russell Inc., 1965, p.310.
④ See William Harrison Woodward, *Studies in Education: During the Age of the Renaissance 1400 - 1600*, New York: Russell & Russell Inc., 1965, p.321.
⑤ 〔法〕蒙田：《蒙田随笔全集》（上），潘丽珍等译，译林出版社，1996，第174页。

对底层人民缺乏同情，而是他的绅士教育观念承袭自蒙田和弥尔顿，这二人均把教育对象框定在中上层阶级。法国大革命后，像萨克雷这样的中产分子愈加相信，管理国家的政治权力不能分享给底层人民，唯恐出现法国革命后期的暴政。因此，萨克雷在一生唯一一次议员竞选中，支持扩大选举权范围，但拒绝全民选举权。① 弥尔顿对于教育持一种务实的态度，这在萨克雷那里也是有迹可循的。弥尔顿不赞成学生花大量的时间学习拉丁文和希腊文，认为"咬文嚼字的空洞学习既无教育意义又无鼓舞作用，更无任何实用价值"。② 萨克雷亦反对此腐朽的经院式作风，不但在小说中加以批驳嘲讽，而且在现实中面对母亲要求他毕业后成为研究员的苛求时，萨克雷也从刚开始的屈从转变为后来的毅然反叛出走，③ 以此表达对经院教育的抵制。

绅士的智慧，除了文化修养，还体现在独立自主的思维和处事方式上，而不是人云亦云、随声附和。④ 这就解释了青年时代的萨克雷为何如此热衷于辩论。在文学创作方面，他亦拒绝追随时尚潮流，立意形成自己的风格。作品中潘登尼斯和沃林顿虽然是挚友，但并非事事保持绝对一致，对政治、文学以及爱情的看法都有自己独特的见解。但所谓的独立思想，要符合社会道德规范，否则便不再属于绅士的修养。比如，萨克雷笔下的冒险家林登，虽然有自己独特的想法，但都违反道德规范，属于流氓强盗行为，因此，林登没有资格成为绅士。

在绅士教育中，萨克雷最重视的就是绅士的美德，他所塑造的绅士无一丧失良好德行。这和社会环境有密切关系，商业环境下崛起的资本主义经济，催生了对金钱崇拜的价值观，传统道德滑坡。17 世纪中期，洛克就将绅士的美德看作绅士素养中的首要条件，比智慧、教养和学问都重要。⑤ 萨克雷所赏识的斯蒂尔在其《闲谈者》中亦强调，道德而非出身应该成为评价

---

① Gordon Ray, ed. , *Letters and Private Papers of William Makepeace Thackeray*, Vol. Ⅳ, Cambridge：Harvard University Press, 1946, p. 384.

② 吴元训：《中世纪教育文选》，人民教育出版社，1989，第 594 页。

③ Catherine Peters, *Thackeray's Universe, Shifting Worlds of Imagination and Reality*, New York：Oxford University Press, 1987, p. 23.

④ See *Tatler*, No. 27, Saturday, June 11, 1709.

⑤ George C. Brauer, *The Education of a Gentleman Theories of Gentleman Education in England, 1660-1775*, New Haven：College & University Press, 1959, p. 19.

人的首要依据。①《闲谈者》还认为绅士理应扮演管理者的社会角色，为陷入困境的、周边的亲戚朋友提供帮助，及时排忧解难，调解各种矛盾。②

　　萨克雷的自传体小说《潘登尼斯》的主人公潘登尼斯在经历一系列挫折后，终于成长为真正的绅士，他基本具有《闲谈者》中所宣扬的绅士素养，与人为善和助人为乐是其两大标志。潘登尼斯是萨克雷塑造的所有绅士形象中堪称完美的一个，这个角色和他的模范妻子露拉，在萨克雷不同的小说中出现，并且都是具有极度责任感的、为陷入困境的朋友雪中送炭的、展现家长式关怀的拯救者形象。相比较而言，萨克雷塑造的其他绅士形象或多或少都有欠缺。比如，多宾和钮可谟为军人出身，虽然行事大方、待人温和，但缺少高深的文化知识，这也从侧面反映出十全十美的完美绅士凤毛麟角，但萨克雷认同美德是判断绅士的最关键一环。在道德上不甚完美的人往往成为萨克雷攻击嘲弄的对象：18世纪文人斯威夫特（Jonathan Swift）尽管有超强的讽刺能力而被人敬服，但他怒斥对手时满口脏话，萨克雷认为言语不雅有失绅士的体面；尽管笛福认为若没有道德就根本不能被称为绅士，③但笛福自己为了私利违背本意成为政府喉舌，在道德上也留下了污点。

　　萨克雷评价最高的绅士当数哥尔斯密，主要是因为自身并不富裕的哥尔斯密为爱尔兰贫苦同胞慷慨解囊，展现出有求必应的拯救者姿态，非常符合绅士应具备的道德素质。萨克雷在成名后特别在意自身的绅士形象，努力做到言行一致。在对待落难朋友问题上，他从来都是雪中送炭的楷模。对待罹患疯病的妻子，不管是寻医问药，还是找人看护，都尽心尽力，不留遗憾。总之，萨克雷的教育理念符合彼时绅士教育规则，也契合维多利亚时代的道德呼声，他的言传身教即是最好的示范。

## 小　结

　　萨克雷接受的教育虽然是贵族式的精英教育，但因为19世纪前半叶，

---

① Austin Dobson, *Richard Steele*, London: Longmans, Green, and Co., 1888, p. 109.

② *Tatler*, No. 169, Tuesday, May 9, 1710.

③ See Daniel Defoe, *Conjugal Lewdness or Matrimonial Whoredom: A Treatise Concerning the Use and Abuse of the Marriage Bed*, London: T. Warner, 1727, pp. 57-95.

英国的贵族学校还未迎来改革，偏重古典科目的枯燥学习并未能激发萨克雷对学校学业的热情。在萨克雷的记忆中，关于学校的印象主要集中于被老师责罚、学生间的殴斗，以及高年级学生欺凌低年级学生这样的暴力事件。学校对于萨克雷而言，与其说是接受良好教育的地方，不如说是扩大社交圈的一个平台。他真正获得学问的方式是自学。萨克雷抛开贵族学校的传统科目，沉浸于阅读"不雅读物"，正是这些不雅读物引领他走上文学道路。自身兴趣学习的体验使萨克雷特别重视对女儿们寓教于乐的教育方式。萨克雷笔下具有道德素养的体面绅士，正是萨克雷所认定的教育终极目的。

关于儿童教育，早在文艺复兴时期，伊拉斯谟就反对经院式说教，提倡依据儿童天性的兴趣教育，认为承担儿童教育的家庭教师必须品行端正方能以身作则，给孩子们树立良好榜样。关于儿童的兴趣，父母要给予积极培养。萨克雷作为英国中产阶级的一分子，对绅士教育的青睐，表明中产阶级渴望升入参政议政的上流阶层，本来只适于贵族阶层的绅士教育逐渐受到日益壮大的中产队伍的追捧。在埃利奥特为统治阶层规定的绅士素养基础上，萨克雷发展出中产阶级版本的绅士德行。

中产阶级绅士具有鲜明的个人经济主义特征，符合英帝国利益扩张的个人经济行为被视为合法且正义的。曾经流行于贵族圈的决斗遭到萨克雷的批判。这和英国社会抵制决斗的情绪有关，英国人倾向于通过法律途径解决个人受辱问题，认为决斗既暴力又不道德。此外，人本主义思想的发展也促使英国知识分子更加关注决斗所带来的负面的社会效应。蒙田认为判断力比学识更重要，这一点在萨克雷的教育经历中得到印证。萨克雷忽视剑桥大学正规科目的学习，但对课外的辩论赛则保持高度的热情，因为这是培养绅士判断力的有效途径。对于蒙田认为绅士理应效忠国王的观点，萨克雷持反对态度，这和两个人生活的政治背景不同有关系。了解法语和拉丁语，以及参加旅游等活动也是萨克雷所认同的绅士教育的标配。在所有提及的绅士素养中，萨克雷最重视的是美德。绅士独立自主的思想和行动必须以遵守社会道德规范为前提，这反映出萨克雷对维多利亚时代高扬道德风帆的呼应。

# 第四章　萨克雷的小说人物创作

　　"有失体面"的爱尔兰人、影响帝国形象的穷人和褒贬不一的贵族是维多利亚主义社会文化语境下的三大主要群体，同时他们也是萨克雷社交圈中的角色。

　　萨克雷塑造人物的动机确实受到社会文化语境以及个人阅历的影响。他笔下的三类人物，爱尔兰人、穷人和贵族是具有代表性的人物。他们并未呈现固定模式化特征，这些人物形象可以分为正面人物和反面人物。爱尔兰人、穷人和贵族在萨克雷成名前的作品中多以反面形象出现，成名后则出现了正面描写，这也与萨克雷的政治诉求有关。

　　萨克雷和爱尔兰人之间的私人恩怨，导致他的早期小说中出现负面的爱尔兰人形象。成名后的萨克雷主动向昔日的爱尔兰宿敌示好，同时，作为公众名人的萨克雷，有意为自己树立良好的道德形象。这和彼时浓厚的社会道德氛围有关，如受到沙夫茨伯里的道德情感主义思想的影响。

　　相较于狄更斯，萨克雷故意没有对贫穷和污染进行详细书写，而这两者却是彼时英国社会无法逃避的社会问题。萨克雷屏蔽贫穷和污染问题的原因，和穷人社会形象的变化有关。萨克雷笔下的穷人未凸显出贫穷的一面，但有贪婪的越矩行为。萨克雷唯一一次赞美穷人，是出于政治原因，即助力中产阶级联合工人群众进行议会改革。萨克雷的小说从来不缺贵族人物，他对贵族人物的书写，无论是嘲讽还是赞美，都伴随着情感和政治因素。而几乎每部小说结尾都出现贵族恩主赠予金钱的情节，又反映出萨克雷对贵族阶层的依恋。

　　此外，伴随着新古典主义书写风格的式微和历史浪漫主义的启迪，萨克雷也适时地提出了自己的文学创作原则。

## 第一节　萨克雷笔下的爱尔兰和爱尔兰人

萨克雷和爱尔兰人之间有过不愉快的经历，这些经历使他对爱尔兰人产生先入为主的不良印象，在小说中有所体现。成名后，萨克雷有意要修复与爱尔兰人的关系，可能有出于维护自身良好道德形象的考虑。

### 一　萨克雷与爱尔兰结怨原因一：疯癫的妻子和刻薄的岳母

爱尔兰人认为萨克雷刻意歧视爱尔兰，尽管萨克雷矢口否认，但有迹象表明至少萨克雷对爱尔兰并无亲近之感。虽如此，萨克雷和爱尔兰的缘分却不浅，他是爱尔兰人的女婿。1835 年，在巴黎，他邂逅并爱上了年仅 18 岁的漂亮姑娘伊莎贝拉·肖（Isabella Shaw），一个已故爱尔兰军官的女儿。[1] 早在 1832 年，萨克雷就在日记中透露想要娶妻。[2] 其实萨克雷在认识伊莎贝拉之前，在德国魏玛追求过一个精明的、喜欢舞文弄墨的贵族女子，但遭到对方拒绝，因为那位宫廷女官看上了一个年俸一万镑的名流。[3] 这段求爱失败的经历有助于理解为何萨克雷会被伊莎贝拉的"纯真无邪"[4] 所吸引，并决定向她求婚。

相较于有地位、有才华的宫廷女官，伊莎贝拉是一个没有多少文化、没有经济来源、没有显赫家庭背景的"三无"爱尔兰穷姑娘。但即便如此，萨克雷还是从之前爱情受挫的教训中领悟到，作为一个破产了的中产阶级男子，很难在感情上驾驭一个有文化、有背景的贵族女子，淳朴的小家碧玉——伊莎贝拉显然更适合成为他的妻子。事实也正是如此，伊莎贝拉在萨克雷追求下迅速与其陷入热恋，两人于 1836 年结为夫妻。但夫唱妇随的恩爱日子并未维持多久灾难便降临了，伊莎贝拉在生育完三个女儿后

---

[1] Edgar F. Harden, ed., *Selected Letters of William Makepeace Thackeray*, New York: New York University Press, 1996, p. xvi.
[2] Edgar F. Harden, ed., *Selected Letters of William Makepeace Thackeray*, New York: New York University Press, 1996, p. 22.
[3] Catherine Peters, *Thackeray's Universe: Shifting Worlds of Imagination and Reality*, New York: Oxford University Press, 1987, p. 39.
[4] Edgar F. Harden, ed., *Selected Letters of William Makepeace Thackeray*, New York: New York University Press, 1996, p. xvi.

精神失常。尽管萨克雷带妻子辗转于各大精神病院求医问药，但她还是无可救药地陷入疯癫。伊莎贝拉疯癫的原因，有学者解释说萨克雷难辞其咎："很明显，萨克雷理应对此负责：如果他没有远离她（伊莎贝拉——笔者注），只身前往比利时，她的产后抑郁症或许就永远不会发展成精神失常。"① 日后的事实证明，伊莎贝拉的家族有精神病史。她和萨克雷所生的小女儿米妮在 1875 年突然抽搐而逝，小女儿遗传了外婆的精神病。②

萨克雷除了担忧伊莎贝拉的精神病会遗传给女儿，他还后悔自己的配偶选择，这在他的小说《钮可谟一家》中展露无遗。男主克莱武在父亲钮可谟上校的撮合下与纯真无知的少女绿绥成婚，但绿绥对克莱武喜欢的美术一无所知，只对跳舞、玩牌等娱乐感兴趣。克莱武对堂妹艾雪儿，一个知书达理的贵族小姐情有独钟，二人情投意合。两人历经种种坎坷之后，终于喜结连理，这一完美结局是萨克雷对理想婚姻的憧憬，以此表达对自己失败婚姻的遗憾。萨克雷对绿绥性格及形貌的描写贴近伊莎贝拉，绿绥肤白貌美，但幼稚肤浅、毫无主见，像小女孩一样懦弱的她和克莱武没有共同语言，在情感上、处事上完全受其母亲麦肯济太太摆布。在萨克雷眼里，伊莎贝拉也好似小孩，头脑简单，和自己在兴趣爱好和写作方面缺少共同语言。③

尤其令萨克雷厌恶的是他的岳母肖太太，萨克雷和岳母的接触使他认定："所有男人必与其岳母不共戴天。"④ 绿绥的母亲麦肯济太太便是以肖太太为原型创作的，⑤ 这一人物堪称萨克雷塑造的经典人物之一。萨克雷笔下的麦肯济太太庸俗市侩，是尖酸刻薄、见利忘义、善于见风使舵、趋炎附势的薄情寡义之徒。在和钮可谟上校结为亲家之后，麦肯济太太一直追随女儿绿绥和钮可谟一家一起生活。在上校破产之后，家庭即刻陷入贫困，麦肯济太太立刻和亲家撕破脸，暴露出其绝情冷酷的真面目。

在麦肯济太太不停的数落、辱骂和虐待下，钮可谟上校的健康状况迅

① John Carey, *Thackeray: Prodigal Genius*, London：Faber and Faber Ltd. , 1977, p. 17.
② Winifred Gerin, *Anne Thackeray Ritchie: A Biography*, London：Oxford University Press, 1983, pp. 164–165.
③ John Carey, *Thackeray*, *Prodigal Genius*, London：Faber and Faber Ltd. , 1977, pp. 16–17.
④ John Carey, *Thackeray*, *Prodigal Genius*, London：Faber and Faber Ltd. , 1977, p. 16.
⑤ Catherine Peters, *Thackeray's Universe: Shifting Worlds of Imagination and Reality*, New York：Oxford University Press, 1987, p. 92.

速恶化，最后在济贫院逝去。萨克雷之所以能够如此真实地塑造麦肯济太太这一角色，就在于其岳母肖太太和麦肯济太太有着神似的一面。当初肖太太不但蛮横阻挠伊莎贝拉嫁给萨克雷，而且在伊莎贝拉精神失常后、萨克雷上门求助时，对待萨克雷的态度类似麦肯济太太虐待钮可谟上校。萨克雷写信向母亲诉苦，说岳母肖太太不为他提供饮食，只不停地数落和咒骂他，"她那毒辣的舌头就没有停歇的时候"。①

## 二　萨克雷与爱尔兰结怨原因二：新门监狱的谋杀犯凯瑟琳和爱尔兰女歌唱家凯瑟琳

与此同时，萨克雷还经历了一桩倒霉事。他在 1839 年 5 月到 1840 年 2 月，以连载形式在《弗雷泽杂志》上发表了小说《凯瑟琳的故事》。凯瑟琳并不是正面角色，是一个谋杀亲夫的毒妇。在新门监狱罪犯记录中，18 世纪确有一个叫凯瑟琳·海因斯的女人因谋害亲夫而被处以极刑。萨克雷原初决定写此小说的目的，是要攻击彼时的畅销小说 —— 新门派犯罪小说。小说发表后，并未马上引起爱尔兰人关注，而是在萨克雷与爱尔兰人的矛盾进入白热化阶段后，愤怒的爱尔兰人才"无意"中发现《凯瑟琳的故事》的秘密。

《凯瑟琳的故事》引发爱尔兰方面的强烈抵触，原因出在女主角的名字上。小说女主角名字是凯瑟琳·海因斯，这个名字和爱尔兰当时一个著名的女歌唱家的名字雷同，爱尔兰人认为这是萨克雷蓄意设计，用以嘲弄爱尔兰，因此，爱尔兰人联合抵制萨克雷。但事实证明，萨克雷在创作《凯瑟琳的故事》时，确实未知这位名声良好的爱尔兰女歌唱家，并且这位女歌唱家在获知自己的名字和犯罪小说的谋杀犯女主名字一样时，表现得通情达理，并未表现出愤怒或过激举动。反而是爱尔兰报纸大惊小怪，故意小题大做，闹得沸沸扬扬。② 爱尔兰报纸的行为从侧面反映出当时英格兰和爱尔兰之间的不睦。

由于天主教和国教信仰的分歧，英国担心爱尔兰所支持的天主教势力会引发英国内乱，因此英国当局对爱尔兰实施严苛的惩治措施，这一举措使爱

---

① Gordon Ray, ed., *Letters and Private Papers of William Makepeace Thackeray*, Vol I, Cambridge: Harvard University Press, 1946, pp. 476-479.

② George Saintsbury, ed., *Catherine, a Shabby Genteel Story, the Second Funeral of Napoleon, and Miscellanies, 1840-41*, New York: Oxford University Press, 1908, "Introduction," p. xiv.

尔兰天主教徒不再享有自由的政治和社会生活。① 此外，作为英国的殖民地，爱尔兰长期以来在经济上遭受英格兰的压迫。比如，18 世纪，英国在重商主义指导下限制爱尔兰羊毛制品进入英国，并将包括爱尔兰在内的殖民地发展成英国的原料来源地和商品销售市场，而有望与英国竞争的产业都被英国禁止发展，② 爱尔兰因此陷入贫困和落后的境地。爱尔兰民族主义者始终保持着对英格兰的对抗情绪，即便在 1800 年《合并法案》后，爱尔兰虽并入英国，但在精神上并未效忠英国国王，争取独立的斗争仍旧持续。

参考如此尴尬的历史背景，便不难理解为何爱尔兰报人会蓄意攻击萨克雷。据萨克雷的女儿里奇夫人回忆，爱尔兰人认为萨克雷故意嘲讽爱尔兰，后者不断遭到来自爱尔兰人的人身攻击和言语侮辱，有几个爱尔兰青年找上门来挑衅滋事。面对如此恶意的攻击，萨克雷终于决定要结束这荒诞的闹剧。萨克雷主动去找故意住在对街的那几个横眉怒目的爱尔兰年轻人，淡定地跟他们解释：如果是因为"凯瑟琳"讨伐他，那真的是误会，因为小说中的凯瑟琳原型是新门监狱的女谋杀犯，而爱尔兰人不了解这个事实，才误认为是嘲讽爱尔兰当红女歌唱家凯瑟琳，并且萨克雷也不知爱尔兰女歌唱家凯瑟琳，因此造成了双方的误会。气势汹汹的爱尔兰青年在萨克雷的诚恳解释下终于平静下来，当晚回爱尔兰去了。③

尽管顺利平息了这些爱尔兰青年的怒火，但由于爱尔兰报界大肆造势，已然激起了爱尔兰人对萨克雷的仇视，攻击和辱骂持续，这或多或少造成了萨克雷对爱尔兰人的偏见。

### 三 刻意"揭丑"的《爱尔兰概况》

萨克雷还通过报纸这一公共媒介成功地为自己辩护。此外，他还以爱尔兰人的视角，以反语形式写就一首自我揶揄的诗歌。这段人生插曲尽管很荒谬，却始终是萨克雷胸中难以消解的块垒。④ 刻薄的爱尔兰岳母、疯

---

① 王振华等编著《爱尔兰》，社会科学文献出版社，2007，第 42~43 页。
② 刘金源等：《英国通史：转型时期——18 世纪英国》（第四卷），江苏人民出版社，2016，第 165 页。
③ Gordon N. Ray, *Thackeray: The Age of Wisdom*, London：Oxford University Press, 1958, pp. 133-134.
④ See Gordon N. Ray, *Thackeray: The Age of Wisdom*, London：Oxford University Press, 1958, pp. 134-135.

癫的妻子，以及爱尔兰人恶意的攻击，使萨克雷无法释怀，并对爱尔兰产生先入为主的消极印象。此外，当时轻视、排挤爱尔兰的政治环境也在潜移默化中导致萨克雷积极揭露爱尔兰"丑陋"的一面，这不仅迎合彼时的政治需求，也符合出版商利用读者猎奇窥丑的心理营造市场氛围的目的。

1843 年出版的《爱尔兰概况》（The Irish Sketch Book）正是此背景下的产物。萨克雷在查普曼和霍尔出版社邀约之下接受《爱尔兰概况》的写作。彼时的爱尔兰在民族主义运动领袖丹尼尔·奥康奈尔带领下向英国政府提出诸多要求，致使矛盾日渐白热化，成为困扰罗伯特·皮尔政府的心头之患。[①] 查普曼和霍尔出版社敏锐地抓住了这一社会矛盾焦点，加之当时游记这类文学书籍在图书销售市场正日渐走俏，[②] 成为热销品，查普曼和霍尔出版社计划出版一部以英国人视角记录并评述爱尔兰风土人情的游记。考虑到萨克雷之前出版过颇受好评的《巴黎速写》，出版社认为他是承接此任务的最佳人选，[③] 因此便有了萨克雷的爱尔兰之行。

在《爱尔兰概况》中，萨克雷刻意将爱尔兰和英格兰进行对比，凸显爱尔兰的败落不堪。举一例为证。萨克雷入住都柏林的谢尔本旅馆，将房间的小窗户画了下来。这个窗户若要往上推，需要依靠一把壁炉扫帚来支撑，不然会滑落。萨克雷见此便不遗余力地揶揄一番：

> 此情此景令我忍俊不禁，这和看到隔壁房的台阶上懒洋洋地躺着一群衣衫褴褛的游手好闲者一样地出乎意料。我之所以把这扇窗户画下来，并非因其别致或稀罕，而是因为我认为这关乎道德。在英格兰旅馆里通常是看不到这类窗子的——窗户靠壁炉扫帚来支撑。把头伸出窗户观望的时候，如果没有壁炉扫帚支撑的话，窗户肯定落下来把脑袋切断。那些乞丐怎么总坐在隔壁屋的台阶前！英格兰利用绳子和重物（或者铅）而不是依靠外力来提升窗户，这是人们更喜爱英格兰窗户的原因，这也算是偏见吗？[④]

---

① 〔英〕罗伯特·基：《独立之路：爱尔兰史》，潘兴明译，东方出版中心，2019，第 83 页。

② Catherine Peters, *Thackeray's Universe: Shifting Worlds of Imagination and Reality*, New York：Oxford University Press, 1987, p.109.

③ Malcolm Elwin, *Thackeray a Personality*, London：Jonathan Cape, 1932, pp.114-115.

④ William Makepeace Thackeray, *The Irish Sketch Book and Contributions to the "Foreign Quarterly Review" 1842-4*, George Saintsbury, ed., London：Oxford University Press, 1908, p.22.

萨克雷在此处传递出重要信息。与英格兰相比，爱尔兰有如下特点：其一，爱尔兰人道德欠缺；其二，爱尔兰的落后不是传说，而有实例为证；其三，人们对爱尔兰持有偏见是有事实依据的，绝非空穴来风，也非刻意歧视。在他随后游览爱尔兰各地并进行描述时，像随身带了一架显微镜，将爱尔兰粗劣蛮顽的一面进行细化。

萨克雷刚刚到都柏林入住，便给好友菲茨杰拉德写信，告知对方，自己所住的谢尔本旅馆有虫子出没，肮脏且残破不已，[①] 不屑鄙夷之情跃然纸上。综观全篇，诸如肮脏（dirty）、污秽（filthy）、衣衫褴褛（ragged）、惨不忍睹的（wretched）、丑陋的（ugly）、渴望的（wistful）、肮脏昏暗的（dingy）、凋败的（ruinous）、乞丐（beggars）这样的字眼无疑成为《爱尔兰概况》的高频词。无论是喧嚣热闹的街市，[②] 或是被奉为英雄的威灵顿公爵的雕像周围，[③] 还是位于都柏林的爱尔兰最高学府圣三一学院，等等，都给人留下脏、乱、差的印象。这些颓废且令人压抑的描述词已然提醒萨克雷触碰到爱尔兰人敏感脆弱的自尊，但萨克雷不以为意，甚至还坦诚地在文章中表白："我希望这些文字不会被视为敌意……"[④] 在对英格兰和爱尔兰进行对比时，萨克雷的用语充满挑衅意味："这房子像英格兰的房子一样漂亮、整洁。总拿爱尔兰跟英格兰进行对比不好，肯定会惹恼爱尔兰人。"[⑤]

萨克雷坚持自己只是实事求是地展示真实的爱尔兰，但在爱尔兰方面看来，绝非如此单纯。爱尔兰圈子里的人都笑称萨克雷为"期刊只要给钱就为其写作"的雇佣文人。实际上，[⑥] 萨克雷在破产之后经济拮据，在启程去爱

---

① Gordon Ray, ed., *Letters and Private Papers of William Makepeace Thackeray*, Vol Ⅱ, Cambridge: Harvard University Press, 1946, p. 61.

② See William Makepeace Thackeray, *The Irish Sketch Book and Contributions to the "Foreign Quarterly Review" 1842-4*, George Saintsbury, ed., London: Oxford University Press, 1908, p. 182.

③ William Makepeace Thackeray, *The Irish Sketch Book and Contributions to the "Foreign Quarterly Review" 1842-4*, George Saintsbury, ed., London: Oxford University Press, 1908, p. 278.

④ William Makepeace Thackeray, *The Irish Sketch Book and Contributions to the "Foreign Quarterly Review" 1842-4*, George Saintsbury, ed., London: Oxford University Press, 1908, pp. 353-355.

⑤ William Makepeace Thackeray, *The Irish Sketch Book and Contributions to the "Foreign Quarterly Review" 1842-4*, George Saintsbury, ed., London: Oxford University Press, 1908, p. 277.

⑥ William Makepeace Thackeray, *The Irish Sketch Book and Contributions to the "Foreign Quarterly Review" 1842-4*, George Saintsbury, ed., London: Oxford University Press, 1908, "Introduction," p. xii.

尔兰时，给母亲的信中提到"当务之急是写一本好书，尽量能赚取钱维持稳定体面的生活"。① 这种为生计而奔波的焦灼感使这位尚未出名的年轻作家为了作品销路不得不考虑读者的心理需求，以及英格兰的政治风向标。

对爱尔兰人自尊造成实质性打击的是萨克雷对爱尔兰人道德感的中伤，以及对爱尔兰经济策略的嘲弄。萨克雷在文中不止一次详细描述衣衫褴褛的爱尔兰乞丐和流浪者：他们起着哄追逐过往的马车，专向游客讨要钱财，或者给外地游客打杂，其间不断索要赏钱，因而败了游客的兴致。萨克雷对此谴责道："这些昧着良心的无耻之徒！他们怎敢，为了自己那微不足道的饥饿，来搅乱名流雅士们的闲情逸致！"②

对于爱尔兰民族主义运动领袖丹尼尔·奥康奈尔发起的联合抵抗外来进口货物的运动，萨克雷更是以英格兰官方视角加以怒斥，称奥康奈尔之流为了与英格兰抗衡，假借争取爱尔兰独立之名将英格兰产品逐出爱尔兰市场。爱尔兰人在奥康奈尔的号召之下，矢誓只购买爱尔兰自产货物。萨克雷谴责此项举措是狭隘老套的限制把戏，跟英格兰联合破坏机器运动一样，既愚蠢又无效。③ 萨克雷用"笨拙（clumsy）、瑕疵（imperfect）"④来形容爱尔兰自产的商品，声称爱尔兰人用华而不实、浮夸的方式宣传自己生产的产品。接着萨克雷力赞爱尔兰农业协会的一项举措，称之"更加可行"，"不仅给（爱尔兰）乡村带来繁荣，也同样给联合王国带来繁荣"。这项举措就是提倡引进苏格兰和英格兰那样先进的耕作方式。如此，可充分利用爱尔兰乡下荒置的大片土地资源，即便是贫瘠的土壤也能丰收，此措施有望使爱尔兰摆脱萧条和贫穷。但这样美好的愿望能否真正成为现实？⑤ 萨克雷不得而知。

萨克雷旋即以轻快的笔调描写因此举措而举办的会议晚宴和舞会。真

① Gordon Ray, ed., *Letters and Private Papers of William Makepeace Thackeray*, Vol II, Cambridge：Harvard University Press, 1946, p. 58.

② William Makepeace Thackeray, *The Irish Sketch Book and Contributions to the "Foreign Quarterly Review" 1842-4*, George Saintsbury, ed., London：Oxford University Press, 1908, p. 267.

③ William Makepeace Thackeray, *The Irish Sketch Book and Contributions to the "Foreign Quarterly Review" 1842-4*, George Saintsbury, ed., London：Oxford University Press, 1908, pp. 62-63.

④ William Makepeace Thackeray, *The Irish Sketch Book and Contributions to the "Foreign Quarterly Review" 1842-4*, George Saintsbury, ed., London：Oxford University Press, 1908, p. 62.

⑤ William Makepeace Thackeray, *The Irish Sketch Book and Contributions to the "Foreign Quarterly Review" 1842-4*, George Saintsbury, ed., London：Oxford University Press, 1908, pp. 62-64.

正触及爱尔兰和英格兰根本利益冲突的政治敏感问题，萨克雷注意避开。1800 年英爱合并后，爱尔兰经济因无法独立自主而陷入低谷。英国将爱尔兰视为有利可图的殖民地，从爱尔兰大量进口谷物，使爱尔兰成为英国的"粮食保障基地"，而爱尔兰的农民并未从中获益。爱尔兰农民们在小块土地上耕作，基本上所有的谷物收成都要为了交地租而出售。因此，农民家庭不得不另外种植马铃薯维持生计。但马铃薯经常歉收，爱尔兰人口在 19 世纪后又急剧膨胀，这就造成饥荒的出现。1817 年严重的饥荒导致数千人死亡，哀鸿遍野。①

英国政府对爱尔兰的经济利用，以及对饥荒采取的不作为姿态，使爱尔兰深陷苦难。尽管 1842 年萨克雷游历爱尔兰期间，1845 年的大规模饥荒还未到来，但爱尔兰的极度贫困和落后他已亲眼看见。在《爱尔兰概况》中，萨克雷并未像在《巴黎速写》中那样咄咄逼人地将枪口对准统治者，刨根究底地深入分析爱尔兰人苦难的政治根源，而是在褒赞完爱尔兰农业协会舞会上的各色美人之后，灵活地将目光转到政治敏感度更低、实用度更高的马修神父及其倡导的戒酒运动上。在最后一章即将结尾处，萨克雷颇有自知之明地挑明了爱尔兰之行的目的：自己只是一个身份卑微、籍籍无名的通俗文学作家，游历爱尔兰只是为了了解风土人情，并无意卷入严肃的政治问题。但在最后一段，萨克雷还是心有不甘地吐露了自己的看法，即爱尔兰正在稳步发展，虽然情况依旧堪忧，但相较于 20 年以前已大有改观，而爱尔兰走向繁荣必定会振兴中产阶级。尽管英国的法律催生了两大群体——新教贵族和天主教农民，从未给爱尔兰中产阶级发展的空间，但爱尔兰中产阶级会随着爱尔兰日益繁荣而发挥出其最大最有利的作用。自力更生的中产阶级将会摆脱宗教及大地主的压迫，因为可以自食其力，也就无意奴颜婢膝或起事叛乱。萨克雷认为，正是中产阶级的缺席，才导致大地主飞扬跋扈、僧侣或政治煽动者呼风唤雨。最后，萨克雷表明了中心观点：他相信，奥康奈尔先生也会认为中产阶级的发展壮大，要比在圣坛或讲坛上的雄辩激发出的零星暴乱更有利于爱尔兰获得有序的自由。②

① 〔英〕罗伯特·基:《独立之路:爱尔兰史》，潘兴明译，东方出版中心，2019，第 88 页。
② William Makepeace Thackeray, *The Irish Sketch Book and Contributions to the "Foreign Quarterly Review" 1842-4*, George Saintsbury, ed., London: Oxford University Press, 1908, pp. 364-365.

由此可知，萨克雷不支持潘恩主张的翻天覆地的革命，他沿袭了柏克的保守自由主义思想。柏克的保守自由主义思想俨然是 19 世纪英国政界的指导思想，柏克在英国中产阶级中间具有很大的影响力。在潘恩的激进思想和柏克的保守思想互相对立的鏖战中，萨克雷最终站到了柏克的保守自由主义思想阵营中。但彼时的萨克雷缺乏柏克的思辨和勇气，不能像柏克那样雄辩地指出宗主国对爱尔兰的不平等剥削关系，而是主动迎合英国官方的舆论导向，成为皮尔政府的喉舌。萨克雷的《爱尔兰概况》与其说是游记，不如说是一篇隐形政斗檄文，以英国宗主国的立场游说奥康奈尔放弃鼓动天主教徒暴动、搞独立的演讲。但萨克雷的论据明显缺乏说服力，只是称爱尔兰正走在日益繁荣昌盛的路上，这将带动爱尔兰中产阶级的发展壮大。

英国中产阶级在壮大后对贵族确实起到政治制衡的作用。英国的思想家队伍中有相当大比例的人来自中产阶级及以下阶层，但萨克雷将此模式直接推荐给爱尔兰，却失之草率。伴随着英国世界经济霸主地位的确立，以及社会财富的日益增多，工业城市的崛起和兴旺，无论是部队军官、郡乡士绅，还是文人、手工艺者等三教九流，皆以占有财富多寡作为评判个人成功与否的标准。财富本位的价值观也成为官方公认的强国之道。个人发家致富，政府谋利济国，都能在国家法律中找到合法性的依据，这成为英国在殖民地实施政治、宗教和经济压迫的理据，也因此决定了宗主国和殖民地的不平等关系。

萨克雷并未揭开这层不平等关系，而正是这层关系导致爱尔兰对英国人心背离；同时，也正是这层压迫关系，使爱尔兰中产阶级的发展壮大基本不可能，更无法指望他们能为政治平等发声。英国为了保住自己工业第一强国的世界地位，不会放弃对殖民地的掠夺和剥削。爱尔兰和英国之间的强制性依附和奴役关系严重阻碍了爱尔兰的发展以及人民的自由，势必引发抗争。萨克雷所谴责的奥康奈尔通过演讲鼓动群众暴乱，其实只是起义的催化剂，而非动因。因此，萨克雷最后这几行总结文字——稳定爱尔兰政局的理论武器——非但没能缓解英爱矛盾，反而引火烧身。

《爱尔兰概况》是萨克雷第一次公开写上自己真实姓名的作品，尽管署名还是"蒂特马舍"（Titmarsh），但在致敬爱尔兰作家查尔斯·利维尔（Charles Lever）的献词部分署名为 W. M. Thackeray。这一举措的官方意义是，从此萨克雷便建立起他的文学声誉。显然，他对此书重要性的关注远甚于内容，以至于忽略了其中漫不经心的评论可能招致的负面影响。①

萨克雷在献词中提到，此书未敢献给《都柏林大学杂志》的编辑，因为恐怕编辑不赞成书中所言。紧接着以褒扬的口气说要将此书献给一个爱尔兰好人，一个有远见的、善良的英国军人，一个在萨克雷逗留爱尔兰期间给予盛情款待的朋友——查尔斯·利维尔先生。② 但是大煞风景的是，萨克雷热情洋溢的鸣谢并未引起利维尔的共鸣，反而深深激怒了他。作为一个爱尔兰作家，利维尔对自己的故乡爱尔兰有着深厚的感情，他在自己的作品中对爱尔兰的描述无论是风景还是人情，皆弥漫着敬恭桑梓的味道。

《爱尔兰概况》的内容显然引起利维尔不适。利维尔先是在《都柏林大学杂志》上发表了一篇克制适中的评论，后来在一部小说中以萨克雷为原型塑造了一个反面角色，恶意攻击萨克雷，称其为出版商的走卒。两人的友谊迅速破裂，恶战愈演愈烈，甚至上升至全然不顾道德和体面的人格侮辱。在《〈笨拙〉杂志的获奖小说家》（"Punch's Prize Novelists"）这篇文章中，萨克雷以戏仿的手法嘲弄利维尔的爱尔兰小说，利维尔则不甘示弱地予以回击，以漫画式的夸张手法将萨克雷的外形加以丑化，并造谣称，萨克雷习惯在饭店用餐时从来不支付自己的那一部分，写作时则总喜欢长篇累牍地对和故事毫无关系的某个人物进行大书特书，这是强加给读者的巨大痛苦。③

萨克雷明知书中内容充满了对爱尔兰的偏见，④ 却为何故意在扉页中将其献给爱尔兰作家查尔斯·利维尔呢？这不排除炒作、推销自己新书的可能性。维多利亚时代，图书销售的市场化使还未在文学界站住脚跟的雇佣文人不得不煞费苦心地进行自我推销。萨克雷未在文坛立名之前，遭遇

---

① Catherine Peters, *Thackeray's Universe: Shifting Worlds of Imagination and Reality*, New York: Oxford University Press, 1987, p. 105.

② William Makepeace Thackeray, *The Irish Sketch Book and Contributions to the "Foreign Quarterly Review" 1842-4*, George Saintsbury, ed., London: Oxford University Press, 1908, Title page.

③ Catherine Peters, *Thackeray's Universe: Shifting Worlds of Imagination and Reality*, New York: Oxford University Press, 1987, p. 106.

④ Catherine Peters, *Thackeray's Universe: Shifting Worlds of Imagination and Reality*, New York: Oxford University Press, 1987, p. 106.

过出版社的种种刻薄对待。破产之后，萨克雷生活困窘，出版商因此强加羞辱性要求。在写《爱尔兰概况》之前，查普曼和霍尔出版社要求他交100英镑抵押金，以防其在《爱尔兰概况》完成之前突然殒命。经济窘迫的萨克雷不得不把家里的碟柜搬去，以作为稍显体面的抵押品。萨克雷对这样的屈辱待遇曾大肆抱怨，并下决心要出人头地，计划在六年内打败所有同行，鹤立鸡群。① 这就不难理解为何萨克雷急于"成名"，② 因为他想尽快摆脱窘迫的经济状况和忍辱负重的工作环境。

维多利亚时代是一个热衷阅读的时代。英国工业化带动了社会经济的迅速发展和持续的繁荣局面，市民读写能力、生活水平的提高以及购买力的提升，共同促进了图书市场的发展。③ 萨克雷在《爱尔兰概况》中第一次使用真名，表明了他立意要在文学市场打响第一战。萨克雷告诉母亲，"这是一本构思精巧的书，但此外，我所期望的是，它能娱乐读者"。④ 在《爱尔兰概况》出版前夕，萨克雷写信告知母亲及妻子，新书得到同行、友人大力推荐，效果不错。并宣称，读过此书的人都赞不绝口，若新书既有销量又获好评，可望早日成功，名利双收。⑤ 萨克雷打算写游记的想法得益于狄更斯1842年出版的《美国纪行》（*American Notes*）。狄更斯在此书中无情披露了美国的阴暗面，表达了对美国社会种种丑陋现象的不满。《美国纪行》的出版引起了社会广泛关注和热评，受到读者喜爱，萨克雷受此启发，跃跃欲试，计划创作类似游记，希冀能成为受追捧的畅销书。此战若能告捷，热销当红，则前途无忧，大有可为。⑥

由于生活窘迫及养家负担，萨克雷急于成名求利，明知"揭丑"的《爱尔兰概况》会触怒爱尔兰人，却偏要故意将之献给爱尔兰作家利维尔，

---

① John Carey, *Thackeray: Prodigal Genius*, London: Faber and Faber Ltd., 1977, p. 16.

② Catherine Peters, *Thackeray's Universe: Shifting Worlds of Imagination and Reality*, New York: Oxford University Press, 1987, p. 18.

③ Alexis Weedon, *Victorian Publishing: The Economics of Book Production for a Mass Market, 1836-1916*, Aldershot: Ashgate Publishing Ltd., 2003, p. 31.

④ Gordon Ray, ed., *Letters and Private Papers of William Makepeace Thackeray*, Vol. II, Cambridge: Harvard University Press, 1946, p. 88.

⑤ Gordon Ray, ed., *Letters and Private Papers of William Makepeace Thackeray*, Vol. II, Cambridge: Harvard University Press, 1946, pp. 107, 109.

⑥ Gordon Ray, ed., *Letters and Private Papers of William Makepeace Thackeray*, Vol. II, Cambridge: Harvard University Press, 1946, p. 88.

那么之后受其口诛笔伐应在萨克雷预料之中。既如此，又何必故意为之？极有可能是萨克雷早已布好营销炸弹，只等利维尔自行引爆。作家间的唇枪舌剑往往能制造出其不意的舆论效果，既能引发读者对作品的兴趣，提升销售量和阅读量，涉事作家又能在同行鏖战中声名大噪。萨克雷和利维尔相轻相贱，却并未因出此招而失算，陷自身于一地鸡毛的窘境。虽然《爱尔兰概况》并未创下销售最佳纪录，但萨克雷以此为出发点稳扎稳打、步步为营，渐入佳境。

萨克雷在爱尔兰逗留期间，"和利维尔建立了友好的亲密关系，他们之间有许多共同点。二人都好交际，喜美酒佳肴，善于生动的交流和煽动性的争论，极具幽默感，享受生活乐趣"。① 萨克雷真心诚意地邀请利维尔去伦敦工作，尽力说服利维尔离开只能跟三流作家打交道的都柏林去伦敦发展，因为伦敦会给予他更多发展的机会。利维尔婉拒了萨克雷的邀请，之后告知友人，萨克雷是世界上脾气最温和的人。② 但萨克雷给予的帮助（离开都柏林去伦敦发展的建议）比不帮更糟糕，因为在利维尔看来，萨克雷像沉溺在水中挣扎着要把头探出水面，却企图要去教别人如何游泳。并且，萨克雷只要有利可图什么都可以写，没有自己的底线和标准，因此早已迷失自我，以至于他在伦敦并无好声望。③

很显然，萨克雷对利维尔的器重甚于利维尔对萨克雷的赏识。萨克雷将新书献给利维尔的目的，可能是故意陷利维尔于对爱尔兰同胞的不义之境，迫使其远离爱尔兰赴伦敦发展。同时此举必定激发爱尔兰人公愤，从而制造公众舆论，达到新书营销炒作的目的。萨克雷在写给其母亲的信中提到新书推广进展顺利，爱尔兰人怒不可遏，而伦敦文学圈的友人则交口称赞，④ 大有旗开得胜、志得意满之势，仿佛一切尽在他的预料和掌控之中。时任《都柏林大学杂志》编辑的利维尔在为萨克雷写新书推介时，顶住来自爱尔兰同胞的种种谴责和压力接受萨克雷的献词，选择坚信萨克雷不会歪曲爱尔兰。但新书出版后，二人的关系随之破裂了，利维尔也未离

---

① Malcolm Elwin, *Thackeray a Personality*, London: Jonathan Cape, 1932, p. 119.
② Lewis Melville, *William Makepeace Thackeray*, New York: Doubleday, Doran & Company, Inc., 1928, p. 185.
③ W. J. Fitzpatrick, *The Life of Charles Lever*, Vol. II, London: Chapman and Hall, 1879, p. 397.
④ Malcolm Elwin, *Thackeray a Personality*, London: Jonathan Cape, 1932, p. 120.

开爱尔兰。这种不愉快的局面或许是萨克雷始料未及的。利维尔和萨克雷之后不断升级的骂战，无形中成为宣传《爱尔兰概况》的免费广告，在一定程度上助力了新书的售罄和再版。

### 四　来自爱尔兰的流氓巴里·林登

与此同时，萨克雷正策划写一部关于爱尔兰的历史小说。1844 年 1 月到 12 月，萨克雷的历史冒险小说《巴里·林登》（*The Luck of Barry Lyndon*）在《弗雷泽杂志》上以每月连载的形式发表（除 10 月中断外）。[1] 小说的主人公巴里·林登是以一个爱尔兰冒险家为原型塑造的反面角色，萨克雷以第一人称叙述手法刻画了一个坚信自己永远正确的十足的流氓恶棍。[2] 巴里·林登身上的种种劣习是萨克雷心中爱尔兰人特点的集中体现。跟萨克雷打过交道的岳母肖夫人的恶毒和自以为是，小舅子亨利的嗜酒，[3] 都能在巴里·林登身上找到。不可否认，萨克雷对爱尔兰人具有先入为主的偏见，偏见源于其岳母，萨克雷所认识的、居住在伦敦的爱尔兰人，以及爱尔兰小说《拉克伦特堡》（*Castle Rackrent*）里呈现的邋遢和衰败的景象。[4] 这些不良印象已然深深定格在萨克雷脑海中，加之他亲眼看见过爱尔兰的贫困和落后，以上所有这些爱尔兰人不堪的特点都在萨克雷这部以爱尔兰人为主角的小说中出现。这是在报复冷血岳母，还是在挑衅友情破裂的利维尔，抑或蹭英爱矛盾这一社会热点来自我炒作？以笔者之见，以上三种因素合力促使萨克雷将写作主题聚焦于爱尔兰人。

果不其然，萨克雷在《巴里·林登》中对巴里·林登这个吹牛浮夸之徒的嘲讽再次惹恼了之前因《爱尔兰概况》而激愤难填的爱尔兰人。利维尔对于萨克雷在《爱尔兰概况》中对他的献词和致谢依旧耿耿于怀，此时又因《巴里·林登》而勃然大怒。1844 年 4 月利维尔致信安斯沃思，言辞

---

① Malcolm Elwin, *Thackeray a Personality*, London: Jonathan Cape, 1932, p. 134.

② Isadore Gilbert Mudge, M. Earl Sears, *A Thackeray Dictionary: The Characters and Scenes of the Novels and Short Stories Alphabetically Arranged*, London: George Routledge And Sons, Ltd., 1910, p. xiii.

③ Gordon Ray, ed., *Letters and Private Papers of William Makepeace Thackeray*, Vol. I, Cambridge: Harvard University Press, 1946, p. clxiv.

④ Catherine Peters, *Thackeray's Universe*, *Shifting Worlds of Imagination and Reality*, New York: Oxford University Press, 1987, p. 107.

激烈，愤怒指摘萨克雷的卑劣行径，称自己的热情好客却换来萨克雷对爱尔兰人的讥笑和嘲讽。面对此攻讦，萨克雷也不甘示弱，在《〈笨拙〉杂志的获奖小说家》中对利维尔的小说《菲儿·福加蒂》（Phil Foggarty）进行无情讽刺。此举不出所料地挑起了利维尔的好斗情绪。[①] 萨克雷和利维尔及其他爱尔兰人的对峙或许在一定程度上提高了《巴里·林登》的知名度。但就受欢迎程度而言，《巴里·林登》并不及新门派小说《杰克·谢泼德》和《尤金·艾拉姆》。这两部小说的主人公同样是十恶不赦的坏蛋。彼时的读者着迷于新门派作家以伤感同情的口吻写就的犯罪小说，而萨克雷则是以讥讽嘲弄的语气叙述，尽管不受读者待见，但评论界给予这部作品很高赞誉，认为《巴里·林登》具有历史现实主义特质和精美的艺术性。这一称誉足以使评论界的朋友们认可萨克雷的写作天赋。萨克雷写信跟母亲汇报自己的战绩，说自己总能在茶会和晚宴上收获许多的恭维和溢美之词。此时，萨克雷在《笨拙》杂志上的发表因诙谐幽默的写作风格而名声日隆。[②]

当时英伦文学圈中有些萨克雷的熟人认为他是为名利金钱而写作，比如托马斯·巴宾顿·麦考莱（Thomas Babington Macaulay）、[③] 卡莱尔。[④] 那么既然如此，萨克雷为何不模仿当时畅销一时的新门派小说的写作风格，将罪犯或者坏蛋当作英雄人物来歌颂呢？笔者认为原因有二：其一，萨克雷早在 19 世纪 30 年代就公然声明反对新门派的创作理路，因此，如果违心投降，反而自损名誉和尊严；其二，面对爱尔兰人以萨克雷丑化爱尔兰人为由进行攻击，萨克雷为自己找到了辩解的理由，用评论家阿道弗斯·阿尔弗雷德·杰克的话来说，即萨克雷不想对自己撒谎。并且萨克雷是一个风格主义者，他不喜欢随大流，有意要保持自己独特的风格。[⑤] 那么，萨克雷的独特风格是什么呢？安东尼·特罗洛普认为，萨克雷对人性的了解是透彻的，他笔下的人物很真实。萨克雷刻画人物的力度及所体现出来

① Malcolm Elwin, *Thackeray a Personality*, London：Jonathan Cape, 1932, p.135.
② Malcolm Elwin, *Thackeray a Personality*, London：Jonathan Cape, 1932, p.136.
③ John W. Dodds, *Thackeray: A Critical Portrait*, New York：Oxford University Press, 1941, p.48.
④ Malcolm Elwin, *Thackeray a Personality*, London：Jonathan Cape, 1932, p.139.
⑤ Adolphus Alfred Jack, *Thackeray: A Study*, London：Macmillan And Co., 1895, p.17.

的真实感，是任何时期、任何其他英国小说家都无法超越的。① 这也正是萨克雷能为自己洗脱丑化爱尔兰"罪名"的证据。日后的评论家承认萨克雷在刻画人物方面坚持"真实性"。"真实性"包含两层意义：一是他拒绝将小说人物和现实原型的道德身份进行移位，这也是他对抗新门派小说的理由，即他拒绝将一个本来是罪犯的恶人虚构成具有美德的、能唤起人们同情的悲剧英雄；二是他小说里的大部分人物保持了日常生活中普通人的性格特征，贴近现实。②

从萨克雷的角度出发，他正是要致力于在作品中再现这种真实性，因此不愿意违心地将罪犯、坏人以及恶棍英雄化，并将他所亲身接触的爱尔兰及爱尔兰人美化，这是他文学创作坚持的标准。此外，坚持"真实性"也并非萨克雷为了抵挡爱尔兰人的炮轰而特意采取的防御战术，而是因为萨克雷受到了菲尔丁的影响。菲尔丁在描述人物个性的时候，力图还原真实的人性，而非理想化的人性。菲尔丁认为作家理应扮演忠诚的历史学家的角色，展现真实而自然的人性本质。③ 所以，即便爱尔兰人攻击、指控萨克雷故意丑化爱尔兰人，但他拒不承认，认为自己只是真实地展现眼中的爱尔兰人，绝没有故意诋毁、抹黑爱尔兰人的不良意图。

实际上，在萨克雷和爱尔兰人矛盾的问题上，焦点并不在萨克雷是否真实地展现了爱尔兰和爱尔兰人。爱尔兰人真正介意的是，萨克雷将爱尔兰贫穷的状况公然昭示天下，却没有点明其贫穷的政治根源，以及萨克雷刻画的小说主角是爱尔兰而非英格兰或苏格兰的堕落者，并由此在读者中产生对爱尔兰及爱尔兰人以偏概全的负面印象。不过，萨克雷成名后的作品中越来越少出现爱尔兰身份的不道德者，这是有意要消除自己在爱尔兰人中造成的不良影响吗？

## 五　利维尔：萨克雷与爱尔兰解怨

在 1851 年到 1853 年的巡回演讲中，萨克雷并未涉及爱尔兰，但其演讲的内容《十八世纪英国幽默大师》中却包括许多来自爱尔兰的作家，如

---

① Anthony Trollope, *An Autobiography*, London：Oxford University Press, 1950, p. 243.
② 萨克雷中后期小说中出现了一些旨在进行道德教化和纠偏的理想化人物，如潘登尼斯的太太露拉。
③ 范存忠：《英国文学史纲》，译林出版社，2015，第 102 页。

乔纳森·斯威夫特、理查德·斯蒂尔、劳伦斯·斯特恩以及奥立佛·哥尔斯密。萨克雷在英格兰、苏格兰以及美国的巡回演讲大获成功，他所做的基于事实层面的主观评论非常符合维多利亚时代的道德观。比如他在承认斯威夫特的讽刺力度时，不忘批判其不道德之处。萨克雷认为斯威夫特不道德的地方是，他在火力全开炮轰敌人的时候展现出粗鲁、荒诞、恐怖，还有令人羞耻的甚至亵渎神明的表述。①

　　萨克雷对斯特恩的批判比起斯威夫特有过之而无不及，究其原因，是斯特恩的小说并未达到维多利亚时代的道德标准。萨克雷贬斥斯特恩惯于以虚情假意、装腔作势的文风吸引读者目光，嘲讽其根本不算伟大的幽默大师，充其量只是一个精于制造噱头哗众取宠的小丑。② 萨克雷对斯特恩领衔的感伤主义小说大加挞伐，批其不是肺痨就是缠绵于爱情，这种矫揉造作、无聊至极的遣词严重偏离了道德正轨。③ 斯威夫特为收到讥讽效果而设置的恐怖或污秽的情节，如吃婴孩、排泄粪便等场景，以及斯特恩塑造的低俗下流、猎艳逐芳的"采花淫贼"形象，都不符合萨克雷所欣赏的基督教道德精神。而基督教道德精神在维多利亚时代具有普适性，因此萨克雷对斯威夫特和斯特恩的点评并不能简单地认定为是对爱尔兰人的故意诋毁和中伤。萨克雷并未忘记一个爱尔兰评论员每个月对他进行的批评攻击，④ 或许这就是他没有选择去爱尔兰演讲的原因之一。因此，萨克雷此次演讲尽管并未直接面向爱尔兰听众，但似乎在向爱尔兰人传递重要信息，表明自己对爱尔兰及爱尔兰人的评述并非如他们所认为的是故意毁谤和污蔑，而是基于客观事实的。

　　况且，萨克雷对斯蒂尔和哥尔斯密发出了由衷的褒赞。理查德·斯蒂尔和约瑟夫·艾迪生自童年开始持续了一生的深厚友谊，尤其是斯蒂尔对艾迪生的喜爱和崇拜，可在萨克雷《名利场》中多宾和奥斯本身上窥见一

---

① William Makepeace Thackeray, *The Four Georges; The English Humorists; Sketches and Travels in London*, Montana: Kessinger Publishing, 2010, pp. 137-139.

② William Makepeace Thackeray, *The Four Georges; The English Humorists; Sketches and Travels in London*, Montana: Kessinger Publishing, 2010, pp. 306-307.

③ John W. Dodds, *Thackeray: A Critical Portrait*, New York: Oxford University Press, 1941, p. 23.

④ William Makepeace Thackeray, *A Collection of Letters of Thackeray: 1847-1855*, New York: Charles Scribner's Sons, 1888, pp. 80-81.

斑。此外，萨克雷还盛赞斯蒂尔是文学圈中第一个真心诚意地敬仰和尊重女性的作家。① 再者，萨克雷的习性和文学鉴赏标准与斯蒂尔相似，二人都喜好广交朋友，是咖啡馆和俱乐部的常客。萨克雷很欣赏斯蒂尔的文风，称其自然不造作。② 尤其是斯蒂尔和艾迪生合办的刊物倡导符合道德准则的思想和行为，这点得到萨克雷的认同。相比于斯威夫特"野蛮的暴怒"，萨克雷明显更靠近"惬意享受生活"③ 的斯蒂尔。萨克雷自己也承认对斯蒂尔的欣赏和喜爱："我承认，不管迪克·斯蒂尔（理查德的昵称）是作为一个男人，还是作为一个作家，比起那些更优秀的男人和作家，我还是更喜欢迪克·斯蒂尔。"④ 萨克雷特意将斯蒂尔写入他的小说《亨利·艾斯芒德的历史》，让主人公艾斯芒德和斯蒂尔的交谊弥补自己未能与前辈斯蒂尔谋面的遗憾。

除了斯蒂尔，萨克雷对奥立佛·哥尔斯密亦赞誉有加，称他为"最受人喜爱的英国作家"。⑤ 哥尔斯密在文学创作上的主张，比如贴近生活和自然、令人愉悦而不低俗的幽默、对社会黑暗面进行生动有力的讽刺和批评、提倡道德社会和仁爱处世等，这些都在萨克雷的作品中得到呼应。此外，在批驳斯特恩上，萨克雷在哥尔斯密处找到了共鸣，二人都对斯特恩持强烈的排斥态度，认为其作品"文笔欠雅，作风轻浮"，难登大雅之堂。再者，对于爱尔兰穷朋友，哥尔斯密总是有求必应、慷慨解囊，甚至不惜倾其所有，以至于他44岁英年早逝时，其好友约翰逊博士、柏克、雷诺兹等皆扼腕痛惜，为其送葬者不计其数，其中有许多是曾接受其热心救助的无家可归者和流浪汉。⑥ 宅心仁厚的哥尔斯密乐善好施、急人之难，他的无私行为正体现了基督教的博爱和自我牺牲精神。

---

① William Makepeace Thackeray, *The Four Georges; The English Humorists; Sketches and Travels in London*, Montana：Kessinger Publishing，2010，p. 204.

② William Makepeace Thackeray, *The Four Georges; The English Humorists; Sketches and Travels in London*, Montana：Kessinger Publishing，2010，p. 211.

③ William Makepeace Thackeray, *The Four Georges; The English Humorists; Sketches and Travels in London*，Montana：Kessinger Publishing，2010，p. 212.

④ William Makepeace Thackeray, *The Four Georges; The English Humorists; Sketches and Travels in London*，Montana：Kessinger Publishing，2010，p. 216.

⑤ William Makepeace Thackeray, *The Four Georges; The English Humorists; Sketches and Travels in London, Montana: Kessinger Publishing*，2010，p. 312.

⑥ William Makepeace Thackeray, *The Four Georges; The English Humorists; Sketches and Travels in London*，Montana：Kessinger Publishing，2010，pp. 320-324.

综上所述，以道德感悟和教化原则为指引，就不难理解萨克雷为何将斯蒂尔和哥尔斯密视为同道中人。萨克雷此次演讲一举两得，既公开表明了自己的创作取向，又为自己"诋毁爱尔兰人"的罪名洗白，这也算是萨克雷单方面对爱尔兰人做出的含蓄交代。在此次巡回演讲回来之后，萨克雷发表的作品中几乎不再出现有不良记录的爱尔兰人物。[①]

但如萨克雷的岳母肖太太那般的"恶妇"和小舅子那样的嗜酒者形象一直保留在他的作品中，只是撕去了爱尔兰人的身份标签。和萨克雷交恶多年的利维尔，在萨克雷声望日隆之际反而事业受阻、停滞不前。多年前名气比萨克雷大的利维尔在 1856 年时差不多已被人遗忘，萨克雷此时虽声名显赫，但并未妄自尊大，而是选择不计前嫌主动示好利维尔，为其安排小说出版，并将其多篇文章刊登在萨克雷任主编的《康希尔杂志》上。[②]萨克雷主动修复和利维尔本已决裂的关系，也是在向外界否认自己对爱尔兰人持有偏见和敌视。

如果说萨克雷当初以大英帝国的视角故意披露爱尔兰惨境是为了个人求名求利，那么之后萨克雷已经声名在外，为何还要屈尊主动向名声不如自己的利维尔抛出橄榄枝呢？因为此时功成名就的萨克雷愈加重视自身形象，努力塑造德才兼备的理想人格，这一转变也反映在他成名后的作品中。评论家们认为萨克雷中后期的作品呈现越来越浓烈的道德教育色彩。

---

[①] 萨克雷在成名作《名利场》（1847~1848）之后发表的小说《潘登尼斯》（1848~1850）中，以他的朋友爱尔兰作家威廉·马金为原型塑造了人物沙东上尉。沙东和马金个性相似，尽管才华横溢、受人尊重，但在生活上不懂开源节流，对求助于他的朋友慷慨到毫无节制，心里根本没有量入为出的勤俭持家观念。曾因透支而负债入狱的窘境使萨克雷对沙东（马金）充满了疼惜之情，对小说人物沙东的塑造，萨克雷并未进行抹黑和丑化。另有一对爱尔兰父女，女儿芙瑟陵格小姐是美貌的女戏子，潘登尼斯青年时代疯狂迷恋她，但后来终于发现她是一个没有文化、学识浅薄、讲究实际、看重钱财的功利女人。其父科斯蒂根上尉贫穷、邋遢、嗜酒、好钱又挥霍。但小说是以杂志连载的形式发表的，随着情节发展，芙瑟陵格小姐嫁给了一个贵族，生活安逸，还和潘登尼斯结下了友谊。这对爱尔兰父女除了因为前期生活困窘而特别在意经济条件外，并无道德上的不良污点。如果说《潘登尼斯》中的爱尔兰人沙东上尉以及科斯蒂根父女有损爱尔兰人的体面，那么萨克雷在 1850 年之后发表的小说中，则刻意回避爱尔兰身份的不道德者和不体面者。《钮可谟一家》（1853~1855）中克莱武的岳母麦肯济太太是以萨克雷的岳母肖太太为原型塑造的，尽管麦肯济太太跟肖太太一样尖酸刻薄，但萨克雷并未给予麦肯济太太爱尔兰人的身份，而是含蓄地暗示其是大不列颠北方人（苏格兰人）。

[②] Gordon Ray, ed., *Letters and Private Papers of William Makepeace Thackeray*, Vol. I, Cambridge：Harvard University Press，1946，p. cxlvii.

1853 年到 1855 年发表的《钮可谟一家》，其中有一对夫妻——潘登尼斯和露拉，他们也是萨克雷 1848 年到 1850 年发表的小说《潘登尼斯》的主角。①露拉在这两部小说中充当的都是基督教仁爱思想的倡导者和践行者角色，而天使般善良温和的女性角色在萨克雷成名前的作品中是空缺的，就连其成名作《名利场》中的女主角阿米莉亚跟露拉相比也显出了小女人的自私和怯懦。被称为萨克雷自传的《潘登尼斯》被看作一部成长小说，因为其中的男主人公潘登尼斯在遭遇重重失败和挫折之后，发现那个一直在背后默默注视着他，关爱着他，勇敢地批评、启发、鼓励他，并毫不犹豫地把自己所有的积蓄都慷慨赠予他，恳请他去伦敦谋发展的天使一样的女孩，她不仅是他真正的爱人，还是他道德和智慧的人生导师。不仅如此，就连挑剔的好友沃林顿，甚至一贯瞧不起穷人的叔叔潘登尼斯少校，都为露拉超凡的人格魅力所折服。露拉这一楷模形象后来继续在《钮可谟一家》中充当道德指导者和评判者。露拉一针见血地指出了麦肯济太太的霸道专横及其女儿绿绥的庸俗怯懦，她指导丈夫潘登尼斯积极地为陷入困境的钮可谟上校及其儿子克莱武提供帮助，她无私、慷慨和高尚的言行举止完全称得上基督教道德典范。之后，潘登尼斯夫妇继续在萨克雷 1861 年到 1862 年发表的作品《菲利普历险记》（*The Adventures of Philip*）中扮演道德捍卫者角色。萨克雷成名后的其他作品，如《弗吉尼亚人》《玫瑰与指环》《丹尼斯·迪万》等小说中都有一个具有仁爱之心的道德完美者。

萨克雷立身扬名之后，特别注重自身"道德建设"。这一举动的背后，除了有他希望自己作为一位有名望的作家能在公众中保持"德艺双馨"的良好名声这一个人动机外，也和当时已盛行一个多世纪的道德情感主义思潮的助推有关。

道德情感主义源自 18 世纪英国的思想家沙夫茨伯里。沙夫茨伯里从自然神论中获得启发。自然神论承认并支持理性，认为理性才是基督教信仰的基础，拒绝罗马天主教权威所规定的种种外在于人性的、体现专制霸权的神启。自然神论承认上帝是融于自然的抽象存在及权威，对上帝的敬仰

---

① 译者将小说《潘登尼斯》（*The History of Pendennis*）的男女主人公的名字译为潘登尼斯（Pendennis）和露拉（Laura）；这对夫妻又出现在萨克雷的小说《钮可谟一家》中，译者将其名字译为彭端尼斯（Pendennis）和罗瑞（Laura）。为了不混淆，笔者统一称之为潘登尼斯和露拉。

体现在自身的道德修行上。如果说宗教改革运动是对罗马天主教会统治的挑战，自然神论是对人格化上帝的否定，那么道德情感主义就是对传统的西方伦理思想的递进和革新。因为沙夫茨伯里在自然神论的框架之内从情感的角度系统地谈论道德的意义。沙夫茨伯里引入重要的概念，即"情感"和"公众情感"。当外物作用于人们的感官，引发人们或爱或憎时，即为情感。公众情感是指人们对公众/他人或爱或憎的情感，诸如怜悯、仁慈、感激等。在沙夫茨伯里的道德情感主义体系中，占据主导地位的是公众或者他人的利益，而非个人利益。① 公众情感衰微或者利己情感过强都是邪恶的主要表现。② 沙夫茨伯里认为，自乐的首要途径是对公共利益怀有自然且仁善的情感。③ 沙夫茨伯里的道德情感理论对英国 18 世纪的小说家亨利·菲尔丁产生了不小影响，萨克雷以菲尔丁为自己的写作榜样，在写作风格上频频取法于菲尔丁，可以说沙夫茨伯里的道德情感理论同样指导了萨克雷的创作。萨克雷成名之前的小说更集中体现利己情感太强的邪恶，成名之后的小说则转向展示富足的公众情感，即对公共或者他人怀有仁爱、同情及施惠之心。

弗朗西斯·哈奇森（Francis Hutcheson，1694~1746）亦认同仁爱是构筑幸福的必备项，休谟还将道德提升到增加社会利益的高度。尽管萨克雷后期的作品还远未达到关注人类共同利益的高度，但通过充溢着对他人的温情体贴以及无私关怀的情节可以看出，小说中渗透着带有理想化色彩的基督教道德价值观。正是因为看重正面价值取向及体面的社会声誉，萨克雷在成名后，作为家喻户晓的公众人物，为了树立合乎时代道德的良好形象，收敛刺人的锋芒，主动向爱尔兰宿敌求和，萨克雷和爱尔兰的恩怨纠结至此消弭。

## 第二节　萨克雷笔下的穷人

萨克雷的小说中几乎找不到贫民窟、雾霾等有损伦敦体面的污浊物象。这除了与萨克雷追随麦考来的历史观，认为英国的历史是趋向进步的，维多利亚时代是人类历史上最好的开明盛世相关外，社会对穷人态度

---

① 黄伟合：《欧洲传统伦理思想史》，华东师范大学出版社，1991，第 176~177 页。
② 周辅成编《西方伦理学名著选辑》（上卷），商务印书馆，1987，第 767~768 页。
③ 沙夫茨伯里：《人、风俗、意见与时代之特征》，李斯译，武汉大学出版社，2010，第 191 页。

的改变也是一个重要原因。

## 一　萨克雷笔下的时髦伦敦：没有穷人和穷人引发的霍乱及污染

萨克雷在《爱尔兰概况》中描述了许多衣衫褴褛、蓬头垢面的爱尔兰乞丐和流浪汉，但在其以伦敦为背景的小说中却鲜有提及贫民，这并不意味着伦敦没有贫困人口。萨克雷的小说集中描写中上层人士的生活轨迹，几乎没有涉及落魄潦倒的穷人。维多利亚时代穷人的生活境况是触目惊心的。1842 年，一个工人一天工作时间超过 12 小时，所赚薪水却仅能勉强糊口，一旦失业，全家断粮。[1] 同样 1842 年，仅在英格兰中部及威尔士，乞讨的流浪汉就超过 143 万人。[2] 1847 年经济危机爆发之时，工人普遍失业，粮价却上涨 40%。[3] 据调查，19 世纪中期的英国，乞丐占总人口的 1/20，经济捉襟见肘、衣不遮体的穷人占总人口的 1/5。[4] 伴随着工业资本主义的发展，贫困问题并未得到妥善解决，1849 年，仅在伯明翰就有接近 1/8 的人口处在极度贫困状态。[5] 实际上，饥饿和贫穷是维多利亚时代常见的社会现象，当时整个欧洲的食物都十分短缺。尽管某些上层人士的生活很富足，但对于那些既没有丰厚年薪，也没有可观资产，必须自己辛苦讨生活的中下阶层而言，忍饥挨饿是常见的，因此，在日常生活的大部分时间里，人们总是渴望饮食。渴望食物的话题"被记录在小说中，报纸上，自家的账单里，社会改革家的调查中，法庭记录以及济贫院的账目本上"。[6] 萨克雷的小说虽然并未以直接的、正面的方式描写饥肠辘辘、渴求饮食的状态，但他在小说中对宴饮的细致描述，以及他本人惯于暴饮暴食的生活习惯，亦从侧面印证了上述论断。

萨克雷在小说中几乎没有提及伦敦的污染和霍乱。当时的社会观念普

---

① Duncan Bythell, *The Handloom Weavers, a Study in the English Cotton Industry during the Industrial Revolution*, Cambridge: Cambridge University Press, 1969, p. 95.

② 参见王荣堂《英国近代史纲》，辽宁大学出版社，1988，第 287 页。

③ 王荣堂：《英国近代史纲》，辽宁大学出版社，1988，第 302 页。

④ 参见 W. D. Hussey, *British History 1815-1939*, Cambridge: Cambridge University Press, 1971, p. 217。

⑤ Carl Chinn, *Poverty Amidst Prosperity, the Urban Poor in the England, 1834-1917*, Manchester: Manchester University Press, 1995, p. 26.

⑥ Ruth Goodman, *How to Be a Victorian*, New York: Liveright Publishing Corporation, 2015, pp. 163-164.

遍认为污染和霍乱这样的社会问题源自穷人。在萨克雷生活的年代，英国经历了三次霍乱，分别在 1831 年、1848 年和 1853 年，每次都波及伦敦，造成相当数量人口的病亡。霍乱的主要原因是水污染，而彼时的伦敦污染极其严重。比如，19 世纪，伦敦的住户都在自家地下室排泄，因为缺乏现代化的排污和污水处理系统，长年累月堆积起来的粪便从地下室溢出，漫溢到院子、街道，不堪入目。如 1849 年《纪事晨报》有一则报道：伦敦街一处下水道恶臭熏天，尽管水面已呈浓绿色，但周围的居民们仍旧在此汲取饮用水，同时，也将粪便污物等排放到此处。① 在狄更斯的小说里或多或少都能找到对污染和恶劣环境的描述。② 但在萨克雷关于英国社会问题的小说中并未见上述描写，萨克雷笔下的伦敦和狄更斯笔下的伦敦是全然不同的。前者小说里的伦敦总能给人一种美丽、清新和时髦的感觉，无论是街道还是公园，都看不到维多利亚时代伦敦的主角——雾霾。

众所周知，由于工业化发展，伦敦的空气饱受污染。家庭排放的煤烟，工厂烟囱冒出的化学废气，蒸汽火车吐出的烟雾，这些使整个伦敦犹如沉浸在"豌豆汤"中。由于伦敦地处盆地，这些弥漫于空气中的烟尘废气难以消散开去，越积越浓，以至于阴天时会出现伸手不见五指的情况。③ 萨克雷小说中有许多场景都发生在伦敦，如此严重的环境污染却在其小说中几乎未见踪迹，④ 仿佛彼时的伦敦是一座洁净清爽的城市，从未遭受过烟尘浓雾的困扰。甚至在《潘登尼斯》中，还出现了泰晤士河的清新空气令女主人公精神焕发的表述。⑤《潘登尼斯》的背景时间是 1827 年到 1839 年，⑥

① Steven Johnson, *The Ghost Map: The Story of London's Most Terrifying Epidemic—and How It Changed Science, Cities, and the Modern World*, New York：The Penguin Group, 2006, p. 11.
② 狄更斯在他的小说《老古玩店》、《艰难时世》、《奥利弗·退斯特》（中文译为《雾都孤儿》）、《我们共同的朋友》等中，都着重描写了工业引发的环境污染，以及污染对底层群众造成的严重伤害。萨克雷未触及的贫困问题，也是狄更斯小说的聚焦点之一。
③ See Ruth Goodman, *How to Be a Victorian*, New York：Liveright Publishing Corporation, 2015, pp. 185-187.
④ 萨克雷的大部分小说未将污染、霍乱以及贫困问题作为主要内容展示，但也不是绝对屏蔽这些问题。在《钮可谟一家》中稍微提及污染，但也是为了表达政治诉求的需要。
⑤ W. M. Thackeray, *The History of Pendennis*, John Sutherland, ed., New York：Oxford University Press, 1994, p. 676.
⑥ Isadore Gilbert Mudge, M. Earl Sears, *A Thackeray Dictionary: The Characters and Scenes of the Novels and Short Stories Alphabetically Arranged*, London：George Routledge And Sons, Ltd., 1910, p. xxx.

去泰晤士河散步这段情节差不多发生在 1838 年。此时的泰晤士河已经受到严重污染，因为粪便、垃圾等污物被伦敦市民肆无忌惮地直接排放到泰晤士河中。久居伦敦多年的萨克雷不可能不了解泰晤士河的污染情况。这部小说以连载形式发表于 1848 年到 1849 年，此段时间正是伦敦第二次霍乱横行之时，伦敦有上万人因此殒命。萨克雷显然选择故意隐瞒泰晤士河及整个伦敦受到污染这一客观事实。萨克雷的小说主要展示的是资本主义环境下人的问题，比如势利者、野心家，而将恶劣的生存环境排斥在文本之外。因此，即便是同时代作家，萨克雷小说里的伦敦和狄更斯、盖斯凯尔夫人等作家笔下的伦敦也不是同一个世界，前者是现代的、漂亮的、光鲜的、时髦的，丝毫感觉不到肮脏和恶臭，是个令人向往的国际大都市。

相反，代表高品位的事物在萨克雷小说中屡见不鲜。比如，俱乐部，这是萨克雷小说中不可缺少的人物活动场景之一。俱乐部起源于英国，是绅士们社交生活的重要场所，它内置的会客室、休息室、餐室以及娱乐区等，不但为绅士们提供种种生活便利服务，而且，最重要的是，它象征着俱乐部会员体面、高品位的身份，这是它与普通咖啡馆、酒馆和饭馆区别的地方。《潘登尼斯》一开篇就是潘登尼斯少校衣冠楚楚、悠闲自在地坐在伦敦蓓尔美尔街的一个俱乐部里，开始吃早餐和处理邮件。马车也是萨克雷小说中的频现物。彼时的马车尚未退出历史舞台，尽管已有火车可作为长途交通工具，但便于在市内行驶的汽车还未出现，因此马车仍旧受到中上层阶级人士的青睐。原因有三：其一，为了显示个人经济实力，因为彼时马车价格不菲，加上养护费用，是一笔不小的开支；其二，拥有马车能显示出主人体面、高贵的社会地位；其三，乘坐马车亦能防止出门走路被溅一身污水。萨克雷小说中的人物之所以乘坐马车，大部分是前面两个理由，比如《名利场》里的贝基。宴会也是萨克雷小说的一大亮点。绅士淑女齐聚休息室聊天，仆人通知开饭时，客人们按照女主人安排的顺序依次进入餐厅，仆从们依序端上美酒佳肴。绅士们在用餐间隙和邻座的女士细语轻聊，得体优雅。餐后女士们集中前往休息室进行娱乐活动，比如弹琴、唱歌、闲聊等，其间有茶水、咖啡等饮品供应，绅士们则或留在餐厅，抽烟洽谈业务，或去休息室加入女士们的娱乐活动。萨克雷设置的故事情节往往就在宴会的吃喝玩乐间悄然展开。

此外，萨克雷还热衷于描写伦敦的社交季节。舞会是必不可少的社交项目，也是青年男女定情的场所。奥斯本和贝基正是在舞会上一段酣畅淋漓的舞蹈后秘密约定私奔的；潘登尼斯和一位女士在舞池里疯狂旋转，因失去重心摔倒在地上，出尽了洋相，这也挫伤了潘登尼斯的傲气。另外，谒见女王也是萨克雷笔下名媛、淑女的硬件标配。贵族名媛到了谈婚论嫁的年龄便进宫谒见女王，在享受完被女王亲吻额头的殊荣之后，便可以大胆出手钓金龟婿了，故事便由此延伸开去。

## 二　穷人社会形象的嬗变

被污染的伦敦和食不果腹的贫民几乎被萨克雷隐藏了，萨克雷把他的镁光灯打在中上阶层的体面人士身上。为何萨克雷要屏蔽前者？用萨克雷自己的话来解释，就是他不了解处在社会底层的贫困人员。[①] 从萨克雷的成长经历来看，早年由于有他父亲那笔不菲的遗产支撑，他是一个不折不扣的富二代，受过剑桥大学的高等教育，浪迹于赌场、舞会之间，接触的皆是他小说中提及的那些名媛绅士。但是如果认为他从未接触过底层百姓，那是不真实的。破产之后，萨克雷一家迅速变得贫困，处于和钮可谟上校一样的凄惨境遇，萨克雷及其父母搬到巴黎。因为相对而言，巴黎的日常开支较伦敦节省，许多经济拮据的英国人都涌到巴黎避难。萨克雷在未成名前混迹于三教九流之间，历经种种辛酸苦难，个中滋味，只有他自己明了。

萨克雷之所以屏蔽"污染"和"穷人"这两个关键词，我们认为出于这样的原因：彼时的英国社会对于贫穷态度的转变。

在工业时代到来之前，英国人普遍对穷人抱有同情态度，通过各地教会组织向穷苦人施以援手，并认为这是天经地义的善举义事。[②] 工业革命兴起后，大批被剥夺田地的农民被驱赶到城市打工，成为工厂的廉价劳动力，恶劣的工作、生活环境以及微薄的薪水很快使他们成为新生代的贫困人口主力。英国自 17 世纪以来实施的济贫制度并未能有效解决贫困问题，反而引发了质疑和批评。质疑和批评的声音围绕济贫制度未能有效激励无业贫困人员参加劳动展开，认为传统的济贫方式不但没能消除贫困现象，

---

① Richard Pearson, *W. M. Thackeray and the Mediated Text, Writing for Periodicals in the Mid-Nineteenth Century*, Hants: Ashgate Publishing Ltd., 2000, p. 97.

② Brian Inglis, *Poverty and the Industrial Revolution*, London: Hodder and Stoughton, 1971, p. 15.

反而培养了穷人的怠惰性情，他们寄希望于各地教区，过上了"饭来张口，衣来伸手"的悠闲日子。

提出这一批评的根本出发点是，纳税者不愿意为这些和他们毫无干系的贫困者买单，因为各教区提供的援助物资需要依赖纳税者的税收支持。为了削减这一庞大的经济负担，就必须实现这点，即让闲置人员甘愿进入浩荡的劳动大军自谋生路，这样就不会对政府救济产生依赖，这不但能为上升时期的资本主义经济发展添砖加瓦，而且也能在一定程度上消解纳税者的怨念。这样的变革思路得到了思想家们的印证。李嘉图和马尔萨斯均论证了济贫的负面效应。李嘉图指出，济贫法会强化无产者和有产者之间的矛盾和对立，接受救济者没有参与社会财富的创造，单靠政府救济就能衣食无忧，长此以往，势必导致国库虚空。马尔萨斯亦断言，依靠救济生活的穷人一旦娶妻生子繁衍后代，就会因人口增多而相应占据更多生活资料，如此一来，其他劳动者本该享有的生活资料就大大减少了，缺乏生活资料的劳动者只好也加入被救济者行列。这正是马尔萨斯所谓的，"在某种程度上，它们（指济贫法）在救活穷人的同时，也迫使更多人穷困潦倒"。[1] 如此恶性循环，必然造成人口过剩，生活资料短缺。约瑟夫·汤森坚信，济贫法会使维持社会正常运转的人口数量和食物总量之间的平衡失调，因此，济贫制度是制造社会灾难的罪魁祸首。[2]

济贫制度的缺陷曝光后，有产者对被救济的穷人原有的那点同情心立刻转化为对他们利用济贫制度的漏洞投机取巧、谋取私利这一恶劣行径的攻击和藐视。失业的被救济者因长期依赖济贫体制生活而受到社会的普遍谴责和抵制，这种"寄生虫"式的生活方式违背了传统基督教推崇的踏实勤恳的精神。此时，正处于上升期的中产阶级支持自由放任学说的呼声高涨，认为政府不必为穷人买单。

19世纪初期，宣传旧济贫体系不合理的传单和册子铺天盖地，直呼旧济贫法为大恶，应当予以取消。[3] 马尔萨斯呼吁自立自强精神的回归，依

① Thomas Robert Malthus, *An Essay on the Principle of Population and a Summary View of the Principle of Population*, Antony Flew, ed., Baltimore: Penguin Books Ltd., 1970, p. 97.

② See Joseph Townsend, *A Dissertation on the Poor Laws*, Berkeley: University of California Press, 1971, pp. 34-38.

③ Derek Fraser, *The Evolution of the British Welfare State*, London: Macmillan Press Ltd., 1984, p. 38.

赖政府和他人救济生活的行为理应被看作全社会的耻辱。这样的观点获得了社会的普遍认同。另外，维多利亚时代的主旋律是开拓和创业，但凡有劳动力的人都可以凭借自身劳力和智慧出人头地、赚取财富，获得别人的尊重和社会地位。贫困应该成为人们参加劳动、获取财富的动力，而不是寻求政府救济、不劳而获的借口。济贫体制衍生出来的不良现象给穷人贴上了"不劳而食"的标签，而穷人长期以失业为由申请救济的行为，被普遍认为是懒惰的本性使然。以至于当时的人们总是将穷人和懒汉画上等号，① 认定懒惰是导致有劳动能力者贫困的直接根源。

早在 18 世纪，埃德蒙·柏克就主张，真正意义上的穷人应当指的是丧失了劳动能力不得不依靠救济生活的人。柏克将体弱多病者、孤儿及老人② 归入穷人这一类。有劳力者若依旧身无分文、一贫如洗，必是怠惰所致。若因老弱病残而致穷，情有可原。但现实情况是，贫困人口的大部分都是有劳动能力者，而非老弱病残。③ 为了消灭此类好逸恶劳之徒，边沁提出"劣等处置原则"，即申请救济者获得的待遇必须低于收入最差的劳动者。反之，后者的劳动积极性必大受打击，甚至纷纷放弃劳动，趋向救济申请，如此一来，懒汉增多，国家财政不堪重负，不利于资本主义经济的发展。为了断绝穷人企图依赖济贫制度好逸恶劳的非分之想，"巴士底狱"④ 式新型济贫院蓝图已然在改革者们的脑海中成形。这为新济贫制度包含种种苛刻甚至带有人格侮辱性的条件提供了可行的理论依据。⑤ 正如

---

① J. R. Poynter, *Society and Pauperism: English Ideas on Poor Relief, 1795–1834*, London: Routledge & Kegan Paul Limited, 1969, p. 25.

② Edmund Burke, "Letters on a Regicide Peace," *Select Works of Edmund Burke*, Vol. 3, Indianapolis: Liberty Fund, Inc., 1999, p. 267.

③ J. R. Poynter, *Society and Pauperism: English Ideas on Poor Relief, 1795–1834*, London: Routledge & Kegan Paul Limited, 1969, p. 29.

④ 〔英〕R. G. 甘米奇:《宪章运动史》，苏公隽译，商务印书馆，1996，第 60 页。

⑤ 关于新济贫制度的种种苛刻管理，以及济贫院里低劣悲惨的生活，详见 Sir George Nicholls, *A History of the English Poor Law*, Vol. II, New York: Routledge, 2017, pp. 289–333; David Englander, *Poverty and Poor Law Reform in 19$^{th}$ Century Britain, 1834–1914: From Chadwick to Booth*, New York: Routledge Taylor & Francis Group, 2013, p. 38; M. A. Crowther, *The Workhouse System 1834–1929: The History of an English Social Institution*, London: Routledge Taylor & Francis Group, 2016, pp. 50, 255–265; J. S. Quadagno, *Aging in Early Industrial Society: Work, Family, and Social Policy in Nineteenth-Century England*, New York: Academic Press, 1982, pp. 107–108。

代表有产者利益的改革者们所希望的，新型济贫院让穷人心生恐惧，并让大人小孩都清醒地认识到，进入济贫院是奇耻大辱，绝非光彩之事。①

穷人的社会形象由此一落千丈，总被有产者冠以诸如"懒汉""好吃懒做""吊儿郎当"等贬义词，穷人的尊严和权利被彻底摧毁，旧社会曾给予穷人的同情和仁爱逐渐转化为蔑视和厌恶。英国资本家们乘此良机，以改造穷人惰性的名义肆意剥削劳动者，资本家们内心真正关心的绝非穷人的道德问题，而是千方百计将经济收益最大化。唯利是图的资本家们为自己盘剥雇佣工人找到了合理的理论支持。约瑟夫·汤森在他的《济贫法专论》（*A Dissertation on the Poor Law*）中提到，对于穷人，只有饥饿才能遏制他们的人口增长，使社会保持平衡，并促使他们参加劳动。因为穷人根本不具备有识之士所拥有的追求上进的自豪感、荣誉感和抱负心，因此，救济贫民是不可取的，是违反自然规则的。②

马尔萨斯提到，虽然经济发展了，但是人口增长和生活资料增长并不成比例，前者的增长速度要快于后者，这就导致饥饿和贫困。反过来，贫困又压制了人口增长，使人口和生活资料趋向平衡。③ 因此，为了保持这种平衡，有必要遏制人口增长。而为了有效控制人口增长，无视道德的人为举措，比如杀婴、谋杀、节育、同性恋、晚婚和禁欲，在马尔萨斯看来是可行的。并且，马尔萨斯指出，他推荐的这些反传统道德的措施，是只针对穷人和底层劳动者的，因为在他看来，穷人应该对社会问题负主要责任。

马尔萨斯的上述言论，对 19 世纪的英国社会发挥了巨大的指导性作用，引发了有产阶级的共鸣。比如，托马斯·查尔莫斯相信，社会弊病丛生的根源都可在马尔萨斯的人口理论中找到完美阐释。④ 一个名为托马斯·鲁格斯的乡村绅士认为，为了让穷人们养成克勤克俭的美德，完全没

---

① 参见 J. D. Marshall, "The Nottinghamshire Reformers and Their Contribution to the New Poor Law," *The Economic History Review*, New Series, Vol. 13, No. 3, 1961, p. 388。

② 参见 Joseph Townsend, *A Dissertation on the Poor Laws*, Berkeley: University of California Press, 1971, p. 23。

③ 参见 Thomas Robert Malthus, *An Essay on the Principle of Population and a Summary View of the Principle of Population*, Antony Flew, ed., Baltimore: Penguin Books Ltd., 1970, p. 82。

④ Stewart. J. Brown, *Thomas, Chalmers and the Godly Commonwealth in Scotland*, New York: Oxford University Press, 1982, p. 195.

必要给工人们加工资。① 19 世纪初的英国，社会基本达成这样的共识：保持劳动者的贫困状态是极有必要的，因为高薪只会诱发他们懒惰的本性和奢靡的作风，破坏社会生产和经济发展。②

贫困这样一个有损体面的现象虽然并未出现在萨克雷的小说中，但并不意味着萨克雷的小说中没有来自社会底层的角色，相反，此类角色还成为小说的主角。

### 三　萨克雷笔下的另类穷人

彼时英国主流社会对穷人的偏见和鄙视影响了萨克雷的文学创作，尽管如上所述，萨克雷在小说中并未将穷人描述为一个生活在社会底层的、被压迫被剥削的、招人怜悯的群体，但他往往聚焦于某个来自社会底层的穷人，伴随着情节走向，逐渐展示出这个人物身上所固有的、丑陋的穷人劣根性，这种劣根性恰恰符合上述有产阶级对穷人的看法。

《名利场》中的贝基是典型，贝基的行为特征与彼时主流社会对穷人的评价相契合。贝基千方百计要摆脱穷人的身份进入上流阶层，但她好逸恶劳、穷奢极侈的本性最终使她身败名裂。巴里·林登的发迹史概括而言也是属于这一路数。这个贫穷的爱尔兰冒险者一生嗜钱如命，为了占有贵族林登太太的财产，他不惜采取卑鄙手段逼走与林登太太情投意合的男友，继而暴力胁迫林登太太和他成婚，并将自己本来的姓改为林登这一贵族姓氏。当他阴谋得逞、处于人生巅峰之时，依旧本性难移、怙恶不悛，肆意挥霍浪费，终于耗尽家财，妻逃子亡，最终病死狱中。再如，潘登尼斯少校的秘密无意中被仆人摩根偷听到，后者以此要挟主人，企图讹诈一笔数目不小的财富，以改变自己的身份和地位；亨利·艾斯芒德的天花是从村里的铁匠女儿那里传染的，回家后又传染给子爵夫人，这场天花病灾夺去了子爵夫人的美貌。上述故事情节展示了底层人物道德败坏，不惜用阴谋诡计敛财，或使尽鬼蜮伎俩跻身上流社会的劣根性，满足了有产者将社会问题归咎给穷人，并对穷人口诛笔伐的欲望。铁匠女儿传染天花给贵

① J. R. Poynter, *Society and Pauperism: English Ideas on Poor Relief, 1795 - 1834*, London：Routledge & Kegan Paul Limited, 1969, pp. 30-31.

② 参见 J. R. Poynter, *Society and Pauperism: English Ideas on Poor Relief, 1795 - 1834*, London：Routledge & Kegan Paul Limited, 1969, p. 26。

族这一情节，迎合了彼时社会将穷人认定为瘟疫、疾病和灾难的制造者和传播者这一思路。

　　萨克雷塑造的此类具有消极意义的社会底层人物形象，在 1853 年到 1855 年以连载形式发表的《钮可谟一家》中得到改观。小说主人公钮可谟上校的父亲，老钮可谟先生早年在家乡做织布工，为人诚实、节俭、能干，他把这些优秀品质带去了伦敦。老钮可谟在伦敦经商发财后，不忘与初恋的誓言，娶了一贫如洗的乡村姑娘苏珊为妻，即钮可谟上校的亲生母亲。这份一诺千金的爱情在当地传为佳话，也更显出老钮可谟的高贵品德。后来苏珊难产而死，老钮可谟续娶阔绰的老东家的女儿何布生小姐，为了照顾前妻所生的儿子，特意聘请了苏珊生前的闺蜜、表妹萨拉·梅荪太太来当小钮可谟的保姆。钮可谟父子对这位尽职尽责的保姆非常感激，保姆退休后回乡下养老，钮可谟父子及后来的孙子继续支付优厚的年金赡养保姆，即便后来陷入了经济困境，也总是想方设法来支付这笔年金。[①]阔少巴恩斯欺骗玩弄一个工厂女工致其怀孕后，狠心将她和两个孩子抛弃，被抛弃的女工后来嫁给了一个工人。这个工人悲愤于巴恩斯的始乱终弃，在巴恩斯和钮可谟上校竞选议员席位时，他在众工人兄弟的支持下勇敢地站出来揭露了巴恩斯的无耻恶行，致使巴恩斯竞选惨败，大快人心。

　　在这部小说中，首次出现"纺织工人"以及"工人兄弟"这样的描述词，而且这些人物都是作为具有积极道德意义的正面、典型形象出现的。彼时英国工人处在社会底层，是受资本家残酷剥削、压榨的穷人，萨克雷之前的作品并未将工人纳入他的人物版图，更不用说浓墨重彩地正面书写了，那此次画风突变的根源是什么？

　　英国工人阶级在 1832 年的议会改革中并未获益，为了改变经济地位，工人们意识到只有先改变自身的政治地位，因此，强化了政治斗争。1834年，大团结工会联合会支持的罢工浪潮席卷英国。1836 年到 1848 年，轰轰烈烈的宪章运动体现了工人争取政治权利的伟大决心。[②] 与此同时，中产阶级激进派作为一支迅速崛起的政治队伍，在取得反谷物法的胜利后，

---

①　William Makepeace Thackeray, *The Newcomes: Memoirs of a Most Respectable Family*, New York: Harper & Brothers Publishers, 1899, pp. 14–21.

②　关于宪章运动和大团结工会联合会罢工活动的情况，详见刘成等《英国通史：光辉岁月》（第五卷），江苏人民出版社，2016，第 138、151 页。

踌躇满志，立意要改变土地贵族把持朝政的腐败局面。

中产阶级激进分子倡导自由主义，他们深刻地体会到被土地贵族掌控的选举制度是阻碍他们进一步争取政治平等的绊脚石。由于受到贵族的操控，选举腐败是彼时众所周知的事实，这不利于政治的民主化进程。1832年的议会改革仅仅调整了部分地区的选票数和议席，有限扩大了选民范围，选举舞弊现象仍旧猖獗。权势贵族依旧可以自己选代表，贿选和买票的不法行为屡见不鲜。萨克雷在《钮可谟一家》中讲述了中产阶级代表钮可谟上校和贵族代表巴恩斯爵士竞选议员的故事，前者的正义和仁慈完胜后者奸邪的贿选套路，这正体现了萨克雷作为一名中产阶级分子的改革心态。尽管贵族势力在 1832 年议会改革后有所削弱，但英国政界的中坚力量——中产阶级力图推动更加深入的议会改革，彻底改变贵族垄断政治的局面，但终因势单力薄，提交的议案屡遭否决。[①] 此时，中产阶级意识到，要继续深化议会改革，有必要联合工人阶级。

萨克雷在 19 世纪 50 年代以前并不特别热衷于政治，不是布莱特和科布登那样的 "政治鼓动者"[②]。50 年代，他的自由主义激进倾向日益明显，对选举和议会改革持支持态度。[③] 萨克雷在政治情感上的辉格倾向致使他在克里米亚战争前夕，和许多中产阶级分子一样，对当时掌权的阿伯丁政府深感失望。俄国实施对外扩张政策，彼时奥斯曼帝国每况愈下，俄国认为这是扩大势力的良好时机，因此以保护奥斯曼帝国境内的圣地为由，计划在巴勒斯坦建立据点。在如此冠冕堂皇的宗教理由遭苏丹拒绝后，俄国便悍然出兵，入侵了奥斯曼帝国的多瑙河区域。

坚守欧洲均势的英国对此如坐针毡，担心大英帝国在印度的利益会因俄国的势力扩张而受损。彼时的英国首相阿伯丁并未采取积极的武装阻挠策略，只是持谨小慎微的观望态度，这一犹豫不决的姿态激起了英国国内

---

① 在英国中产阶级的庞大队伍中，决意要将议会改革深入开展下去的激进分子为数不多，在中产阶级群体内部就有不少阻力，具体详见 Geoffrey Best, *Mid-Victorian Britain 1851-1875*, New York：Schocken Books Inc. , 1972, p. 242；Derek Fraser, *Urban Politics in Victorian England: The Structure of Politics in Victorian Cities*, Leicester：Leicester University Press, 1976, p. 250。

② Arthur Pollard, *Thackeray: Vanity Fair a Casebook*, London：The Macmillan Press Ltd. , 1978, p. 177.

③ Lewis Melville, *William Makepeace Thackeray*, New York：Doubleday, Doran & Company, Inc. , 1928, p. 370.

主战派的激烈抗议。英国媒体对阿伯丁政府的谴责和督促参战之声不绝于耳。《每日新闻》抱怨，如果英国坐视不理，那么，欧洲就要被一个具有拿破仑式野心但缺乏拿破仑能力的平庸之人所统治，欧洲人也将成为他的奴隶。①

萨克雷长期以来都很欣赏帕默斯顿（Lord Palmerston）的行事风格。1850年，英国外交大臣帕默斯顿在议会发表了一场深入人心的演讲，提到英帝国国力强盛时，帕默斯顿说道，英国人无论在世界哪个角落，都能自信满满，因为英国有实力为自己的子民保驾护航，使游子免遭不测。这场演讲不仅得到英国人的认同，而且大大增强了他们的自豪感。之后的伦敦博览会更加使英国人相信，大英帝国是世界上最强大的国家，因此，帕默斯顿提倡的炮舰外交得到多数英国人拥护，他们认为此策略能有效维护英国的利益，是先进的治国理念。②

帕默斯顿承袭的是乔治·坎宁（George Canning）的自由思想。坎宁作为托利党自由派的代表，在19世纪20年代主持政府工作期间出台的内政外交政策充分吸纳了民众的改革意见，在剔除社会时弊方面取得一定效果，广受中产阶级自由派欢迎。坎宁尊重民意，强调政府和民众共同商讨达成共识，③ 这一点后来得到继承和发扬。

1851年，帕默斯顿辞去外交大臣职务时，《笨拙》杂志调侃他为"精明的扶瓶托"，萨克雷对此愤怒不已，奋力为帕默斯顿辩护，认为媒体如此戏谑帕默斯顿是无礼且不公平的。因为在萨克雷看来，帕默斯顿是目前唯一一个扶持欧洲自由主义事业的政要。萨克雷直言，帕默斯顿的行事风格与他的自由主义激进倾向极为契合。④ 早在1853年1月，英国驻俄国大使呈递给议会的报告中，已提到俄国沙皇拟侵占奥斯曼帝国的政治野心。闻此讯息，以帕默斯顿为首的主战派便在议会上强烈要求与法国结盟共同抗俄，但阿伯丁政府认为英国还未被逼入绝境，尽量避免卷入战争。⑤ 政府

---

① See "London, Friday, Dec. 16," *The Daily News*, 1853-12-16, p. 4.

② 刘成等：《英国通史：光辉岁月》（第五卷），江苏人民出版社，2016，第323页。

③ Jonathan Parry, *The Rise and Fall of Liberal Government in Victorian Britain*, New Haven：Yale University Press, 1993, p. 18.

④ Edgar F. Harden, *A William Makepeace Thackeray Chronology*, New York：Palgrave Macmillan, 2003, pp. 234-235.

⑤ 刘成等：《英国通史：光辉岁月》（第五卷），江苏人民出版社，2016，第327页。

的消极行为引发民众反感。同时，帕默斯顿威望日隆，《晨报纪事》夸赞帕默斯顿具有先知意识，预测精准，出台的政策令人信服，阿伯丁政府正是拒绝听从帕默斯顿的提议才引致锡诺普大屠杀，使英国陷入重重厄运。①

宪章运动后，英国工人阶级逐渐放弃暴力反抗的形式，转而走上改良主义的道路，促使其转向的因素有三。

首先，工人整体文化水平的提高。

伴随着大众教育的发展，英国的贫困阶层有条件接受教育。英国的穷人教育协会于 1811 年创建，至 1851 年全国已有超过 1.7 万所面向穷人开放的学校，②此外，还有专门传授专业技术的学校。③ 据统计，1815 年，男性文盲率为 58%，女性高达 81%。④ 到 1871 年，男性与女性识字率分别高达 80% 和 73%。⑤ 此外，各种类型的图书馆和阅览室的出现，也为拓展工人知识、开阔他们的社会视野提供了便利。拥有文化知识且有一技之长的工人不仅能得到雇主赏识，获得更高薪水，而且更容易融入中产阶级文化圈，接受中产阶级倡导的自由主义思想及其政治理念。

其次，工人阶级自助活动的开展。

英国工人阶级早期的暴力抗议并未能改变自身的政治和经济地位。为了摆脱生活困境，工人们开展了一系列自助活动。比如，不同行业的工人通过交换各自的劳动产品来满足生活所需。⑥ 工人自助组织形式多样，在不断探索中寻求发展，尽管有部分自助团体，如救赎团（Redemption Society）、英国教会自助村庄（Church of England Self-supporting Villages）等最终归于失败，但经典的自助合作例子"罗奇代尔先锋合作社"（Rochdale Society of Equitable Pioneers）是"英国历史上第一个成功的消费合作社",⑦ 其自助合作的价值理念广为传播、深入人心。

---

① "London, Monday, December 19, 1853," *The Morning Post*, 1853-12-19.
② 刘成等：《英国通史：光辉岁月》（第五卷），江苏人民出版社，2016，第 301 页。
③ Harold Perkin, *Origins of Modern English Society*, London：Routledge, 1972, pp.57-58, 212-219.
④ Edward Royle, *Modern Britain*, London：Bloomsbury Academic, 2012, p.406.
⑤ Francois Bedarida, *A Social History of England 1851-1990*, trans. by A. S. Forster and Jeffrey Hodgkinson, London：Routledge, 1990, p.157.
⑥ 《欧文 1833 年 10 月 9 日在合作社代表大会上的讲演词》，柯象峰等译，《欧文选集》（第二卷），商务印书馆，2017，第 223 页。
⑦ 刘成等：《英国通史：光辉岁月》（第五卷），江苏人民出版社，2016，第 142 页。

　　工人们逐渐意识到，自助合作能帮助摆脱之前的贫困状态，改善经济状况，便渐渐放弃了暴力革命的想法。除了以上集体互助互帮渠道，个人通过努力奋斗过上体面日子的事例也起到榜样的作用。比如，罗伯特·欧文（Robert Owen，1771~1858），从一个贫困的学徒工一路奋斗成长为纺织厂主。宪章运动之后，各行业陆续出现由高薪专业技术工人组成的"新模范工会"，在遇到问题时，工会通过与雇主谈判而非罢工解决问题。由于这些掌握专业技能的工人对于工厂生产来说不可或缺，同时因为收入可观，毫无经济窘迫之感，所以，往往无须采取极端的暴力反抗斗争便能达到目的，被称为"工人贵族"的专业技工群体是19世纪50年代后英国工人阶级放弃暴力革命的主要原因。① 这类技术工人凭借自身的努力争取到体面的生活，为整个工人群体树立了自力更生的良好榜样，也弱化了工人们早期的激进的抗争意识。

　　再次，中产阶级有意识地向工人阶级传递合作信号。

　　中产阶级激进分子发现能够和他们一起深入进行议会改革的志同道合者为数不多，因为大部分中产阶级分子不想冒着巨大风险去撼动根深蒂固的贵族统治，唯恐因此引发社会结构大地震，失去目前已争取到的既得利益。宪章运动之后，英国工人阶级逐渐转向自助合作和以改善生活待遇为目的的工会活动，同时，工人文化知识的积累使中产阶级宣扬的自由主义思想得以灌输进他们的头脑。促使两个阶级对话和合作的客观条件趋向成熟。

　　19世纪50年代前期，帕默斯顿担任内政大臣期间，支持通过了一系列旨在改善底层人民生活条件及减少污染等的法案，其中就包括缩短女工和童工工作时间，并给予餐饮休息时间的《工厂法》（1853）。② 帕默斯顿主动向工人阶级示好，显示出改革意愿。③ 萨克雷作为帕默斯顿的忠实拥趸，自然不甘落后，1853年开始执笔的《纽可谟一家》，便是支持中产阶级议会改革、讨伐保守派贵族、准备联合工人阶级共同作战的实质性表态。纺织工人出身的老纽可谟勤奋努力，重情重义，他的儿子和孙子延续

---

① 刘成等：《英国通史：光辉岁月》（第五卷），江苏人民出版社，2016，第151~152页。

② 参见 Lee J. Stephen, *Aspects of British Political History, 1815–1914*, London：Routledge, 1994, pp. 132–133。

③ Philip Guedalla, "Lord Palmerston," *The Political Principles of Some Notable Prime Ministers of the Nineteenth Century*, F. J. C. Hearnshaw, ed., London：Macmillan and Co., Limited, 1926, p. 127.

了他的优良品德。与此形成鲜明对比的是，贵族巴恩斯子爵阴险狡诈、为非作歹、始乱终弃。萨克雷将工人阶级的勤劳、高尚、淳朴等美德作为重点宣扬的特质，和帕默斯顿的慈善政策默契呼应。

英军参加克里米亚战争后，萨克雷的朋友，《泰晤士报》的记者威廉·霍华德·罗素（William Howard Russell）随军深入作战前线，及时向英国传递真实的战地信息。1854 年，在克里米亚地区的巴拉克拉瓦和因克尔曼两场血战之后，迎来了严酷的寒冬，英军士兵因疾病、受冻、饥饿而大量死亡，罗素对此进行了空前坦诚的真实报道。这些触目惊心的灾难性场面令英国人深感羞耻，著名考古学家奥斯丁·亨利·莱亚德（Austen Henty Layard）彼时正在克里米亚，目睹了战争的残酷，以及英国贵族军官的专横跋扈和愚昧无知导致的军队哗变。当莱亚德将这些令人不寒而栗的战争事件带回英国，萨克雷听闻之后，情绪陷入崩溃和混乱之中。[①]

由于运输工具匮乏，在穿越黑海时大量的医疗器械被抛弃，[②] 疾病开始在军队蔓延。[③] 英国军队缺乏药品、医护人员、医疗设施，以及后勤补给。[④] 而后勤补给的匮乏和输送不到位，很大一部分原因在于贵族官僚的迂腐僵化，以至于出现整船的过冬大衣被搁置于海港，任其腐烂变坏。[⑤] 英国士兵们在天寒地冻之间既没有帐篷遮蔽，也没有屋舍住宿，更没有充饥之物和御寒之衣，更谈不上医疗保障，死于各种疾病的士兵数不胜数。[⑥]

萨克雷在写给母亲的信中说道："大家不愿意看到世袭贵族掌控国家权力这样的腐败局面，这是对英国的侮辱……我再也无法忍受了，我会变得越来越激进。"[⑦] 在《钮可谟一家》中，萨克雷将目光移向一个普通工人——被贵族子弟巴恩斯骗奸后抛弃的女工后来嫁给了这位工人——赋予

① Gordon N. Ray, *Thackeray: The Age of Wisdom*, London: Oxford University Press, 1958, p. 251.

② Cecil Woodham-Smith, *Florence Nightingale: 1820-1910*, London: Constable and Company Ltd., 1950, p. 131.

③ William Howard Russell, *The British Expedition to the Crimea*, London: George Routledge and Sons, 1877, p. 58.

④ See William Howard Russell, *The British Expedition to the Crimea*, London: George Routledge and Sons, 1877, p. 91.

⑤ Bryan Perrett, *British Military History For Dummies*, Chichester: John Wiley & Sons Ltd., 2007, p. 200.

⑥ 〔英〕温斯顿·丘吉尔：《英语国家史略》，薛力敏等译，新华出版社，1985，第 375 页。

⑦ Gordon N. Ray, *Thackeray: The Age of Wisdom*, London: Oxford University Press, 1958, p. 251.

这名工人勇敢和正义的品质，他既不畏惧巴恩斯及其团伙的恐吓打击，也不因养育巴恩斯丢弃的两个孩子而羞耻。他正气凛然，善良朴素，在竞选场地不畏强权阻挠，以气势磅礴的激情雄辩不仅揭露了巴恩斯的丑恶嘴脸，而且将享有特权的贵族阶层那种惯于奴役和剥削下层人民的邪恶本质揭露无遗。萨克雷如此安排，意在调动工人阶级的政治情绪，凸显工人阶级的政治潜能，因为拥有雄辩之才被英国人认为是具有政治前途的标志。萨克雷此番为工人阶级代言可视为自由激进派联合工人阶级的前奏，为之后两个阶层的合作贡献了一己之力。

1857 年 7 月，在朋友力邀之下，萨克雷以独立候选人的身份参加竞选，他的竞选誓言包括，提倡无记名投票以防选民遭遇威胁恐吓，扩大选举权以使受教育阶层担任政府要职成为可能。[1] 但萨克雷并未支持工人阶级早在宪章运动时就已提出的成年男子的普选权，理由是唯恐普选权导致类似当初法国的军事暴政。[2] 由此可见，萨克雷彼时仍旧同其朋友麦考莱[3]一样对工人阶级并不信任，英国工人阶级在 19 世纪 30~40 年代的暴力运动让中产阶级心有余悸。[4] 萨克雷对工人阶级及其他类型的底层穷人怀有同情心，但也伴随着疏离感，在《钮可谟一家》中关于工人阶级的精彩书写，是萨克雷为中产阶级进一步获得政治权益而争取和工人阶级合作的一项策略。在 1857 年竞选失败后，萨克雷的政治热情消退了，他表示自己不会再参与政治竞选，因为其过程"令人羞耻"：力邀萨克雷参与议员竞选的朋友被对手指控贿选，最终以 65 票的微弱优势打败萨克雷赢得议会席位的竞争对手也被萨克雷的支持者们喝倒彩，被怀疑因贿选而获胜。[5] 萨克雷不愿再涉入充满争议的议员竞选游戏，遂专心投入写作。

---

[1] Gordon Ray, ed., *Letters and Private Papers of William Makepeace Thackeray*, Vol. IV, Cambridge: Harvard University Press, 1946, pp. 383-384.

[2] Gordon Ray, ed., *Letters and Private Papers of William Makepeace Thackeray*, Vol. IV, Cambridge: Harvard University Press, 1946, p. 384.

[3] 麦考莱对工人阶级的暴力斗争持否定和排斥态度，参见 David C. Douglas, ed., *English Historical Documents*, *1833-1874*, Vol. XII (1), New York: Oxford University Press, 1956, pp. 449-451。

[4] 关于工人阶级的暴力斗争，参见钱乘旦《试论英国各阶级在第一次议会改革中的作用》，《世界历史》1982 年第 4 期，第 1~10 页；〔英〕R. G. 甘米奇《宪章运动史》，苏公隽译，商务印书馆，1996，第 175~199、246~315 页。

[5] Gordon Ray, ed., *Letters and Private Papers of William Makepeace Thackeray*, Vol. IV, Cambridge: Harvard University Press, 1946, pp. 382-389.

## 第三节　萨克雷小说中的贵族形象

萨克雷作为中产阶级分子，他所秉持的自由主义观念使他并不曾有推翻贵族阶级的念想。自由主义思想中，以财产权为核心的自然权利理论为贵族的土地占有提供了合情合理的理论依据。自由主义者并无意去挑战根深蒂固的贵族体制，而是对其采取批判改良的态度，大有"取其精华，去其糟粕"的意味，这一态度亦在萨克雷小说中有所体现。

### 一　巴恩斯：始乱终弃的风流贵族

绅士风度源自贵族阶层。在长期的文化熏陶中，绅士风度已经成为英国民族精神的外在表现，在潜移默化中召唤英国各阶层男性在言行举止的礼貌和优雅方面向贵族男性看齐。[1] 萨克雷有意识地强调绅士风范，并将其融进小说创作中，他塑造的具有典型绅士精神的人物，如多宾、艾斯芒德、钮可谟上校、沃林顿、潘登尼斯、菲利普等，除了艾斯芒德具有贵族血统，其他都是中产阶级分子。而本应继承贵族头衔的艾斯芒德，为了报恩毅然决然地放弃贵族头衔，此知恩图报、宽和谦逊的风格，即萨克雷注入的绅士风度新内涵。

萨克雷有意将绅士风度安在中产阶级身上，而小说中真正具有贵族身份的人则虚伪、狡诈、可耻，背离了传统意义上的绅士精神，成了德不配位的典型，这正是萨克雷所要批判的。至维多利亚时代，贵族一直在英国处于社会等级金字塔的顶端，贵族为整个英国社会树立了具有积极意义的价值观。但在萨克雷看来，这种正面的、引领时代潮流的贵族精神已经转移到了部分具有社会责任心的、勤奋向上的中产阶级身上。《名利场》中淫荡的斯特恩勋爵，《凯瑟琳的故事》中的盖尔根斯坦伯爵，以及《钮可谟一家》中奸邪的巴恩斯爵士，等等，这些恃宠骄横的贵族完全丧失了本应具有的光明磊落的绅士气质。

萨克雷讽刺的以上贵族有一个共同的特征，就是私生活淫乱。以巴恩斯为例，他善于引诱乡村单纯的女工，始乱终弃，即便女工生下好几个孩

---

[1]　钱乘旦、陈晓律：《英国文化模式溯源》，上海社会科学院出版社，2003，第300页。

子，依旧拒绝相认，更不用说提供生活费。丑名远播的巴恩斯不顾工人对他的指责和谩骂，为了维持贵族的体面和地位，娶了同样是贵族出身的柯乐拉小姐。但两人之间毫无爱情可言，婚后生活更是一地鸡毛，柯乐拉小姐因无法忍受巴恩斯的频繁家暴和出轨选择离家出走。

虽然萨克雷嘲讽贵族私生活混乱，但并不因此否认贵族存在的合理性，也不质疑贵族承袭于传统的经济地位。他立足于中产阶级，要求分享贵族享有的政治权利，如担任政府公务员、内阁要员、部门大臣等职务。萨克雷在 1857 年议员竞选演讲中直言不讳地表达不满："我深感不满的是当我们需要政府官员时，却不得不在贵族中寻找人选。普通人没有任何机会——帕默斯顿勋爵卸任之际，约翰勋爵即刻入阁；反之亦然，在约翰勋爵离任之时，帕默斯顿勋爵立马接棒，这似乎已成绝对必要。贵族家族（掌控国家政治）如果不做永久性的改变，那些（出身普通家庭）谦虚谨慎、才华横溢的年轻人就完全没有机会施展政治抱负，而普通人追求政治梦想是合理合法的，国家也会因此受益。"[1]

此外，萨克雷也在受邀参加的宴席上表达如此意愿。[2] 萨克雷为何有如此底气胆敢挑战贵族传统？这正是彼时中产阶级自信的表现。[3] 但中产阶级在批判贵族的同时，也在努力向贵族靠拢，因为"维多利亚时代的贵族有着不可抵挡的迷人魅力"，[4] 这正是中产阶级特有的两面性。此两面性在萨克雷作品中得到淋漓尽致的诠释。

## 二 卡斯乌德子爵夫妇：情深义重的绅士贵族

萨克雷在成名之前，朋友圈中基本上都是中产分子。他 1848 年因《名利场》出名后，成为社交界的常客，也引起了贵族的注意。

萨克雷 1852 年发表的小说《亨利·艾斯芒德的历史》明确表示要献给威廉·宾翰·阿什伯顿勋爵（William Bingham Lord Ashburton，1799 ~

---

① Gordon Ray, ed., *Letters and Private Papers of William Makepeace Thackeray*, Vol. IV, Cambridge: Harvard University Press, 1946, p. 385.

② See Gordon Ray, ed., *Letters and Private Papers of William Makepeace Thackeray*, Vol. IV, Cambridge: Harvard University Press, 1946, p. 385.

③ 关于中产阶级的自信心理，参见钱乘旦、陈晓律《英国文化模式溯源》，上海社会科学院出版社，2003，第 302 页。

④ Gordon N. Ray, *Thackeray: The Age of Wisdom*, London: Oxford University Press, 1958, p. 27.

1864），言辞极尽谦恭：

致尊敬的威廉·宾翰大人阁下，阿什伯顿勋爵，
亲爱的勋爵大人，

　　一位作家撰写了一本书，模仿安妮女王朝代的文风，并遵循当时的社会习俗，因此自然要将此书敬献给施恩于作者的贵人。承蒙勋爵大人及贵府厚爱，鄙人恳求获准将此卷书题献给阁下。

　　此卷书送达您手上之时，此书作者正远航赶赴他国。您在那个国家和在英国一样声名显赫。无论鄙人身在何处，会永远感念您的恩德。当鄙人抵达美国时，相信自己也会受到同样的欢迎，因为鄙人是您忠诚的朋友和仆人。

威廉·梅克皮斯·萨克雷
伦敦，1852 年 10 月 18 日①

　　其实萨克雷早在 19 世纪 40 年代中期就已经通过朋友介绍结识了阿什伯顿勋爵的夫人，但彼时籍籍无名的萨克雷并未能成功引起夫人的注意。直到 1848 年成名后，阿什伯顿夫人才允许他进入她的社交核心圈。但萨克雷的温顺并未能得到夫人的青睐，前者不满后者时不时冒出的嘲讽和揶揄，尽管后者毫无恶意，但萨克雷还是感觉受到了侮辱，遂渐渐疏远夫人，拒绝了对方的所有社交邀请，并且在提到阿什伯顿夫人时言辞粗鲁，表现出明显的厌恶感。数月后，萨克雷又收到夫人的晚宴邀请，他退回了邀请函，并附上一张漫画。漫画上的萨克雷跪在阿什伯顿夫人的脚边，夫人则手捧热煤火盆，正把热煤泼向萨克雷的头，作家的头发因此熊熊燃烧起来。此幅带有明显悔悟意味的漫画立即化解了彼此之间的隔阂，二人从此互为挚友。②

　　萨克雷在敬献给阿什伯顿勋爵的《亨利·艾斯芒德的历史》中塑造了

① W. M. Thackeray, *The Works of William Makepeace Thackeray*, Vol. Ⅶ, *The History of Henry Esmond*, *Esq.*, London: Smith, Elder & Co., 1896, the Title Page.

② See Gordon Ray, ed., *Letters and Private Papers of William Makepeace Thackeray*, Vol. Ⅰ, Cambridge: Harvard University Press, 1946, p. lxxxvi.

一对仁慈、善良的贵族夫妻形象——卡斯乌德子爵及其夫人蕾切尔。孤儿艾斯芒德是卡斯乌德子爵的堂弟，子爵和夫人悉心收养、栽培艾斯芒德，艾斯芒德为此感恩戴德。子爵临死之前透露，艾斯芒德并非私生子，而是真正贵族爵位的承袭人。但艾斯芒德为了报恩，隐瞒了此真相，将爵位留给子爵的儿子继承。子爵的大度慷慨，蕾切尔的温厚仁慈，夫妻俩对艾斯芒德的扶持，如同阿什伯顿勋爵夫妇对萨克雷的青睐和赏识。在萨克雷的诸多小说中，如此品行高洁的贵族形象仅出现一次，足见阿什伯顿勋爵夫妇在萨克雷心中的地位。当时英国贵族在社会上具有强大影响力，"英国社会有一种向上看的风气，下层模仿中层，中层追随上层，贵族的价值起表率作用"。①当时文学正受到贵族阶级的追捧，② 彼时文人墨客皆以有机会涉入高端私密的贵族社交圈为荣，能够在贵族夫人主持的沙龙上抛头露面，就文学和时事侃侃而谈，这有利于提高作家的社会影响力和知名度。同时，与独具慧眼、赏识自己才华的贵族交好，也有益于打开自己的作品在贵族阶层的销售市场。但同时代的英国文人诸如卡莱尔、狄更斯、罗斯金、夏洛特·勃朗特、丁尼生并不适应伦敦的贵族社交场，深感无法融进贵族圈子。而萨克雷则完全不同，尽管他个性唐突直率，但在贵族交际圈里游刃有余，并乐在其中。他喜欢观察各种类型的贵族，与他们交谈，记住他们的不同习性。无论是势利鬼还是骄横跋扈之徒，老傻瓜抑或智者，尽收眼底，皆入脑中，各色人等皆急不可耐地蜂拥进萨克雷的小说中，对号入座。③

　　综观萨克雷的小说，贵族形象依据作品发表的时间大致可归为三类，每个时间段都有其特点。在成名之前的作品中，贵族形象呈现明显的个性瑕疵。典型为《凯瑟琳的故事》中勾引、玩弄并抛弃凯瑟琳的风流的盖尔根斯坦伯爵，《巴里·林登》中嗜赌、好色、善斗的贵族流氓巴里·林登，《名利场》中和贝基勾搭成奸的斯特恩勋爵。

　　1848 年萨克雷因《名利场》成名后进入贵族社交圈，他此后发表的小说中贵族形象发生了改变。《潘登尼斯》中虽然也出现了斯特恩勋爵，但仅仅是陪衬人物，客串在潘登尼斯少校的交际场中，没有实际戏份，也就

---

① 钱乘旦、许洁明：《英国通史》，上海社会科学院出版社，2002，第 271 页。
② Gordon N. Ray, *Thackeray: The Age of Wisdom*, London：Oxford University Press, 1958, p. 27.
③ Gordon N. Ray, *Thackeray: The Age of Wisdom*, London：Oxford University Press, 1958, pp. 37 - 39.

无从评价其行为；女演员芙瑟陵格小姐后来嫁给了一个贵族，过上了安稳幸福的日子，老父亲科斯蒂根上尉晚年生活也有了着落。虽然这些只是次要角色和附带情节，但衬托出潘登尼斯的家庭责任感和不为门第观念所约束的婚姻观。《潘登尼斯》是萨克雷成名后发表的第一部小说，之前男性贵族的负面形象已荡然无存，虽然其中的贵族不是小说主角，仅仅是客串，或者只在小说叙述者的轻描淡写中忽闪而过，但并未留下上述所提及的不良恶习，而是符合传统道德标准的贵族绅士。

另一部小说便是倾力为阿什伯顿勋爵夫妇打造的《亨利·艾斯芒德的历史》。如果说在《潘登尼斯》中，作者只是为以往塑造的不良的贵族形象进行尝试性修正的话，那么在《亨利·艾斯芒德的历史》中，则是直接掀起美化贵族的高潮——由贵族夫妻担纲主要角色，挑起故事主线，推动情节跌宕起伏，且贵族夫妇形象正面、品行端正、光明磊落。但这部粉饰贵族美德的力作并未能催生后续更多同类题材的作品，而是如流星划过天际，萨克雷营造出的贵族责任心和正义感随着紧接而来的克里米亚战争中贵族官员因腐败和迂腐造成重大损失而灰飞烟灭。

前文提到，克里米亚战争造成英国士兵重大伤亡，暴露出参与军事指挥和后勤调配的贵族官员无能腐败的作风，此事掀起了英国国内中产阶级要求议会改革、分享政治权利的热潮，萨克雷亦是其中之一。此时，为了配合中产阶级邀请工人阶级结盟，萨克雷及时地推出了《钮可谟一家》，其中的精彩片段包括奸邪的贵族巴恩斯在竞选中惨败于正直的中产阶级代表钮可谟上校，勇敢的工人在竞选场上公然揭露巴恩斯骗奸女工、始乱终弃的劣行等。

萨克雷笔下的贵族形象在《亨利·艾斯芒德的历史》（1852）和《钮可谟一家》（1853～1855）中从巅峰滑至谷底，可以说，巴恩斯的贵族形象比萨克雷成名之前塑造的任何一个劣迹斑斑的贵族都有过之而无不及，此举实为调动工人阶级读者群反抗贵族统治的情绪。此外，女性贵族艾雪儿在目睹哥哥巴恩斯失败的贵族婚姻后，毅然放弃和贵族联姻，选择和两情相悦的中产分子克莱武结合，此结局暗示中产阶级在思想上征服并同化了贵族。

随后，贵族形象塑造进入了第三阶段。伴随着克里米亚战争的结束，以及1857年萨克雷竞选议员的失败，萨克雷又重新投入单纯的文学创作中。此时的萨克雷已经逐渐步入了生命的晚期，由于身体每况愈下，他越来越想为两个女儿积攒钱财，实际的困境致使他对财富有着更深一层体悟。这期间塑造的贵族形象，主要是作为钱财施与者的恩主。① 代表作是1857 年到 1859 年以连载形式发表的小说《弗吉尼亚人》，它是《亨利·艾斯芒德的历史》的续作，主要围绕艾斯芒德的两个双胞胎外孙乔治和亨利的成长奋斗经历展开。

　　萨克雷很关注主人公的社会身份和经济来源，因此特意为他们安排了一个具有贵族身份的叔叔和大姨。伴随着情节走向，最终乔治继承了叔叔的爵位和地产，亨利则获得了大姨的遗产，足可置办田产。这位贵族大姨即《亨利·艾斯芒德的历史》中非高级爵位贵族不嫁的碧爱崔丽克斯。在《弗吉尼亚人》中，这位曾经虚荣矫情的贵族小姐在成为男爵夫人后，为从美国来的小侄儿亨利当起了婚姻导师。她一眼便看穿亨利的表妹、她的侄女玛丽亚之所以看中了亨利，是因为亨利即将顶替在打仗中失踪的兄长乔治继承家里的遗产。当乔治又重新出现时，因为亨利失去了继承权，玛丽亚果然找借口迅速解除了和亨利的婚约。从这个情节来判断，在前一部小说中还被萨克雷嘲讽的物质女孩在后一部小说中已然升级为独具慧眼的智者。《菲利普历险记》的结尾也难逃贵族施恩疏难的模式，陷入经济困境的菲利普突然得到一笔贵族亲戚留给他的可观遗产，足以过上富足生活。甚至在《钮可谟一家》中也有类似结尾，贵族女性艾雪儿嫁给中产阶级克莱武后，她的贵族外祖母裘老太太留给她的巨额遗产足以让破产的克莱武过上舒心日子。萨克雷成名前的小说《大霍加蒂钻石》（*The Great Hoggarty Diamond* 1841）的结尾如出一辙，因被朋友陷害负债累累、身陷囹圄的小职员蒂特马什幸得贵族蒂普托夫相救，贵族不但帮他清偿债务，还聘他为管家，走运后的蒂特马什还获得了姑姑遗赠的两个农场。

### 三　贵族恩主形象背后的思想动因

　　由以上分析可知，除了对贵族的描写呈现两面性外，还有一个特征，即无论是成名前后的创作，还是晚年作品，都包含如下场景：一个品行端正的

---

①　在萨克雷不同时期的小说中，不管是以讽刺、批判还是以赞美贵族为主线，贵族作为赠予金钱的恩主形象几乎存在于每一部小说的结尾处。从这一设置可以看出，萨克雷终究还是向往贵族的体面生活。

中产阶级分子，在遭遇经济困境、无法自立于社会的情况下，总有一位贵族伸出援手，或者豪赠一笔可观遗产助其渡过难关，使其从此过上上流绅士的体面生活。萨克雷并未安排主人公走上自立自强、独立自主的道路，这些遭遇不幸、艰难谋生的主人公也总是心安理得地接受贵族的馈赠。

首先，这和萨克雷的个人生活经历及其中产阶级崇富心态有关。

萨克雷从小到大的生活模式，是以贵族标准为参照的。他的父亲在印度任职期间积攒了一笔可观的财富，这使得萨克雷得以在贵族学校接受教育。作者少年时期就读的查特豪斯公学就是英国著名的贵族公学之一，他毕业后进入剑桥大学三一学院，之后去德国魏玛体验贵族奢靡浮华的生活，成名后又时常混迹于贵族社交圈。由此可见，萨克雷与贵族渊源匪浅，贵族优雅舒适的生活环境对萨克雷产生了持久影响。对此，萨克雷在1850年的《笨拙》杂志上公开表达了自己对富贵阶层的喜爱和向往：

> 人们自然喜欢与富贵之人交往。无论是其闹市华府、乡间别墅、壁上名画、结交之友、书房藏书、宅中花园，还是府内顶级厨师及上好酒窖，均令人愉悦舒适，心生艳羡。若应邀赴宴，自然选择美酒佳肴的豪宴，而非粗茶淡饭的陋席；如果某人和你一样优秀，但他拥有上述资源，而你却一无所有，他就自然比你更受欢迎：因此我更愿意去他位于贝尔格莱维亚区①的豪宅拜访，而不会去你肯特镇②的寒舍探问。这就是交结朋友的原则。③

除了作家的个人经历促使其对贵族产生向往，整个中产阶级对贵族阶层生活方式的仰慕心态，也使得萨克雷小说中中产阶级接受贵族财产馈赠的情节，不但不会受到中产阶级读者群的排斥，反而能够满足他们希冀成为上流人物的幻想。而对于贵族阶层读者群而言，仁慈的拯救者形象无疑也迎合了贵族愿意屈尊俯就的心态。

萨克雷笔下的中产阶级绝非只满足于柴米油盐的温饱日子，而是追求

① 贝尔格莱维亚区（Belgravia）是伦敦上流社会住宅区。
② 萨克雷生活的肯特镇（Kentish Town）是英国经济落后的荒凉地区。
③ William Makepeace Thackeray, "On the Benefits of Being a Fogy," *The Works of Thackeray*, Vol. 17, London: Macmillan Publishers Limited, 1911, p. 166.

贵族式有闲阶级的美好生活。这种生活方式正回应了麦肯德利克等在《消费社会的出现》中对中产阶级的描述，中产阶级比贵族还热衷于时髦事物，心里总盼望着有朝一日能步入上流社会。[①] 无论是萨克雷笔下的中产阶级虚拟人物，还是现实中真实存在的中产阶级群体，在批判贵族的同时，又不约而同地推崇贵族生活方式。在此两面性的背后，存在着社会思想的助推。

其次，社会对财富和富人的正面价值定位，可以帮助我们理解萨克雷对财富和富人的认同态度。

早在 18 世纪，英国思想家曼德维尔就认定人性私欲会带动经济发展和社会繁荣，这为中产阶级提升消费和生活质量提供了理论上的动力。曼德维尔在《蜜蜂的寓言》中为人的种种为传统道德所不容的私欲正名。曼德维尔坦言，正是人性中的骄傲、奢侈等欲望促使人们发明了人类必需品之外的非必需品，如珠宝、绘画等，[②] 而这些非必需品，正是构成有闲阶级生活内容的重要部分。

虚荣和妒忌使人们总忍不住仰慕社会地位比自己高的阶层，竭力去模仿比自己优越的人。[③] 追求经济效益的资本主义社会，每个阶层的身份往往通过直观的外在形式得以体现，比如穿着打扮、饮食标准、居家环境和交通工具等。除了直观可见的外在标识，还有精神层面的消费，如萨克雷在作品中描述的舞会、画画、看戏和旅游。人们必须拥有符合自己身份地位的生活方式，唯有如此，才能确保自己的身份得到社会的认可。中产阶级生活方式的诸多内容已经超越生存的必需项，向贵族的炫耀性奢豪看齐。

萨克雷笔下的麦肯济母女是典型的中产阶级，她们对精美服装和高档饰物、弹琴、唱歌、舞会、宴席和看戏具有浓烈兴趣，终日乐此不疲。这不仅能愉悦身心，关键还可以对外宣示自己已经达到准贵族的生活标准。正如曼德维尔所言，服装的诞生本来是为遮蔽身体、防寒保暖，但人性的虚荣又赋予服装装饰的目的。[④] 从基本温饱需求到炫耀生活资本这一过程显示出人性欲念的扩张。承认人性之恶，并将其合乎情理地转化为公共福

---

① 参见 Neil Mckendrick, John Brewer and J. H. Plumb, *The Birth of a Consumer Society*, Bloomington: Indiana University Press, 1982, pp. 9-33。

② Bernard Mandeville, *The Fable of the Bees*, Indianapolis: Liberty Fund, Inc., 1988, p. 347.

③ Bernard Mandeville, *The Fable of the Bees*, Indianapolis: Liberty Fund, Inc., 1988, pp. 54, 138-139, 149.

④ Bernard Mandeville, *The Fable of the Bees*, Indianapolis: Liberty Fund, Inc., 1988, p. 127.

利，曼德维尔"恶德（即私欲）催生公利"的说辞为中产阶级追名逐利提供了现实依据。争取私利最大化成为他们人生奋斗的普遍准则。

私欲被曼德维尔解释为恶德的说辞在哈奇森那里被推翻。哈奇森崇尚道德，他在道德范畴里认可在一定限度内自私自利行为的正当性。哈奇森认为，自私自利之心是自然且正常的，但人除了为自己利益考虑的私心，还应有其他诸如同情、荣誉等道德情感。如果一个人的自利心完全主导行为，排斥了其他道德情感，便会导向恶的结果。[①]并且，哈奇森肯定了带来身心愉悦感和满足感的悠闲雅致的生活追求，比如艺术创作和欣赏、文艺活动、科学研究等，这些高雅活动可以帮助人们摒弃低俗的欲望。哈奇森将这种高品位生活带来的快感解释为美的知觉。哈奇森强调，美的知觉会使人立即产生愉悦感，任何外在事物，比如人们的决定、美好或者凄凉的前景都无法改变一个物体的美。威逼利诱、强制外力或假意的谎言，都不能剥夺人内心对美的感知。[②]有闲阶级的优质生活，比如精美的宅邸、花园、马车等不仅具有实用价值，而且具有美的精神价值。因此，在哈奇森的道德逻辑中，追求和拥有美是合乎德行的。

休谟在《人性论》中亦肯定了人自私自利的本性，认为与自身利益攸关的事才是头等要事，不论身份地位的差异，人人皆如此。而在与自身利益相关的一切关系中，财产关系是最重要的，财产多寡决定是否能享受优雅闲适的生活。因此，与财产权的关系是最密切也最能激发人们自豪情绪的关系。[③]休谟肯定骄傲的情感指向自我，比如，有属于自己的漂亮房子才能引以为豪。如果房子是属于别人的，只会产生愉悦的情感。这些诸如骄傲或愉悦的情感都是发自内心的自然而然的情感。

休谟将美、愉悦、骄傲有机地联系起来，生成一个合乎逻辑的整体：美的事物使人产生愉悦感，如果美的事物所有权属于自己，那么骄傲自豪之情便油然而生。在休谟看来，道德善恶的区分不能基于抽象的理性推断，而应该基于自然情感经验的判断。由此，休谟将道德和世俗情感完美

---

① Francis Hutcheson, *A System of Moral Philosophy*, New York: Augustus M. Kelley Publishers, 1968, pp. 65, 149, 151.

② Francis Hutcheson, *An Inquiry into the Original of Our Ideas of Beauty and Virtue in Two Treatises*, Wolfgang Leidhold, ed., Indianapolis: Liberty Fund, Inc., 2004, p. 25.

③ 参见 David Hume, *A Treatise of Human Nature*, New York: Barnes & Noble, Inc., 2005, p. 239。

结合，这与之前宗教神学意义上的道德判定有天壤之别。

休谟据此更进一步肯定财产权的正当性，即拥有财产权是保障个人利益不被他人剥夺的一个途径。休谟强调，反映人们幸福感的无非以下三点：其一，自我满足感；其二，自身体貌的优势特征；其三，人们依靠自身的勤奋努力和幸运获得对某物的所有权。① 此三点都指向自我成就而非他人，休谟由此弱化了传统宗教道德所宣扬的自我牺牲、舍生取义等克己无私的美德，将以保障自身利益作为首要关切的自我满足感和成就感推上道德神坛的前沿位置。休谟的道德论述适时地契合了彼时有产阶级的利益诉求，这种以自然情感为导向，以自我利益实现为目标的道德重塑，必然引导人们推崇贵族的雅致生活。因为具备物质丰富性和精神趣味性的贵族生活日常，能够创造出休谟所谓的愉悦身心、陶冶性情和称心得志的美感。因占有金钱和资产而快乐和骄傲，而因穷困潦倒痛苦自卑，② 由自然情感主导的道德观为财产权的正当性提供了现实依据。

萨克雷小说的主角基本上都是中产分子。在小说结尾，作者倾向于给经历了种种坎坷的主角安排一个经济无忧的结局，通过直接或间接的方式获得贵族或富人的遗产或金钱的救助，是解决主人公经济问题的常见途径。其中施恩的贵族或富豪和带有中产阶级身份的主人公之间基本上是亲戚关系，以亲戚身份进行的遗产继承或金钱馈赠既合乎社会伦理，又无违法理。

萨克雷小说的中产阶级人物和贵族亲戚以血缘或婚姻关系相勾连，以此作为获得财富的理想通道。如此设置正呼应了休谟的言论：一个人的财富多寡和身份高低与其受尊敬的程度成正比。贵族和富豪因为财力雄厚、有权有势、生活体面而备受尊重和追捧。③ 这条规律已然成为彼时社会衡量个人成功与否的标准。贵族和富豪是拥有优质生活资源的成功人士，能够和他们沾亲带故并有幸获得他们的馈赠，从此也过上优雅舒心的上流生活，这比老奥斯本那种刁蛮奸猾、唯利是图、粗鲁不堪、毫无文化修养的俗气暴发户更能获得社会尊重和认可。

萨克雷笔下品行端正的中产分子，不像老奥斯本那样参与充满尔虞我

---

① 参见 David Hume, *A Treatise of Human Nature*, New York：Barnes & Noble, Inc., 2005, p. 376。

② 参见 David Hume, *A Treatise of Human Nature*, New York：Barnes & Noble, Inc., 2005, p. 243。

③ 参见 David Hume, *A Treatise of Human Nature*, New York：Barnes & Noble, Inc., 2005, pp. 274, 277, 280。

诈的商业活动，他们是从事文学或美术的思想单纯的知识分子，而文学和绘画等艺术活动正是贵族优雅生活的重要内容之一。因此，萨克雷塑造的中产分子已然在精神气质上具备了贵族气息，只差雄厚的财力扶持。这些文质彬彬、品行纯洁、情趣高尚的中产知识分子，因为缺乏老奥斯本式的耍奸取巧、三面两头、利欲熏心，因此不可能成为暴发户，解决经济困境的唯一理想且体面的方式就是来自贵族亲戚的施恩。

虽然萨克雷在成名前和争取议会改革的努力中所创作的作品都明显有嘲弄贵族失德行为的迹象，但都未真正否定贵族的经济和社会地位优势。比如对民女始乱终弃的贵族巴恩斯，尽管臭名远扬，但经济和社会地位始终没有被颠覆，依旧处于社会等级金字塔的上端，毫无障碍地享受各种优质社会资源，受人推崇和追捧。萨克雷如此设置情节走向，正是对彼时以贵族为主导的世俗社会等级关系的默认，这也是休谟《人性论》的潜在话语。如做比较便可发现，休谟与萨克雷在和贵族交往的经历方面有几分相似之处。两人在成名前都是靠笔杆子谋生的中产文人，声名鹊起后受到贵族赏识，遂开始结交贵族，和某些贵族结下深厚友谊，据此，萨克雷在价值观上和休谟有一致之处亦不足为奇。之后，在斯密的《国富论》和《道德情操论》中亦能寻得以上观念，在前人阐述的基础上，斯密进行了拓展。

作为哈奇森的弟子，斯密在承袭导师哈奇森观点的同时，继续将其认可的自利的概念进行了更加细致的界定。斯密认为，因为受到自爱和同情心的约束和引导，自利最终将走向公利，增进全社会的福祉。自爱和同情心都源自人们内心的自然情感，尽管自爱会促使人们为了追逐自身利益而行动，但自爱并非欲壑难填的贪得无厌，相反，自爱会升华至利他之爱。自爱的原初表现形式是人人皆有的虚荣心态，在物质上的典型表现是获取尽可能多的财富，并凭此优势获得他人认可、仰慕和尊重，这就是斯密所谓的自利。

当人们赚取了足够的物质财富，并赢得了世人的尊重后，自爱就会在同情心作用下转向对精神层面的追求，富豪权贵们为了在社会中以及给子孙后代留下好名声，他们愿意以名副其实的高尚行为将自己塑造成一个德高望重的形象。比如，权贵们将部分财富回馈社会，用于资助办学、慈善捐款、改善医疗条件等，这个过程就把本来以私欲为主导的自爱转化为以树德为宗旨的公利行动。如此一来，富贵者达到了扬名立万的目的，其他社会成员也得到了善助，社会秩序因此愈加有序，社会福利体系日趋健全，自爱最终促进了社会发展，助推全民获得福利，产生一举多得的社会效应。

以上论述为生活在经济长足发展的 19 世纪英国社会的人们找到了脱贫致富的合理解释，这就不难理解，萨克雷为什么总是给小说中的主人公——具有绅士风范却无丰厚经济背景的中产阶级男子——一份可观的遗产，助其摆脱经济困境，步入有闲阶级了。

## 第四节　历史元素在萨克雷小说创作中的应用

萨克雷认为真实的历史事件和历史人物可以融入虚构的小说中，如此，可比单纯罗列事件和人物的历史学更生动地展示历史面貌和探求人性。对于新古典主义文学将达官贵族写入诗歌小说时总是将其作为英雄来赞颂的手法，萨克雷持反对态度，他认为如此美化人物的结果是脱离了人性的真实，失去了写作的意义。

### 一　虚构和真实

萨克雷为小说辩护的动机在于一些贵妇名流嘲笑作家这个行业，认为小说是愚蠢的、微不足道的，小说毒害人的心灵，使人的智力下降，还会滋长人的惰性。而且，小说家还会遭到历史学家的排斥。小说之所以遭到贬抑，根本原因在于小说是虚构的，是小说家想象力的产物。读者更关注真实的生活。萨克雷认为，对于同一历史事件而言，虚构的描述会比罗列历史事件更贴近生活、更自然、更合读者心意。[1] 因此，小说家的小说"和历史一样重要，他们最喜欢的十二开本小说和世界上最厚重的四开本历史著作一样富有教益"。[2]

萨克雷所指的贴近生活的、自然的小说并未脱离特定历史语境，是在真实的历史情境下作家对普通人物生活事件的描述。萨克雷的小说具有鲜

---

[1]　William Makepeace Thackeray, "On Some French Fashionable Novels," *The Complete Works of William Makepeace Thackeray*, Vol. 11, *The Paris Sketch Book*, New York: Houghton, Mifflin and Company, 1889, pp. 89-90.

[2]　William Makepeace Thackeray, "On Some French Fashionable Novels," *The Complete Works of William Makepeace Thackeray*, Vol. 11, *The Paris Sketch Book*, New York: Houghton, Mifflin and Company, 1889, p. 89.

明的历史印记，比如，以重大历史事件作为小说的背景，以及在小说中安插历史人物和主角进行互动。萨克雷如此嘲讽历史："历史实际上仅仅是一些微不足道的名字和地点的目录，对读者不会产生道德影响。"[①] 萨克雷此处所揶揄的历史，是约翰·克里斯托弗·弗里德里希·冯·席勒（Johann Christoph Friedrich von Schiller，1759~1805）所归类的两种历史研究中的一种，即职业历史学家所重视的、枯燥无味的历史事实。[②]

麦考莱亦认同席勒的观点，认为历史离不开想象，并将历史归入文学一类，主张除了关注重要的历史大事件，历史理应体察普通百姓的日常活动。[③] 麦考莱和卡莱尔正是浪漫主义史学的代表，萨克雷对二人的作品表达了喜爱和赞赏之情。此外，菲尔丁和司各特带有浓郁历史色彩的小说也对萨克雷产生了不小影响，促使他进行虚实结合的小说创作。萨克雷坦言虚构的小说要比实际的历史更真实、更自然。由此可知，萨克雷之所以批评偏重对历史事件进行罗列和陈述的历史学研究，原因在于他认为在历史框架内进行有限度的虚构更能展示社会和人性的真实面貌。

亨利·菲尔丁的小说《大伟人江奈生·魏尔德》以真实的强盗为原型，但并未对魏尔德的经历做亦步亦趋的记录，而是根据这个恶棍形象发挥自己的想象力，塑造了一个符合18世纪英国社会语境的恶劣狡诈的悍匪形象。小说中的魏尔德集彼时强盗匪徒的种种劣迹恶德于一身，其言行举止契合匪帮头目的身份，堪称经典。萨克雷因此获得灵感，创作了《巴里·林登》。萨克雷欣赏菲尔丁，在一定程度上继承了后者的写作技巧。比如，用反语的修辞手法描述罪恶昭彰的主角，标题用"好运"二字概括恶棍的生平，与菲尔丁用"大伟人"来修饰无恶不作的魏尔德有着异曲同工之妙。两位作者都以描述正面人物的口吻述说恶棍的行径，小说开头皆采用彼时惯常使用的人物入场方式——族谱世系详解——来引出主人公。《巴里·林登》的主人公林登的原型是萨克雷同学祖母的二婚丈夫，一个家暴

---

① William Makepeace Thackeray, "On Some French Fashionable Novels," *The Complete Works of William Makepeace Thackeray*, Vol. 11, *The Paris Sketch Book*, New York: Houghton, Mifflin and Company, 1889, p. 90.

② Robin George Collingwood, *The Idea of History: With Lectures 1926-1928*, Jan van der Dussen, ed., New York: Oxford University Press Inc., 1994, pp. 104-105.

③ 参见 Thomas Babington Macaulay, "History," *The Miscellaneous Writings of Lord Macaulay*, Vol. I, London: Longman, Green, Longman, and Roberts, 1860, pp. 275-280。

并侵占贵族妻子财产的流氓。① 萨克雷根据同学的叙述对这个恶棍形象进行加工处理，虚构了其他符合此小说语境的作恶情节，实现了恩格斯所言的"典型环境中的典型人物"② 的塑造。因此，萨克雷认为，作家凭借某种真实历史，汇入自己的创造性想象后塑造出来的人物形象更加丰满、真实和自然。小说人物并不等同于生活原型，前者更具有典型性，这也是萨克雷所言虚构比历史更真实这一说法的缘由。

## 二　反对神化、英雄化的人物书写

玛利亚·埃奇沃思（Maria Edgeworth，1767~1849）以另类眼光看待历史上的大人物，萨克雷因此受到启发，"对历史学家们褒扬上层阶级英雄人物的做法表示怀疑"。③ 而库赞关于伟大人物的演讲使萨克雷认识到英雄或伟人也并非完美无缺陷，他们在代表一个时代的精神时是伟大的，但在日常生活中，他们跟普通人一样有这样或那样的毛病。④ 这一观点指导了小说《亨利·艾斯芒德的历史》的创作。这部小说的历史背景是英国安妮女王统治时代，在西班牙王位继承战争中，马尔巴洛伯爵约翰·丘吉尔战功显赫，女王敕封他为马尔巴洛公爵，并赏赐他布伦海姆宫殿。公爵一时权倾天下，被尊奉为国家的英雄。马尔巴洛公爵虽然不是小说的主要人物，但因为主人公艾斯芒德参加了他领导的反法战役，因此，萨克雷以故事叙述者或艾斯芒德的口吻对公爵进行评论。

萨克雷对马尔巴洛公爵的评价并非一味嘉奖，而是褒贬皆有。⑤ 按照库赞的观点，要全面地展现一个人物，不仅要呈现其理想的、英雄的一面，更要呈现其个人的、差劲的一面，这样才具有感染力。⑥

---

① 参见 Gordon Ray, *Letters and Private Papers of William Makepeace Thackeray*, Vol. I, Cambridge：Harvard University Press, 1946, p. xcii。
② 《马克思恩格斯选集》（第四卷），人民出版社，2012，第590页。
③ 〔英〕安德鲁·桑德斯：《牛津简明英国文学史》，人民文学出版社，2000，第383~384页。
④ 参见 Robert A. Colby, *Thackeray's Canvass of Humanity: An Author and His Public*, Columbus：Ohio State University Press, 1979, pp. 44-46, 318。
⑤ 萨克雷根据收集到的历史资料，发现马尔巴洛公爵也有遭人诟病的缺点。参见 Robert A. Colby, *Thackeray's Canvass of Humanity: An Author and His Public*, Columbus：Ohio State University Press, 1979, p. 318。
⑥ 参见 Robert A. Colby, *Thackeray's Canvass of Humanity: An Author and His Public*, Columbus：Ohio State University Press, 1979, p. 318。

萨克雷首先肯定公爵作为常胜将军的作战能力，赞其打仗总是胜券在握，是"无可挑剔的战术家"。但在人品上，萨克雷指出"令人羞耻的贪婪是这位名声响当当的公爵最卑劣、最臭名昭著的特点"，更有甚者，公爵为了"实现他的贪财或野心的阴谋，会出卖他的任何朋友"。为了将几百万克朗的贿金收入囊中，公爵将英军护送救济品的行程路线秘密泄露给法军，而护送救济品的英军兵力极为薄弱，仅为前来拦截救济物资的法军兵力之 1/6。马尔巴洛公爵默许法国军官柏立克公爵与身为英国大元帅的舅舅通信，未加阻挠，结果致使在里尔战场等待外援的英军未能收到他们急需的救济物资。原来这是马尔巴洛公爵受贿后有意为之，出卖军情给法军，牺牲英军接济品护送队伍，而这种受贿、泄露军情的做法是他一贯的捞金伎俩。所幸坚守里尔的英军英勇作战，最终竟然出乎意料地战胜了人数多于英军好几倍的法军，取得了里尔之战的胜利。更为可耻的是，因为带领里尔之战走向凯旋的英军指挥官韦勃将军是马尔巴洛公爵的私敌，马尔巴洛公爵便千方百计耍弄卑劣伎俩，企图剥夺韦勃将军的功勋。① 赫赫战功掩盖不了私德败坏，萨克雷拒绝塑造毫无瑕疵的完美人物。安妮女王（Anne of Great Britain, Anne Stuart, 1665～1714）是一国之尊，萨克雷也并未在小说中为她加上神圣完美的光环。在萨克雷笔下，安妮女王只是一个相貌平平、粗肥臃肿、疾病缠身的老妇人，"她（女王）既没有比你我更有教养，也没有比你我更聪明"，② 只因为拥有女王的地位，才显得尊贵。女王身边的公卿大臣，在女王临近驾崩之时各个心怀鬼胎，暗自耍弄种种阴谋为自己谋取私利，看哪个亲王将来能得权势、能确保自身的政治地位就归附谁。作者对马尔巴洛公爵、牛津伯爵哈利，以及博林布鲁克子爵亨利·圣约翰这些玩弄手段的政治高手施以无情的讽刺。无论是被尊为战神的马尔巴洛公爵，还是能干的财政大臣赫尔利，抑或能言善辩的政治家博林布鲁克，其本质都是为自己争取权位、培植势力，为此可以不择手段、心狠手辣，勾结同党、打压政敌不遗余力。同时，他们在不同政治集团间游走权衡、察言观色，玩弄两

---

① W. M. Thackeray, *The Works of William Makepeace Thackeray*, Vol. Ⅷ, *The History of Henry Esmond, Esq.*, London: Smith, Elder & Co., 1896, pp. 275-276.

② W. M. Thackeray, *The Works of William Makepeace Thackeray*, Vol. Ⅷ, *The History of Henry Esmond, Esq.*, London: Smith, Elder & Co., 1896, p. 2.

面派的伎俩，希图能站对队伍，为自己的政治和利益野心找到一个可靠的买家。这些政治人物精于权谋，善于贿赂之道，明面上扮演天之骄子的角色，暗地里则是自私狡诈的伪君子。①

所谓的政治大人物并没有纯粹的政治信仰，他们在各大势力间权衡利弊，寻找最适合自己政治仕途的买家。一旦选定最佳目标便投其所好，甚至出卖昔日同僚，心安理得，并没觉半点不妥。萨克雷一针见血地揭露了资本主义上升时期英国政治游戏的本质：道貌岸然的政客们原来远非仪形磊落的正人君子，与那蝇营狗苟的狎邪小人、市井无赖并无二致，计功谋利，劣迹昭著，恬不知耻。对于战争中英军的表现，诗人艾迪生②不遗余力地写诗祝颂，并抑扬顿挫、激情四射地朗诵诗歌。③ 英军在战场上烧杀淫掠、无恶不作的血腥恐怖场景被艾迪生悄然隐去，诗歌中的英军俨然成为讨伐邪恶势力、为正义而战的英雄。亲历过残酷虐杀场面的艾斯芒德对此颂歌提出异议，因为他目睹了战争的血腥残暴：残杀如同军乐般令人快乐，妇孺童叟因惊恐痛苦而尖叫，小小婴孩被杀，跟羔羊一样无助……面对如此惨绝人寰的场景，作恶的士兵丝毫不觉羞愧，反而乐此不疲，领队的将军居然安然自在，丝毫没有想要阻止屠杀的意思。屠杀者将杀人的声音视为和谐悦耳的音乐兴奋不已，好像他们根本不是人类一样。如此野蛮凶残的士兵居然在艾迪生的祝颂诗中被描绘成英武正直的英雄，其狰狞可怖的一面被掩盖得毫无痕迹。④

萨克雷借艾斯芒德之口表达自己对记录历史事件的文献，例如此类诗歌歪曲历史真相的忧虑。英军在欧洲战区对无辜村民的奸掳烧杀，在英国的祝颂诗歌和官方报道中被隐没，战争的酷烈和凶残被所谓的伸张正义的战士凯旋所取代。萨克雷通过艾斯芒德激愤的斥责和控诉，传达了主张还事件本来面目的创作观点。但对于艾迪生而言，这是违背艺术创作规则

---

① 参见 W. M. Thackeray, *The Works of William Makepeace Thackeray*, Vol. Ⅶ, *The History of Henry Esmond, Esq.*, London: Smith, Elder & Co., 1896, pp. 408–410。

② 约瑟夫·艾迪生是新古典主义风格作家，萨克雷依据其赞美马尔巴洛公爵功勋的诗歌，在小说中表明自己对新古典主义写作风格的反对态度。

③ 参见 W. M. Thackeray, *The Works of William Makepeace Thackeray*, Vol. Ⅶ, *The History of Henry Esmond, Esq.*, London: Smith, Elder & Co., 1896, pp. 245–246。

④ 参见 W. M. Thackeray, *The Works of William Makepeace Thackeray*, Vol. Ⅶ, *The History of Henry Esmond, Esq.*, London: Smith, Elder & Co., 1896, pp. 246–248。

的。艾迪生认为，按照新古典主义艺术规则，在诗歌中描述战争场面要屏蔽掉恐怖骇人的画面。如同古希腊悲剧的创作，阿伽门农以及美狄亚的孩子们被杀死，这些情节都不能在舞台上展现。如果按照艾斯芒德的观点，将战争残酷血腥的一面真实记录进诗歌，那样的结果是，诗作会被读者撕毁或者焚毁。因此，诗歌的主角马尔巴洛公爵尽管有缺陷，是一个凡人，但在诗歌里必须以英雄伟岸的形象示人。新古典主义诗人的任务就是要为这些成为英雄的将军和战士歌功颂德，将其丰功伟绩广播于民间。遵从新古典主义规则，诗作必须剔除庸俗平常的事件而选择壮丽雄伟的事迹。而马尔巴洛公爵战功赫赫，他胜利的荣光，毫无疑问，为每一个英国人增添了光彩和体面。如此伟大辉煌的战果，在英国历史上恐怕难以找到可以与之匹敌的另一场战役了。基于此，为马尔巴洛公爵大唱赞歌亦是无可厚非的。①

　　马尔巴洛公爵私德沦丧，他的偏私狡诈为军队同僚及下属所熟知，远非可敬之人。② 但艾迪生深知他位高权重，又是彼时英国首相戈多尔芬的密友，以及安妮女王的宠臣，此首以马尔巴洛公爵为主角的祝颂诗一旦获朝廷赏识，自己便有望平步青云、飞黄腾达。艾斯芒德质疑他：除了马尔巴洛公爵，战场上英勇献身的战士和将军们既没有得到朝廷的奖赏，也没有听到民间赞美之词。这些战士和将领战死沙场，埋骨他乡，默默无闻，无人记得他们的存在，更没有诗人吟咏他们的丰功伟绩。艾迪生对此反击道，把那些牺牲的将士们统统写进诗歌来歌颂，那就不是诗歌了，不符合

① 参见 W. M. Thackeray, *The Works of William Makepeace Thackeray*, Vol. Ⅶ, *The History of Henry Esmond, Esq.*, London: Smith, Elder & Co., 1896, pp. 246-248。

② 萨克雷在小说中对马尔巴洛公爵的描绘基本参考其朋友麦考莱的《英国史》(*The History of England*) 中对马尔巴洛公爵的评价，虽然史学界有评论认为麦考莱对马尔巴洛公爵的评论欠公允，但亦无有力实据证明麦考莱对马尔巴洛公爵的评论完全是子虚乌有、捕风捉影。此外，萨克雷也通过对以下两本书的阅读获取马尔巴洛公爵的负面信息，一本是让·巴普蒂斯特·柯尔贝尔 (Jean Baptiste Colbert) 的《马尔巴洛公爵回忆录》(*Memoirs of the Marquis of Torcy*)，另一本是詹姆斯·麦克佛森 (James Macpherson) 的《包含英国秘史的原始文件》(*Original Papers; Containing the Secret History of Great Britain*)。(参见 Robert A. Colby, *Thackeray's Canvass of Humanity: An Author and His Public*, Columbus: Ohio State University Press, 1979, pp. 318, 350.) 萨克雷在小说中对马尔巴洛公爵的描述，目的在于表明自己对新古典主义文风下完美英雄人设的反对态度，力图还原人物凡俗的一面。关于马尔巴洛公爵贪财图利的描述，也可参见 Richard Holmes, *Marlborogh*, London: Harper Press, 2008, p. 391。

新古典主义规范。颂歌只歌颂最伟大的将领，尽管他的成功建立在全体战士共同努力的成果之上。他之所以成功，正是因为他得到了神的恩宠，拥有操控命运的潜力。在艾迪生看来，马尔巴洛公爵的伟大之处正体现于此，艾迪生认为他是最值得敬佩的天才人物。论勇敢，战场上的士兵和将军们哪个不勇敢呢？但是论胜利，却只有神奇的马尔巴洛公爵，正是因为这位最高将领具有神奇潜力，在关键时刻才能获得胜利。死神对他心怀敬畏、避而远之，筋疲力尽的士兵看到他立即精神抖擞、勇气倍增。马尔巴洛公爵所到之处，百战不殆。[①]

艾迪生显然将马尔巴洛公爵神化，一将功成万骨枯。战死的将帅和士兵被艾迪生解释为没有得到神明眷顾，因此无法摆脱战死的命运，只能接受死亡的洗礼。而得到神明护佑的马尔巴洛公爵具有神奇的力量，他所指挥的部队百战百胜、所向披靡，自己则毫发未损，血腥的屠杀远离这位伟大的元帅，迎接他的总是光明正大的胜利。为了消除艾斯芒德的质疑和愤懑，艾迪生干脆否认了怜悯的道德功能，宣称神祇和被神所钦点的伟大人物皆无怜悯心，怜悯和同情等感情只属于命如蝼蚁的凡夫俗子，只有像马尔巴洛公爵这样超脱常人道德情感的英雄才值得歌颂。艾斯芒德的上级，战功卓著的韦勃上校，只因艾迪生一句"找不到一个适合韦勃这个名字的韵脚"，因而无望进入诗歌。究其实质，原来是韦勃和马尔巴洛有矛盾，为了不得罪后者，诗作者便找个理由将前者踢出祝颂诗歌。而对于艾斯芒德，艾迪生则毫不客气地评价道："至于你，你只是一个中尉，缪斯根本没空搭理校级以下的军官。"[②] 艾迪生避凉附炎、攀高结贵的心理展露无遗。

诗歌被官方接受之后，艾迪生坦诚告知艾斯芒德，自己之所以对朝廷的权贵如此地巴高望上、如蚁附膻，实在是因为从牛津毕业后碌碌无为、事业无成，仕途屡屡失意。艾迪生一心一意要出人头地，幸得赏识他才华的财政大臣亨利·波伊尔的举荐才有机会向朝廷敬献自己的祝颂诗。逢迎趋承的祝颂诗不久便引发公众交口称赞，"整个伦敦为之轰动"。朝廷立刻给艾迪生安排了一个肥缺——税务专员以示嘉奖，"后来艾迪生又从这个

---

① 参见 W. M. Thackeray, *The Works of William Makepeace Thackeray*, Vol. Ⅶ, *The History of Henry Esmond, Esq.*, London: Smith, Elder & Co., 1896, pp. 248-249。

② W. M. Thackeray, *The Works of William Makepeace Thackeray*, Vol. Ⅶ, *The History of Henry Esmond, Esq.*, London: Smith, Elder & Co., 1896, p. 249.

职位晋升到其他显要高职；从此艾迪生官运亨通，一路荣华富贵，直到老死，再未受挫"。艾斯芒德鄙视艾迪生阿谀奉承求仕途的虚伪，对后者美化战争、神化马尔巴洛的造作行径愤愤不平。艾斯芒德如此评价艾迪生的仕途得志："可是我怀疑他在肯辛顿豪华的官邸是否会比当年在干草市场顶楼上更快乐。"① 萨克雷通过艾斯芒德和艾迪生的对峙，表达对以文学方式呈现真实历史的支持态度。萨克雷不赞同艾迪生所秉承的新古典主义创作方式，以及将马尔巴洛公爵神圣化和崇高化，认为这种脱离现实、曲解真实历史的作风不可取。

　　艾迪生的文学创作是典型的新古典主义风格，讲究古希腊罗马的文学范式，严格按照既定的规范创作。新古典主义文学提倡理性，宣扬为国家自我奉献的道德荣耀，这就不免将现实人物原型的弱点和瑕疵屏蔽，拔高人物的道德形象，营造典雅的崇高氛围。此种刻意雕琢出来的英雄形象脱离了现实生活经验和复杂的人性，这是萨克雷所极力反对的。萨克雷力主文学人物的创造要在尊重历史的基础上紧贴生活，反映真实的人性，避免出现格式化的造神书写。萨克雷选择通过现实手法体现历史，与彼时英国社会背景的变迁不无关系。"光荣革命"后，经济的繁荣，皇权的衰微，中产阶级的壮大，市民生活的形成，社会乱象的频发，使作家更关注纷繁复杂的社会问题和日常生活矛盾，文学创作的主旨也不再是为朝廷歌功颂德，而是对社会弊病和人性的丑恶进行深刻的批判和揭露。艾斯芒德眼里的马尔巴洛，和艾迪生歌颂的马尔巴洛完全是判然有别的两类人，一个是追名逐利、欲壑难填但又拥有军事才华的将帅，另一个是完美无瑕的天神式人物，萨克雷正是以此天壤之别表达自己反神化、反英雄化的人物塑造观。

## 小　结

　　萨克雷早年与爱尔兰人的不愉快经历导致他对爱尔兰产生先入为主的不良印象。此外，爱尔兰与英格兰之间矛盾升级，也在客观上强化了萨克

① W. M. Thackeray, *The Works of William Makepeace Thackeray*, Vol. Ⅶ, *The History of Henry Esmond, Esq.*, London: Smith, Elder & Co., 1896, pp. 250-251.

雷对爱尔兰的偏见。与在《巴黎速写》中针锋相对地揭露统治者的种种错误完全不同，《爱尔兰概况》凸显爱尔兰脏、乱、差的形象，其间还夹杂萨克雷无情的嘲讽揶揄。萨克雷并未将爱尔兰贫困落后的现状归咎于英国政府的殖民统治，而是避重就轻地谈论农业以及戒酒运动等无关政治敏感的话题，甚至还乐观地为爱尔兰的未来进行规划——爱尔兰的自由取决于爱尔兰中产阶级的壮大，而爱尔兰稳步迈向繁荣的趋势必定造就强大的中产队伍。萨克雷写作此著的真正目的在于提升自己的知名度，改善自身经济条件。营销此作的策略是，萨克雷在题献中第一次特意以自己的真实姓名示人，并将此书献给爱尔兰作家利维尔。此举引发爱尔兰民众抨击，利维尔随之和萨克雷决裂，双方展开多年骂战。此事件所引发的媒体舆论，在一定程度上提高了萨克雷的知名度。

面对爱尔兰方面的攻击，萨克雷极力为自己辩解，表示自己展现的都是真实的爱尔兰和爱尔兰人，绝无杜撰抹黑的嫌疑。而令爱尔兰人耿耿于怀的是，这些作品导致对爱尔兰不利的负面形象出现。成名后作为公众人物的萨克雷有意要与爱尔兰和解，主动修好和利维尔的关系，在小说人物设置方面，几乎不再塑造具有爱尔兰身份的不道德者。

这一改变的背后是道德情感主义思潮的助推。道德情感主义将对上帝的信仰融化于自身的道德素养中。沙夫茨伯里开创的道德情感主义体系，强调个人对他人或集体的关爱和仁慈。这一道德情感被认为是构筑个人幸福的必备条件，也引领了维多利亚时代的道德价值观。成名后的萨克雷努力迎合社会的道德趋势，为塑造自己良好的道德形象而主动和爱尔兰解怨。

而萨克雷笔下的伦敦和狄更斯笔下的伦敦完全不同，前者笔下的伦敦既没有脏兮兮的穷人，也没有当时普遍认为由穷人引起的污染和霍乱等社会问题。在萨克雷的小说里，伦敦是个整洁时髦的国际大都市。萨克雷之所以在小说里遮蔽了贫穷和污染问题，和彼时社会对穷人的看法有关。传统英国社会受基督教意识形态影响而产生的对穷人的同情，在英国进入工业时代后日渐式微。旧济贫制度也并未能有效解决贫困问题。济贫制度导致穷人滋长好逸恶劳的习性，进而消耗国家财富，阻碍社会进步，这一看法成为有产阶级普遍认同的观点。

穷人由此被认定为社会问题及各种瘟疫疾病蔓延的罪魁祸首。因此，贫穷这样一个不体面的社会现象被萨克雷屏蔽了，但这并不意味着小说中的人物没有来自社会底层的穷人。贝基和巴里·林登都是萨克雷笔下典型的社会底层人物。他们暴发户式的发迹史、好逸恶劳的个性、贪得无厌的欲望、豪夺巧取的做派，一一验证了彼时有产者贴在穷人身上的标签。萨克雷小说中穷人形象塑造的转折点出现在《钮可谟一家》这部小说中，目的是配合中产阶级联合工人阶级以进行进一步社会改革。萨克雷对底层穷人虽然怀有一定的同情心，但正如他自己所言，他并不真正了解这个群体，所以始终带有对穷人的疏离感。

萨克雷笔下的贵族形象并非一成不变。在成名前，萨克雷多嘲讽贵族的种种缺点，而将本应属于贵族特有的绅士精神安放在中产阶级身份的男主人公身上，以此彰显中产阶级的高尚品德。成名后的萨克雷结交了一些贵族朋友，在上流社会交际圈占有了一席之地，他将《亨利·艾斯芒德的历史》敬献给阿什伯顿勋爵。他和阿什伯顿勋爵夫妇的交好使他对贵族有了好感，在《亨利·艾斯芒德的历史》中以这对夫妇为原型，塑造了 17世纪末 18 世纪初安妮女王治下的一对善良仁慈的贵族夫妇。

但随后在《钮可谟一家》里又再次出现流氓式贵族巴恩斯。原因是克里米亚战争中贵族军官的腐败导致伤亡惨重，引发国内强烈抗议，此事件激发了萨克雷支持议会改革的热情。贵族在萨克雷心中的形象再度一落千丈，为了配合中产阶级联合工人队伍以壮大改革力量，遂刻画了邪恶奸猾的贵族巴恩斯和正义勇敢的工人代表。晚年的萨克雷身体每况愈下，为了积攒钱财给两个女儿，他愈发感觉到金钱的重要性，这时期塑造的贵族多在小说结尾处作为馈赠遗产的恩主。

实际上，贵族馈赠金钱这一桥段在萨克雷的大部分小说结尾处都有出现，这些馈赠适时帮助中产阶级身份的主角摆脱经济困境。这一情节的频繁出现体现了彼时中产阶级内心深处的贵族情结。中产阶级在提高自身生活质量的同时，也时刻幻想自己可以进入上流社会，成为真正的有闲阶级，而此生活姿态也正属于萨克雷所谓的绅士生活内容的一部分。这一渴望的背后是财富欲望的助推。

在经济发展促使消费欲望上升的社会背景下，曼德维尔认为，人们追求豪奢生活有利于促进社会发展和经济繁荣。哈奇森肯定了追求精致优雅生活欲望的正当性，并将之升华至美学范畴。休谟指出，有闲生活的基础是雄厚的财力，并且个人财富和社会地位与其受人敬仰程度成正比。斯密将此自利行为作为导向公利、提升社会整体幸福感的必然前奏。在此一脉相承的社会思潮加持下，不难理解萨克雷设置此情节的心理动机。

对于小说因虚构性而不受待见的遭遇，萨克雷提出了异议。历史学家认为，小说的地位不如历史学，正是因为小说是虚构的，而历史学是真实表述历史事件的。萨克雷对此提出反驳：小说的历史尽管带有虚构成分，但比起只会陈列历史事实的历史学来说，显然更贴近生活。受到麦考莱浪漫主义史学影响，萨克雷将历史和想象进行了有机融合，在尊重历史真实的基础上加入合理的想象，在历史事件的骨架里填充血与肉，收到还原历史真实的效果。菲尔丁和司各特进行了将历史和想象结合起来创作的文学实践。萨克雷在吸收两位前辈理论精华的基础上创作出《巴里·林登》等作品，塑造出恩格斯所言的"典型环境中的典型人物"①，因而受到评论界好评。

在《亨利·艾斯芒德的历史》这部小说中，萨克雷以态度鲜明的立场表达了对神化、英雄化人物形象以及采取新古典主义书写方式的批判。小说中，马尔巴洛公爵成为诗人约瑟夫·艾迪生祝颂诗的主角，尽管公爵有种种毛病，但在诗人艾迪生的笔下俨然是一位完美的战神。诗歌再现了一场"正义之战"，屏蔽了其他将领的战功，只为马尔巴洛公爵唱赞歌。战场上残忍、血腥和毫无人性的一面被遮蔽，展现给读者的是公爵的英勇、睿智和带领军队以正义打败邪恶的豪迈。萨克雷借艾斯芒德之口对此提出疑问，却遭到艾迪生理直气壮的反驳。艾迪生反驳的理由即新古典主义遵循的法则。萨克雷通过两位小说人物的辩论来表达自己的文学创作观点：文学人物的塑造要避免格式化、理想化、神化的书写模式，要反映真实的人性。萨克雷之所以选择用现实主义手法展示人物而反对神化人物，和当时的社会背景有关。伴随着经济繁荣、王权受限以及中产阶级队伍的壮大，无论是作家还是读者，都更加关注与自身利益相关的社会问题，而不再热衷于对朝廷歌功颂德。

---

① 《马克思恩格斯选集》（第四卷），人民出版社，2012，第590页。

# 第五章　萨克雷对新古典主义绘画的波希米亚式质疑

　　萨克雷批判新古典主义绘画千篇一律的程式化模式，推崇真实自然的风景画，这正是由维多利亚主义所包含的、英国画家所依据的英国经验主义美学熏陶所致。

　　1829 年，萨克雷进入剑桥大学三一学院，6 月到 9 月前往巴黎度假。彼时的萨克雷一家还未破产，家境殷实，他和其他的富家子弟一样尽情享受着巴黎声色犬马的浮华生活，在美食、跳舞、赏戏和赌博之间流连忘返，纸醉金迷的享乐无限放大了他的感官欲望。萨克雷坦言，他在此迷恋上赌博，一度无法自拔。[1] 在萨克雷的生命中，短暂的放浪形骸的生活由此启幕。

　　萨克雷很欣赏波希尼亚式的叛逆气质，他本人也带有这种气质。[2] 萨克雷在进入剑桥大学后开始显现出叛逆的一面，这多少和他的母亲贝切夫人有关。彼时，剑桥大学的学习分为两类：一类是为获得荣誉学位的学习，要求高，需要刻苦努力的付出，一旦获得荣誉学位，就有望得到令人敬仰的大学研究员职位；另一类是普通学习，萨克雷的朋友麦考莱和菲茨杰拉德都选择这种类型的学习，此类学习的便利之处是学业要求远没有前者高，容易毕业，有更多自己支配的自由时间。萨克雷在母亲贝切夫人的

---

[1]　Edgar F. Harden, *A William Makepeace Thackeray Chronology*, New York：Palgrave Macmillan, 2003, p. 16.

[2]　参见 Catherine Peters, *Thackeray's Universe*, *Shifting Worlds of Imagination and Reality*, New York：Oxford University Press, 1987, p. 251; John Carey, *Thackeray*：*Prodigal Genius*, London：Faber and Faber Ltd. , 1977, pp. 14, 121, 180; Gordon N. Ray, *Thackeray*：*The Age of Wisdom*, *1847–1863*, London：Oxford University Press, 1958, p. 343。

指示下选择了前者。①

　　但之后的学习生活引发萨克雷内心对此类学习方式的抗拒，以及对母亲的叛逆。他的自传体小说《潘登尼斯》重现了精彩纷呈的剑桥生活，主人公总是慷慨地挥霍、热情地交友，参与各种社交活动，真正学习的时间少之又少。上文提及的巴黎之旅、花天酒地的感官刺激使他在叛逆之路上越走越远。1830年回到剑桥，萨克雷对学业的兴趣骤减，奢靡作风却与日俱增，从巴黎带回来的赌博恶习致使其落入骗子的圈套，一口气输了1500英镑。但萨克雷并未因此收手，尽管输了大笔钱财，还是迫不及待地在1830年复活节与菲茨杰拉德结伴再次前往巴黎狂欢，此事其父母竟一无所知。② 萨克雷的叛逆行为带有巴黎拉丁区文人特有的放荡不羁的波希米亚气质。虽然"波希米亚"的概念是模糊的、语焉不详的，③ 但叛逆精神是其明显的特征。波希米亚原指惯于以流浪为生的、放荡不羁的吉卜赛人。④ 吉卜赛人长年居无定所、四处游荡，是典型的游民，因此，他们远离主流社会，无视社会权威法则的约束，形成放浪不拘、任性洒脱的叛逆风格。因此特点，19世纪初，"波希米亚"一词便用来指代无视世俗权威、拒绝循规蹈矩、倜傥不羁的知识分子和艺术家。⑤

　　青年时代的萨克雷性格张扬、爱社交，在个人发展上不愿听命于强势的母亲，如明知5月要参加荣誉学位考试，4月却故意瞒着父母和同学结伴游巴黎，以这种放纵自我、故意逃避的方式对抗家长权威。正如萨克雷自己所料，他没有通过荣誉学位考试。尽管这令贝切夫人忧伤，但萨克雷毅然决定不再继续申请学位，离开剑桥走自己喜欢的路。⑥ 萨克雷在反抗家长权威这点上类似波德莱尔，波德莱尔的叛逆最初是为了对抗专制的继父。但萨克雷的叛逆意识并未如波德莱尔那般彻底。波德莱尔长期仇恨继父，这种日渐深刻的憎恶感使他有意识地反对资产阶级的生活态度，甚至

① Catherine Peters, *Thackeray's Universe, Shifting Worlds of Imagination and Reality*, New York: Oxford University Press, 1987, p. 23.

② See Edgar F. Harden, *A William Makepeace Thackeray Chronology*, New York: Palgrave Macmillan, 2003, pp. 17-18.

③ 徐岱、卫华：《论波希米亚文化现象的美学景观》，《文艺研究》2008年第10期。

④ 法国人称其为波希米亚人，英国人称吉卜赛人。

⑤ 黄新成等主编《法汉大词典》，上海译文出版社，2002，第379页。

⑥ See Catherine Peters, *Thackeray's Universe, Shifting Worlds of Imagination and Reality*, New York: Oxford University Press, 1987, p. 31.

扛起枪支加入反对七月王朝的战斗。但波德莱尔终归要回到资产阶级主导的文学市场上彰显自身的价值，萨克雷也一样，终究逃脱不了在资本运作模式下推销自我的命运。

　　叛逆的文人墨客看似无所事事地在文学市场游荡，实际上是悉心为自己寻求好主顾。① 萨克雷很快意识到自己的尴尬处境，他在对母亲既依恋又反抗的矛盾中寻求出路。他迷恋巴黎的芭蕾舞女郎，但碍于母亲的不悦——并未如奈瓦尔那样，为了追求女戏子甘愿倾家荡产——萨克雷未对心仪之人展开追求。赌场频频失意使他负债累累，萨克雷及时为自己敲响警钟，在日记中告诫自己不再赌博。而波德莱尔不同，他在继承亲生父亲的巨额财产之后则毫无顾忌地恣意挥霍，直到一贫如洗也始终不悔改。

　　萨克雷很快回归正常的生活轨道，尤其在破产之后，成家立业的念头日益强烈。正如波德莱尔为了能顺利出版诗集，无奈只得删除书报审查员认定为伤风败俗的诗词，以免牢狱之灾。② 萨克雷也深谙资本主义社会的商品销售法则，作为一个籍籍无名的文学小青年，为了生存而爬格子，不得不收敛起之前的挥霍放纵，小心翼翼地将叛逆的情绪倾注在饱蘸墨汁的笔尖上。

## 第一节　对法国新古典主义绘画的批判

　　绘画在法国的艺术地位远高于在英国。法国新古典主义绘画遵循古希腊罗马的艺术规则，虽经典、权威，但呈现模式化特征，萨克雷认为这种类型的画作缺乏生命力，绘画要以实际生活经验为蓝本，才能摆脱僵化教条的模式。因此，萨克雷无视法国艺术权威，开启了波希米亚式桀骜不驯的抨击经典之旅。

### 一　绘画艺术在英法两国的不同地位

　　巴黎在文艺表达上的开放、露骨和直白，与伦敦的相对保守、含蓄和委婉形成鲜明对比。萨克雷内心明显更向往巴黎艺术所展现的狂野和激情的一面，并敏锐地嗅到伦敦刻板的文学市场需要来自异域的波希米亚情调

① 〔德〕本雅明：《发达资本主义时代的抒情诗人》，张旭东等译，生活·读书·新知三联书店，2012，第57页。
② 程巍：《文学的政治底稿：英美文学史论集》，复旦大学出版社，2014，第27~28页。

加以点缀。波德莱尔用"丑恶"和"肮脏"形容资产阶级生活，用"生机勃勃"形容巴黎，用"死气沉沉"描述伦敦。伦敦呈现一致的黑色，黑色的烟雾笼罩着整个城市，房子、行人以及天空仿佛浸染在墨汁里，而巴黎则是朝气蓬勃、五光十色、活力十足的。[1]

萨克雷在文中直言，当一个人离开浓雾重重、令人郁闷的伦敦，吸入的不再是煤烟和黄雾，而是法国那清新、洁净的空气，他会即刻陶醉于其中，顿觉神清气爽、心旷神怡。其中对巴黎的褒扬和对伦敦的贬斥有目共睹。但在学者理查德·皮尔森看来，萨克雷对伦敦的讽刺并没有简单地停留在城市的表象，而更多暗示伦敦和巴黎在精神上的巨大差异。皮尔森认为，萨克雷实则在暗示巴黎为菲勒斯中心的象征，巴黎旺盛的激情代表男性的阳刚之气，伦敦则正相反，它的工业化令人窒息，扼杀了阳性力量。[2] 确切地说，以发展经济为目标的工业化造成的环境污染，扼杀了文艺精神。

萨克雷小时候酷爱画画，青年时期特意去巴黎习画，希望在此方面有所造诣。之所以选择在巴黎而非英国学画，按照萨克雷的说法，理由如下。其一，学费便宜，每年大概只要 10 镑。若在英国，则需要一笔庞大的学费支出。其二，获益更大。在法国，仅仅 10 镑的学徒费，不但能享受多样化的额外指导，有模特儿等，而且能受到艺术的熏陶和激励，英国则没有。其三，在法国，画家收益不菲，画家的社会地位远比英国同行高，而在英国，画家这个行业不受社会重视。由此可见，英国重实业甚于艺术。圈地运动、君主立宪制、重商主义、工业革命、自由主义、《国富论》等这些主导英国历史进程的关键词，无一不是指向经济繁荣。讲求务实的英国人追求商业利润，他们将与利润增长相关的实用活动看作体面的营生。因此，在英国，一个杂货铺老板的女儿会认为，自己如果嫁给一个画家，这是既不合适也不体面的联姻。[3]

---

[1]　See Richard Pearson, *W. M. Thackeray and the Mediated Text, Writing for Periodicals in the Mid-Nineteenth Century*, Hants: Ashgate Publishing Ltd., 2000, p. 102.

[2]　Richard Pearson, *W. M. Thackeray and the Mediated Text, Writing for Periodicals in the Mid-Nineteenth Century*, Hants: Ashgate Publishing Ltd., 2000, pp. 102-103.

[3]　William Makepeace Thackeray, "On the French School of Painting: With Appropriate Anecdotes, Illustrations, and Philosophical Disquisitions—In a Letter to Mr. Macgilp, of London," *The Complete Works of William Makepeace Thackeray*, Vol. 11, *The Paris Sketch Book*, New York: Houghton, Mifflin and Company, 1889, pp. 41-44.

　　法国绘画艺术的历史比英国悠久。早在 16 世纪，国王弗朗索瓦一世就是一位名副其实的文艺爱好者。这位国王在位期间不惜耗巨资大兴土木，修筑了许多艺术馆和宫殿，并聘请了来自意大利的诸多艺术家，为推进法国的文艺复兴做出了卓越贡献。意大利文艺复兴时期的著名画家，诸如达·芬奇、提香、米开朗琪罗等人的作品和绘画技艺在法国得到广泛重视和传播，极大地促进了法国人对艺术的欣赏和热爱。而隔海相望的英国，对绘画艺术的鉴赏则稍显迟钝。

　　究其原因，这和历史上英法之间的长期对抗不无关系。从诺曼底公爵威廉征服英国称王以来，英法之间便纷争不断。早期因为领土问题频频产生摩擦甚至交战，比如克雷西会战。经历惨烈的英法百年战争后，英国丧失了在法国侵占的领土，两国恩怨从领土争端转至欧洲霸权。为了防止对方独大，两国都以阻止对方获益为宗旨，积极干预他国事务，比如，在西班牙及奥地利王位继承战争、美国独立战争、拿破仑称霸等过程中，英法皆兵戎相见。长期的对立导致两国在艺术方面的交流和品鉴难以达到和谐的一致性。再者，从地理位置看，意大利和法国接壤，地理上的便利促进两国间的文化交流。意大利政治上长期处于分裂状态，这使得法国入侵意大利有机可乘。意大利面向地中海的优越地理环境使得佛罗伦萨、威尼斯和米兰等城市成为商贸和文化重镇，因此，尽管法国侵略意大利，也不免为意大利崇尚艺术的时尚精神所感染和折服。反观英国，因为海峡的屏障，以及和法国的对抗，造成意识上的排斥和疏离感，这就导致英国的艺术风向和法国不甚一致。

## 二　程式化的法国新古典主义绘画

　　受到法国艺术熏陶的萨克雷，承认法国艺术的权威和经典，法国艺术氛围比英国浓厚，法国艺术家的待遇也比英国好。但萨克雷并未一味称颂法国绘画，他对法国绘画的抨击主要集中在新古典主义画派。新古典主义画派的兴盛与两个关键词密切相连："法国大革命"和"庞贝城遗迹"。法国大革命之前的法国，是洛可可艺术的天下，洛可可精美富丽的特征迎合了享乐奢靡的风气，它反映在上层社会的建筑、室内修饰、家具摆件以及服装上。由此导致的劳民伤财日渐引起底层群众的反感和抵触情绪。在大革命之后，洛可可艺术便渐渐被新古典主义风格所取代。新古典主义在精神上的复古姿态受益于罗马庞贝古城的挖掘，古希腊罗马的个人英雄主义也因此靡然成风。将古代英雄尊为典范，既是大革命推翻旧秩序的斗争需要，也以端庄、朴素的面貌开启了一个新的艺术时代。

萨克雷批评法国新古典主义绘画中的古代英雄人物姿态僵化死板，《萨宾妇女》中的罗慕路斯和《荷拉斯兄弟之誓》中的荷拉斯兄弟都以相似的姿势——伸直腿，伸出手臂——来展示"英雄和崇高"。[1] 在新古典主义绘画大师雅克·路易·大卫塑造了裸体形象的罗马王罗慕路斯之后，裸体画便蔚然成风，这种僵硬、模式化和失真的画风让观众产生不适感，在萨克雷看来，远不如风景画自然真实。萨克雷之所以指摘新古典主义画风，是因为它的绘画思路建立在理性构思基础上，缺少来自日常平凡生活的经验。萨克雷直言"讨厌那些假笑的圣母玛利亚"。无人见过圣母的真实模样，为了表达宗教的神圣，画家试图通过理性思维建构一个具有普适性的圣母形象，基本具备如下特征："卷曲的长发辫一直垂到长袍，配有圣母专用的装饰织物。圣母的头偏向一侧，眼睛闭着，露出合乎体统却又不失庄严的假笑。圣母头像后面是车轮状的金色光环。"[2]

尽管古代英雄和宗教题材的绘画内容庄严凝重，但千人一面[3] 的姿势形态不免令人产生审美疲劳，并且此类题材完全生成于画家的理性虚构，而非基于任何经验性实践。因此，即便萨克雷大肆攻击英国绘画艺术，也不得不承认英国风景画具有大自然的崇高之美。相较于英雄和圣母这样宏大主题的画作，萨克雷更喜欢以平凡且真实的日常生活事物为题材的作品，比如画几头牛、一只驴或几码地，这些普通真实的事物可以"使我们

① William Makepeace Thackeray, "On the French School of Painting: With Appropriate Anecdotes, Illustrations, and Philosophical Disquisitions—In a Letter to Mr. Macgilp, of London," *The Complete Works of William Makepeace Thackeray*, Vol. 11, *The Paris Sketch Book*, New York: Houghton, Mifflin and Company, 1889, p. 55.

② William Makepeace Thackeray, "On the French School of Painting: With Appropriate Anecdotes, Illustrations, and Philosophical Disquisitions—In a Letter to Mr. Macgilp, of London," *The Complete Works of William Makepeace Thackeray*, Vol. 11, *The Paris Sketch Book*, New York: Houghton, Mifflin and Company, 1889, pp. 52-59.

③ William Makepeace Thackeray, "On the French School of Painting: With Appropriate Anecdotes, Illustrations, and Philosophical Disquisitions—In a Letter to Mr. Macgilp, of London," *The Complete Works of William Makepeace Thackeray*, Vol. 11, *The Paris Sketch Book*, New York: Houghton, Mifflin and Company, 1889, p. 53.

体验到平凡带来的乐趣"。①

　　萨克雷之所以欣赏平淡无奇的风景画，而抵触体现宏大主题的英雄类和宗教类新古典主义画作，并非仅仅缘于艺术视觉上的好恶，而是受到不同类型的画风背后蕴含的美学理念的影响。

## 第二节　不同的美学理念对绘画的影响

　　萨克雷喜欢英国自然风景画，而排斥法国新古典主义历史人物画，原因在于，这两种风格的画作基于两类迥异的美学理念：前者依据的是英国经验主义美学，强调人作为艺术创作者和欣赏者在生理和心理上的自然感觉体验，并将这些感觉经验融进创作实践中，不断提炼审美标准，强调描画对象的自然和真实特征；后者依凭新古典主义美学，强调遵守古希腊古典艺术原则，力求静穆、典雅和庄严的画面感，若打破原则便被视为不合格的艺术，如此，使绘画表现陷入停滞和僵化。

### 一　萨克雷的绘画观受到英国经验主义美学影响

　　从萨克雷对绘画艺术的评判可知，其受到英国经验主义美学影响。英国经验主义美学的根基是英国经验论哲学，英国经验论哲学的领军人物是弗朗西斯·培根。培根强调通过实践从感性经验中获取知识，反对经院哲学脱离实践的纯理性推理，并认为后者是抽象且无益的。培根成为英国经验论哲学的始祖，将认识论引上经验认知之路。

　　曾担任培根秘书的托马斯·霍布斯在接受培根观点的基础上，探析了从经验中生成知识的过程，发展了他的唯物主义观。霍布斯的唯物主义观带有无神论色彩和机械论特征。洛克在此基础上进一步发展。洛克认为观念并非生而有之，人的心灵在初生之时如一块白板，后天的经验在白板上留下观念的痕迹。洛克将观念分为感觉和反思，前者源自对外界事物的心

①　William Makepeace Thackeray, "On the French School of Painting: With Appropriate Anecdotes, Illustrations, and Philosophical Disquisitions—In a Letter to Mr. Macgilp, of London," *The Complete Works of William Makepeace Thackeray*, Vol. 11, *The Paris Sketch Book*, New York: Houghton, Mifflin and Company, 1889, p. 58.

灵反应，后者则指心灵内部活动，反思的结果又衍生出信仰和怀疑等其他观念，不同的观念在头脑中不断碰撞和重组。因此，观念的生成是一个从简单走向繁复的过程，这也是知识在头脑中形成的过程。洛克由此印证了知识源于经验的观点。

经验主义哲学为英国经验主义美学的发展提供了思想基础。英国经验主义美学注重感性经验，否认纯理性思辨的可靠性。培根在《论美》中表达了对绘画的看法，勇于挑战之前画界权威定下的规矩。希腊画家阿皮雷斯和德国画家丢勒认为，可以从众多脸孔中挑选最好看的五官组合成一张最美的脸，画人物画必须遵循几何比例。培根反对权威的观点，提出自己的看法：动作不适宜在绘画中表现，美并非体现在比例上，许多脸部的五官单独看虽然不美，但构成整体的脸却是美丽动人的，因此，不能按照既定的规则生搬硬套。

洛克在《人类理解论》中提到物体的两种性质：第一性质是物体本身固有的属性，此属性在任何条件下都保持恒定不变；第二性质是借第一性质引发人们产生各种感觉的能力。[①] 洛克指出美是简单观念合成的复杂观念,[②]美的观念的产生属于第二性质范畴，强调物体作用于人的心灵产生的反应，带有明显的主观特征。

沙夫茨伯里提出后天文化修养方面的训练和教育有助于形成审美趣味，但同时又认为人天生具备辨识善恶和美丑的能力，此能力源于人的"内在感官"（inner sense），"内在感官"赋予人类道德感和审美感，此二者是相通且一致的。[③] 沙夫茨伯里还主张审美不应涉及利益关系，否认以利己思想为审美基础，强调艺术的美能激发和形塑道德情操。如果政治行为违背道德，那么和政治相关的艺术作品就丧失了美。新古典主义绘画和法国大革命相关，法国大革命的血腥和暴力，以及之后拿破仑统治的野心和霸道，使萨克雷无法认同新古典主义绘画的艺术价值。

与沙夫茨伯里同时代的约瑟夫·艾迪生，在经验主义美学上的贡献也

---

① 北京大学哲学系外国哲学史教研室编译《十六——十八世纪西欧各国哲学》，商务印书馆，1975，第373~374页。

② John Locke, *An Essay Concerning Human Understanding*, Kenneth P. Winkler, ed., Indianapolis: Hackett Publishing Company, Inc., 1996, p.66.

③ 朱光潜：《西方美学史》（上），中华书局，2013，第223~225页。

不容小觑。他阐释了由视觉引发的想象在审美活动中的作用。目之所及的自然景观和绘画、雕塑等艺术作品刺激视觉神经后，结合脑中已存的记忆引起想象。想象具有自觉的能动性，能主动对视觉接收的各类形象进行处理，如加工、修改、重组等，① 因此，想象的主观创造成为审美评价不可或缺的支撑。新古典主义绘画勾起的关于法国大革命的血腥记忆，使萨克雷无法认同此类绘画的美感。此外，壮观、绮丽和优美的自然风景深受艾迪生喜爱，因它们能震撼心灵，使人产生叹服、受到威慑之感。对艾迪生这位前辈的好感也使萨克雷赞赏英国自然风景画。从自然风景带来的震撼感中，柏克后来发展出崇高的概念。

哈奇森认为审美趣味因人而异，原因是个体性情有差异，以及不同的经历。② 外物投射到人们心灵产生的观念，结合个体不同的人生经历又产生其他观念，导致个体间审美存在差异。哈奇森否认美存在于事物之中，只承认美作为观念产生于人的心灵。同样，对美的归类，依据的是人的审美感，而非事物。③

休谟认同哈奇森的观点，认为美不是事物的属性，而是事物在人的心灵里激发出的效果。同一事物在一个人心里产生美感，在另一个人心里可能是丑陋不堪的。休谟将美分为感觉和想象两类，感觉涉及事物的形貌，想象则源自由事物引发的便利、效用和同情等观念的联想，后者带有功利主义色彩。美令人快乐骄傲，丑让人痛苦自卑。④

审美差异除了源于个体间的脾性不同之外，还与历史背景和所在国家的国情有关。评论艺术作品需遵从两大原则：其一，将作品置于它所属的特定历史情境中考察；其二，作品的创作目的。柏克强调共情，即设身处地地体会他人感受，这在审美活动中具有重要作用。⑤ 而且共情并不诉诸

---

① Joseph Addison, "Pleasures of the Imagination," *The Spectator*, Letters, No. 411, Saturday, June 21, 1712, London: George Routledge and Sons, Ltd., 1891.

② Francis Hutcheson, *An Inquiry into the Original of Our Ideas of Beauty and Virtue in Two Treatises*, Wolfgang Leidhold, ed., Indianapolis: Liberty Fund, Inc., 2004, pp. 68-69.

③ Francis Hutcheson, *An Inquiry into the Original of Our Ideas of Beauty and Virtue in Two Treatises*, Wolfgang Leidhold, ed., Indianapolis: Liberty Fund, Inc., 2004, p. 27.

④ See David Hume, *A Treatise of Human Nature*, New York: Barnes & Noble, Inc., 2005, p. 230.

⑤ Edmund Burke, *A Philosophical Inquiry into the Origin of Our Ideas of the Sublime and Beautiful, with an Introductory Discourse Concerning Taste, and Several Other Additions*, London: Thomas M. Lean, Haymarket, 1823, pp. 66-67.

理性，是一种自然的本能。① 新古典主义绘画是法国大革命的应景产物，而英国人对法国大革命心有余悸，故萨克雷对这类绘画无法产生本能的共情反应。

　　萨克雷欣赏的前辈画家——18 世纪英国画家威廉·荷加斯（William Hogarth）反对新古典主义绘画遵循的僵硬教条，重视从生活实践经验中提炼绘画技艺。英国经验派秉持实践出真知的理念，荷加斯受此启发，深入实践和观察，提出形式美学的观点。荷加斯反对新古典主义画派推崇的对称比例以及肃穆的氛围，提倡美感源于生活经验。荷加斯认为人们天生喜欢多样性和复杂性，因此，墨守成规只会使绘画艺术故步自封。结合人的心理观察，荷加斯认为心理上的平衡感是构建美感的重要因素。比如，为了避免复杂化和多样化走向极端从而陷入混乱，有必要保持单纯和多样的平衡，由此造就优美的形式，② 在绘画上体现为“构图简洁或各个部分清晰可辨”。③ 这种把握局部和整体的平衡，正是荷加斯在长期的绘画实践中结合心理和视觉体验归纳出来的美学知识。同时，荷加斯还强调，视觉接收到某物的物理形象时，会和脑海中关于此物的记忆进行匹配，从而做出判断。④ 荷加斯的绘画理论正是吸收了英国经验主义美学的研究思路结出的艺术硕果。

　　萨克雷的绘画老师乔治·克鲁克香克（George Cruikshank）也是如此。克鲁克香克的绘画作品符合萨克雷在绘画艺术上的美好期待，因为克鲁克香克的作品接地气、活泼、富有生机，贴近普通大众的生活。⑤ 在萨克雷眼里，高雅、经典、权威的新古典主义画作带有虚假的情感以及张扬虚伪的道德和宗教内容。萨克雷认为，无论是模特还是画家，对古希腊罗马时代的英雄人物及其故事，还有相关的文化和历史语境都不甚了解，或者根

---

① 参见 Edmund Burke, *A Philosophical Inquiry into the Origin of Our Ideas of the Sublime and Beautiful, with an Introductory Discourse Concerning Taste, and Several Other Additions*, London: Thomas M. Lean, Haymarket, 1823, pp. 55-58。

② William Hogarth, *The Analysis of Beauty*, Ronald Paulson, ed., New Haven: Yale University Press, 1997, pp. 27-32.

③ William Hogarth, *The Analysis of Beauty*, Ronald Paulson, ed., New Haven: Yale University Press, 1997, p. 44.

④ William Hogarth, *The Analysis of Beauty*, Ronald Paulson, ed., New Haven: Yale University Press, 1997, pp. 83-84.

⑤ John Carey, *Thackeray: Prodigal Genius*, London: Faber and Faber Ltd., 1977, pp. 93-99.

本不关心。在时间和空间距离如此巨大的情况下，画家和模特根本无法原汁原味地还原故事画面，只能矫揉造作地摆姿势，展示不自然、程式化、呆板僵硬、自负虚假的崇高。

相较于新古典主义风格的英雄及宗教题材的画作，萨克雷明显推崇风景画。风景画产生的审美感在柏克笔下已然得到诠释。柏克所谓的崇高，指具有强大威慑力、不可征服的、雄浑宏伟的自然景象，优美则指小巧玲珑、赏心悦目的自然景致。萨克雷之所以欣赏自然风景画，正是因为风景画符合经验主义的审美特征。英国民族风景画虽然是欧洲画界的后起之秀，但它不受限于古典主义绘画既定的创作范式，摒弃程式化的创作理路，是几代英国本土画家不断探索和实践的结果。

欧洲早期古典主义画家未将风景纳入绘画主题，仅将风景作为人物或者历史事件的背景，起到衬托主题的作用。即便作为陪衬的风景，也不是实地实景，而是刻意虚构出来的罗马或意大利的典型风景。此种经过特意加工的、符合古典派规范的理想化背景长期主宰欧洲画坛。而英国资本主义经济的繁荣和经验主义美学的发展，在一定程度上助力英国本土风景画摆脱僵化的古典主义教条。

米开朗琪罗断言，除了意大利，其他民族的画家再无可能画出优秀作品。[1] 伴随国力的强盛和民族自信心的增强，英国本土画家开始逐渐摆脱古典主义画派的桎梏，将目光投向国内素材。剔除了古典画派推崇的罗马景观，英国风景画家在结合地形图绘制的基础上，发展出具有本国特色的、以英国本土景观为描画主题的、既真实又自然的风景画。但萨克雷不否认自己同时也赞赏法国画家克劳德·洛兰（Claude Lorrain）的风景画，尽管克劳德的画风带有古典特征，但是他的风景画并非凭空幻想出来的虚构物，而是在自然界经历长年累月的观察和写生后的结果。他的风景画是以自然界为原型进行的创作，在描摹实物的基础上杂糅进画家的想象，最终形成具有心理平衡感的作品。

如果克劳德的风景画能够给人留下宁静、柔和的美感，那么尼古拉斯·普桑（Nicolas Poussin）的风景画则产生令人敬畏的崇高感。普桑是古典主义绘画派的经典画家，他的画作主要以宗教、神话和历史事件为题

---

① 杨身源：《西方画论辑要》，江苏美术出版社，2010，第 201 页。

材，即便如此，在萨克雷眼里，普桑的风景画仍旧呈现柏克所阐释的崇高之美。由此可见，萨克雷所反对的并不是所有古典主义或者新古典主义风格的画作，尽管他认同古典主义已然衰败。萨克雷对新古典主义画家雅克·路易·大卫的攻击也并非全方位的，萨克雷赞赏大卫的肖像画和日常生活画，只是英雄画作带有模式化痕迹，因而是败笔。①

## 二　基于法国新古典主义美学的历史人物画

古典主义和新古典主义绘画中的古希腊罗马英雄和圣母形象呈现出理想化和模式化特征，他们在现实生活中缺乏可见的原型，这是为萨克雷所诟病的，在此特征背后是法国新古典主义美学的理论支撑。法国新古典主义美学所依据的哲学基础是笛卡尔创建的理性主义思想，笛卡尔的"我思故我在"激起理性的强音，人的主体性和天赋观念成为方法论主角。笛卡尔认为，具有思维能力是人的本质属性，② 具有这种能力是天赋，思维活动属于理性范畴，理性是人区别于动物的唯一标志。③

英国经验主义所推崇的感觉和经验被认为是不可靠和荒谬的，从而被理性主义者踢出通往真理的必经之路。感觉和经验受到排斥后，在理性主义者眼里，人仅凭借纯理性思辨和推理就能获得知识、创建秩序。既然天赋的理性可以发现真理，认识万物规律，那么理性演绎就上升为认识论的精髓，理性以常规化的形式指导具体的活动，成为实践遵循的普遍法则。法国新古典主义的思想基础就是理性主义，理性主义抬高了精神对物质的判定和主宰权，忽视了源于人和客观物质世界磨合产生的实践经验。新古典主义艺术的审美判断也被纳入理性主义范畴，脱离感性经验的审美判断依据的是由理性判断设计出来的一系列准则和规范。只有符合规范的艺术才是美的，否则即为丑。此种类似数学公式的规则致使艺术活动趋于僵化，难以注入新的活力。

---

① William Makepeace Thackeray, "On the French School of Painting: With Appropriate Anecdotes, Illustrations, and Philosophical Disquisitions—In a Letter to Mr. Macgilp, of London," *The Complete Works of William Makepeace Thackeray*, Vol. 11, *The Paris Sketch Book*, New York: Houghton, Mifflin and Company, 1889, pp. 54-58.

② See Rene Descartes, Baruch de Spinoza, *Meditations on First Philosophy*, trans. by John Veitch & R. H. M. Elwes, Beijing: Central Compilation&Translation Press, 2012, pp. 28-29.

③ 参见〔法〕笛卡尔《谈谈方法》，王太庆译，商务印书馆，2009，第45~47页。

　　布瓦洛的《诗的艺术》将理性认定为评判美的最高标准，将古希腊罗马文艺家的创作理念作为指导文艺实践的最高原则，比如，亚里士多德《诗学》中论及的"三一律"就被视为戏剧创作必须遵循的准则。布瓦洛高度颂扬古希腊诗人荷马，认为其诗作"是百宝箱，其妙趣取之不尽"，[①]维吉尔的诗歌皆是"心传之作"。[②] 在人物塑造方面，布瓦洛遵循贺拉斯的定型说和类型说，认为人物描写要符合人物所处的环境以及年龄和身份等。布瓦洛提倡的模仿自然，即为模仿古希腊罗马文艺家，因为这些前辈对自然的逼真模仿已经达到了完美的境界，后来者只有以他们的作品为楷模才能创作出优秀成果。

　　布瓦洛认为，法国最伟大作家的成功正是得益于对古希腊罗马先辈诗作的学习和模仿，[③] 文学作品所描述的对象也理应是英雄君主，而非市井百姓。[④] 只有坚守理性原则的作品，才具有"价值和光芒"。[⑤] 法国新古典主义绘画亦呈现浓厚的理性主义色彩，题材均围绕宏大的主题，比如，关乎国家荣辱和命运的事件，主角是拯救国家于危难之中的英雄，这些英雄往往具有舍身为国的悲情色彩。在面对个人利益和国家利益时，英雄以牺牲个人利益来成就国家利益，表现出理性战胜情感的高尚情怀。

　　萨克雷提及的大卫的画作《贺拉斯兄弟之誓》正是新古典主义画派的经典之作。大卫的艺术宗旨是精确模仿古希腊罗马艺术风格，以达到与后者毫无二致的地步。[⑥]《贺拉斯兄弟之誓》画面呈现理性和情感的对冲：贺拉斯三兄弟代表理性，叉腿站立和齐伸手宣誓准备接剑的姿势，代表不惜牺牲个人生命立志为国而战的意志和决心；画面上作为陪衬出现的女性群体则暗示脆弱的情感，无论是母亲、妹妹还是妻子，作为至亲面对即将发生的流血和牺牲无不悲痛欲绝。但情感终究敌不过理性，视死如归的英雄气概、保家卫国的匹夫之责，加上暗色的背景、古罗马的廊柱，无一不在强化英雄即将出征的悲壮和大义。新古典主义绘画力求营造画面的典雅和

① 〔法〕布瓦洛：《诗的艺术》，任典译，人民文学出版社，2009，第49页。
② 〔法〕布瓦洛：《诗的艺术》，任典译，人民文学出版社，2009，第19页。
③ 〔法〕布瓦洛：《1770年给贝洛勒的信》，任典译，人民文学出版社，2009，第305页。
④ 〔法〕布瓦洛：《诗的艺术》，任典译，人民文学出版社，2009，第58页。
⑤ 〔法〕布瓦洛：《诗的艺术》，任典译，人民文学出版社，2009，第290页。
⑥ 〔法〕皮埃尔·弗朗卡斯泰尔：《法国绘画史》，啸声译，上海人民美术出版社，1987，第313页。

庄重感，避免令人恐惧的血腥场景。

大卫的《萨宾妇女》展现的是复仇的战斗场景。画面背景中战士们高举着密匝匝的刀枪剑戟，妇女带着婴孩在现场阻止两族男性暴力相向，尽管被寻仇的罗马王罗慕路斯举戟欲射；正对面，前来寻仇的萨宾王都斯持盾亮剑急欲迎战。但整个画面未有流血和横尸，人物造型犹如雕像般稳健，透出典雅之气，本应是残酷厮杀的暴力画面反而具有了凝重的神圣感。

新古典主义画作的程式化特点还体现在画面的黄金分割上。黄金分割法是古希腊毕达哥拉斯首创的，被认为是最美的比例，在雕塑、绘画和建筑领域得到广泛应用，按照黄金分割比来分配画面人物的位置是新古典主义画作采用的普遍规则。此外，画面上人物造型的程式化也是新古典主义的特色。对于站立的人，艺术家通常让人物的双腿分担身体的重量，以此呈现人体的匀称美。[①] 这种由古希腊艺术家流传下来的模式化造型在罗慕路斯和贺拉斯兄弟那里得到生动体现，成为表达英雄的坚定意志和崇高精神的固定符号。基督教艺术中的圣母形象也以符号化的形式出现，金黄的背景色、红色的衣裙、蓝色的外套以及头部的光环，都是圣母形象的标配，被认为是将圣母与其他女性区分的标志。萨克雷极力反对此种模式化，虽然英雄和圣母的形象既高贵又典雅，充满了理性的光辉，但并非来自现实的生活经验，而是纯理性的构想。

新古典主义画派在19世纪初期受到浪漫主义画派的挑战。大卫的学生让·奥古斯特·多米尼克·安格尔（Jean Auguste Dominique Ingres，1780~1867）大肆攻击浪漫主义画家泰奥多尔·基里科（Theodore Gericault，1791~1824），斥责其描绘海难逃生的悲剧画《美杜莎之筏》不符合规范，没有资格在博物馆展出。因为画面展示的是"无边无际的黑色大海，一只木筏在海面上漂荡，木筏上是一群可怕的人，有些已经死了，有些在垂死边缘挣扎。那些濒死的人因为可怕的饥饿在绝望中扭动着身躯，精神癫狂"。[②] 这一令人惊悚的死亡场面，在安格尔看来会败坏观众的兴致，只有健康、

---

① 〔英〕苏珊·伍德福特、〔美〕安尼·谢弗-克兰德尔、〔德〕罗莎·玛丽亚·莱茨：《剑桥艺术史》，罗通秀、钱乘旦译，中国青年出版社，1994，第22页。

② William Makepeace Thackeray, "On the French School of Painting: With Appropriate Anecdotes, Illustrations, and Philosophical Disquisitions—In a Letter to Mr. Macgilp, of London," *The Complete Works of William Makepeace Thackeray*, Vol. 11, *The Paris Sketch Book*, New York: Houghton, Mifflin and Company, 1889, p. 56.

道德和美的画面才有可欣赏性。①

　　萨克雷大赞《美杜莎之筏》，认为画面自然，展现出很强的叙事感，具有正统悲剧的吸引力，更有深度。② 萨克雷力赞《美杜莎之筏》的原因有三。其一，画作取材于真实的历史海难事件。1816 年夏，贵族船长的狂傲无知导致美杜莎巡洋舰触礁沉没，船长以及高级军官只顾自己逃生而置士兵生死于不顾，士兵们只能在简陋的木筏上漂流，自生自灭，最终仅有 10 人得救。其二，法国国王路易十八唯恐船难丑闻败露，极力压制和隐瞒，对顺利逃生的船长及官员并未采取严厉的惩罚措施，引发众怒。其三，基里科不畏王权打压，立誓要用画作还原士兵死亡真相，为此特意联系和采访海难木筏上的幸存者。为了真实地描摹受伤的、垂死的以及死亡的士兵，画家对临死的病人以及尸体进行了详细的观察。他和这些待描画的尸体共同生活了很长时间，基里科的画室成了停尸间。③ 在海难事故中，船长和官员的自私和无情，以及国王的冷漠和压制，激起画家的愤怒以及问题和责任意识，这种直接取材于生活经验、勇于揭露和抨击社会现实的艺术创作态度，正是萨克雷所欣赏和追求的。萨克雷主张剔除古典主义传统一直遵循的"荒谬准则"，④ 以贴近生活、自然真实的方式进行文艺创作，拒绝刻意美化、矫饰，以达到（新）古典主义所要求的端庄典雅的境界。

## 小　结

　　萨克雷对新古典主义绘画的波希米亚式质疑展现了他对绘画传统所持

① 〔法〕安格尔：《安格尔论艺术》，朱伯雄译，广西师范大学出版社，2004，第 70 页。

② William Makepeace Thackeray, " On the French School of Painting: With Appropriate Anecdotes, Illustrations, and Philosophical Disquisitions—In a Letter to Mr. Macgilp, of London," *The Complete Works of William Makepeace Thackeray*, Vol. 11, *The Paris Sketch Book*, New York: Houghton, Mifflin and Company, 1889, p. 56.

③ William Makepeace Thackeray, " On the French School of Painting: With Appropriate Anecdotes, Illustrations, and Philosophical Disquisitions—In a Letter to Mr. Macgilp, of London," *The Complete Works of William Makepeace Thackeray*, Vol. 11, *The Paris Sketch Book*, New York: Houghton, Mifflin and Company, 1889, p. 56.

④ William Makepeace Thackeray, " On the French School of Painting: With Appropriate Anecdotes, Illustrations, and Philosophical Disquisitions—In a Letter to Mr. Macgilp, of London," *The Complete Works of William Makepeace Thackeray*, Vol. 11, *The Paris Sketch Book*, New York: Houghton, Mifflin and Company, 1889, p. 45.

的叛逆态度，具体表现为对新古典主义历史人物画的批判。

萨克雷虽然承认法国在绘画方面的发展远超英国，但并未一味推崇和全盘接受法国的绘画技艺。他明确反对法国新古典主义画派，因其遵循古希腊罗马时代的艺术准则，以英雄人物和宗教圣人为主角，以特定姿势为规范。萨克雷认为此类型画作因循守旧，形式化明显，从而丧失了生命力。相比较而言，萨克雷更欣赏英国的自然风景画，因其以日常的生活经验为蓝本，平凡而真实。

萨克雷之所以抵触新古典主义绘画风格，是因为他受到英国经验主义美学的影响。培根强调实践出真知，开启了经验认知的大门。洛克论证了知识源于感性经验的过程，为经验主义美学的发展提供了理论基础。培根反对在绘画上按照既定的模式创作。在经验认知的心理活动层面，霍布斯提出想象和判断是构建优秀作品的两大元素，判断力能够有效控制想象力，防止想象跳脱出自然逻辑落入虚妄。沙夫茨伯里强调人的"内在感官"具有的审美能力。哈奇森认为审美趣味因人而异，认为美不存在于物，而存在于每个人的心灵之中，根据不同的人生阅历和性情，会产生不同的审美态度。约瑟夫·艾迪生认为优美壮丽的自然景观具有震撼心灵之美。英国画家威廉·荷加斯摒弃新古典主义绘画设置的种种规范，注重从实践经验中提炼绘画技艺。

正是在上述经验美学思想影响下，萨克雷才会严厉批评程式化的英雄和圣母像绘画，因为此类画作遵循的是新古典主义美学思想，它的理论基础是以笛卡尔为开端的理性主义。笛卡尔贬低英国经验主义所重视的感觉和经验，认为人类仅凭纯理性思辨和推理就足以获取真知。新古典主义的审美判断就是遵循理性主义规则，将古希腊罗马艺术家的创作理念奉为圭臬，主张艺术作品的主角理应是英雄和宗教圣人而非平凡百姓，并且对这些英雄和圣人要按照规定的姿势和造型描摹。萨克雷正是从这个角度批判新古典主义经典绘画《贺拉斯兄弟之誓》和《萨宾妇女》的。受到新古典主义画家大加挞伐的《美杜莎之筏》则受到萨克雷力捧，正是因为它摆脱了传统的教条约束，勇于反抗权威，追求真实和自然。

# 第六章　萨克雷折中的美德观和宗教观

　　折中思想早在古希腊时代即已形成，它强调不偏不倚的处事风格，既不走偏激路线，也不选择退却。折中原则被认为是促进城邦和谐发展的重要因素。折中体现在人与自然、人与社会、人与人之间的关系上。亚里士多德认为折中是一种美德，过度或不及都会造成损害。① 折中是善和美的最高体现。② 这一观念在英国的思想文化中得到了继承和发扬。例如，英国政治发展变革的过程就呈现温和、妥协的特征。1688 年的"光荣革命"，没有血腥的暴力戕杀，没有走极端的颠覆路线。③ 英国在革命前后，社会制度并未完全被颠覆，而是有承袭旧制的特点，在司法诉讼上表现为保留某些旧制的法律程序，按照旧制的惯例行事，等等。④ 到了英国维多利亚时代，折中具有了更形象的含义。法国大革命之后，英国人的思想趋于保守，启蒙运动之后高扬的理性被法国大革命的暴烈否定了；科技进步带来的工业革命虽然提升了生活质量，但也造成了可怕的污染和疾病，同时也削弱了宗教影响力。宗教力量的式微，外加海外拓殖造就的商业繁荣，使道德约束力减弱。是选择继续信仰宗教还是追求科学理性，人们对此难以抉择。面对暴力犯罪和道德腐败等层出不穷的社会问题，居安思危、内心敏感缜密的维多利亚时代英国人更愿意选择一种折中的、谨慎温和的处事态度。

---

① 〔古希腊〕亚里士多德：《尼各马可伦理学》，廖申白译注，商务印书馆，2003，第 46～47 页。
② 苗力田主编《亚里士多德全集》（第八卷），中国人民大学出版社，1997，第 36 页。
③ 参见〔英〕阿克顿《自由的历史》，王天成等译，贵州人民出版社，2001，第 149～150 页。
④ 《马克思恩格斯选集》（第三卷），人民出版社，1995，第 710 页。

　　折中也体现在英国作家的文学书写上，萨克雷欣赏的蒲柏（Alexander Pope）就是一个秉持折中理念的文学家。蒲柏通过《道德论》和《人论》，提出对合适的"度"的把握是保持个人得体、明智的形象，以及维持社会和谐的关键点。蒲柏在《道德论》中讽刺批判了各种性格极端、喜怒无常、缺乏自制力的女性，并推出理想型女性——玛莎·布朗特小姐，这是一个摒弃了女性所有偏执个性的具有折中道德色彩的人物。蒲柏以此强调在宗教、政治以及道德层面保持折中、适度姿态的重要性。①

　　萨克雷所崇敬的另一个作家司各特，钦佩具有折中智慧的人。② 他善于塑造胸怀宽广、目光高远的理想人物，在政治和宗教上也保持宽容和求同存异的姿态。比如，《红酋罗伯》（Rob Roy）的主人公福朗希斯，虽然在政治立场上倾向于英王乔治一世，但并未因朋友罗伯对英国政府的仇视和反抗就抛弃或背叛友情，而是换位思考，深切体会被压迫的苏格兰高地民众的凄惨境遇，主动提供庇护。并且，福朗希斯身为新教的支持者，最终跨越了不同宗教信仰的障碍，毅然迎娶了信奉天主教的女友。高贵和平凡的融合也是司各特折中书写的特点，萨克雷将此应用于小说创作中。③

　　此外，历史学家麦考莱在《英国史》中体现出来的折中姿态也让萨克雷受益良多。麦考莱看到了 19 世纪的英国存在两派对立的社会矛盾，一派是维护上层社会权益的保守阵营，此群体为维系长久以来获取的既得利益固执地守护旧秩序，抵制分配财富与地产的既有规则，对变革心存恐惧，担忧变革会破坏长期以来对自身有利的利益分配格局，甚至会让自身面临生命危险。另一派则是渴望重新分配社会利益的弱势团体，他们认定旧制度已病入膏肓、腐朽衰败，迫切需要推翻旧秩序，构建全新世界。这一派觉得革命过程中的流血与暴力是必然且无法避免的，即便革命充满了血腥与恐怖，也坚信其"能给人类带来进步"。④ 麦考莱力求在两个极端之间找到一个平衡点以维持社会的稳定，这个平衡点即以议会的渐进改革为前提，逐步调和上层阶级和下层民众之间的矛盾，力图确保社会大局趋向和

---

① 详见马弦《论蒲柏的"中庸"思想》，《世界文学评论》2011 年第 1 期，第 102~105 页。

② Allan Frazer, ed., *Sir Walter Scott 1771–1832, an Edinburgh Keepsake*, Edinburgh：Edinburgh University Press, 1971, p. 143.

③ Robert A. Colby, *Thackeray's Canvass of Humanity: An Author and His Public*, Columbus：Ohio State University Press, 1979, p. 317.

④ 〔英〕麦考莱：《英国史》（第一卷），周旭等译，北京时代华文书局，2013，第 68 页。

谐和稳定。

也有学者评论萨克雷的写作风格遵循彼时颇受欢迎的法国哲学家库赞的折中路线（eclecticism，eclectic）。[1] 萨克雷在日记中坦言，自己欣赏库赞的折中风格，[2] 库赞的折中思想彼时风头正健，颇受大众青睐，折中的核心是兼收并蓄，是对已有思想流派的调和，而不是单纯的拼凑和叠加。库赞这种包罗万象、海纳百川的折中思维给了萨克雷启发，使后者的写作呈现宽容和共情的特点。[3]

## 第一节　美德的特征：赢于折中，败于偏激

萨克雷在道德上所持的折中态度体现在两个方面：第一，小说中正面人物具有折中的个性，反面人物则具有偏激的个性；第二，折中的美德不仅包含公共责任感，也吸纳了资本主义社会的商业盈利精神。

### 一　折中和偏激

萨克雷笔下的人物，以折中和偏激为区分点，相应地分为成功和失败两类。凡持折中路线的人物，无不最终实现了梦想，或者领悟到生活的真谛；而行为偏激、一意孤行者，往往身败名裂，遭人耻笑。典型者有《名利场》中的贝基、阿米莉亚和多宾。贝基执着于要在富人的世界里爬到顶端，挖空心思地追名逐利，不懂适可而止，结果弄得丑闻败露，只得远走他乡，在众人的嘲笑和白眼中度过余生。

相比之下，阿米莉亚不走极端，持折中的生活态度，淡泊名利，安于家庭，没有争名夺利的野心，为人平和温良，与人为善，是个典型的维多利亚时代的贤良淑女。萨克雷为这个与世无争的贤良女子安排了一个痴情

---

① Robert A. Colby, *Thackeray's Canvass of Humanity: An Author and His Public*, Columbus：Ohio State University Press, 1979, p. 51.

② Gordon Ray, ed., *Letters and Private Papers of William Makepeace Thackeray*, Vol. I, Cambridge：Harvard University Press, 1946, p. 225.

③ 参见 Robert A. Colby, *Thackeray's Canvass of Humanity: An Author and His Public*, Columbus：Ohio State University Press, 1979, pp. 29, 30, 31, 33, 51; Gordon N. Ray, *Thackeray：The Uses of Adversity, 1811–1846*, New York：The McGraw-Hill Book Company, Inc., 1955, pp. 378, 418。

的追求者——多宾。因此，当阿米莉亚每每陷入经济困境，总有来自千里之外的援手——多宾总是不失时机地慷慨相助，这一经济解围版的英雄救美，预示了敦厚和气的阿米莉亚幸福的人生结局：正是因为她与生俱来的谦逊和悦、安贫乐道、恬静温婉的脱俗气质，才赢得了多宾执着且坚定的爱情。多宾的折中态度则体现在他的沉稳、冷静、克制和持之以恒上。对于一见钟情的阿米莉亚，由于她当时是好友奥斯本的未婚妻，多宾选择将爱隐藏于心间，并未冲动地跟奥斯本争抢心爱之人，而是谨慎地保持距离，并积极促成好友的婚礼。

　　反观贝基，因为急功近利，隐瞒主人老克劳利小姐，选择和其侄儿军官罗顿私奔结婚，以为如此便能顺理成章地得到老克劳利小姐的承认，结果因操之过急，反而弄巧成拙，不仅害了罗顿，使其失去了继承老克劳利小姐巨额遗产的机会，而且自己心心念念要嫁入豪门的美梦也被彻底击碎。即便在失意困顿之时，多宾和贝基的行为也是截然相反的。好友奥斯本在战场牺牲后，多宾默默承担起照顾阿米莉亚的责任。阿米莉亚家的经济每况愈下，亲朋好友皆避而远之。出于对奥斯本忠贞不渝的爱情，阿米莉亚拒绝多宾的求婚。多宾虽然内心沮丧，但并未因此走极端而置孤儿寡母于不顾，依旧一如既往地关照阿米莉亚及其孩子。这一持之以恒的暖心举动，为之后的情节走向——阿米莉亚深刻地自我反省，并毅然决然投向多宾的怀抱——做了有力的铺垫。而同样面对失意，贝基在确定无望继承老克劳利小姐的大笔遗产后，并未反思自身的偏激个性，依旧我行我素。她并不满足于当一个穷军官太太，靠着丈夫罗顿微薄的薪水捉襟见肘地过日子，而是一意孤行，始终执着于豪门美梦，处心积虑地勾搭贵族男子，突破了伦理道德的底线，在攀高结贵的极端心态中逐渐失去自我，人人避之唯恐不及。

## 二　商业化模式下具有折中特点的美德

　　带有折中风格的人物具有一个特征，即他们拥有古典意义上的美德，这种美德源自古希腊罗马的公民对其城邦共同体所应负的公共责任。古希腊罗马时代，公民美德是政治共同体构建中不容忽视的一项重要内容，关乎国家的和谐秩序。但在商业日渐兴盛的资本主义社会，将公民美德视为治国之本的理念遇到了挫折。如果说古典城邦将公民美德视为确保城邦长治久安、不可或缺的政治基础，那么，这个基础在 19 世纪的英国确实已不复存在。在浓厚的商业竞争氛围中，取而代之的是，为追求体面且极具炫耀色彩的经济身份而对传统美德原则随意践踏。人性中贪婪的因子一旦被激发，个人经济主义便大行其道，古典时代的美德，诸如安贫乐道、将国家利益置于个人利益之上等遭到强力解构，追求个人财富和社会地位成为个人奋斗的主要目标。商业的发达助力个人财富的实现，同时也预示着国家的灭亡。①

多宾、钮可谟上校以及艾斯芒德身上带有一股浩然正气，不管是对国家、家庭还是友人，他们显示出来的责任心、道义和坚韧，无不令人动容和肃然起敬。与之形成鲜明对比的是，林登、贝基以及巴恩斯等，只顾自己的个人利益和前途，夺人妻、出轨、诱奸民女、出卖亲妹妹，这些违背基本伦理道德的行为，无一不指向商业运作中唯利是图的特征。萨克雷使用正反例子说明，商业发展尽管给予社会和个人物质财富，但也无情地破坏了古典美德，致使人们在自身行为突破了道德底线后仍旧我行我素，不知悔改。

**（一）　商业环境下的美德缺失**

对商业破坏美德这一现象的批判，早在 18 世纪的英国就已经如火如荼地展开过。正如汉密尔顿拟将商业贵族引入美国遭到杰斐逊反对一样，②博林布鲁克和沃波尔也围绕着美德和商业孰优孰劣展开激辩。沃波尔所代表的政府通过基金、股票等商业形式敛财，议会选举频频出现金钱贿选现象，从而遭到博林布鲁克的批判，后者认为正是商业运作导致政府的腐败和堕落。③ 政府参与商业行为引发的腐败势必由上至下渗透进整个社会，以至于个人道德沦丧。《贝特福德街阴谋》( *The Bedford-Row Conspiracy* ) 中的利益交换、《名利场》中的金钱婚姻，以及《凯瑟琳的故事》中的谋杀亲夫，无一不是私利作祟。

18 世纪的蒲柏和笛福，都已深刻揭露过商业环境导致的人性堕落。萨

---

① 〔法〕让-雅克·卢梭：《卢梭散文选》，李平沤译，百花文艺出版社，2005，第 244 页。
② 详见〔美〕波考克《德行、商业和历史：18 世纪政治思想与历史论辑》，冯克利译，生活·读书·新知三联书店，2012，第 407~408 页。
③ 参见 J. G. A. Pocock, "Virtue and Commerce in the Eighteenth Century," *The Journal of Interdisciplinary History*, Vol. 3, No. 1, 1972, pp. 119-134。

克雷的小说反映出即便到了 19 世纪，商业社会中的道德腐败问题依旧存在。针对这种从上层蔓延到下层、从官方渗透到民间的腐化行为，博林布鲁克适时地提出了建设性的意见。博林布鲁克所在的在野"乡村党"，不满彼时沃波尔政府的金融操作。尤其在"南海泡沫事件"中，因贪欲而卷入其中的乔治一世国王和沃波尔首相，对这场导致万千投资者亏损甚至破产的股票泡沫闹剧① 负有不可推脱的责任。面对如此的腐败局面，博林布鲁克呼吁德高望重的君主，清明廉政的内阁，公正、独立、不受王权牵制的议会，如此可以防止"上梁不正下梁歪"，遏制商业对道德的腐蚀，重获淳朴民风。

博林布鲁克的论辩突出了商业导致的腐败问题。如果说"南海泡沫事件"映照出包括国王在内的官商勾结、以权谋私的社会现实和人性，那么笛福、蒲柏、萨克雷等作家揭示的则是商业对普通百姓良心的吞噬。商业给社会带来繁荣和丰裕的物质生活，这是无可非议的，但同时，商业也会令大众迷失自我，在追逐奢靡和享乐中抛弃美德、见利忘义，甚至丧尽天良，久而久之导致整个民族精神颓堕萎靡。② 萨克雷笔下的鲍勃·斯图布斯就是这样一个利欲熏心，以至于六亲不认、只认金钱的势利小人。他继承父亲的一小笔遗产后，立马将母亲和妹妹无情地赶出家门。穷困潦倒之时，又投靠以出租客房为生的母亲，坐吃山空。结婚的出发点不是因为爱情，而是以女方有多少陪嫁资产为参考标准，因此落入骗子圈套，最后弄得人财两空、身陷囹圄。此类人物在萨克雷的小说中比比皆是，少有的几个具有道德感的角色可算是铜臭弥漫的资本主义社会中凤毛麟角的楷模。

萨克雷的小说被认为具有道德教诲的意义，其中的道德主题深刻反映了彼时被金钱腐蚀的人性问题。道德主题的小说创作也并非仅有萨克雷一家，而是彼时小说创作的主基调之一。上述提及的关于商业和道德关系的论争亦对小说创作起到作用，社会思潮往往左右作家的创作思路，关于道德和社会发展之间的思辨从未离开过思想家们的笔端。在美德问题上，马

---

① 详见孙骁骥《致穷：1720 年南海金融泡沫》，中国商业出版社，2012，第 232、237 页；黄梅《推敲"自我"：小说在 18 世纪的英国》，生活·读书·新知三联书店，2003，第 92 页。

② Adam Ferguson, *An Essay on the History of Civil Society*, Fania Oz-Salzberger, ed., Cambridge: Cambridge University Press, 1995, pp. 235-242.

基雅维利是一个重要人物，他关于美德的讨论成为后人重提道德问题的楔子。马基雅维利所处的时代，是具有资本主义经济特征且政局混乱的时代。意大利尚未统一，各小国各司其政、连年混战，统治阶级腐败不堪，加上欧洲其他国家的侵扰，意大利人民处在水深火热之中。在这样一个连基本的生存都没有保障的动荡社会背景下，马基雅维利的美德观念相较于古希腊罗马时代的古典美德，在反腐败、求安定、谋发展方面更具有现实意义。

马基雅维利肯定人性恶的一面，认为趋利避险、贪得无厌、虚伪善变、背义负恩乃是人性的真实写照。[①] 马基雅维利以人性恶为由，为新建国家的君主巩固政权、实施以恶制恶的策略提供了正当的理由。马基雅维利将君主为了巩固政权而实行以恶制恶策略归入美德一类，这是基于稳定政体和帮助新统治者树立威望的需要。国家政权稳固之后，马基雅维利认为此时公民恪守传统美德至关重要，只有这样才能确保国家长治久安，而彼时意大利已经出现商业腐败现象。

商业繁荣促使人们的谋生手段从传统农业社会的自力更生模式转向交易活动，以物易物的生利行为日渐成为社会公认的谋生方式，且日趋普遍。当商贸成为赚取资产的主要途径之时，人与社会的关系已悄然发生质变，人与人之间的关系以及个人对国家的绝对忠诚，已经不再像原来的传统农业社会那样淳朴单一，渐渐带有商业环境下特有的物化交易性质。雇佣军人和雇佣仆人的出现，预示着平民和君王（或主人）的关系已不再是封建制度下的身份从属和依附关系，变成了服务和金钱的交易关系。以赚取金钱为直接目的的交易行为，小至日常的、普遍的私人之间进行的市场买卖，大到具有风险的私人与国家之间的债券交易，"无交易不生利"的思想已经深入人心。交易存在于社会生活的各个领域，甚至已经进入到伦理范围。

《名利场》中的老奥斯本和贝基就是突破伦理底线的典型。阿米莉亚的父亲塞德利先生曾经资助并提携穷困潦倒的老奥斯本，两家并因此为儿女订下婚约。然而当厚道善良的塞德利在尔虞我诈的商海中失利破产时，昔日好友老奥斯本不但拒绝雪中送炭，而且恩将仇报、落井下石，冷酷地

---

① Niccolo Machiavelli, "The Prince," in Charles W. Eliot, ed., *The Harvard Classics*, Vol. 36, New York: P. F. Collier & Son Corporation, 1965, p. 55.

解除了儿子奥斯本与阿米莉亚的婚约，强迫他另娶具有非裔血统的女贵族。贝基为了过上体面的豪奢生活，不顾自己已为人妇的身份，色诱斯特恩勋爵。这种拿儿子的婚姻和自己的色相当利益交换筹码的行为，就是商业运作侵入人伦领域的表现。

### （二）萨克雷：建立在商业社会自利原则上的美德

萨克雷笔下的美德人物是为他发声的喉舌，以呼吁道德回归，抵制人性的堕落和腐败。但这些好人的美德也不再是古希腊罗马美德的原版，同样的，这些正面人物亦有商业盈利的头脑，只是他们遵守规则，并未触碰伦理雷区。艾斯芒德为了报恩，主动放弃爵位和俸禄，又为了爱情加入了军队，希冀为国英勇作战，获得建功立业的荣光，以赢得碧爱崔丽克斯的芳心。

此外，也有人依靠军队俸禄谋生的。多宾和钮可谟都在印度作战，除了俸禄和战利品丰厚可以积攒家资，还能时常给国内的亲朋好友寄回印度上好的特产。因此，除了报效祖国的公利思想，个人谋生及盈利的目的也显而易见，且被认为是理所当然的。从这个意义上说，萨克雷笔下的美德是吸纳了商业精神的美德，在一定程度上承认商业化的私人盈利手段具有合法性和正当性。它的原则是在商业化模式的私人盈利和人伦道德之间保持平衡，从而防止人性被金钱腐化，这就是萨克雷的折中态度在美德观上的体现。

这种带有商业精神的美德思想得益于休谟的前瞻性调和思维。休谟认为道德源自道德感而非理性，这就为商业环境下的道德培育提供了可操作的路径。休谟指出，商业社会的雇佣关系中，由于受到法律的规范，雇主和雇员之间具有了双向选择的自由，这种互相制约的关系体现了双方的平等。一个品德恶劣的雇员难以找到好东家，反之，苛刻刁钻的雇主也难寻好雇员。[1] 人际关系的平等，以及与商业社会相伴相生的保障人身自由及财产安全的法律制度，都在一定程度上增进了人们的幸福感。商业活动的繁荣有助于提高人们的物质生活水平，这是符合人性正常欲望的。因此，人们通过商业式的交换行为谋利，用以提高自身的生活质量，这是无可厚

---

① David Hume, *Selected Essays*, Stephen Copley and Andrew Edgar, eds., New York: Oxford University Press Inc., 1998, p. 227.

非的。并且，在美好生活蓝图的激励下，人们在商业社会会更加追求勤劳致富。① 物质生活的丰富也激发人们进一步追求精神层面的提高。因此，在各种社交聚会上，人们都力图展示自己温文尔雅的一面。② 由此可见，休谟对商业改善人们的行为、培育道德是持乐观态度的。休谟从宏观层面将商业、富裕和美德串联起来，他眼里的好市民是诚实守法、勤劳积极的。

只要遵守社会法规，没有违反商业规则，就是好公民，从这个意义上说，被萨克雷讽刺的、具有道德污点的反面人物，诸如老奥斯本、巴恩斯、斯图布斯，甚至贝基和林登，都是遵纪守法的好公民。他们碰触的是民间约定俗成的传统伦理道德底线，尤其是家庭和婚姻伦理，而非法律法规。萨克雷认同商业社会的自利原则，作为崛起的资产阶级队伍中的一分子，他本身也是在商业运作中通过写作来谋取生存资本的，这种基于交换关系的个人权利意识在资本主义社会具有普适性。

因此，萨克雷笔下的正面人物，无论是文人沃林顿和潘登尼斯，还是军人多宾和钮可谟，他们在怀揣着大英帝国梦想的同时，也不忘用笔杆子和枪杆子谋生以积攒家资，爱国和谋利并行，是彼时资产阶级分子的普遍心态。应该说，萨克雷部分地认同了休谟的商业美德生成逻辑，至少他笔下的正面人物印证了休谟的理论。

但是，《钮可谟一家》中的詹姆士·宾尼，尽管终身崇拜休谟，将全部资产赠予外甥女绿绥，并极力撮合绿绥和克莱武、妹妹麦肯济太太和钮可谟上校的婚姻，相信在较丰厚的经济基础上他们定会百年好合、美满幸福，但事与愿违，钮可谟上校并未和麦肯济太太结合，事实证明绿绥和克莱武的婚姻也是失败和错误的。这也从侧面暗示了信仰休谟的宾尼预测失误。萨克雷以此情节暗示休谟的"商业—富裕—美德"这一自圆其说的理论并不是毫无瑕疵、放之四海而皆准的真理。

休谟认为商业的发展会带来文化艺术的繁荣，有了丰厚的财力支持，人们便会热衷于文艺色彩浓厚的社交活动，文艺能修身养性、陶冶情操，

---

① 参见 David Hume，*Selected Essays*，Stephen Copley and Andrew Edgar, eds.，New York：Oxford University Press Inc.，1998，pp. 183-184。

② David Hume，*Selected Essays*，Stephen Copley and Andrew Edgar, eds.，New York：Oxford University Press Inc.，1998，p. 169.

于是，像勤勉、仁爱这样的大众美德就会自然生成了。[1] 休谟甚至还为奢侈辩护，称奢侈即便不是美德，但亦非一无是处，商业社会促使人们沉溺于享受生活，是环境和人的本性互动的结果，因为追求奢侈，人们便能够有效对抗内心的怠惰、无情和自私，而这三者被休谟定义为恶德中的极致。[2]

萨克雷塑造的麦肯济太太、贝基和林登无不热衷于文艺社交，追逐豪奢的上流生活，但他们依旧是恶德的典型。这几位反面典型都有其原型，并非萨克雷凭空捏造的人物：麦肯济太太暗指萨克雷的岳母肖太太，贝基是萨克雷一个朋友的女儿以及他早年认识的一名家庭女教师和拿破仑的结合体，林登的原型则是萨克雷一个贵族同学祖母的二婚丈夫，一个爱尔兰流氓冒险家的翻版。尽管休谟强调商业美德生成模式要从社会发展的总体趋势上考察，但萨克雷显然并不买账，尤其是萨克雷早期的小说，无一不是在拷问商业环境下人人趋利的罪恶一面。

亚当·斯密显然注意到商业导致道德腐败的现象。[3] 大家对有财有势者趋之若鹜，对贫困者避之唯恐不及，富豪和权贵即便庸俗不堪、愚蠢至极、恶贯满盈，也照样受人敬重，而那些贤德聪慧之人，则会因为贫贱受到轻慢和蔑视。[4] 尽管斯密承认人们对财富的看重甚于美德，但他还是极力论证培养美德的重要性。斯密直言美德可战胜诸如危险、死亡、贫穷等逆境，美德助力事业成功。[5]

在财富与美德之间，斯密企图鱼与熊掌兼得，[6] 希图在商业味浓郁的资本主义社会培养出良好的品德。这一理念在边沁那里泛化为"最大幸福

---

[1] 参见 David Hume，*Selected Essays*，Stephen Copley and Andrew Edgar，eds.，New York：Oxford University Press Inc.，1998，pp.169-170。

[2] 参见 David Hume，*Selected Essays*，Stephen Copley and Andrew Edgar，eds.，New York：Oxford University Press Inc.，1998，p.176。

[3] 亚当·斯密对《道德情操论》第六版进行了修改。有评论家指出，修改的原因是斯密觉察到18世纪50年代之后，商业的发展使英国人逐渐抛弃勤俭节约的传统美德，热衷于追求高消费的奢靡生活，因而斯密认为有必要强调培养道德的重要性。详见 Laurence Dickey，"Historicizing the 'Adam Smith Problem'：Conceptual，Historiographical，and Textual Issues，" *The Journal of Modern History*，Vol.58，No.3，1986，pp.606-609。

[4] 参见〔英〕亚当·斯密《道德情操论》，周帅译，华中科技大学出版社，2016，第58~59页。

[5] 〔英〕亚当·斯密《道德情操论》，周帅译，华中科技大学出版社，2016，第247~274页。

[6] Ryan Patrick Hanley，*Adam Smith and Character of Virtue*，Cambridge：Cambridge University Press，2009，p.52.

原则"。李嘉图则更强调商业社会的谋利价值，从而忽视了道德价值。[1] 约翰·穆勒在边沁的"最大幸福原则"基础上，进一步将美德视为幸福的成分。[2] 和休谟一样，穆勒重视正义，并将之视为美德，因为正义反映了人们的首要关切，[3] 可以保障人身自由和财产安全。[4] 同时，穆勒承认自私源于人的本性，它包括两个方面：其一，相较于别人，人总是更关注自身的利益；其二，相较于陌生人，人总是更关心自己亲近的人。[5] 在此前提下，穆勒认为，即便自我牺牲带有某种目的，但于公于私这种自我牺牲、雪中送炭的行为都是高尚的。[6]

萨克雷和约翰·穆勒生活在同一个时代的伦敦，穆勒的思想影响着维多利亚时代的文人。萨克雷笔下的正面人物几乎都拥有穆勒所提倡的美德，特别是其中的正义和自我牺牲精神。小说中，破产之后穷困潦倒的钮可谟上校依旧力所能及地帮助经济受损的好友亲朋，从未想过要改善自己的困窘生活；深爱阿米莉亚的多宾并未乘人之危主动向她求爱，反而倾力撮合本已解除婚约的奥斯本和阿米莉亚；原可以合法继承贵族头衔和资产的艾斯芒德，主动销毁可以证明自己贵族身份的证据，将继承权让给恩人的儿子，也因此失去了追求心仪姑娘的贵族资本；潘登尼斯的恩人兼挚友沃林顿为了让潘登尼斯和露拉能破镜重圆，主动放弃追求露拉。

这些人物虽然深谙商业社会的谋利途径，也以这样或那样的方式为自己谋利，但是在伦理抉择的大是大非面前，他们展现出了美德，这也正是萨克雷所标榜的绅士的内涵。此外，萨克雷提倡的折中的道德态度还包括宽容，这也在穆勒的美德之列。行为偏激的麦肯济太太就是一个经典的反面例子。钮可谟上校因财务管理失误破产，陷入贫困的麦肯济太太将所有的错误都归咎于上校，终日不停地咒骂羞辱上校，谦和持重的老上校忍辱负重，一声不吭。即便如此，麦肯济太太还是不肯罢休，竭尽所能地虐待

① 王亚南：《政治经济学上的人》，厦门大学经济研究所编《王亚南经济思想史论文集》，上海人民出版社，1981，第10页。
② 〔英〕约翰·穆勒：《功利主义》，叶建新译，中国社会科学出版社，2009，第39页。
③ 参见〔英〕约翰·穆勒《功利主义》，叶建新译，中国社会科学出版社，2009，第70~72页。
④ 〔英〕约翰·密尔：《密尔论民主与社会主义》，胡勇译，吉林出版集团，2008，第38页。
⑤ 〔英〕约翰·密尔：《代议制政府》，汪瑄译，商务印书馆，2007，第44页。
⑥ 〔英〕约翰·穆勒：《功利主义》，叶建新译，中国社会科学出版社，2009，第26页。

欺辱他。麦肯济太太的偏激和专横不仅害死了毫无主见、担惊受怕、悲伤欲绝的女儿，而且逼得上校不得不远离家庭，在灰僧济贫院清苦度日，并最终老死于此。这种不依不饶的报复和戕害行为显露出麦肯济太太的狭隘刻薄，也正因为如此，造成了家庭的毁灭。

作为对比，一个经典的正面例子是阿米莉亚明明知道贝基图谋不轨并伤害过自己，但当她看到贝基穷困潦倒，流落于社会底层时，怜悯之情油然而生，仍旧不计前嫌伸出援手帮助贝基脱离苦海。贝基深受感动，因此良心发现，主动向阿米莉亚忏悔，说出了当年奥斯本约自己私奔的秘密，彻底解开了阿米莉亚无法释怀的心结，并毫无遗憾地投向多宾的怀抱。阿米莉亚的宽容不仅唤醒了贝基的良知，也为自己争取到幸福的婚姻。

## 第二节　折中在宗教态度上的表现：始于宽容，终于道德

萨克雷对于宗教信仰持宽容和兼容并包的态度，强调内心的信仰，忽略外在宗教仪式的制约。他鄙视那些利用宗教职务来骗取钱财、自我娱乐的牧师，认为他们虚伪且亵渎了上帝，因为他们尽管熟悉外在的宗教礼仪，但其实心中根本无视上帝的存在。

### 一　英国国教式微和新教教派林立的局面

司各特小说表现出来的宗教宽容在萨克雷小说中得到延续，实际上，这和当时的社会思潮有密切联系。早在 17 世纪，洛克的《论宗教宽容》就提倡将宗教信仰归为个人私事，政府应给予个人选择宗教信仰的足够自由。在不侵害国家和公共利益的基础上，政府理应保证各宗教派别的平等。英国新教教派林立，同时伴随着大众文化的兴起，新闻出版业的繁荣，以及全国性辩论的普及，人们愈发关注世俗问题，比如公共政策和外交事务。而且，新教教派中不信奉国教安立甘宗的新教徒也渐渐得到官方接纳，"全面融入了生活的许多领域"。尽管不同教派之间的冲突依旧存在，但"国教徒和不奉国教者日益寻求妥协与合作"的局面已见端倪。[1]

---

[1]　〔英〕J. C. D. 克拉克：《1660—1832 年的英国社会》，姜德福译，商务印书馆，2014，第 39~41 页。

萨克雷小说中最严重的因宗教信仰不同引发的冲突，出现在小说《钮可谟一家》中。来自英国新教家庭的钮可谟的继母苏菲亚，因为钮可谟执意要娶一个信奉天主教的贵族少女而暴跳如雷、横加干涉，爱情受挫的钮可谟因而愤然远走印度。

这一冲突与其说是宗教纷争，倒不如认为是萨克雷为了后续情节发展而设置的铺垫。这部小说是萨克雷作品中宗教态度最鲜明的一部。在这部小说的开头部分，萨克雷特意安排新教教友派的老钮可谟和新教美以美派的苏菲亚联姻，这对夫妻因成功的商人身份成为伦敦众所周知的、德高望重的名流。他们没有国教徒的身份，其实只要他们愿意信奉国教，就可以获得朝廷授予的贵族封号，但他们坚持自己的非国教信仰，不屑于成为贵族。萨克雷以此表明在基督教宗派繁多的英国，他认同求同存异、百花齐放的包容态度。

在小说中，克莱武在方济各会修士学校上课，长期受到亲家母麦肯济太太欺侮的钮可谟上校最后也在方济各会修士养老院安度晚年。方济各会隶属于天主教托钵修会，始于13世纪，它所提倡的安贫乐道精神符合破产、受挫的钮可谟晚年的心境。此外，另一部小说《潘登尼斯》中的主人潘登尼斯也是在方济各修士学校学习。萨克雷设置此类情节的灵感来源于他的爱尔兰之旅，在他的《爱尔兰概况》中，萨克雷以赞赏的口吻描述了方济各会修士开办的孤儿院和养老院。

由此可见，萨克雷本身并未对天主教持反对态度。在《亨利·艾斯芒德的历史》中，艾斯芒德因为爱情参与詹姆士党人组织的复辟活动。复辟最终失败的原因从小说情节推断，与其说是因为安妮女王坚持要选择持新教信仰的继承人，倒不如说是因为安妮女王的弟弟——觊觎王位的詹姆士三世好色，沉迷于碧爱崔丽克斯的美貌，跑去乡下向其求爱，从而失去了最后一次觐见女王的机会。而此次觐见，按照萨克雷所设置的历史语境，詹姆士三世极有可能被女王原谅并获得王位继承权。因此，在萨克雷看来，詹姆士三世的风流放荡导致落选，宗教信仰分歧可能只是官方的一个体面借口。

萨克雷在上述情节中传递出两个信息。其一，在主人公正派绅士艾斯芒德和钮可谟看来，爱情比宗教信仰重要，为了获得爱情，可以改变自己的宗教信仰皈依天主教。萨克雷本身亦与此相类似，他来自一个信仰新教的家庭，却与一个信仰天主教的爱尔兰姑娘结婚。由此可见，萨克雷的教派界限感模糊。其二,在小说《钮可谟一家》中,基督教不同教派的群体和谐相处,并未出现冲突和互相排斥的场面,非国教徒也并未因自己的非官方身份而感觉不妥。这表明了萨克雷兼容并包的宗教态度。那么,是何因素促成了萨克雷折中的宗教态度呢?

除了上述提到的日益丰富的世俗生活在一定程度上淡化了宗派排外感,还有另一个原因——国教作为代表英国官方的权威教派,它的"控制能力下降了,按照1850年枢密院司法委员会的裁决,教会对持有非正统观念的人不可轻易审判和惩罚,对非国教徒也不可任意排斥"。这项裁决的效果是促使"国教会维持了妥协、调和的中庸性质",作为国教徒的萨克雷难免受此影响,采取调和的态度。①

## 二 内外兼修:内在的信仰和外在的道德

既然萨克雷无论对于新教不同教派还是天主教,都未明显表现出排斥和界限感,那么,萨克雷在宗教信仰上是否就是一个毫无原则可言的和事佬呢?非也。我们从萨克雷在《钮可谟一家》中的表述可窥见一斑。如同奥斯汀笔下虚伪、自私的柯林斯和埃尔顿牧师,萨克雷笔下的韩尼曼牧师也不是正人君子。这位精于装扮的青年牧师,总是在教堂里做着假仁假义甚至催人泪下的"生动"讲演,崇拜他的信徒总是对他趋之若鹜,幻想他是一个德高望重的圣徒。每每在他讲道之后,总有信徒送上各种精美的礼物,包括金钱,韩尼曼牧师总是慷慨地收下所有礼物,并堂而皇之地在各种俱乐部、富豪的酒宴上享用美酒佳肴,用甜言蜜语结交各路名流,通宵不肯离去。韩尼曼牧师所代表的基督教信仰仅仅是外在的伪装,而非心灵的虔诚。这是萨克雷所不齿的。萨克雷刻意塑造一个利欲熏心、生活奢华、虚情假意的牧师形象,来跟一个苦行修士做对比,用以反映浮华的物质世界对虔诚的宗教心灵的解构。② 既然牧师是如此的唯利是图,更何况芸芸众生?无论是来自社会底层的贝基,还是拥有贵族头衔的克劳利家族,哪个不是以金钱至上的原则指导生活?他们虽然做着礼拜、读着《圣经》,但心里真正在意的却是收益、进款、年金和谁继承遗产的问题。萨

---

① 刘成等:《英国通史:光辉岁月》(第五卷),江苏人民出版社,2016,第286页。

② 参见 William Makepeace Thackeray, *The Newcomes: Memoirs of a Most Respectable Family*, New York: Harper & Brothers Publishers, 1899, pp. 195-200。

克雷的折中立场即体现于此,通过上述的讽刺描写,说明表面的虔诚并不能挽救腐化的内心。宗教信仰如果只流于形式,则人性的堕落无法避免。因此,大可不必在意基督教不同宗派之间的形式差异,坚守基督教的核心本质——内心信仰上帝——才是虔诚信徒的必备项。

萨克雷较倾向于国教的福音派,支持基督教信仰可以通过个人和上帝直接沟通,而去除外在的媒介物,如牧师、教堂,以及各种繁杂的宗教仪式。萨克雷主张心灵的虔诚,而非形式上的宗教礼仪,这点可从他与母亲的分歧中证实。萨克雷的母亲总是从字面上理解《圣经》,追求基督教的教条以及形式化的礼仪,这种激进倾向类似于福音派代表人物威廉·格林肖注重教堂的礼拜仪式。[①] 萨克雷对此表示反对,他提倡要领会《圣经》的精神,而不能只停留于表面,对外在形式的刻意追求致使信徒逐渐精于伪饰、疏于内修,结果导致人与上帝的疏离。基督教规定的各种外在仪式日渐生出弊端,非但不能提升人性,反而致其堕落。基督教教义以上帝的名义衍生出不符合人性的戒律,压抑了人们追求自由和幸福的正常欲望。[②]

萨克雷持上述宗教态度,其中非常重要的原因是,受政府扶持、一家独大的国教未能深入人心,日渐出现各种弊端。除了管理体制落后导致教区设置与时代脱钩外,教士因为经济拮据而玩忽职守,社会底层的苦难群众得不到救助和关心,教士们青睐有资产、有身份和有社会地位的上流人士。萨克雷笔下的韩尼曼牧师就是一个典型。国教的这种只走上流路线的虚伪作风为福音主义者所诟病。彼时因为国教存在种种问题,许多有识之士都成了福音主义者,其中就有萨克雷的好友托马斯·麦考莱。[③] 对国教的不满和失望,在一定程度上促使萨克雷忽视宗教外在的形式,包容基督教的不同派别,这也是对福音派调和态度——中和那些因为教义冲突而互相排斥的基督教派别,没有完全拒斥或者拥护其中任何一方——的呼应。[④] 如此,各宗派共存,才能相互监督、和谐共处,并能满足不同群体的信仰需

① Faith Cook, *William Grimshaw of Haworth*, Edinburgh: Banner of Truth, 1997, p. 140.

② Karen Armstrong, *A History of God: The 4000-Year Quest of Judaism, Christianity and Islam*, New York: Ballantine Books, a division of Random House, Inc., 1993, p. 349.

③ 刘成等:《英国通史:光辉岁月》(第五卷),江苏人民出版社,2016,第288~289页。

④ Robert S. Dell, "Simeon and The Bible," in Arthur Pollard and Michael Hennell, eds., *Charles Simeon (1759-1836): Essays Written in Commemoration of his Bi-Centenary by Members of the Evangelical Fellowship for Theological Literature*, London: S. P. C. K., 1959, pp. 31-32.

求，从而在一定程度上维持社会稳定。

萨克雷尽管有福音主义倾向，支持国教的内部革新，但并不支持国教一家独大，形成对其他基督教派的压制和统领，萨克雷显现出去中心、去权威的倾向，这点在他的作品中可见端倪。萨克雷在小说中总是不失时机地调侃代表社会权威的国王、贵族和牧师，塑造德不配位且资质平平的权威人物，这从侧面反映出他的反权威意识。萨克雷之所以不认同权威，是因为在他看来，这些权威缺乏信服力，权威的生成并非基于实力，而是源于历史的机缘巧合。这种机缘巧合的产生往往是出于个人私利，而非直接地、真正地出于为民族、为国家这样一个宏大的目标。亨利八世的宗教改革即说明了这一点，因为罗马教廷拒绝批准他离婚，他便决定与之决裂，由此引发宗教改革。萨克雷更愿意接受将个人私欲认定为历史转折中的关键因素，这生动地体现在安妮女王的继承人问题上。官方的解释是，安妮女王为了国家社稷，力主信仰新教的德国汉诺威选帝侯继承王位，而拒绝信仰天主教的亲弟弟詹姆士三世。但萨克雷在小说中颠覆了这一权威解释：詹姆士三世因为艳遇而错过继承英国王位的时间，并非被姐姐安妮女王拒绝。

这一情节反映出萨克雷的反权威心理，他对所谓的权威进行戏谑和解构，外化为一种折中的包容态度，实质上反映出其时部分中产阶级知识分子的反抗姿态。彼时，英国中产阶级正在发展壮大中，中产阶级内部成分复杂，但他们拥有一个共性：渴望在国家政治生活中占据一席之地。商人以及暴发户们渴望政治地位、贵族头衔。像麦考莱、卡莱尔以及萨克雷这样的知识分子，相信凭借自己的心智有资格参政议政，他们力图以自己的思想在英国历史上画下浓墨重彩的一笔，而不仅仅是国家公共事务的圈外人。他们的意识里已然将中产阶级从统治者与被统治者的二元对立中解放出来，赋予了自身政治能动性。

这部分中产阶级知识分子极力证明，无论在学识、教养还是在解决社会问题的能力方面，他们绝对不会逊色于上层阶级的权威人物，甚至远超他们。这种基于自身实力的自信，为提升他们的社会地位及步入权威阶层提供了合理性。为了成功把握住社会转型期间中产阶级知识分子"华丽"上位的机会，形塑自身的公众形象就显得格外必要且迫切。为自身树立良好的公众形象，既有望获得上流社会权威阶层的垂青，又能在底层群众间培养亲和感，一举两得，何乐而不为呢？拥有作家身份的萨克雷很明显更需要这副折中且自信的行头。作家对社会问题包括宗教问题的关切以及社会责任感，都裹挟在折中且得体的入世姿态中，这是作家萨克雷树立自身威望、形塑社会人格的有力策略。

此外，自然神论和泛神论的影响亦不可忽略。自然神论肯定了上帝是创造人类世界的总设计师，但人类对上帝的了解是有限且肤浅的，甚至是错误的，特别是那些自以为是的高级神职人员，为了自身的私利，以上帝代言人的名义杜撰出一套宗教教义，愚弄百姓。人们通过实践，尤其是科学实践，逐步了解了事物的发展规律，揭开了神秘自然的面纱，人们由此恍然醒悟，上帝的神圣、万能和智慧原来皆隐藏于大家生存的世界。哥白尼的日心说、牛顿的万有引力等科学真相，在击溃罗马教廷编织的一套荒诞说辞时，也开启了众信徒蒙昧的心智：人类可以通过科学实践来逐步了解上帝创设的种种自然神迹，探索关于世界和宇宙的未知秘密，这才是贴近上帝、尊崇上帝的正确方式。由此，宗教外在仪式的重要性被削弱，而道德伦理则提上了宗教日程。英国并未因自然科学的发展而完全摒弃基督教信仰，而是将其变革为自然神论，这是英国思想的折中表现。自然神论的开创者爱德华·何波特（Edward Herbert，1583~1648）提出了宗教具有普适性的五大原则：承认上帝的至尊地位；上帝应被子民崇拜；崇拜上帝的神圣性体现在人的美德及虔诚；知罪悔改；上帝会在每个人的今生和来世实施奖惩。宗教信仰的核心是虔诚的心灵和良知，[1] 道德成为基督教信仰上帝的必备项，信仰上帝亦被认为是维持道德以及社会本身的绝对根基，这对于维多利亚时代浓厚的道德教育氛围营造起到了直接的作用。

泛神论认为上帝存于大自然之中，存于宇宙的每个角落。上帝创生万物，且与万物合为一体，自始至终。[2] 上帝内化为大自然和谐的秩序，其中包括道德。拥有泛神论思想因子的普罗提诺和斯宾诺莎皆拥有高尚的人格、温厚的性情，他们在道德方面是纯洁、崇高、无可挑剔的。[3] 此外，泛神论者具有一种勇于和他们所不认同的主流观念抗衡的勇气。比如，布鲁诺不畏罗马教廷淫威，勇于质疑和挑战强权；华兹华斯不堪工业城市的

---

① 高伟光：《西方宗教文化与文学》，中国社会科学出版社，2012，"绪论"第3页。
② 〔英〕约翰·托兰德：《泛神论要义》，陈启伟译，商务印书馆，1999，第33~34页。
③ 〔英〕罗素：《西方哲学史》（上卷），何兆武等译，商务印书馆，2009，第368页。

污染和商业社会的市侩化，归隐乡间；还有威廉·布莱克痛恨资本家对底层劳动人民的剥削和奴役。他们的作品表现出泛神论思想，犹如一股清流，展现了立志与污浊世风斗争的浩然正气，表达了渴望返璞归真、追求高尚纯洁道德的理想。维多利亚时代是彰显道德的时代，个人道德成为信仰上帝的标尺，具有道德的人即具有了神性。

萨克雷对于各种宗教思想采取的是兼收并包的态度，各取所长，吸收了精华和核心部分，即承认上帝的权威以及上帝的精神融于世间万物之中，上帝精神也内化于人世间。因此，萨克雷作品中的正面角色必定虔诚地信仰上帝，且具有高尚的道德，这二者已融为一体，密不可分。且萨克雷不强调正面角色具体信仰哪个基督教派，而重点聚焦于他们高尚的人格，多宾、沃林顿、钮可谟上校以及艾斯芒德，都具有耶稣式的沉稳、睿智、内敛和自我牺牲精神。阿米莉亚、蕾切尔、露拉、海伦、布莱登太太，还有艾雪儿，都具有圣母式的慈爱、宽容、纯洁和自我牺牲精神。萨克雷将维多利亚时代推崇的高尚情操和完美道德赋予这些正面人物，使他们散发出神性的光彩，以折中的方式阐释了他的宗教态度。

## 小　结

古希腊人将折中视为美德，这一思想在英国文化中得到传承。受到蒲柏、司各特和麦考莱影响，萨克雷形成了自己的折中态度，主要表现在小说人物书写上。萨克雷笔下的人物，呈现折中个性的往往都有好结局，反之，皆身败名裂。萨克雷如此设定，并非出于偶然，而是故意为之。从中可见，萨克雷欣赏折中风格。折中风格包含了古希腊罗马时代的美德，体现出公共责任感。但在英国进入商业社会后，这种纯粹的公民美德已然不复存在。商业社会的竞争性质决定了个人经济主义横行，传统道德遭遇断崖式滑坡。追求个人财富成为商业社会背景下大众化的梦想。政治家和思想家对于商业和美德是否可以融合一处各有看法。

休谟对二者的融合持乐观态度，宣称商业社会有利于加深人与人之间的平等关系，商业活动可以提升人们的生活水平。因此，通过商业交换的互利行为来增加个人财富是无可厚非的，经济的繁荣带动文艺活动的兴盛，从而自然提升人们的道德水平。萨克雷认同商业社会的谋利原则，他塑造的几个正面人物既有公共责任感也有自利心。但他并不完全认同休谟的上述观点，即商业活动改善经济状况，从而提升人们的道德。萨克雷以反面例子反驳了这一观点，几个反面角色并非萨克雷凭空捏造的人物，而是有生活原型。斯密和穆勒在承认商业发展腐蚀传统道德，以及自私是人的本性的基础上，提出培养美德的重要性。萨克雷大体上遵循穆勒的美德原则来塑造正面人物，即他们既具有商业社会的自利心，同时也不缺乏责任感和自我牺牲精神，这便是萨克雷折中态度的道德体现。

　　萨克雷折中的宗教态度并非无根之木，而是有其深厚的思想背景。源自古希腊的折中思想在英国思想文化中得到延续。伴随着资产阶级的兴起，宗教宽容的呼声日益高涨，国教的不作为导致其威望下降，其他新教教派崭露头角，如百花争艳，各放异彩。萨克雷通过小说展现出他对待不同宗教派别采取求同存异、百花齐放的包容态度。但这并不意味着他在宗教立场上毫无原则可言。他尤其痛恨被金钱蒙蔽双眼、利欲熏心的牧师，他们披着宗教神圣的外衣，却干着自私自利的勾当。萨克雷通过辛辣的笔触讽刺这些伪善的神职人员，表达了他的立场：宗教信仰应避免流于形式，否则无法挽救人性的堕落。

　　因此，大可不必在意基督教不同宗派之间的形式差异，坚守基督教的核心本质——内心信仰上帝——才是虔诚信徒的必备项。萨克雷折中宗教态度形成的原因主要有三点：其一，萨克雷本身的去中心、去权威倾向；其二，自然科学的发展巩固了自然神论，进一步削弱了宗教外在形式的重要性，强调内心信仰上帝；其三，泛神论思想将上帝精神内化为大自然的和谐秩序，其中的道德包括勇于和权威主流观念抗衡的勇气，以及与恶浊世风抗争的斗志。

# 结　语

　　后人称萨克雷为"道德家"和"讽刺家"，但萨克雷及其作品的思想内涵并不能简单地用一两个标签概括。在研读萨克雷作品及相关文献的基础上，借助维多利亚主义这一思想史语境分析，研究结果则更趋于立体真实，避免了理论套文本思路导致的定型化和脸谱化弊端。

　　本书从道德、政治、教育、宗教及人物创作等层面综合探讨萨克雷的思想，这几个方面共同构成萨克雷的思想特质，体现了萨克雷对传统思想和社会思潮的思辨。

　　萨克雷对传统的认同得益于英国经验主义的浸润，分别表现在道德、法治和教育方面。这种认同在道德上的表征体现在萨克雷始终公开表明，文学创作理应发挥道德功能。萨克雷的道德认同具体表现为通过写作宣扬惩恶扬善、基于爱情的婚姻、夫唱妇随等伦理观念。在强大的资本主义经济运作还未完全渗透英国之前，这些伦理观念早已植根于保守的英国国民心中。

　　萨克雷在明面上态度清晰地迎合维多利亚时代的道德法则，但细究起来，其道德意识呈现不确定性特征。他立意要狠狠打击"新门文学"以达到"惩恶扬善"目的，结果却不尽如人意。除了萨克雷自己存在偏心的"善"之外，还有部分原因可归结为在当时人道主义思想指引下，废除死刑的呼声日益高涨这一社会事实对萨克雷的影响，从而促发了萨克雷对死刑犯凯瑟琳产生了同情和怜悯，导致他的道德批判不彻底。

　　在夫妻关系方面，萨克雷虽然也口诛笔伐那些风流浪荡的男人，但他真正发自肺腑的批判却仅指向不守规矩的女性，这和当时社会对女性持有的传统偏见有关。无论萨克雷下定决心要批判谁，最终几乎都会出现网开一面的和谐结局。这和传统道德宣扬的"恶有恶报，善有善报"的理念截然相反。恶始善终的构思也表明萨克雷对人性认知的独到见解：他拒斥人性善恶分明的界限。怀疑精神和感觉主义的影响使萨克雷自觉地将自我反思式感觉书写融进小说创作，以表达对维多利亚时代严苛的道德训诫能否提高国民道德素质的怀疑。

在政治上，主要体现在他对英国法治的推崇。法治观念在英国有其深厚的思想渊源，其源头可以追溯到盎格鲁-撒克逊时代的贤人会议。萨克雷对英国法治权威的认可可以从他对英王乔治三世最终屈服于君主立宪制的姿态表示赞赏中窥见一斑。与之形成鲜明对比的是，萨克雷对法国权治的批判。这是萨克雷认为英国政治制度优于法国的地方，因此，法国成为萨克雷进行政治批判的重地。法国大革命后的雅各宾派专政、拿破仑帝国时代和七月王朝，无一逃过萨克雷的法眼。法国采用的任何一种政治体制，都笼罩着权治的阴霾。无论是采用卢梭的公意原则，还是拿破仑的铁腕统治，或者菲利浦国王的君主立宪制，本质上都是以权治为幌子的人治，野心、虚伪和弄权是当时法国当权者的执政特征。

萨克雷反对"新门文学"，因为"新门文学"将十恶不赦的凶杀犯描写成侠肝义胆的大英雄，萨克雷创作《凯瑟琳的故事》，表达了对"新门文学"的不满，也含蓄地赞同对凶杀犯予以严惩的司法操作。但紧随《凯瑟琳的故事》之后，萨克雷又积极加入了社会呼吁废除死刑的队伍，还写了一篇为废除死刑摇旗呐喊的辩说文。其中的反思性矛盾显而易见，作者一面对凶犯的作恶行径深恶痛绝，一面又同情绞刑场上无助的死刑犯，同时对娱乐的看客痛心疾首。这种矛盾性反映出萨克雷的思辨思维。

在教育上，萨克雷赞同传统的绅士教育，在其作品中，埃利奥特、伊拉斯谟、蒙田对绅士的素养要求大部分都得到继承和发扬。萨克雷将培育绅士看作教育的目标，绅士也是其小说努力塑造的理想男性形象。但萨克雷并非全盘接受传统的教育理念，而是在充分考虑英国维多利亚时代社会历史语境的基础上能动地做出回应。在吸纳前辈思想家绅士教育理念的基础上，萨克雷结合社会环境形成了自己的教育态度，比如，提倡自学、抵制决斗、认同一定限度的个人经济行为、对判断力的培养等。其中，萨克雷最为关切的是绅士美德的培养，并将其视为绅士行为的指导准则。

　　萨克雷在《名利场》中再现"女版拿破仑"的颠覆人生之路。批判之余，萨克雷更是注入自己的反思，认为他们之所以最终遭遇失败，是因为他们缺乏认清历史发展趋势的眼光，仍旧在旧体制内扑腾，希图利用旧体制为自己翻身，而不是迎合历史潮流做出有利于社会发展的革新。

　　在小说人物塑造方面，也体现出他在传统和社会思想语境流变之间的权衡。萨克雷小说中的爱尔兰人、社会底层的穷人以及贵族形象都带有传统的烙印。但他们并非一成不变地保持传统形象，而是随着经济发展、政治变迁而改变。萨克雷成名之前的作品中，爱尔兰人、穷人和贵族的形象多半是反面人物，成名后的作品中则出现了对上述形象的正面描写，主要原因可归结为萨克雷对当时道德思潮和政治诉求等的深思。

　　在历史事件和小说融合的实践中，萨克雷承袭菲尔丁和司各特的风格，在历史事件的描述中加入合理的想象。萨克雷认为，使用现实主义手法在历史事件的框架内填充合乎情理的虚构内容，要比历史学家单纯罗列历史事件更能真实地展现历史。此"真实"原则亦引导萨克雷公然拒斥新古典主义画派对英雄人物的定型式塑造。因深受英国经验主义思想熏陶，萨克雷力主艺术源于实际可观察到的生活经验，而不是一味模仿古典的艺术法则作茧自缚。

　　在小说创作中萨克雷承袭了源自古希腊文化的折中风格，但他提倡的折中不是简单地照搬古希腊。它除了包含公共责任感，还融合了英国商业社会的经济个人主义行为。休谟将个体追逐财富、提高物质生活质量的经济行为纳入美德范畴。萨克雷并不完全认同此观点，他承认个人经济行为的正当性，但也不否认因此导致的道德堕落。萨克雷赞同穆勒的美德原则，并以此来塑造具有折中性格的人物，即关注人物自身经济利益的同时，兼顾公共道德。

　　在宗教方面，萨克雷虽然在态度上倾向于福音派，但不支持国教一家独大，表现出宗教宽容和兼收并蓄的折中态度。这和当时的社会历史语境有着密不可分的关系。国教的腐败和不作为导致其威望下降，同时新教教派林立，各放异彩。萨克雷主张基督教各派之间维持求同存异、兼容并包的局面。萨克雷通过讽刺披着宗教外衣为自己谋取私利的牧师来表达他折中的宗教观，即宗教信仰理应脱离形式主义的束缚，唯有内心保持对上帝的虔诚信仰，人性才能免于走向堕落。

　　综上所述，萨克雷既有特立独行的姿态，又有随声附和的一面，他的思辨特质不是单一的标签就能定性的。结合思想史语境的分析比单纯地套用文学理论解读得出的结论更全面，也更透彻。本书抛砖引玉，借此吸引学界同道不断深耕掘进，将经典作家萨克雷研究进一步推向深入。

# 附　录　威廉·萨克雷年谱简编

**1811 年**

威廉·梅克皮斯·萨克雷（William Makepeace Thackeray）出生。萨克雷的祖先世代在英格兰约克郡务农。曾祖父托马斯·萨克雷（Thomas Thackeray，1693~1760）毕业于剑桥大学国王学院。祖父供职于东印度公司，并于 1766 年去印度，在印度积攒了一笔财富。父亲里奇蒙·梅克皮斯·萨克雷（Richmond Makepeace Thackeray，1781~1815）亦供职于东印度公司，于 1798 年前往印度。萨克雷的母亲安妮·贝切（Anne Becher，1792~1864）于 1808 年在英国邂逅亨利·卡迈高尔－史密斯（Henry Carmichael-Smyth，1780~1861），两人一见钟情。但贝切的母亲反对两人结合。贝切于 1810 年 10 月 13 日嫁给里奇蒙·萨克雷，并于 1811 年 7 月 18 日生下萨克雷。

**1815 年**

萨克雷的父亲里奇蒙·萨克雷在印度加尔各答逝世。

**1816 年**

12 月 5 日，萨克雷的妻子伊莎贝拉·格辛·肖出生。
12 月 17 日，萨克雷离开印度，返回英格兰。

**1817 年**

3 月 8 日，从印度开往英格兰的"摄政王号"轮船停泊在囚禁拿破仑的圣赫勒拿岛休整。6 岁的萨克雷在保姆的带领下在岛上游览，看到了散步的拿破仑。

3 月 13 日，萨克雷的母亲安妮·贝切嫁给初恋情人亨利·卡迈高尔-史密斯，后者成为萨克雷的继父。

秋天，萨克雷和表兄寄宿在南安普敦私立学校，遭遇校园霸凌。

### 1820 年

萨克雷的母亲和继父一起回到英国。

### 1822～1828 年

萨克雷在贵族学校查特豪斯就读，遭遇校园霸凌，但同时也结交了不少好朋友。

### 1829 年

2 月，萨克雷进入剑桥大学三一学院学习。但萨克雷并不喜欢大学里面枯燥乏味的课程，他很快厌倦了学业，热衷于学校的娱乐活动，同时培养了自学习惯。

7 月，萨克雷与朋友结伴去巴黎游玩。在巴黎，萨克雷学习舞蹈、法语和德语，并迷上赌博。萨克雷表示自己不喜欢法国新古典主义风格画作。

10 月 5 日，萨克雷通过朋友威廉斯介绍结识了爱德华·菲茨杰拉德（Edward FitzGerald）和阿尔弗雷德·丁尼生（Alfred Tennyson），萨克雷与这二人友情甚笃，尤其与菲茨杰拉德保持了终生不渝的友谊。在萨克雷经济陷入困难之时，菲茨杰拉德总是慷慨解囊，雪中送炭。

### 1830 年

萨克雷对剑桥大学三一学院的学业兴趣日渐下降。他在赌博中被骗了钱。

复活节，萨克雷和菲茨杰拉德一起去巴黎，萨克雷的家人未知他此次行程。在巴黎的一次假面舞会上，萨克雷邂逅一位女家庭教师，漂亮但轻佻，她的性格在《名利场》的贝基身上得到展现。萨克雷回到剑桥大学后，没有得到学位便离开了学校。

9 月底，到达魏玛，进入魏玛宫廷社交圈。萨克雷在魏玛逗留期间拜见过歌德。萨克雷起先批评歌德的私生活不够道德，后来随着歌德的名声在英国广为传播，萨克雷对歌德的评价渐渐好转。

12 月 3 日，萨克雷写信给母亲，决心从事法律工作。

**1831 年**

5 月，萨克雷去伦敦学习法律。法律学习非常枯燥，萨克雷觉得自己无法长期从事法律工作。

7 月，萨克雷对好友菲茨杰拉德表示，自己不想从事法律工作。

12 月，萨克雷写信给继父，处理自己赌博欠债的还款事宜，并表示自己实在读不下枯燥的法律书籍。

本年，英国霍乱流行。霍乱虽然频发，但萨克雷小说几乎没有提及，仅有的一部历史小说《亨利·艾斯芒德的历史》提到了霍乱，事件背景是 18 世纪初的伦敦，小说中的霍乱是为故事情节发展提供铺垫。

**1832 年**

4 月，萨克雷结识威廉·马金，两人成为好友。马金帮助萨克雷进入新闻界。

5 月，萨克雷在日记中提到马金告诉他许多关于写作和出版顶级文章的秘密，也提到自己不喜欢新门派小说。因为新门派小说将监狱里的谋杀犯当成英雄人物来歌颂，萨克雷认为人物如此安排脱离社会现实，是荒诞的谎言。

6 月，萨克雷依旧赌博，输钱。

8 月，萨克雷戒赌失败。萨克雷读库辛的哲学书。

**1833 年**

5 月，萨克雷买下《国家标准》报纸经营权。

7 月底到 8 月，萨克雷成为《国家标准》报纸驻巴黎记者。

10 月，萨克雷的父亲留给他的一笔可观遗产原本存于印度的一个银行，后来破产，萨克雷因此失去了遗产，沦为贫困户。

本年，发表短篇《魔鬼的赌赛》（"The Devil's Wager"），此作品后来收录于《巴黎速写》(*Paris Sketch Book*) 中。

**1834 年**

萨克雷去巴黎学习画画。

**1836 年**

8 月 20 日，萨克雷和伊莎贝拉结婚。

**1837 年**

萨克雷的大女儿安妮出生。

萨克雷通过马金接触到《弗雷泽杂志》。

在《弗雷泽杂志》上以连载形式发表《马夫精粹语录》(*The Yellow-plush Papers*)（附有作者插图）。《马夫精粹语录》收录萨克雷在报纸杂志上发表的文章及部分通信。

**1838 年**

萨克雷的二女儿简出生。

发表《玛丽·安塞尔的故事》("Story of Mary Ancel")，此作品后来收录于《巴黎速写》。

发表《加哈根少校历险记》(*Tremendous Adventures of Major Gahagan*)。

**1839 年**

3 月 14 日，萨克雷的女儿简因病夭折。

5 月，萨克雷的小说《凯瑟琳的故事》在《弗雷泽杂志》上连载，所用笔名为艾奇·所罗门思。

发表《致命的靴子》(*The Fatal Boots*)。

发表《矮个儿的普万斯奈》("Little Poinsinet")，此作品后来收录于《巴黎速写》。

**1840 年**

3 月，萨克雷在写给母亲的信中提到，如果为托利党写作的话，报酬非常可观，但他还是尽量避免。

朋友邀萨克雷加入改革俱乐部，萨克雷加入不是意在政治，而是可以接触更多的文人。

5月，小女儿哈里特·玛丽安出生。

6月开始，《上流社会的卑鄙故事》（*A Shabby Genteel Story*）在《弗雷泽杂志》上连载发表。

7月，《巴黎速写》分两卷出版，含早期杂志文章和新创短篇小说，附作者插图。

萨克雷写信给母亲，提到《巴黎速写》销量极好，盈利丰厚。

8月，萨克雷写信给母亲，提到妻子伊莎贝拉精神不太正常。萨克雷的《死刑见闻录》在《弗雷泽杂志》上发表。萨克雷应朋友之约一起去观看绞刑执行，将现场的点滴记录下来，并发表了感想，目的是为议会朋友的废除死刑倡议摇旗呐喊。

9月，萨克雷将妻子伊莎贝拉带去爱尔兰岳母家，希望能治愈她的精神病。

在《弗雷泽杂志》上发表《上流社会的卑鄙故事》（*Shabby Genteel Story*）。这部小说是《菲利普历险记》（*The Adventures of Philip*）的前奏。

发表《贝德福德街阴谋》（*The Bedford Row Conspiracy*）。

发表《考克斯日记》（*Cox's Diary*）。

## 1841 年

1月，萨克雷的《拿破仑的第二次葬礼》出版。

4月，伊莎贝拉住在医院，对于她的病情，医生已经束手无策。

6月，萨克雷支持其朋友约翰·鲍思作为辉格党成员竞选议员。其间听到鲍思的祖先乔治·鲍思的故事，萌发写作《巴里·林登》的想法。

出版《连环漫画及速写》（*Comic Tales and Sketches*），共两卷，为早期杂志文章合集，附作者插图。

发表《人物速写》（*Character Sketches*），其中记录各色人物，包括艺术家、演员以及骗子等。

发表《大霍加蒂钻石》（*The Great Hoggarty Diamond*）。

**1842 年**

7 月，萨克雷到达都柏林，他遇到了爱尔兰文人查尔斯·利维尔，受到后者热情接待。

8 月，好友马金过世。萨克雷小说《潘登尼斯》中沙东上尉的原型即为马金。

本年开始，萨克雷为杂志《笨拙》（*Punch*）供稿。

发表《费兹-布多·佩帕斯》（*Fitz-Boodle Papers*）。

**1843 年**

5 月，萨克雷写信给妻子伊莎贝拉，承认自己爱上了朋友的妻子布鲁克菲尔德太太。

6 月，萨克雷将疯癫的妻子伊莎贝拉带回英国，安排妻子另住，有专门的保姆看管。

出版《爱尔兰概况》（*The Irish Sketch Book*），共两卷，附作者插图。

发表《蓝胡子的鬼》（*Bluebeard's Ghost*）。

发表《男人的妻子们》（*Men's Wives*）。

**1844 年**

在《弗雷泽杂志》上以连载形式发表《巴里·林登》（*Memoirs of Barry Lyndon*）。

同年，穿越地中海到近东旅游。

**1845 年**

8 月，萨克雷在信中和母亲探讨宗教信仰问题。

发表《莱茵河传说》（*Legend of the Rhine*）。

发表《C. 杰姆斯·德·拉·普乐的日记》（*Diary of C. Jeames de la Pluche*）。

**1846 年**

发表《从康希尔到大开罗游记》（*Notes of a Journey from Cornhill to*

*Grand Cairo*）。

在《笨拙》杂志上以连载形式发表《势利人脸谱》（*The Book of Snobs*），附作者插图。

12 月，萨克雷写信给住在巴黎的母亲，决定把女儿带回伦敦，由自己抚养。

### 1847 年

《名利场》（*The Vanity Fair*）以连载形式发表。萨克雷认为自己的目标并不是要塑造一个完美的人物，因此，《名利场》中各个人物都有瑕疵。

发表《帕金斯夫人的舞会》（*Mrs. Perkins's Ball*）。

出版《名家小说》（*Novels by Eminent Hands*）。此文集收录了发表于《笨拙》杂志上的文章，都是对当时小说家作品的滑稽模仿。

发表《伦敦游记》（*Sketches and Travels in London*）。

### 1848 年

发表《蒂明斯家的小晚餐》（*Little Dinner at Timmins's*）。

发表《我们那条街》（*Our Street*）。

以连载形式发表《潘登尼斯》（*History of Pendennis*），附作者插图。

### 1849 年

发表《柏奇博士和他的年轻朋友》（*Doctor Birch and his Young Friends*）。

### 1850 年

发表《丽贝卡和罗薇娜》（*Rebecca and Rowena*）。

发表《莱茵河的齐克贝里家》（*The Kickleburys on the Rhine*）。

### 1851 年

5 月，首届世界博览会在伦敦海德公园水晶宫召开。这次博览会也被称为"万国工业博览会"，主要展出当时工业和科技领域的新兴成果。萨克雷参加了博览会开幕式。

9 月，萨克雷爱慕朋友布鲁克菲尔德的妻子简，两人亲近的关系激怒了布鲁克菲尔德。因此，一场激烈的争吵后，萨克雷与这对夫妇决裂。后来经友人调解，关系虽有所缓和，但变得平淡了许多。

在英格兰、苏格兰巡回演讲《十八世纪英国幽默大师》（The English Humourists of the Eighteenth Century）。

### 1852 年

出版《亨利·艾斯芒德的历史》（The History of Henry Esmond）（三卷本）。萨克雷借助艾斯芒德之口，表达他关于历史在小说中如何体现，以及人物塑造方面的观点。

10 月，萨克雷写信给大女儿安妮，告知她不应该像她的奶奶那般从字面上理解《圣经》和福音派的教义，而应该从隐喻的角度理智地解读宗教。

11 月，萨克雷和其助手克罗（Crowe）到达美国波士顿，开启了他的《十八世纪英国幽默大师》的演讲之旅。

### 1853 年

发表《十八世纪英国幽默大师》。

以连载形式发表《纽可谟一家》（The Newcomes），由理查德·道尔（Richard Doyle）配图。

### 1854 年

12 月，发表《玫瑰与指环》（The Rose and the Ring）。
本年发表《狼和羊》（The Wolves and the Lamb）。

### 1855 年

6 月，萨克雷写信给克里米亚战争通讯记者、他的朋友威廉·霍华德·卢赛尔，告知对方他已经参加了行政改革协会（Administrative Reform Association）的开幕式。而萨克雷参加这个协会的原因是他想支持帕莫斯顿的辉格政府，使其较少受贵族操控，并能多关注中产阶级利益。

### 1857 年

1 月，萨克雷准备作为独立候选人参选议员。

4月，萨克雷宣称，自己的政治观点代表律师、商人、学者，以及正在努力奋斗的人们，还有那些有知识、有文化的中产阶级的心声。萨克雷指出，正是这群人构筑了英国的稳定、安宁、智慧和未来的希望。

7月，萨克雷代表牛津市竞选议员。萨克雷提议扩大选民范围，提倡采用无记名投票方式，建议中产阶级分子进入政府机关任职的比例提高，贵族比例缩小；萨克雷提议周日（基督教安息日）开放美术馆、博物馆、科技馆，以及其他诸如水晶宫等公共展览馆。如此，每周只休息一天的市民都可以前往观赏。萨克雷的竞选对手卡德维尔以1070张选票略胜于萨克雷的1005张选票。萨克雷表示祝贺，并声明自己将重新回到文学创作中。

以连载形式发表《弗吉尼亚人》（*The Virginians*），附作者插图。这部小说是《亨利·艾斯芒德的历史》的续集。

**1859 年**

萨克雷担任《康希尔杂志》（*The Cornhill Magazine*）主编。

**1860 年**

在《康希尔杂志》上，萨克雷以连载形式发表《鳏夫弗洛尔》（*Lovel the Widower*）和《四个乔治》，附作者插图。《鳏夫弗洛尔》是萨克雷1854年发表的作品《狼和羊》（*The Wolves and the Lamb*）的翻版，故事情节几乎未变，只是人物名字更换。

在《康希尔杂志》上以连载形式发表《拐弯抹角的随笔》（*Roundabout Papers*），附作者插图。

**1861 年**

在《康希尔杂志》上以连载形式发表《菲利普历险记》，附作者插图，部分插图由弗雷德里克·沃克（Frederick Walker）绘制。《菲利普历险记》是《上流社会的卑鄙故事》（*Shabby Genteel Story*）的续集。

**1862 年**

3月25日，萨克雷辞去《康希尔杂志》主编之职。

**1863 年**

12 月 24 日，萨克雷因突发脑出血去世。

12 月 30 日，萨克雷葬于肯萨尔绿野公墓，在女儿简的坟墓旁边。

**1864 年**

萨克雷未完成的小说《丹尼斯·迪万》（*Denis Duval*）分期在《康希尔杂志》上发表。

# 参考文献

## 一 中文文献

### (一) 国内专著

程汉大、李培锋：《英国司法制度史》，清华大学出版社，2007。

程巍：《文学的政治底稿：英美文学史论集》，复旦大学出版社，2014。

陈文海：《法国史》，人民出版社，2014。

杜娟：《亨利·菲尔丁小说的伦理叙事》，华中师范大学出版社，2010。

范存忠：《英国文学史纲》，译林出版社，2015。

高继海编著《简明英国文学史》，河南大学出版社，2006。

高伟光：《西方宗教文化与文学》，中国社会科学出版社，2012。

高毅：《法兰西风格：大革命的政治文化》，北京师范大学出版社，2013。

葛桂录：《中英文学关系编年史》，上海三联书店，2004

何勤华、夏菲：《西方刑法史》，北京大学出版社，2006。

黄梅：《推敲"自我"：小说在 18 世纪的英国》，生活·读书·新知三联书店，2003。

黄伟合：《欧洲传统伦理思想史》，华东师范大学出版社，1991。

侯维瑞主编《英国文学通史》，上海外语教育出版社，1999。

姜守明等：《英国通史：铸造国家——16—17 世纪英国》（第三卷），江苏人民出版社，2016。

李维屏主编《英国小说人物史》，上海外语教育出版社，2008。

李维屏：《英国小说艺术史》，上海外语教育出版社，2003。

李元明：《拿破仑评传》，中国社会科学出版社，1984。

刘成等：《英国通史：光辉岁月——19 世纪英国》（第五卷），江苏人民出版社，2016。

刘金源等：《英国通史：转型时期——18 世纪英国》（第四卷），江苏人民出版社，2016。

《鲁迅全集》，人民文学出版社，2005。

孟广林、黄春高：《英国通史：封建时代——从诺曼征服到玫瑰战争》（第二卷），江苏人民出版社，2016。

钱乘旦：《第一个工业化社会》，四川人民出版社，1988。

钱乘旦、陈晓律：《英国文化模式溯源》，上海社会科学院出版社，2003。

钱乘旦、许洁明：《英国通史》，上海社会科学院出版社，2002。

钱青主编《英国 19 世纪文学史》，外语教学与研究出版社，2006。

申丹、韩加明、王丽亚：《英美小说叙事理论研究》，北京大学出版社，2005。

宋立宏、李家莉、张建辉：《英国通史：文明初起——远古至 11 世纪》（第一卷），江苏人民出版社，2016。

孙骁骥：《致穷：1720 年南海金融泡沫》，中国商业出版社，2012。

史彤彪：《法国大革命时期的宪政理论与实践研究（1789—1814）》，中国人民大学出版社，2004。

王觉非：《近代英国史》，南京大学出版社，1997。

王晓辉：《死刑的终结——英国废除死刑问题的历史考察》，中央民族大学出版社，2016。

夏秀：《原型理论与文学活动》，中国社会科学出版社，2012。

徐辉、郑继伟编著《英国教育史》，吉林人民出版社，1993。

阎照祥：《英国近代贵族体制研究》，人民出版社，2006。

殷企平、高奋、童燕萍：《英国小说批评史》，上海外语教育出版社，2001。

原青林：《揭示英才教育的秘诀——英国公学研究》，黑龙江人民出版社，2005。

张世明：《自发秩序的理据：哈耶克理性观研究》，人民出版社，2014。

朱虹：《英国小说研究（1813—1873）》，中国社会科学出版社，1997。

朱立元主编《当代西方文艺理论》，华东师范大学出版社，2005。

朱学勤：《道德理想国的覆灭》，上海三联书店，1994。

### （二）国外专著中译本

〔法〕阿尔弗雷德·格罗塞：《身份认同的困境》，王鲲译，社会科学文献出版社，2012。

〔英〕阿克顿：《法国大革命讲稿》，J. H. 菲吉斯、R. V. 劳伦斯编辑，秋风译，贵州人民出版社，2004。

〔英〕阿克顿：《自由的历史》，王天成等译，贵州人民出版社，2002。

〔英〕阿奎那：《阿奎那政治著作选读》，马清槐译，商务印书馆，1982。

〔英〕阿萨·勃里格斯：《英国社会史》，陈叔平、陈小惠等译，商务印书馆，2015。

〔英〕安德鲁·桑德斯：《牛津简明英国文学史》，谷启楠等译，人民文学出版社，2003。

〔法〕安托万·夏普塔尔：《亲历拿破仑》，潘巧英译，华中科技大学出版社，2014。

〔英〕埃德蒙·柏克：《反思法国大革命》，张雅楠译，上海社会科学院出版社，2014。

〔英〕埃德蒙·柏克：《美洲三书》，缪哲译，商务印书馆，2012。

〔德〕埃米尔·路德维希：《拿破仑传》，梁锡江、石见穿、龚艳译，中华书局，2012。

〔德〕本雅明：《发达资本主义时代的抒情诗人》，张旭东等译，上海三联书店，1989。

〔美〕波考克：《德行、商业和历史：18 世纪政治思想与历史论辑》，冯克利译，生活·读书·新知三联书店，2012。

〔英〕伯克：《伯克美学论文选》，李庆善译，上海三联书店，1990。

〔英〕伯特兰·罗素：《西方的智慧》，崔权醴译，文化艺术出版社，2005。

〔德〕布鲁诺·赖德尔：《死刑的文化史》，郭二民编译，生活·读书·新知三联书店，1992。

〔英〕戴维·罗伯兹：《英国史 1688 年至今》，鲁光桓译，中山大学出版社，1990。

〔法〕笛卡尔：《谈谈方法》，关文运译，商务印书馆，2000。

〔德〕恩格斯：《英国工人阶级状况》，人民出版社，1956。

〔英〕弗朗西斯·哈奇森：《道德哲学体系》，江畅、舒红跃、宋伟译，浙江大学出版社出版，2010。

〔奥地利〕弗里德里希·希尔：《欧洲思想史》，赵复三译，广西师范大学出版
　　社，2007。

〔英〕弗里德里希·冯·哈耶克：《自由秩序原理》，邓正来译，生活·读
　　书·新知三联书店，1997。

〔英〕F. R. 利维斯：《伟大的传统》，袁伟译，生活·读书·新知三联书店，
　　2009。

〔英〕R. G. 甘米奇：《宪章运动史》，苏公隽译，商务印书馆，1996。

〔古希腊〕荷马：《奥德赛》，刘静译，长江文艺出版社，2006。

〔德〕黑格尔：《哲学史讲演录》，贺麟、王太庆译，商务印书馆，1997。

〔英〕霍布斯：《利维坦》，黎思复等译，商务印书馆，1958。

〔英〕柯林武德：《历史的观念》（增补版），何兆武、张文杰、陈新译，
　　北京大学出版社，2010。

〔美〕劳伦斯·斯通：《英国的家庭、性与婚姻（1500—1800）》，刁筱华
　　译，商务印书馆，2011。

〔英〕勒内·笛卡尔：《第一哲学沉思集》，庞景仁译，商务印书馆，1986。

〔法〕勒庞：《乌合之众：大众心理研究》，冯克利译，中央编译出版社，
　　2000。

〔英〕丽月塔：《绅士道与武士道——日英比较文化论》，王晓霞、陈守桂
　　等译，浙江人民出版社，1990。

〔英〕罗伯特·欧文：《欧文选集》，柯象峰等译，商务印书馆，1981。

〔澳大利亚〕罗伯特·休斯：《致命的海滩：澳大利亚流犯流放史（1787—
　　1868）》，欧阳昱译，南京大学出版社，2014。

〔英〕洛克：《人类理解论》，关文运译，商务印书馆，1983。

〔英〕罗斯科·庞德：《普通法的精神》，唐前洪译，法律出版社，2001。

〔英〕罗素：《西方哲学史》（下卷），何兆武、李约瑟译，商务印书馆，2009。

〔法〕马迪厄：《法国革命史》，杨人楩译，商务印书馆，1973。

〔美〕马克·P. 唐纳利、丹尼尔·迪尔：《人类酷刑史：解密文明面具下
　　的可怕人性》，张恒杰译，经济科学出版社，2012。

〔英〕曼德维尔：《蜜蜂的寓言》，肖聿译，中国社会科学出版社，2002。

〔英〕麦考莱：《英国史》，周旭、刘学谦译，时代华文书局，2013。

〔法〕孟德斯鸠:《论法的精神》,张雁深译,商务印书馆,1961。

〔法〕蒙田:《蒙田随笔全集》,南京(第一卷),译林出版社,1996。

〔法〕米涅:《法国革命史:从1789年到1814年》,北京编译社译,商务印书
　　馆,2017。

《拿破仑日记》,约翰斯顿英译,伍光建汉译,中国言实出版社,2012。

〔法〕夏尔·拿破仑编《拿破仑随想录》,吕长吟译,中国友谊出版公司,
　　2017。

〔意〕尼科洛·马基雅维利:《君主论》,吕健中译,中华书局,2014。

〔法〕帕斯卡尔·富迪埃:《拿破仑传》,钱培鑫译,人民文学出版社,2014。

〔英〕培根:《培根随笔全集》,蒲隆译,译林出版社,2017。

〔法〕乔治·杜比:《法国史》,吕一民、沈坚、黄艳红等译,商务印书馆,
　　2010。

〔法〕乔治·勒费弗尔:《拿破仑时代》,河北师范大学外语系、中山大学
　　《拿破仑时代》翻译组译,商务印书馆,2017。

〔英〕乔治·皮博迪·古奇:《十九世纪历史学与历史学家》,耿淡如译,
　　商务印书馆,1989。

〔美〕弗里曼·伯茨:《西方教育文化史》,王凤玉译,山东教育出版社,2013。

〔法〕让-雅克·卢梭:《社会契约论》,何兆武译,商务印书馆,1982。

〔荷〕斯宾诺莎:《伦理学》,贺麟译,商务印书馆,2017。

〔法〕斯塔尔夫人:《十年流亡记》,李筱希译,吉林出版集团股份有限公
　　司,2016。

〔法〕托克维尔:《旧制度与大革命》,冯棠译、桂裕芳、张芝联校,商务印
　　书馆,2013。

〔法〕托克维尔:《论革命:从革命伊始到帝国崩溃》,曹胜超、崇明译,
　　上海三联书店,2016。

〔法〕托克维尔:《托克维尔回忆录》,董果良译,商务印书馆,2004。

〔英〕温斯顿·丘吉尔:《英语国家史略》,薛力敏、林林译,新华出版社,
　　1985。

〔美〕威尔·杜兰:《伏尔泰时代》,台北幼师文化公司译,东方出版社,
　　2007。

〔英〕休谟:《人性论》,关文运译,商务印书馆,1996。

〔英〕休谟：《休谟经济论文选》，陈玮译，商务印书馆，1984。

〔英〕约翰·密尔：《代议制政府》，汪瑄译，商务印书馆，1982。

〔英〕约翰·穆勒：《功利主义》，叶建新译，中国社会科学出版社，2009。

**（三）期刊论文**

陈后亮、贾彦艳：《论萨克雷与英国新门派犯罪小说》，《外国语文》2017年第 4 期。

杜燕萍：《〈名利场〉中利蓓加的母爱缺失心理原型分析》，《长江大学学报》2015 年第 7 期。

焦小晓：《从〈名利场〉看萨克雷的讽刺艺术》，《上海师范大学学报》1987年第 1 期。

李鸿泉：《维多利亚盛世的女性悲歌——狄更斯与萨克雷笔下的女性群象》，《外国文学研究》1994 年第 3 期。

刘凤山：《萨克雷与蓓基·夏泼的道德清白—— 重读〈名利场〉》，《天津外国语大学学报》2011 年第 4 期。

钱乘旦：《试论英国各阶级在英国第一次议会改革中的作用》，《世界历史》1982 年第 4 期。

孙艳萍：《铸造有良心的民族语言与文化——评萨克雷小说〈名利场〉》，《外国文学研究》2018 年第 4 期。

熊华霞：《基于认识语言学视角解读萨克雷〈名利场〉的叙事心理》，《语文建设》2016 年第 3 期。

殷企平：《"进步"浪潮中的商品泡沫：〈名利场〉的启示》，《外国文学研究》2005 年第 3 期。

殷企平：《体面的进步：〈纽克姆一家〉昭示的历史》，《外国文学评论》2005 年第 4 期。

张俊萍：《"约翰生博士的字典"—— 评〈名利场〉中"物"的叙事功能》，《国外文学》2005 年第 2 期。

支晓来、曾利沙：《讽刺口吻在修辞格中的体现——兼评〈名利场〉的两个中译本》，《广东外语外贸大学学报》2015 年第 2 期。

张健：《论萨克雷的〈亨利·艾斯芒德的历史〉》，《文史哲》1963 年第 3 期。

朱虹：《论萨克雷的创作——纪念萨克雷逝世一百周年》，《文学评论》1963

年第 5 期。

让－克劳德·谢斯奈:《暴力的历史：各个时代的杀人和自杀》,《国际社会科学》1993 年第 2 期。

## 二　英文文献

Aquinas, Thomas. *Selected Political Writings*. ed. A. P. D'entreves. trans. J. G. Dawson. Oxford: Basil Blackwell, 1954.

Armstrong, Karen. *A History of God: The 4000－Year Quest of Judaism, Christianity and Islam*. New York: Ballantine Books, a division of Random House, Inc. , 1993.

Bacon, Francis. *The Charge of Sir Francis Bacon Knight, His Majesties Attourney Generall, Touching Duels*. London: George Eld, 1614.

Baker, Keith Michael, ed. *The French Revolution and the Creation of Modern Political Culture*. Vol. 1, New York: Pergamon Press, 1987.

Baker, Keith Michael, ed. *The French Revolution and the Creation of Modern Political Culture*. Vol. 1. New York: Pergamon Press, 1987.

Bastid, Paul. *Les institutions politiques de La monarchie parlementaire francaise (1814－1848)*. Paris: Editions de Recueil Screy, 1954.

Bedarida, Francois. *A Social History of England 1851－1990*, trans. by A. S. Forster & Jeffrey Hodgkinson. London: Routledge, 1990.

Berger, John, Blomberg, Sven, Fox, Chris, Dibb, Michael, Hollis, Richard, *Ways of Seeing*. London: The British Broadcasting Corporation and the Penguin Group. Penguin Books Ltd. , 1972.

Best, Geoffrey. *Mid-Victorian Britain 1851－1875*. New York: Schocken Books Inc. , 1972.

Blackstone, William. *Commentaries on the Laws of England*. Chicago: The University of Chicago Press, 1979.

Bloom, Harold. *The Western Canon: The Books and School of the Ages*. New York: Harcourt Brace, 1994.

Bloom, Harold. *William Makepeace Thackeray's Vanity Fair*. New York: Chelsea House Publishers, 1987.

Bon, Gustave Le. *The Psychology of Revolution*. trans. Bernard Miall, New York: G. P. Putnam's Sons, 1913.

Bonaparte, Napoléon. *The Corsican: A Diary of Napoleon's Life in His Own Words*, Boston: Houghton Mifflin Company, 1910.

Briggs, Asa. *The Age of Improvement, 1783-1867*. New York: Routledge, Taylor & France Group, 2014.

Burke, Edmund. *A Philosophical Inquiry into the Origin of Our Ideas of the Sublime and Beautiful, with an Introductory Discourse Concerning Taste, and Several Other Additions*. London: Thomas M. Lean, Haymarket, 1823.

Burke, Edmund. *Reflections on the Revolution in France*, ed. Frank M. Turner. New Haven: Yale University Press, 2003.

Burke, Edmund. "Letters on a Regicide Peace", *Select Works of Edmund Burke*, Vol. 3. Indianapolis: Liberty Fund, Inc., 1999.

Burke, Edmund. *Thoughts and Details on Scarcity*. London: Printed for F. And C. Rivington and J. Hatchard, 1800.

Bracton, Henry de. *Braction on the laws and Customs of England*. ed. George E. Woodbine. Cambridge: The Belknap Press of Harvard University Press and the Selden Society, Vol. 2, 1968.

Brander, Laurence. *Thackeray*. London: Longmans, Green & Co., 1959.

Brantlinger, Patrick & Thesing, William B., eds. *A Companion to the Victorian Novel*, Oxford: Blackwell Publishers Ltd., 2002.

Braudy, Leo. *Narrative Form in History and Fiction: Hume, Fielding, and Gibbon*, Princeton: Princeton University Press, 1970.

Brauer, George C., *The Education of a Gentleman Theories of Gentleman Education in England, 1660-1775*, New Haven: College & University Press, 1959.

Brown, John. *Letters of Dr. John Brown: with letters from Ruskin, Thackeray and others*, London: Adam and Charles Black, 1907.

Brown, Stewart J., *Thomas Chalmers and the Godly Commonwealth in Scotland*, New York: Oxford University Press, 1982.

Brownell, W. C., *Victorian Prose Masters*, New York: C. Scribner's Sons, 1901.

Bullbring, Karl, *The Complete English Gentleman*, Oxfordshire: Taylor & Francis Group London, 1890.

Bullen, J. B. , ed. *Writing and Victorianism*. New York: Routledge, Taylor & Francis Group, 1997.

Butts, R. Freeman, *A Cultural History of Western Education: Its Social and Intellectual Foundations*, New York: McGraw-Hill Book Company, Inc. , 1955.

Bythell, Duncan, *The Handloom Weavers, A Study in The English Cotton Industry during the Industrial Revolution*. Cambridge: Cambridge University Press, 1969.

Caldwell, Janis McLarren, *Literature and Medicine in Nineteenth-century Britain: from Mary Shelley to George Eliot*, Cambridge: Cambridge University Press, 2004.

Cannon, John, *Aristocratic Century: The Peerage of Eighteen-century England*. Cambridge: Cambridge University Press, 1977.

Castiglione, Baldesar, *The Book of the Courtier*, trans. Leonard Eckstein Opdycke, London: Duckworth & Co. , 1902.

Carey, John, *Thackeray: Prodigal Genius*. London: Faber and Faber Ltd. , 1977.

Carlisle, Janice, *The Sense of an Audience, Dickens, Thackeray, and George Eliot at Mid-Century*. Athens: The University of Georgia Press, 1981.

Carlyle, Thomas. *Past and Present*. ed. A. M. D. Hughes. Oxford: Clarendon, 1921.

Castiglione, Baldesar. *The Book of the Courtier, The Second Part "The Second Book of the Courtier"*, trans. Leonard Eckstein Opdycke, London: Duckworth & Co. , 1902.

Chamfort, Sebastien-Roch Nicolas De, *Maximes Et Pensees de Chamfort: Suivies de Dialogues Philosophiques*, Paris: Les Editions G. Cres & Cio , 1923.

Chaptal, Jean-Antoine, *Mes Souvenirs Sur Napoleon*, Paris: Librairie Plon, 1893.

Chaucer, Geoffrey, *The Canterbury Tales*. ed. Michael Murphy. Lanham: University Press of America, Inc. , 1991.

Chinn, Carl, *Poverty Amidst Prosperity, the Urban Poor in the England, 1834– 1917*, Manchester: Manchester University Press, 1995.

Christopher, Herold, J. , *Mistress to an Age: A Life of Madame de Stael*, The

New York: The Bobbs-Merrill Co. , Inc. , 1958.

Colby, Robert A. , *Thackeray's Canvass of Humanity: An Author and His Public*, Columbus: Ohio State University Press, 1979.

Collingham, H. A. C. , *The July Monarchy: A Political History of France 1830–1848*, London: Longman Group UK Limited, 1998.

Collingwood, Robin George, *An Autobiography*, New York: Oxford University, 2002.

Collingwood, Robin George, *The Idea of History: With Lectures 1926–1928*, Jan van der Dussen, ed. , New York: Oxford University Press Inc. , 1994.

Collins, Philip, *Thackeray*, *Interviews and Recollections*, New York: St. Martin's Press, 1983.

Cook, Faith, *William Grimshaw of Haworth*, Edinburgh: Banner of Truth, 1997.

Crossley, Alice, *Male Adolescence in Mid-Victorian Fiction: W. M. Thackeray*, New York: Routledge Taylor & Francis Group, 2018.

Crowe, Eyre, *With Thackeray in America*, London: Cassell and Co. , 1893.

Crowther, M. A. , *The Workhouse System 1834–1929: The History of an English Social Institution*. London: Routledge, 2016.

Cumberlege, Geoffrey, *The Buried Life: A Study of the Relation Between Thackeray's Fiction And His Personal History*, London: Oxford University Press, 1950.

Dalberg-Acton, John Emerich Edward, *Lectures on the French Revolution*, John Neville Figgis, C. R. and Reginald Vere Laurence, M. A. , eds. , London: Macmillan and Co. , Limited, 1910.

David, Rene & Brierley, J. E. C. , *Major Legal Systems in the World Today*, London: Stevens & Sons, 1978.

Day, Gary, ed. *Varieties of Victorianism the Uses of a Past*, London: Macmillan Press Ltd. , 1998.

Defoe, Daniel, *Conjugal Lewdness or Matrimonial Whoredom: A Treatise Concerning the Use and Abuse of the Marriage Bed*, London: T. Warner, 1727.

Descartes, Rene, *Baruch de Spinoza*, *Meditations on First Philosophy*, trans. by John Veitch & R. H. M. Elwes, Beijing: Central Compilation&Translation Press, 2012.

Denning, The Rt Hon Lord, *Landmarks in the Law*, London: Butterworth & Co., Ltd., 1984.

Dickens, Charles, *Selected Letters of Charles Dickens*, David Paroissien, ed., London: The Macmillan Press, 1985.

Dobson, Austin, *Richard Steele*, London: Longmans, Green, and Co., 1888.

Douglas, David C., ed., *English Historical Documents, 1833–1874*, Vol. XII (1), New York: Oxford University Press, 1956.

Dodds, John. W., *Thackeray: A Critical Portrait*, New York: Oxford University Press, 1941.

Duby, Georges, ed., *Histoire de la France: Des Origines a nos jours*, Paris: Larousse, 2011.

Eckersley, C. E., ed., *William Makepeace Thackeray, the Writer and His Work*, New York: Longmans, Green, 1950.

Englander, David, *Poverty and Poor Law Reform in* 19*th Century Britain, 1834–1914: From Chadwick to Booth*, New York: Routledge Taylor & Francis Group, 2013.

Englund, Steven, *Napoleon: A Political Life*. New York: Scribner, 2004.

Eliot, George, Byatt, A. S. and Warren, Nicholas, eds., *Selected Essays, Poems and Other Writings*, London: Penguin Books Ltd., 1990.

Elwin, Malcolm, *Thackeray a Personality*. London: Jonathan Cape, 1932.

Elyot, Sir Thomas, *The Book Named The Governor*, S. E. Lehmberg, ed., London: J. M. Dent & Sons Ltd., 1962.

Erasmus, Desiderius, *The Education of a Christian Prince*, trans. by Lester K. Born, New York: W. W. Norton & Company. Inc., 1968.

Erasmus, Desiderius, *The Praise of Folly*, trans. by John Wilson, New York: Barnes & Noble Publishing, Inc., 2004.

Euis, Geoffrey, *Napolen's Contimental BlocKade*, Oxford: Clarendon Press, 1981.

Fautrier, Pascale, *Napoléon Bonaparte*, Paris: Gallimard Editions, 2011.

Ferguson, Adam, *An Essay on the History of Civil Society*, Fania Oz-Salzberger, ed., Cambridge: Cambridge University Press, 1995.

Ferris, Ina, *William Makepeace Thackeray*. Boston: Twayne Publishers, 1983.

Flamm, Dudley, *Thackeray's Critics*, Chapel Hill: The University of North Carolina Press, 1967.

Fisher, Judith L. , *Thackeray's Skeptical Narrative and the "Perilious Trade" of Authorship*. Hants: Ashgate, 2002.

Forsythe, Robert Stanley, *A Noble Rake: The Life of Charles, Fourth Lord Mohun: Being a Study in the Historical Background of Thackeray's "Henry Esmond"*, Cambridge: Harvard university press, 1928.

Forster, Margaret, *Memoirs of a Victorian Gentleman: William Makepeace Thackeray*. New York: William Morrow and Company Inc. , 1979.

Frame, Donald M. , *Montaigne: A Biography*, New York: Harcourt, Brace & World, Inc. , 1965.

François-Alphonse, Aulard, *Histoire politique de la Révolution française, origines et développement de la démocratie et de la République (1789-1804)*, Paris: Librairie Armand Colinp, 1901,

Fraser, Antonia. *The Lives of the Kings and Queens of England*, London: University of California Press, 1998.

Fraser, Derek, *The Evolution of the British Welfare State*. London: Macmillan Press Ltd. , 1984.

Fraser, Derek, *Urban Politics in Victorian England: The Structure of Politics in Victorian Cities*, Leicester: Leicester University Press, 1976.

Frazer, Allan, ed. , *Sir Walter Scott 1771 - 1832, an Edinburgh Keepsake*, Edinburgh: Edinburgh University Press, 1971.

Gallienne, Richard Le, ed. *The Diary of Samuel Pepys*. London: the Random House Publishing Group, 2003.

Gerin, Winifred, *Anne Thackeray Ritchie: A Biography*. London: Oxford University Press, 1983.

Gilbert, E. L. , *W. M. Thackeray's Vanity fair and Henry Esmond*, New York: Monarch Press, 1965.

Bullen, J. B. , ed. , *Writing and Victorianism*, New York: Routledge, Taylor & Francis Group, 1997.

Gilmour, Robin, *Thackeray: Vanity Fair*. London: Edward Arnold, 1982.

Goode, William J. , *The Family*, Englewood Cliffs: Prentice-Hall, Inc. , 1982.

Goodman, Ruth, *How to Be a Victorian*, New York: Liveright Publishing Corporation, 2015.

Hearnshaw, F. J. C. , ed. , *The Political Principles of Some Notable Prime Ministers of the Nineteenth Century*, London: Macmillan and Co. , Limited, 1926.

Hadow, G. E. , ed. , *Essays on Addison*, Oxford: Clarendon Press, 1907.

Hanley, Ryan Patrick, *Adam Smith and Character of Virtue*, Cambridge: Cambridge University Press, 2009.

Harden, Edgar F. , *A William Makepeace Thackeray Chronology*, New York: Palgrave Macmillan, 2003.

Harden, Edgar E. , *Thackeray The Writer: From Pendennis to Denis Duval*, Hampshire: Macmillan Press Ltd. , 2000.

Harden, Edgar F. , *The Emergence of Thackeray's Serial Fiction*, Athens: University of Georgia Press, 1979.

Harding, Ewing. , *From Palmerston to Disraeli, 1856–1876*, London: Bell, 1913.

Hardy, Barbara, *The Exposure of Luxury: Radical Themes in Thackeray*, Pittsburgh: University of Pittsburgh Press, 1972.

Hayek, F. A. , *The Constitution of Liberty*, Chicago: The University of Chicago Press, 1960.

Henderson, W. O. , *The Industrial of Revolution on the Continent: German, France, Russia*, 1800–1914, London: Frank Cass & Co. , Ltd. , 1961.

Hobbes, Thomas, *Leviathan*, J. C. A Gaskin, ed. , New York: Oxford University Press, 1996.

Hogarth, William, *The Analysis of Beauty*, Ronald Paulson, ed. , New Haven: Yale University Press, 1997.

Salmon, Richard, and Crossley, Alice, eds. , *Thackeray in Time: History, Memory, and Modernity*, Oxon: Routledge, 2016.

Hume, David, *A Treatise of Human Nature*, New York: Barnes & Noble, Inc. , 2005.

Hume, David, *Selected Essays*, Stephen Copley and Andrew Edgar, eds. , New York: Oxford University Press Inc. , 1998.

Hunt, Lynn, *Inventing Human Rights: A History*, New York: W. W. Norton & Company, Inc. , 2007.

Hussey, W. D. , *British History 1815 – 1939*, Cambridge: Cambridge University Press, 1971.

Hutcheson, Francis, *A System of Moral Philosophy*, New York: Augustus M. Kelley. Publishers, 1968.

Hutcheson, Francis, *An Inquiry into the Original of Our Ideas of Beauty and Virtue in Two Treatises*, Wolfgang Leidhold, ed. , Indianapolis: Liberty Fund, Inc. , 2004.

Inglis, Brian, *Poverty and the Industrial Revolution*, London: Hodder and Stoughton, 1971.

Jack, Adolphus Alfred, *Thackeray: A Study*, London: Macmillan and Co. , 1895.

Jolliffe, J. E. A. , *The Constitutional History of Medieval England*, London: Adam and Charles Black, 1961.

Johnson, Charles Plumptre, *The Early Writings of William Makepeace*, London: Routledge, 1996.

Johnson, Charles Plumptre, *The Works of William Makepeace Thackeray*, London: George Redway, 1885.

Johnson, Douglas, *Guizot: Aspects of French History*, *1787 – 1874*, London: Routledge & Kegan Paul, 1963.

Johnson, Steven, *The Ghost Map: The Story of London's Most Terrifying Epidemic—and How It Changed Science, Cities, and the Modern World*, New York: The Penguin Group, 2006.

Kantorowicz, Ernst H. , *The King's Two Bodies: A Study in Mediaeval Political Theology*, New Jersey: Princeton University Press, 1957.

Keffer, Ken, *A Publication History of the Rival Transcriptions of Montaigne's Essays*, Lewiston: E. Mellen Press, 2001.

Lang, Andrew, ed. , *The Yellow Fairy Book*, London: Longmans, Green, and Co. , 1906.

Lang, Peter, *W. M. Thackeray's European Sketch Books: A Study of Literary and Graphic Portraiture*, Bern: European Academic Publishers, 2000.

Lawson, John & Silver, Harold, *A Social History of Education in England*, Vol. 18, London: Routledge, 2007.

Leavis, F. R. , *The Great Tradition*, London: Chatto and Windus, 1948.

Lefebvre, Georges, *Napoleon*, trans. by Henry F. Stockhold and J. E. Anderson, London: Routledge, 2011.

Lewis, Ewart, ed. , *Medieval Political ideas*, Abingdon, Oxon: Routledge, 2013.

Locke, John, *An Essay Concerning Human Understanding*, Kenneth P. Winkler, ed. , Indianapolis: Hackett Publishing Company, Inc. , 1996.

Loofbourow, John, *Thackeray and the Form of Fiction*, New York: Gordian Press, 1976.

Ludwig, Emil, *Napoleon*, New York: Liveright Publishing Corporation, 1954.

Lund, Michael, *Reading Thackeray*, Detroit: Wayne State University Press, 1988.

Macaulay, Thomas Babington, *Essays and Belles Lettres: Macaulay's Critical and Historical Essays*, Newly Arranged by A. J. Grieve in Two Vols. , London: J. M. Dent, 1930.

Macaulay, Thomas Babington, *The Miscellaneous Writings of Lord Macaulay*, Vol. I, London: Longman, Green, Longman, and Roberts, 1860.

Machiavelli, Niccolo, "The Prince," ed. , Charles W. Eliot, *The Harvard Classics*, Vol. 36, New York: P. F. Collier & Son Corporation, 1965.

MacMillan, Michael, *Thackeray's Vanity Fair*, London: Macmillan, 1922.

Major, John M. , *Sir Thomas Elyot and Renaissance Humanism*, Lincoln: University of Nebraska Press, 1964.

Malthus, Thomas Robert, *An Essay on the Principle of Population and a Summary View of the Principle of Population*, Antony Flew, ed. , Baltimore: Penguin Books Ltd. , 1970.

Maitland, F. W. , *The Constitutional History of England: A Course of Lectures Delivered*, Cambridge: Cambridge University Press, 1919.

Mandeville, Bernard, *The Fable of the Bees*, Indianapolis: Liberty Fund, Inc. , 1988.

Mathiez, Albert, *La Revolution Francaise*, Tome III, La Terreur, ed. , Paris: Librairie Armand Colin. , 1928.

Mathiez, Albert, *La vie chère et le movement social sous la Terreur*, Paris: Biblioth è que Historique des É ditions Payot, 1973.

Mckendrick, Neil & Brewer, John & Plumb, J. H. , *The Birth of a Consumer Society*, Bloomington: Indiana University Press, 1982.

McMaster, R. D. , *Thackeray's Cultural Frame of Reference: Allusion in the Newcomes*. Buffalo: McGill-Queen's University Press, 1991.

Melville, Lewis, *The Life of William Makepeace Thackeray*, London: Routledge, 1996.

Melville, Lewis, *The Thackeray Country*, London: Adam and Charles Black, 1905.

Melville, Lewis, *William Makepeace Thackeray*, New York: Doubleday, Doran & Company, Inc. , 1928.

Merivale, Herman. & Marzials, Frank T. , *The Life of W. M. Thackeray*, London: Walter Scott, 1891.

M. H. Thrall, Miriam, *Rebellious Fraser's Nol Yorke's Magazine in the Days of Maginn, Thackeray, and Carlyle*, New York: Columbia University Press, 1934.

Mignet, M. , *Histoire De La Revolution Francaise: Depuis 1789 Jusqu'en 1814*, Tome II , Paris: Librairie Academique Didier Perrin Et Cie, 1905.

Milne, Kirsty, *At Vanity Fair: from Bunyan to Thackeray*. Cambridge: Cambridge University Press, 2017.

Moers, Ellen, *The Dandy: Brummell To Beerbohm*. London: Secker & Warburg, 1960.

Mudge, Isadore Gilbert & Sears, M Earl. , *A Thackeray Dictionary: The Characters and Scenes of the Novels and Short Stories Alphabetically Arranged*, London: George Routledge And Sons Ltd. , 1910.

Nicholls, Sir George. , *A History of the English Poor Law*, Vols. I , II ), New York: Routledge, 2017.

Paris, Bernard J. , *A Psychological Approach to Fiction*, New Brunswick: Transaction Publishers Co. , 2010.

Parry, Jonathan, *The Rise and Fall of Liberal Government in Victorian Britain*, New Haven: Yale University Press, 1993.

Payne, David, *The Reenchantment of Nineteenth-Century Fiction*, New York: Palgrave Macmillan, 2005.

Pearson, Richard, *W. M. Thackeray and the Mediated Text*, *Writing for Periodicals in the Mid-Nineteenth Century*, Hants: Ashgate Publishing Ltd. , 2000.

Pearson, Richard, *The William Makepeace Thackeray Library*, London: Routledge, 1996.

Perkin, Harold, *Origins of Modern English Society*, London: Routledge, 1972.

Perrett, Bryan, *British Military History For Dummies*, New York: John Wiley & Sons Ltd. , 2007.

Peters, Catherine, *Thackeray's Universe: Shifting Worlds of Imagination and Reality*. New York: Oxford University Press, 1987.

Pollard, Arthur & Hennell, Michael, eds. *Charles Simeon (1759-1836): Essays Written in Commemoration of his Bi-Centenary by Members of the Evangelical Fellowship for Theological Literature*. London: S. P. C. K. , 1959.

Pollard, Arthur, *Thackeray: Vanity Fair a Casebook*, London: The Macmillan Press Ltd. , 1978.

Pound, Roscoe, *The Spirit of the Common Law*, New York: Routledge, 2017.

Poynter, J. R. , *Society and Pauperism: English Ideas on Poor Relief*, *1795-1834*. London: Routledge & Kegan Paul Limited, 1969.

Prawer, S. S. , *W. M. Thackeray's European Sketch Books: A Study of Literary and Graphic Portraiture*, New York: Peter Lang, 2000.

Quadagno, J. S. , *Aging in Early Industrial Society: Work, Family, and Social Policy in Nineteenth-Century England*, New York: Academic Press, 1982.

Radzinowicz, Leon, *A History of English Criminal Law and Its Administration From 1750*, London: Stevens & Sons, 1948.

Radzinowicz, Leon, *A History of English Criminal Law*, Vol. 1, London: Stevens & Sons Limited, 1948.

Rawlins, Jack P. , *Thackeray's Novels: A Fiction That Is True*, Berkeley: University of California Press, 1974.

Ray, Gordon N. , *Thackeray: The Uses of Adversity*, *1811-1846*, New York: The McGraw-Hill Book Company, Inc. , 1955.

Ray, Gordon N. , *Thackeray: The Age of Wisdom*, *1847—1863*, London: Oxford University Press, 1958.

Reed, John R. , *Dickens and Thackeray: Punishment and Forgiveness*, Athens: Ohio University Press, 1995.

Rice-Oxley, Leonard, *Fielding*, Oxford: Clarendon Press, 1923.

Rose, John Holland, *The Life of Napoleon I*, Vol. II, London: G. Bell and Sons, Ltd. , 1913.

Russell, Bertrand, *Wisdom of the West*, Paul Foulkes, ed. , London: Macdonald & Co. Ltd. , 1959.

Russell, William Howard, *The British Expedition to the Crimea*, London: George Routledge and Sons, 1877.

Saintsbury, George, *A Consideration of Thackeray*, London: Humphrey Milford, 1931.

Saintsbury, George, ed. , *"Introduction" in the Oxford Thackeray*, Vol. 3. New York: Oxford University Press, 1908.

Schnapper, Dominique, *La compréhension sociologique: Démarche de l'analyse typologique*, Paris: Presses Universitaires de France, 2012.

Shillingsburg, Peter, *William Makepeace Thackeray: A Literary Life*. New York: Palgrave, 2000.

Shillingsburg, Peter L. & Maxey, Julia. , *The Two Thackerays: Anne Thackeray Ritchie's Centenary Biographical Introductions to the Works of William Makepeace Thackeray*, New York: AMS Press, 1988.

Skinner, Quentin, *Vision of Politics*, Vol. 1 , London: Cambridge University Press, 2002.

Silver, George, *Paradoxes of Defence*, London: Edvvard Blount, 1599.

Simon, Jules, *Victor Cousin*, Paris: Librairie Hachette ET Cio, 1887.

Sowards, J. K. , ed. , *Collected Works of Erasmus*, Vol. 1. University of Toronto University, 1985.

Spencer, Herbert, *Essays on Education*, London: J. M. Dent & Sons, Ltd. , 1919.

Stael, Germaine de, *Ten Years of Exile*, trans. by Avriel H. Goldberger, Illinois: The Northern Illinois University Press, 2000.

Stael, Germaine de, Aurelian Craiutu, eds., *Considerations on the Principal Events of the French Revolution*, Indianapolis: Liberty Fund, Inc., 2008.

Stoner, Jr, James R., *Common Law and Liberal Theory: Coke, Hobbes, and the origins of American constitutionalism*, Lawrence: The University Press of Kansas, 1992.

Sutherland, J. A., *Thackeray at Work.* London: The Athlone Press, 1974.

Stevenson, Lionel, *The Showman of Vanity Fair: the Life of William Makepeace Thackeray*, New York: Russell & Russell, 1968.

Takamichi, Ichihashi, *The German Code in Thackeray's Major Works*, Niigata: Niigata University, 2014.

Taylor, Coley B., *Mark Twain's Margins on Thackeray's "Swift"*, New York: Gotham House, 1935.

Taylor, Theodore, *Thackeray, the Humourist and the Man of Letters*, London: John Camden Hotten, Picadilly, 1864.

Thackeray, William Makepeace, *A Collection of Letters of Thackeray: 1847 – 1855*, New York: Charles Scribner's Sons, 1888.

Thackeray, William Makepeace, *Ballads and Contributions to "Punch" 1842 – 1850*, George Saintsbury, ed., London: Oxford University, 1910.

William Makepeace Thackeray, *Letters and Private Papers of William Makepeace Thackeray*, ed. Gordon Ray. Cambridge: Harvard University Press, 1946.

Thackeray, William Makepeace, *Miscellaneous Contributions to Punch, 1843 – 1854*, George Saintsbury, ed., London: Oxford University Press, 1912.

Thackeray, William Makepeace. "On The Benefits of Being a Fogy", *The Works of Thackeray*, Vol. 17, London: Macmillan Publishers Limited, 1911.

Thackeray, William Makepeace, *Selected Letters of William Makepeace Thackeray*, ed., Edgar F. Harden. New York: New York University Press, 1996.

Thackeray, William Makepeace, *Thackeray's Letters to an American Family*, New York: The Century Co., 1904.

Thackeray, William Makepeace. *The Complete Works of William Makepeace Thackeray.* New York: Harper and Bros., 1898.

Thackeray, William Makepeace. *The Complete Works of William Makepeace Thack-*

*eray*, New York: Houghton, Mifflin and Company, 1889.

Thackeray, William Makepeace, *The Four Georges*, Boston: Houghton, Mifflin, 1889.

Thackeray, William Makepeace, *The Four Georges*; *The English Humorists*; *Sketches and Travels in London*, Montana: Kessinger Publishing, 2010.

Thackeray, William Makepeace, *The Great Hoggarty Diamond*; *Fitz-Boodle Papers*; *Men's wives, etc.*, George Saintsbury, ed., London: Oxford University Press, 1908.

Thackeray, William Makepeace, *The History of Henry Esmond*; *The English Humourists of the Eighteenth Century*; *The four Georges*; *and Charity and Humour*. London: Harper & Brothers, 1898.

Thackeray, William Makepeace, *The Hitherto Unidentified Contributions of W. M. Thackeray to "Punch": From 1843 to 1848*, Spielmann, ed., M. H. New York: Jefferson Press, 1899.

Thackeray, William Makepeace, *The Irish Sketch Book and Contributions to the "Foreign Quarterly Review" 1842–4*, George Saintsbury, ed., London: Oxford University Press, 1908.

Thackeray, William Makepeace, *The Memoirs of Barry Lyndon, and the Miscellaneous Papers Written between 1843 and 1847*, George Saintsbury, ed., London: Oxford University Press, 1908.

Thackeray, William Makepeace, *The Newcomes: Memoirs of a Most Respectable Family*, New York: Harper & Brothers Publishers, 1899.

Thackeray, William Makepeace, *The Paris Sketch Book and Art Criticisms*, George Saintsbury, ed., London: Oxford University Press, 1908.

Thackeray, William Makepeace, *The Works of William Makepeace Thackeray*, New York: C. Scribners Sons, 1885.

Thackeray, William Makepeace, *The Yellowplush Papers and Early Miscellanies*, George Saintsbury, ed., London: Oxford University Press, 1908.

Thrall, M. H., Miriam. *Rebellious Fraser's*, New York: Columbia University Press, 1934.

Trollope, Anthony, *An Autobiography*, London: Oxford University Press, 1950.

Tillotson, Geoffrey, *Thackeray The Novelist*, London: Methuen, 1954.

Tillotson, Geoffrey & Hawes, Donald. eds. , *William Thackeray: The Critical Heritage*. London: Routledge & K. Paul, 1968.

Tocqueville, Alexis, *De The Old Regime and the Revolution*, trans. by John Bonner, New York: Harper & Brothers, Publishers, 1856.

Townsend, Joseph, *A Dissertation on the Poor Laws*, Berkeley: University of California Press, 1971.

Trollope, Anthony, *Thackeray*, New York: Arkell Weekly Company, 1895.

Wardle, David, *English Popular Education 1780-1975*, New York: Cambridge University Press, 1976.

Weedon, Alexis, *Victorian Publishing: The Economics of Book Production for a Mass Market, 1836-1916*, Aldershot: Ashgate Publishing Ltd. , 2003.

Williams, Ioan M. , *Thackeray*. New York: Arco, 1969.

Williams, K. , *From Pauperism to Poverty*, London: Routledge & Kegan Paul Ltd. , 1981.

William, Raymond, *Culture and Society 1780-1950*, Harmondsworth: Penguin Books Ltd. , 1963.

Woodham-Smith, Cecil, *Florence Nightingale: 1820-1910*, London: Constable and Company Ltd. , 1950.

Woodward, William Harrison, *Desiderius Erasmus Concerning the Aim and Method of Education*, Cambridge: Cambridge University Press, 1904.

Woodward, William Harrison, *Studies in Education: During the Age of the Renaissance 1400-1600*, New York: Russell & Russell Inc. , 1965.

Wrightson, Keith, *English Society 1580-1680*, Oxfordshire: Taylor & Francis Group, 2005.

Douglass, Clare, "A New 'Look' at the Canon: Defamiliarizing The Works of Thackeray, Dickens, Collins, and Gaskell through a Recovery of Their Illustrations," Ph. D. diss. , University of North Carolina at Chapel Hill, 2007.

Flamm, Dudley, "Thackeray's American Reputation in the Nineteenth Century with an Annotated Bibliography of British and American Criticism to 1901," Ph. D. diss. , Columbia University, 1964.

Hollahan, Eugene, "Thackeray's Barry Lindon: A Study of Genre, Structure, Background and Meaning," Ph. D. diss. , University of North Carolina at Chapel Hill, 1969.

Ray, Susan E. , "Between Worlds: Race, Empire and Otherness in the Writings of W. M. Thackeray," Ph. D. diss. , Binghamton University, State University of New York, 2011.

Walk, Kerry, "The Part Before The Whole: The Aesthetics of Serial Publication in Dickens, Thackeray, and Eliot," University of California, Ph. D. diss. , 1993.

"Antimoixeia: Or , the Honeft and Joynt-Defign of the Tewer-Hamblets for the General Suppreffion of Bawdy- Houses, as Incouraged Thereto by the Publick Magiftrates," June 1691, Guildhall Library Broadsides.

Dickey, Laurence, "Historicizing the 'Adam Smith Problem': Conceptual, Historiographical, and Textual Issues," *The Journal of Modern History*, Vol. 58, No. 3 , 1986.

Marshall, J. D. , "The Nottinghamshire Reformers and Their Contribution to the New Poor Law," *The Economic History Review*, New Series, Vol. 13, No. 3, 1961.

Pocock, J. G. A. , "Virtue and Commerce in the Eighteenth Century," *The Journal of Interdisciplinary History*, Vol. 3, No. 1, 1972.

Sutherland, John, "Thackeray as Victorian Racialist," *Essays in Criticism*, Vol. 4, 1970.

House of Commons Hansard, Third Series, Vol. 38, Page Column: 908 – 911, Collection: 19th Century House of Commons Hansard Sessional Papers, Parliament: Commons Sitting of Friday, May 19, 1837.

House of Commons Hansard, Third Series, Vol. 38, Page Column: 916, Collection: 19th Century House of Commons Hansard Sessional Papers, Parliament: Commons Sitting of Friday, May 19, 1837.

House of Commons Hansard, Third Series, Vol. 52, Page Column: 946, Collection: 19th Century House of Commons Hansard Sessional Papers, Parliament: Commons Sitting of Friday, March 5, 1840.

House of Commons Hansard, Third Series, Vol. 52, Page Column: 927-928, Collection: 19th Century House of Commons Hansard Sessional Papers, Parliament: Commons Sitting of Friday, March 5, 1840.

"London, Friday, Dec. 16," *The Daily News*, 1853-12-16.

"London, Monday, December 19, 1853," *The Morning Post*, 1853-12-19.

# 后 记

　　记得好多年以前就聆听过葛老师的讲座，留下深刻印象。后来在福建师范大学外国语学院读研及访学进修期间，又常到文学院蹭葛老师的比较文学方法论课，渐渐领悟到比较文学学科的魅力与文本阐释的思想史方法，更感到自己在知识储备及研究能力方面的诸多不足。

　　在艰难求学的路上，首先要感谢我的恩师葛桂录教授，在博士学位论文定题、查找文献、撰写提纲等过程中，恩师总是不遗余力地悉心指导，严格把关。恩师博闻多识、虚怀若谷、蔼然可亲。每次学业上遇到的困惑，总能在恩师的著作中，或者在恩师的谆谆教导中，得到拨云见日般的启迪。那几年的读博经历，点点滴滴的进步，均是恩师耳提面命的结果。恩师治学严谨，做学问精益求精，虽已学富五车，但依旧学而不厌。此高风峻节已深深铭刻心间，成为激励鞭策我继续前行的动力。

　　感谢福建师范大学文学院周云龙教授、高伟光教授和黄晚教授，福建教育学院蔡春华教授，山西大学文学院冀爱莲教授。各位恩师才华横溢、平易近人。恩师们提出的宝贵建议和意见令我豁然开朗，受益良多。衷心感谢远道而来参加我毕业论文答辩的杨乃乔教授、宋炳辉教授和杜志卿教授，博学资深的恩师们对我提出的宝贵批评意见与殷殷教诲，让我受益匪浅。感恩福建师范大学外国语学院博学多才、可亲可敬的王丽丽教授、林元富教授和黄远振教授对我的悉心教导和为我指点迷津。

　　感谢上海外国语大学郑新民教授和暨南大学翻译学院陈伟教授的点拨和教诲，两位教授的指导如同明灯，指引我走出问题困惑的泥淖。感谢福建农林大学黄鹂飞教授、吴锦程教授和张菁教授给予我无私的帮助和支持，每当我在工作和学习中陷入困境，向三位教授请教的时候，三位教授总是毫不犹豫地伸出援手，给予我温暖的鼓励和耐心的指导。

感谢福建农林大学国际学院林平书记、陈祖建院长、刘敏副书记、张云清副院长和刘丽敏副院长，学院领导们积极搭建科研平台，营造浓厚的科研氛围，为教师们提供培训和发展机会，改善大家的学习和工作环境，使我能够安心地工作和学习。同时衷心感谢公共外语教学部钟琳主任，当我陷入家庭和学业的双重压力时，钟琳主任给予我的无私关怀和帮助让我重拾信心、继续前行。也感谢我的同事们对我的包容和关爱，他们就像阳光，让我深深感受到大家庭的温暖。

感谢同门及同级的各位同学，在我求学期间，同学们对我的关心和支持让我备感温馨。感谢温州大学外国语学院陈勇教授和王丽耘教授以及福建师范大学文学院历伟教授提供的宝贵建议，每一个建议都是对我学习成长的有益助力，我一定认真领会并积极跟进学习。特别是冀爱莲教授的宝贵建议，如同指南针，为我将来的学习提供了具有深远意义的方向指引。

感谢福建农林大学图书馆的老师们和福建师范大学图书馆的玉凤老师，当我向图书馆求助时，老师们总是不辞辛劳地帮忙查找文献，让我感恩涕零。

感恩我的家人，在我彷徨、失意、内心忐忑不安之时永远向我伸出温暖的手，泪目。

求学期间培养的问题意识和理性思维逻辑将引导我未来的教学与研究之路。法国作家缪塞有句名言："我的杯很小，但我用我的杯喝水。"我也希望借助于持续的读书思考与不懈的工作努力找寻自己的杯子，成为更好的自己。

最后，感谢社会科学文献出版社赵晶华老师及其同事们辛勤而出色的工作，他们的才情与智慧使拙著生辉。感谢我问学研习之路上的诸多前辈学者与时贤同人，他们的丰硕著述与精神人格让我受益匪浅。关于本书，虽然自己已尽最大努力，但在具体论述过程中肯定也存在一些遗漏，敬请学界同道及读者诸公批评指正，便于将来有机会修订时补充评述。

黄青青
2025 年 4 月 6 日于福州

**图书在版编目（CIP）数据**

维多利亚主义视角下的威廉·萨克雷研究 / 黄青青
著 . --北京：社会科学文献出版社，2025.5. --ISBN
978-7-5228-5289-8

Ⅰ. I561.074

中国国家版本馆 CIP 数据核字第 20255BQ893 号

维多利亚主义视角下的威廉·萨克雷研究

著　　者 / 黄青青

出 版 人 / 冀祥德
责任编辑 / 赵晶华
文稿编辑 / 顾　萌
责任印制 / 岳　阳

出　　版 / 社会科学文献出版社·文化传媒分社（010）59367156
　　　　　　地址：北京市北三环中路甲 29 号院华龙大厦　邮编：100029
　　　　　　网址：www.ssap.com.cn
发　　行 / 社会科学文献出版社（010）59367028
印　　装 / 三河市龙林印务有限公司

规　　格 / 开　本：787mm×1092mm　1/16
　　　　　　印　张：17.75　字　数：289 千字
版　　次 / 2025 年 5 月第 1 版　2025 年 5 月第 1 次印刷
书　　号 / ISBN 978-7-5228-5289-8
定　　价 / 128.00 元

读者服务电话：4008918866